余白の形而上学

余白の形而上学

Paul Claudel

ポール・クローデルと日本思想

大出敦

ODE Atsushi

水声社

目次

序章　クローデルからマラルメへ――象徴主義者たちの〈観念〉論争

1　パリ、ローマ街

ステファヌ・マラルメが開いていた火曜会にポール・クローデルが顔を出し始めたのは、一八八七年（明二十）からだ。パリのサン＝ラザール駅から伸びる、鉄道沿いのローマ街にあったアパルトマンにマラルメは暮らしていた。その狭いサロンには、マラルメのかける椅子があり、背後の壁にはマネやベルト・モリゾなど親交のあった画家たちが描いた絵が掛けられていた。そこに詩人、作家、芸術家たちが、入れかわり立ちかわり、まさに蝟集し、みな煙草をくゆらせた。煙の向こうにぼんやりと浮かび上がるマラルメの姿は、確かにホイッスラーが描く肖像画のようだった。その霞んだ世界に、マラルメの娘のジュヌヴィエーヴが温かいグロッグを持ってきてくれ、みなでそれを飲む。そのなかに青年クローデルはたたずんでいる。不機嫌な顔をして、気むずかしげな様子で。

実際、クローデルは不機嫌だった。それはパリがたまらなく嫌だったことが大きな要因だった。後にクローデルはパリでのリセ時代を振り返って「唯物論の徒刑場」[1]と形容している。この「唯物論の徒刑場」とは、デカルトが切り開いてしまった、いわばすべてが物理や数学の公式で解明でき、あらゆることに概念が当てはめられている世界で、そこには概念で捉えることのできる物質しかなく、非物質的な形而上的存在は周縁に押しやられ、抑圧されてしまった近代社会のことである。リセ時代のクローデルが形而上的存在を明確に認めていたとは思えないが、彼は、知覚できないがため言語化も認識もできないが、確かに存在する〈何か〉を直観的に求めていたものの、それが存在する場を見出せず、そのことで息苦しさを覚えていたことは間違いなさそうだ。この息苦しさを救ってくれたのが、一八八六年（明十九）、「すべての感覚を異常なものにすることで、未知のものに到達すること」（イザンバール宛一八七一年五月［十三日］）[2]を目指したアルチュール・ランボーの『イリュミナシオン』と『地獄の季節』の読書体験であり、カトリックへの回心の契機となった神を無媒介に知るというパリのノートルダム大聖堂での神秘体験であった。

　ところで、クローデルの人生を決定づけたのが、この二つの体験だとして、では、その体験の翌年から交流があったマラルメからの影響はどうだったのだろうか。後にクローデルは、「マラルメには関心があったので、私は一八八七年（明二十）からかなり頻繁にマラルメのもとに通ったけれども、影響は受けなかった」[3]と告白している。ここでの告白が彼の日記のなかの一節であることを知れば、この記述が彼の偽らざる本音であったと理解するのが自然かもしれない。しかし、その一方でクローデルは、マラルメが語ったとされる「これは何を意味するのか」という言葉をことあるごとに引用し[4]、マラルメの詩学に自身を接ぎ木しているかのようであり、何よりもクローデルの演劇は、マラルメの演劇論を明らかに引き継ぎ、実践したものだといえる。この日記の記述は、まるでクローデルにとってマラルメの影響があまりにも大きいがゆえにあえてそれを否定してみせているかのようにも感じられる。そう考えれば、やはりクローデルはマラルメの影響下にあり、その価値観を共有しているともいえる。しかし、同時に、確かにマラルメからクローデルを分かつものも彼自身、強く意識しているようにも見える。それは一体、何なのだろうか。

ところで、クローデルは「これは何を意味するのか」というマラルメの言葉をいつ、どこで聞いたのだろうか。なるほどマラルメの語りそうな言葉ではある。いや、確かにクローデルはそれを聞いているはずだ。そしてマラルメは、実際、「それは何を意味することができるか」とあの卓越した舞踏論である「バレエ」のなかで語っている。[5] しかし、これを語ったマラルメの意図と、それを聴いてクローデルが理解したことのあいだにはある種の齟齬があるように思えてならない。それが二人を分かつものであろう。

2　マラルメの冒険

まずは、マラルメの詩学がどのようなものかを見ることから始めよう。マラルメの最も有名な文章といっても過言ではない「不在の花」と呼び習わされている「詩の危機」（一八九七）の末尾の一節に着目してみよう。この一節はもともと、マラルメが英語教師を勤めていたリセ・フォンターヌ（現リセ・コンドルセ）を卒業したばかりの駆け出しの詩人、ルネ・ギルに請われて、一八八六年（明十九）に彼の詩論である『語論』の序文として書かれたものであった。後に「詩の危機」に組み込まれるのだが、この頃には、皮肉なことにギルはマラルメ批判を展開するようになっていた……。それはともかく、この有名な一節には次のように書かれている。

私が「花！」という。すると、私のその声がどんな輪郭をも追いやってしまう忘却を超えて、それまで知られていた萼とは別の何ものかとして、あらゆる花束から不在の花が、明るい、あるいは高々とそびえ立つ観念そのものである花が、音楽的に立ち上がるのである。[6]

この一節にこれまで数え切れないほど多くの註釈が加えられてきたことは改めていうまでもない。それほど、この一節は謎めいているものの、マラルメの詩学の本質に関わっていることを直観的に理解させるものなのだ。しかし、ここではこれまでの議論とは少し別の観点からこの一節を考えてみよう。どういった観点からか。順番という観点からだ。マラルメは、「私」という主体が「花!」というと、いかなる花でもない、つまり個々に区別されることのない普遍的な「観念そのものである花」が現れると語っている。言葉が先にあり、その後から観念が現れるこの順番を問題にしよう。

ところで、この「観念そのものである花」をマラルメは「音楽的に立ち上がる」としている。マラルメにとって「音楽」とは、在ることは分かっているがどのようにしても表現できないことをさす概念であるので、「観念そのものである花」は、在ることは分かっているが、どのようにも表現できないものだとマラルメは考えているといえる。そのことは、この一節に先立って語られている箇所からも明らかにできる。マラルメは、まず、言語を二つの状態に分割する。

現代の否定できない欲望とは、それぞれが異なる権限を目指すかのように言葉の二重状態、すなわち一方は生の直接的な状態、もう一方は本質の状態に分けることである。(7)

このうち「生の直接的な状態」は、この引用の直後の断章で説明されている。この状態は、「物語ったり、指示したり、さらには描写したりすること」であり、それをマラルメは「あまねく存在する報道」と一言でまとめている。「あまねく存在する報道」とは、要するに日常のすべての言語活動である。というのも、続けてマラルメは「文学を除いて、現代のさまざまなジャンルの書き物すべてが、この報道の性質を帯びている」と説明しているからだ。(8) そしてここから同時に「本質の状態」も浮き彫りにできる。すなわち言語の「本質の状態」とは

「文学」のことであり、「本質の状態」には「文学」のみが属しているのである。しかし、この「文学」が、詩や演劇や小説といった具体的な作品を指しているのではないことは明らかだろう。書き表されてしまったものは、もはやその時点で「現代のあらゆるジャンルの書き物」が属する「生の直接的な状態」なのだから。だからマラルメにとって「文学」とは、言語で表現できないもの、言語化できないものであると結論せざるを得ない。つまり「本質の状態」とは非言語的な状態のことなのだ。

この「本質の状態」が、「花！」といった後で「音楽的に立ち上がる」「観念」にあたるものである。なぜなら、「観念」は、「音楽的」であり、前述のように「音楽的」とは、言語によって分節化されるものではなく、その点で「本質の状態」の性質を刻印されたものだからである。要するに、「観念そのものである花」とは、個別化されたものでも、言語化されたものでもないのである。われわれが普段、「花」という時、それは、庭や野原で咲いている何か特定の花を名指してか、あるいは心の中で思い描いたやはり具体的な花の表象ということになるだろう。いずれにしても、他から区別され、個別化され、言葉で表現できる「いま、ここ」にしかない花のことである。しかし、観念としての花は、「本質の状態」なのだから、あらゆる花に共通して存在する普遍であり、花の基体でなければならない。そのためこの「本質の状態」である「観念そのものである花」は、薔薇でも、百合でも、菫でもなく、白色でも、赤色でも、黄色でもない……ものであるが、同時にそれらをすべて内包しているものでもある。個物として分節化された表象可能な花ではないが、しかし、それらを包摂するすべての花でもあるのだ。それは、すべての花の属性を有しているが、何らかの具体的な花の表象を結ぶことのできない花なのである。これが、在ることは分かっているが、表象することのできないものであり、「観念そのものである花」にほかならない。

マラルメに従えば、「本質の状態」は、このようにいかなる言語化も免れたものである。この「本質の状態」は、かつてマラルメが読んだと考えられるヘーゲルのいわゆる『小論理学』（一八一七）の「存在とは無である」という一節を彷彿させる。無とは、何もない空の状態ではなく、あらゆるものが可能性として潜在し、それがゆえにまだ何ものとも規定されない状態であるため、それを論理学的に敢えて表現しようとすると、無としてしか表現できない。マラルメは、ヘーゲル同様、事物の本質は無規定な無であると捉え、直接は認識不可能なものと考えている。つまり本質なるものはあらゆる可能性を内包しているが、特定・限定できないので、「これこれのもの」と名指すことができず、無でしかないのである。花の観念が無であるなら、論理学的には、それが具体的な個々の花や「花！」という発話に先立ってあり、そこから具体的な花が生じるということではなく、今ここにしかない花や発話の後から概念として生じるものである。具体的な花や発話がなければ花の観念は存在しないのである。こういってよければ、マラルメは唯名論的に事物の後から観念＝普遍が成立すると語っているのである。ところで、概念が当てはまらないものは無であるのなら、この本質であるものを「観念そのものである花」といってしまった瞬間、本質は無の状態から概念把握できる「生で直接的な状態」へと化してしまうのではないだろうか。具体的な発話をもとに後から立ち現れる「観念」も、「観念」という形で把握された概念、すなわち「生で直接的な状態」なのではないだろうか。われわれは個別の庭に咲いている白や黄色や薔薇や百合や菫といった個別の花を認識したり、表象したりした後になって、「花」という「本質の状態」、すなわち「観念」を概念として生み出しているだけではないだろうか。

後から概念として生み出される「観念」は、当然、「観念そのもの」ではなく、「観念」という概念である。ということであれば、事物の本質、事物そのものではなく、いくらマラルメが、「観念そのものである花」が「音楽的に」立ち上がるといっても、それは概念を介してしか認識できず、すぐに「本質の状態」から「生で直接的な状態」となってしまう。そうだとすれば、「観念そのものである花」、すなわち花の本質が実体としてあるのだとすれば、それは、常に言語化されることから遁れ去って行き、永遠に把握し損ねてしまうものということになろう。そこで、マラルメは、無限定、無規定である本質なるものが普遍的な実体として本当に在るのか分からないが、われわれが認識できるのは、花のあらゆる概念がカオス状に集まったものから、それが置かれている状況に応じて、いくつかの要素が関係付けられて、その都度、現象として現れるものだけであり、「観念そのものである花」も、そうした組み合わせの結果に過ぎないものであると考える。しかし、こうした西洋の思想が伝統的に前提としていたあらゆる関係から自律し、それだけで存在する本質を把握し損ねることにマラルメは絶望していない。むしろ、「観念」＝本質が概念として後から生み出されるプロセスは、実は文脈に応じ世界とさまざまな関係を取り結ぶ可能性を秘めたもので、そのことによって、世界が可変的で多様なものとなることをマラルメは発見したのである。この時、マラルメは、確かに、この無という形でしか表すことのできない「本質の状態」を実体として認識するという存在論的な追求を断念している。言い換えれば、事物そのものの把握を放棄したといえる。むしろ、この「本質の状態」をやがて概念となって把握されるものがカオス状に潜在する集合体と考えこの集合体から、潜在するものが関連しあって、その都度、一つの体系をなして、概念把握できるものになって現われることを「文学」と考えている。

マラルメが語る「花」とは詩句の隠喩といってよく、そうであれば詩句を唱えると、その音声によってカオス状に潜在する意味の素の集合体から、いくつかの要素が組み合わさって後から理解可能な意味が新たに立ち上がるということになる。その時、詩を介して世界との新たな関係が創出される。マラルメにとって詩句は、何かを表現するためのものでも隠された真理を明らかにするものでもなく、それまでになかったものが概念化されて現れることなのである。そしてこの時生じる概念は文脈、そして読者の認識の多様性に依存しており、そのためその都度さまざまな意味と表象を生み出すことになる。それはまた、世界は人間に内在するものなのだといっていることにも等しい。世界は詩を読むわれわれから生まれるのである。事物を感受した者の認識とその受容様式、つまり文脈に依存してシャンデリアの切り子面が光を受けて輝くように、さまざまな意味、世界が産出されるのである。マラルメにとって「これは何を意味することができるのか」とは、われわれの個々が事物からどのような現象を生み出し、認識できるかという問いであり、いかにして新しい世界が生じるかという問いなのである。マラルメの関心の重心は、事物の基体となるものとはどのようなものかということではなく、常に世界との関係において、事物が関係＝意味を生み出すことにあるのである。

3　クローデルのマラルメ批判

一九二六年（大十五）のある日のことである。東京のフランス大使館の一室で、大使となったクローデルはある小論を執筆している。「イジチュールの破局」という題名が見える。マラルメの娘婿ボニオによって発見され、この年、ガリマール社から出版されたマラルメの遺稿『イジチュールあるいはエルベノンの狂気』についての原稿である。この作品を論じた「イジチュールの破局」は、クローデルの数少ないマラルメ論のひとつだが、この小論は、マラルメに対するクローデルの共鳴と齟齬を浮き彫りにしている。確かにクローデルは、マラルメの『イジチュール』を高く評価する。「これは十九世紀が生み出した最も美しく、最も感動的なドラマだ[9]」と。『イジチュール』こそ、マラルメの原点であり、そして頂点であり、それ以降の作品はその残滓でしかないとまでいっている。クローデルは「数字と名前が規則通りに書かれた紙葉がすべて銀行に持ち込まれた後の小切手帳に残った控えにこの『イジチュール』をたとえることができる[10]」とまで書き、マラルメの詩に登場する主題、要素はすべて『イジチュール』に書き尽くされ、そこから発出されているのでこれ以降の作品はその変奏に過ぎないとしている。いや、それどころか、クローデルは「『エロディアード』以降は、もはや埃をかぶった小さな置物のような詩作品しかないと認めざるを得ない」として、『エロディアード』の格闘と『イジチュール』の執筆以降のマラルメの作品を評価しない態度さえ取っている。

『イジチュール』は、深夜の高い塔を舞台とし、そこに住むイジチュールが部屋を出て、地下の祖先の墳墓のところに降りていき、骰子を振り、毒をあおって祖先の灰の上に横たわり、それと一体化するという物語である。祖先の灰は、個々の祖先という個別性、属性を剥奪され、いうならば祖先たちの存在それ自体と化したものといってよく、この地下への階段下りが象徴的に描き出しているのは、人間の内奥に下っていき、人間の最も内奥に在る誰のものとも限定できないが、すべての人間に共通して在る無規定・無限定の存在そのものに到達することである。クローデルは、『イジチュール』が存在を巡る哲学的物語だと理解し、マラルメが存在を文学の主題にしたことを高く評価している。存在は、非物質的で形而上的なもので、「祖先の灰」が象徴しているように、個別性がない、すなわち分節化されていないものである。そうした表現できない〈存在〉を文学の主題にしたことで、マラルメは時代を截断している。クローデルは、「マラルメまでの、バルザック以来の一世紀、文学は（これまでの）財産目録とさまざまな現実描写を糧に生きてきた。フローベール、ゾラ、ロティ、ユイスマンスがそうである[11]」と書いているように、十九世紀のフランス文学は、「現実描写を糧に」目に見えるもの、知覚可能なものを文学の対象として、それをいかに忠実に描き出せるかということに腐心してきたのである。それは〈存在〉のような眼に見えないもの、知覚できないもの、非物質的なものを文学から排除し、周縁に追いやることになった。その結果が写実主義や自然主義の文学であるとクローデルは考えている。しかし、これはクローデルの求めている文学ではないのである。クローデルの見方に従えば、こうした十九世紀の状況に対してマラルメの試みは、フランス文学の流れを断ち切るものにほかならなかった。『イジチュール』は、近代で初めて、目に見えないもの、言語化できないものを文学の対象とした試みであったのである。

一方で、クローデルは『イジチュール』を次のように描き出している。

外は希望なき闇夜しかない。カーテンを上げ、窓越しに外を眺めるまでもない。しかし、情報装置や舵取り装置を備えた司令塔にいる軍艦の司令官のように塔の最上階にいる至高のハムレットは、〔……〕外の峻厳な闇夜によって永遠に「内面の人」となってしまっているが、一方で自分が記号の監獄に閉じ込められているということを「示してくれる」働きを持った事物に囲まれていることを感じ取ってもいるのである。(12)

ここからはクローデルがマラルメに特徴的な「闇」について言及していることが読み取れるが、その「闇」を外部と結びつけていることに着目しよう。ここで外部とは、概念化されていないものそのもの、そしてその先にあるキリスト教神学的、西洋哲学的な超越者のことであると考えられる。クローデルにとって、世界は、観念論的に個々人に内在し、そこから生み出されるものではないのである。世界はあくまでも個々人の外部に厳然として存在しているのだ。少なくとも、世界を成り立たせる根本は外部にあるのである。しかし、その根本は今は、闇に閉ざされ、見えなくなっている。事物の根本は、闇に紛れ、曖昧になり、そのためあたかも外部が存在しないように見えるのである。すなわち、外部に存在する超越者は、今は闇夜と化して、認識できない状態になっているのである。こうして、外部の存在や世界は消し去られてしまい、そのため、マラルメの文学的志向は、外部に向かうのではなく、内面に向かうことになるのである。クローデルは、あらゆる事物、現象、そして非物質的なものも、人間の意志や欲望、知覚や経験といったものから抽出されたさまざまな要素が、その都度、集結し、束になって生じるものであるとマラルメが考えているようだと思っている。すると世界や事物といったものは人間に内在するものであり、人間の内面から生じることになる。そうなると、人間を超えたものはないことになってしまい、人間の意識、人間という主体の外部――その究極は超越者、神ということになるが――は、マラルメにとって存在しないことになる。だから、マラルメは、外部ではなく、事物の内奥にあって世界を生み出す〈存在〉の探究に向かうのである。この外部がなく、すべては人間の精神に内在するということが、おそらくクローデルがマラルメを批判する点である。

しかし、一方で、マラルメはこの世界が概念把握できるものだけの「記号の監獄」であると考えていたとクローデルは書く。これまでのことを踏まえると、個々人の外部に事物や世界が概念化されずにそれそのものとして存在するとしたら、それは人間の意志や知性や知覚を超えて、人間と関係なく存在していなければならないだろう。われわれとは無関係に、われわれの外部に存在するが、しかし、それはわれわれにとっては「闇夜」であり無なのである。だが、外部が存在せず、世界は人間に内在するものと考えると、世界を構成しているものはすべて、人間の知性から生み出され、概念化されたものであることになり、世界は概念という「記号の監獄」、クローデルが「唯物論の徒刑場」とも記すものになってしまう。この「記号の監獄」のなかで生きているのがイジチュールである。外部を見失い、「記号の監獄」に閉じ込められ、閉塞感に押しつぶされそうになっているイジチュールは、「記号の監獄」から脱しようとして内面に沈潜していく。しかし、カトリックに回心したクローデルは、いささか逆説的であるが、そうして人間の内面に降りていき、存在を探究することで、超越者という外部を認識することにつながるはずだと考えていたふしがある。というのも、クローデルにとっては、存在は新トマス主義がそう考えたように、超越者とほぼ同義であって、内在すると同時に外部にあり、人間を包摂すると同時に、人間の最も内奥でこの世界に存在できるようにしていると考えられるものだったからである。最も内奥まで行けば、外部の超越者につながるのに、マラルメはそこに行き着かなかった、あるいは行き着こうとしなかったとクローデルは考える。彼は、マラルメが外部に向かわなかったことを彼の限界と感じていたのかもしれない。事実、『イジチュール』の試みは、重大であったが、「彼の手からでは何も生み出せない」ものであったとしている。「ちょうど、はじめは玩具にすぎなかった電話機や写真機、映写機のようなものだった[13]」ため、マラルメはそれを十全に使いこなせなかったのである。使いこなせなかったがため、マラルメの詩の試みは、「マラルメがいつもいっていたことでは、世界の〈説明〉は、〔……〕可能なもののひとつのことである[14]」という段階にとどまっていることになってしまう。確かにマラルメにとって、世界は、人間に内在するものである以上、人間の知性によって説明可能なものであるはずである。言い方を換えると、クローデルからすると、マラルメは外部にあって人間の知性では説明できないものは存在しないという近代的な知の領域から抜け出していないのである。これではやはりすべてをエネルギーと物質に還元できるとする唯物論と変わらないことになってしまう。

しかし、そうはいってもクローデルは、マラルメが十九世紀的な唯物論の限界を超えられていないことを批判する一方、次の時代を切り開く可能性を提示したこと、非物質的なもの、すなわち存在を文学の主題にしたことを評価している。実際、クローデルは「イジチュールの冒険は終わった。その冒険とともに十九世紀全体のそれも終わったのだ(15)」と断言し、マラルメがそれまでの文学を一掃してくれたことに一定の評価を与えているのである。そして、十九世紀の冒険に対してマラルメが行おうとしたのが、次のようなことだ。

マラルメは、見世物を前にした時やフランス語の宿題の翻訳作文を前にした時のようではなく、聖書の原典を前にした時のように、外界を前に「これは何を意味するのか」という問いをもって対座した最初の人である(16)。

「これは何を意味するのか」という問いは、「解答や説明を含んでいるものではなく」、概念や数式で覆われた現象・表象の外部にある闇に溶け込んだものへの眼差しである。この問いは、マラルメにとっては、どのような関係を生み出すのかというものであったが、クローデルにとっては、「概念に覆われた事物が喚起する概念の外部にあるものは何か」というものなのである。われわれが認識できる事物が、認識不可能なものを把握させる〈しるし〉となるのである。クローデルは、この認識の〈しるし〉としてマラルメが〈韻文〉を用いたと自らに引きつけて、読み換えている。「マラルメにとって〈韻文〉は現実を可感の領域から可知の領域へ、事実から定義へ、時間から永遠へ、偶然から必然へと〔……〕移行させてくれる卓越した手段(17)」だったとしている。記号と概念から成る世界ではなく、外部に存在する事物そのもの、そしてさらには超越的な存在、在ることは分かるがそれがどのようなものかは知覚できない「可知の領域」のもの、今は闇に閉ざされ何も見えず、認識できない〈何か〉の把握を可能にするのが、詩なのである。彼にとっての〈韻文〉は、外部に存在する認識できないものを何らかの形で認識させてくれる道具であったはずだとクローデルは考えている。この闇に溶けて知覚も認識もできないが、そこに在るものを記号を通して把握する行為が詩であり、文学であったのだ。マラルメが発見したものの、十全に使いこなせなかったものをクローデルは引き継ぎ、マラルメのなしえなかったことをマラルメの手法で行おうとしているのだ。そう考えると、クローデルにとって『イジチュール』は、何より、事物を描写する文学ではなく、表象不可能で認識不可能なもの、超越者をこの概念世界で把握する可能性を秘めた作品として評価されるものであったといえる。『イジチュール』、いや詩を書くという行為は、知覚することのできない神や非物質的なものを認識するものでなければならなかったのである。この詩＝文学の機能をクローデルはこう要約する。

そして実際、われわれを取り巻いているありのままのこの世界が唯一の現実で、われわれがそこから見出しうる説明が鍵ではなく、物まねでしかなかったら、われわれの詩的資源で虚しい複製を苦労して作っても何になるだろうか。(18)

文学的行為とは、事物を正確に描写することにあるのではない。もし文学の目的が、世界の正確な「物まね」「複製」でしかないなら、それは虚しい作業でしかない。そうではなく、詩は、現実の概念世界と、認識も知覚もできず、われわれの知覚や経験とは関係なく存在している世界とを架橋する「鍵」なのだ。マラルメはこのことを見出し、新しい文学を切り開く可能性を見出したのである。

こうしてクローデルはマラルメを批判しつつ、それでもこれまでにない新しい文学の可能性をそこに見出す。マラルメが切り開き、そしてマラルメが終止符を打ってくれたおかげで、マラルメ以降の文学は、イジチュールを閉じ込めていた記号の監獄を破壊する可能性を見出すことができたとクローデルは考える。それは外部の世界があることの発見につながるものでもある。クローデルは「われわれはあの宿命的な麻痺状態から、物質を前に精神を押しつぶすあの態度から、あの量の眩惑から脱したのだ。〔……〕太陽は空に戻り、われわれはカーテンを引き払い、クッションのついた調度品や雑貨屋で買った小物や『パラスの淡蒼色の胸像』を窓から放り出した[19]」と書き、闇夜は去り、闇夜に消えていた外部が再び姿を現すとしている。マラルメが切り開いてくれたおかげで、事物の実在性のみならず、不可知で、非物質的な超越者をも認識する文学の可能性が開かれたのである。

クローデルは「われわれは、この世界が実際、聖書の原典であり、慎ましくも楽しそうに、自分自身に欠けているものについてだけでなく、他なる唯一の永遠なる存在、すなわち、造物主について、われわれに話しかけていることを知っている[20]」と書く。ここでは、世界が、世界の背後に退隠している事物そのもの、さらには超越的存在の実在性を認識することへ人間を導いてくれるものであると語られている。これは決して、マラルメのように人間が先にあって、後から神なるものを創出したといっているのではない。そうではなく、近代社会においてこのわれわれと関係がなかったものが、何かを契機に、われわれの世界と接触し、われわれの理解し得る体系に組み込まれる。すると、われわれとは関係なく存在している世界、それが人間に認識できるものに関係付けられ、結び直され、突如、この世界に出現するのである。つまり、最初から在ったものが、最後に現われるのである。この出現に必要なものが、自然、聖書、そして詩や文学なのである。これらは、われわれと無関係であるがゆえに無であるものを媒介し、接触させるための鍵、〈しるし〉ともいえるだろう。聖書の言葉をもじってクローデルは次のように語っていることが、彼の文学への姿勢をよく表している。「目で見ることのできる事物は、目に見えないものを認識させるために創造されたのである[21]」。クローデルにとって、この現実世界の可感的な事物は、われわれとは無関係に存在するものを顕在化させるために創られたものなのである。

4　関係論と実在論

マラルメとクローデルの差異は、どのようなものといえるのだろうか。マラルメとクローデルに共通している認識は、世界は記号と概念に一分の隙もなく覆われていて、概念なしには世界を把握することができないということである。その概念世界の外部に、概念に覆われていない実在《レアリテ》があるのかということになると、二人の態度は微妙に異なってくる。マラルメはわれわれが認識できる世界の現象は必ず概念なので、音楽的に立ち上がる観念すらも概念の束から成るもので、真の実在《レアリテ》ではないと考える。マラルメにとって、観念そのもの、本質、すなわち実在はどのようにしても把握できるものではない以上、当然の帰結として、彼はこれがどのようなものであるのかという探求はせず、文脈に応じ、その都度さまざまな概念を結び直したり、解いたりして、次々と意味を産出することに文学的試みの重点を置くようになる。認識された事物の後からそれらを規定する新たな概念が生み出され、世界との新しい関係が生まれ続け、そこでは事物や現象を支えていると伝統的に考えられていた観念、本質すら、後から紡ぎ出された概念となるのである。繰り返しになるが、マラルメにとって、具体的な花の後から立ち上がる花の観念ですら、それは花の本質の実体ではなく、関係が生み出したものなのである。この世界が新たな関係を常に創出することにマラルメは自分の文学的な賭けをしたといえるだろう。そうした意味では、マラルメの思想は多分に関係論的である。

　これに対してクローデルは、事物の本質そのものは存在するが、それはマラルメと同様、いかなる形であれ、概念化されるものではなく、無であるとする。マラルメとの差異は、彼が、それは人間が認識できないだけであって、あくまでも実体として存在するものであると考えていることにある。クローデルは、これが無であるのは、われわれと関係なく存在しているだけだからと考えている。事物の本質、あるいはものそのものは、概念があてはまらず、認識の様式を当てはめることができないので、直接把握することはできず、われわれはそれが世界とさまざま形で関係した際に現れる現象としてしか認識することができない。概念を取り除いた先にあるものそのものには決してわれわれは直接、アクセスすることができないのである。しかし、それはわれわれと関係なく、われわれの認識の様式から完全に独立して、無関係に存在している。つまり、それは概念で認識されることはないので、われわれの意識のなかには存在せず、無でしかない。われわれには無であるが、それはわれわれに関係しない次元で存在しているのである。

この事情は、超越者も同じだ。超越者は人間の全てを凌駕しているので、人間の生み出した概念では把握しきれるものではない。そのため超越者は人間とは無関係に存在しつづけているのだ。関係がないので、それを人間は概念で捉えることもできなければ、認識することもできない。つまり、超越者は無なのである。

しかし、超越者は人間のもとに臨在していて、何かを契機にして、自身が存在することをあらわにする。それがクローデルの神秘体験だ。もちろん、クローデルはこの時、超越者である神がいかなるものであるかは分からなかったが、それが在るということを認識したのである。この際、この超越者を認識するために必要なものが、われわれとの関係がないゆえに無であるものと現実世界とを媒介する〈しるし〉なのだ。この〈しるし〉となるものは、クローデルにとって、自然の事物であり、詩であり、文学なのである。文学は、われわれの傍らにわれわれと無関係に最初から存在しているが意識されざるものを媒介することで、それを意識の表層に浮かび上がらせ、世界に存在しているものと関係付け、後からそれが存在していると概念として意識させるのである。ここにクローデルは文学的な賭けをする。

マラルメが最終的に到達したのが、世界はすべて関係の束であるという関係論であり、世界との関係を新たに生み出し、常に刷新することにあったといえよう。そして、そのことを発見し、強調したのは、二十世紀になって伝統的な存在論から関係論へと決定的な転換を図った構造主義、それに続くポストモダンの人々であった。マラルメが二十世紀の関係論を切り開いたとするならば、クローデルは、古めかしい哲学の衣装を纏って、それそのものが実在するという実在論、形而上学を考えていたといえる。確かに、クローデルの試みはいささか時代錯誤的で、時代の流れに逆行したもののように映る。しかし、彼の実在論は、おそらくマラルメを経由した実在論になるはずである。関係論から出発する実在論といってもよいかもしれない。それは、唯物論的世界の形而上学ともいうべきものだ。そこにクローデルの現代性があるだろう。

この唯物論的世界の形而上学の確立に、西洋とはまったく異質な文化体系を持つ日本が関わってくる。クローデルに大きな影響を与えたトマス・アクィナスが異教徒のアリストテレスを用いてキリスト教神学を精緻化したように、クローデルは異教徒の国日本を通じて、彼の文学・信仰・哲学を洗練させたといってよいのかもしれない。

第一章　形而上への扉、日本への扉

1　陰鬱なパリ

ポール・クローデルは、慶應から明治へと日本の元号が変わった年、すなわち一八六八年（慶應四／明元）の八月六日に生まれた。

パリから北東に百キロほど離れたタルドノワ地方のヴィルヌーヴ＝シュル＝フェールという、当時、人口三百人ほどの小さな村で一人の男児が生を受け、ポールと名付けられる。この男児にはすでに二人の姉がいた。四歳年上のカミーユと二歳年上のルイーズである。登記所の官吏で、無神論者の父親が異動で各地を転々としたその先々で、彼は教育を受けることになるが、十三歳の時、姉のカミーユの「彫刻を学びたい」という強い意志に押し切られる形で、一家はパリに移住する。これがカミーユにとっては悲劇的な結末につながることとはまだ知らずに。やがてカミーユは、彫刻家のロダンに師事し、恋愛関係になるが、二人の関係が破綻すると、精神に異常をきたし、そのまま生涯を閉じることになる。

一方、一家とともに上京してきたポールは、父親の意向もあり、パリの名門リセ・ルイ＝ル＝グランに一八八一年（明十四）に入学する。すでにそれ以前から、一家は信仰に対して無関心である傾向が強かったが、クローデルもルイ＝ル＝グランまでの教育によって、信仰に対して無関心であるというよりも、むしろ無神論的なものになっていた。当時のことをクローデルは次のように表現している。

私はまず、自由主義の先生によって優秀な生徒に育てられ、いやむしろ仕立てられ、それから田舎の（非宗教的な公立の）中学で、最後にはリセ・ルイ＝ル＝グランでそうされた。この学校に入学した途端、私は信仰を失った。信仰は私には世界の複数性と相容れないもののように思われた。ルナンの『イエスの生涯』の読書は、この信条変更の新たな口実となってくれたし、さらには私を取り巻くすべてがそれを容易にし、勇気づけてくれた(1)。

当時、ジュール・フェリーによる教育改革がすすめられ、一八八〇年（明十三）には、彼は公教育から宗教を排除することに着手し、国の認可を受けていない宗教団体が教育機関を設置することを禁じ、一八八一年（明十四）には初等教育の無償化・義務化を実施することで、政府の政教分離の意向を国民全体に浸透させようとした。さらに翌年、一八八二年（明十五）には、公教育で、宗教教育を行うことを禁止し、一八八六年（明十九）には教師は非聖職者であることが定められ、公立の学校から修道士が排除された。クローデルがパリに上京し、リセで青春時代を過ごした頃の第三共和政の教育は、脱宗教・世俗化への転換期にあたっていた。こうした背景もあって、クローデルは、科学主義、あるいは還元主義的な唯物論的思考を自然と身につけていく。確かに社会の体制から宗教が排除され、その宗教に取って代わったのが、共和主義の理念であり、共和国政府のイデオロギーと親和性の高い科学主義、合理主義、唯物論、経験主義、実証主義といったものに従って、クローデルも共和国の提示した価値観、思考を学校教育の課程で身につけていったとしても不思議ではない。こうした価値観の理論的支柱となっていたのは、実証主義を掲げたオーギュスト・コントやイポリット・テーヌ、エルネスト・ルナンであり、それを広めたのは、ある意味で科学主義を標榜したエミール・ゾラたちの自然主義文学であった。クローデルによれば、「あの悲惨な八〇年代で思い出すことといえば、自然主義文学全盛期の時代だったこと」であり、「芸術や科学や文学で名が通っているものはすべて非宗教的なものであった」ことである。「この滅び行く世紀の（自称）偉人たちは、教会への憎悪によって際立ち」、当時のアカデミスムでは、とりわけ「ルナンが君臨していた[2]」という。彼らは、世界は経験主義的に認識され、世界を構成するのは知覚され得るものだけであり、経験世界の背後に神などの超越的な実体を認めない、一種の反形而上学を思想の基本としていた。

しかし、こうした経験に基づく認識論と反形而上という世界観を若きクローデルは実は当初、肯定しており、フランス語作文の第一名誉賞の賞状授与式で、当時、コレージュ・ド・フランスの学長であったルナンの手から造り物の月桂樹の冠を受け取ったことを栄誉あることだと思っている。この時のことをクローデルはこう記す。ルナンは、「リセ・ルイ＝ル＝グランでの賞の授与式を主宰してくれた。私もそこに参加していた。そして私は彼の手で栄冠を与えられたと思っていた[3]」と。

共和国政府の理念が、実証と科学を至上のものとしたテーヌやルナンの思想と強い親和力を持っていたこともあって、フランス社会は科学主義に支配され、すべての事物・現象は物質と運動に還元できるといった自然科学主義的で還元主義的な思考様式が拡がり始めていた。要するに近代的な思考形式が着実に定着し始めていたのである。クローデルは、それにとりわけ反発していたわけではなさそうであったことは、前述の文章からも想像がつく。彼は世界を支えている科学主義とほぼ互換可能な還元主義的思考の「一元論的で機械論的な仮説をその最も厳格な形で受け入れ[4]」ていたのである。

しかし、そうした近代社会に対して青年期にあったクローデルは、やがて息苦しさを感じるようになっていった。クローデルは語る。

すべては〈法則〉に支えられ、この世界は結果と原因の堅牢な連鎖であり、それを将来科学は完璧に解明するだろうと信じていた。もっとも私にはこうしたことは、どれもひどく陰鬱でつまらないものに思えた。私の哲学の先生だったビュルドー氏が紹介してくれたカントの義務の思想はといえば、私には我慢のできないものであった。そもそも私は背徳的な環境で生活をしていたのであり、徐々に絶望的な状況に陥っていった。(5)

クローデルは、十九世紀後半の同時代人と同じように唯物論・科学主義を前提とする社会を受け入れていて、それに疑いを持っていなかったが、同時にそれに曰くいい難い息苦しさもおぼえていたのである。クローデルが耐えがたいと形容したカントの義務論であるが、リセの学生だったクローデルが実際果たしてどこまでカントを否定的に考えていたかは実のところ分からない。ただ、この当時、フランスの哲学教育を支配していたのは、「ものそのものは認識できるか」ということを改めて問いただした新カント主義であった。クローデルには皮肉なことなのだが、この新カント主義がフランスで大きな潮流になったのは、唯物論に対する反発であり、全てを物質に還元することへの疑問から生じた傾向であった。しかし、少なくとも「わが回心」(一九一三)を書いていた時のクローデルにとって、カント哲学はそうしたことへのアプローチとは見られず、むしろ同時代のカトリック系知識人の主張と同じように、カントは概念世界の向こう側にある形而上を否定しているように見えたのであろう。

ところで、この科学万能主義的で、唯物論的な社会に息苦しさや吐き気をおぼえていたのは、クローデル一人ではなかった。リセ・ルイ゠ル゠グランで同級生だったロマン・ロランも、学校では教師たちが信仰などを笑いものにするばかりであったこともあり、「田舎にいたときにはあったわずかばかりの信仰も崩れ去った。この当時の子どもたちはその上に唾を吐きかけ」ていたような状況だったと回想している。さらに彼は「唯物論的実証主義が一様にべたべたと、すえた臭いのする油を魚の住む池に広げていた[6]」と後にその時代の雰囲気を記している。こうしたクローデルの同世代の記録に接すると、時代に対する息苦しさは、クローデルに特有のものではなく、むしろ同時代の青年が共通して抱えていた社会に対する不満、閉塞感であったといえるかもしれない。

時代は科学主義的、唯物論的であったが、こうした社会に対する青年たちの曰くいい難い不満は、精神や魂などといった非物質的なものも最終的には物質に還元されてしまうことへの反発であり、これが科学主義や唯物論に拒絶の「否《ノン》」を突きつけるといった心情を生み出すことになる。折しもフランスの社会全体も、科学主義、唯物論に対する反動のように神秘体験の報告件数が多くなり、オカルトが流行となっていた[7]。いずれも科学では解明できない現象の流行である。この非科学的なものの流行のエネルギーは、科学主義が抑圧したものによって備給され、これを青年層は敏感に感じ取っていたのかもしれない。

しかし、まだクローデルは、この漠然とした息苦しさをどうやったら打破できるかは分かっていない――一八八六年（明十九）になるまでは。この時はまだ、クローデルは自分がパリという「唯物論の徒刑場[8]」に繋がれていると思っていただけである。

2　ランボー、〈見者〉の詩学

クローデルは一八八五年（明十八）にリセ・ルイ＝ル＝グランでの課程を修了すると、両親の望んでいた高等師範学校には進学せず、パリ大学法学部と高等政治学専門学校（現パリ政治学院）に籍を置くことを決心する。そして、クローデルのルイ＝ル＝グランでの課程が修了する直前の五月にヴィクトル・ユゴーがその生涯を閉じる。ユゴーの病気が重篤な状況になると新聞は連日、ユゴーの病状を報道し、(9)五月二十二日、ユゴー逝去の報が届くと、政府はユゴーを共和国の偶像に神格化すべく、その葬儀を国葬とすることを考える。それはまたフランス国民が望んでいたことでもあった。こうして、ユゴーを国民統合の象徴とする準備が整えられたのである。国民議会は議事を中断し、ユゴーの国葬を審議し、議論の末、パリのパンテオンで非宗教的に葬儀を執り行うことを決定すると、五月三十一日に、ユゴーの遺体は自宅から凱旋門の下に移され、そこに設けられた巨大な祭壇に安置された。この時、オペラ座を設計したあのガルニエが巨大な黒い紗で凱旋門を覆うという大がかりな演出をする。喪であるにもかかわらず、エトワール広場は一種の祝祭空間と化し、異様な雰囲気に包まれていた。その高揚感は翌日のパンテオンまで進む葬列の様子にも見られる。そのことは、たとえばモーリス・バレスの小説『根無し草』（一八九七）を読めば推測できるだろう。

皆がユゴーの葬列に従う準備をしていた。誰もが、みずからに誇りの念をいだきながら、当然加わる権利のある列に入ろうと足を速めるのだった。政治家、アカデミー会員、文学者、あらゆる種類の芸術家、産業家、商人、労働者などが無邪気な虚栄心をいだきつつ、神格化の儀式に一役買っていた。人々は同業であることを示すうやうやしい記章や、いくらか滑稽な記章をつけていたりしたが、それは、どんな小さな利益集団であっても今や祖国の利益というものを共通の優れた大義と見なしていることを示していた。この巨大な無秩序は少しずつ秩序だてられてゆき、フランスがいだいていた気高い思想を表明するようになっていった。「ユゴーはわれわれから離れることはない。彼はフランス思想の一部になるだろう」と。(10)

これが小説であることを考慮に入れたとしても、この時のフランスが、一種異様な興奮に包まれ、誰もがユゴーの葬列に参列しようとしていたと想像することは容易だ。一方のクローデルがこの時、ユゴーに対してどのような感情を抱いていたかははっきりと分からないが、後に彼は「ヴィクトル・ユゴーは神格化されてこの世から消えていった[11]」と淡泊に書き記すだけである。しかし、そうはいっても十八歳になろうとしていた多感な青年が、政治的な影響力をも持つ当代切っての文学者、フランス文壇の重鎮の死に無関心であるわけはなく、シャンゼリゼ大通りに設けられた梯子の有料観覧席から通り過ぎるユゴーの棺とそれに付き従う群衆を眺めていた。そして彼が眺めていたのは、ひとつの時代の終焉と始まりだったのである。

文学史的な観点に立ってみると、ステファヌ・マラルメが「フランスの読者は、ヴィクトル・ユゴーの死でその習慣を中断され、ただ狼狽するのみである[12]」と書くように、ヴィクトル・ユゴーは、その生涯を通じてフランス十九世紀の詩、演劇、小説の規範であり、参照点であった。だが、彼の死によってその規範が喪失し、混乱に陥ったのである。しかし、この渾沌から新たなものも生じる。それが後に象徴主義という名で括られる一群の詩人たちの運動である。もっとも、この象徴主義への世代交代の予兆は、ユゴーの死の前からすでに見られていた。一八八三年（明十六）にポール・ヴェルレーヌが「呪われた詩人たち」の連載を始め、トリスタン・コルビエール、アルチュール・ランボー、マラルメといった市井に埋もれ、当時、評価されていなかった無名の詩人たちを紹介したのである。この連載は好評を博し、翌年、単行本として出版されることになる。これとほぼ時を同じくして、自然主義の作家カルル・ユイスマンスの小説『さかしま』（一八八四）でマラルメの詩篇、ギュスタヴ・モローの絵画が取り上げられる。『呪われた詩人たち』も『さかしま』も、ともに青年層を中心に熱狂的に読まれ、こうした文壇の動きを通してマラルメは、特に若い世代からの支持を集めるようになる。これらを読んで、マラルメを慕ってきたのが、アンリ・ド・レニエであり、ピエール・ルイスであり、ポール・ヴァレリーであった。こうしてマラルメは、ヴェルレーヌと並んで新しい詩人たちの旗手となっていき、若い詩人たちを引き寄せる一種の磁場となっていく。一方、ユゴー歿後、彼に代わって若き芸術家たちに新たな規範として神格化されるのはドイツ人リヒャルト・ヴァーグナーだった。ヴァーグナーに対する希求願望を反映して、マラルメの火曜会にも顔を出していたエドゥアール・デュジャルダンが『ヴァーグナー評論』を創刊するのは、一八八五年（明十八）二月で、ユゴー歿後に刊行される同誌八月号に、マラルメは「リヒャルト・ヴァーグナー――あるフランス詩人の夢想」を発表する。

こうした伏線があった上で、ユゴーの死をきっかけに新しい文学運動の奔流が堰を切ったようにあふれ出す。一八八六年（明十九）にはジャン・モレアスがいわゆる象徴主義宣言と呼ばれる「宣言」を「フィガロ」紙に発表し、マラルメは、ルネ・ギルの『語論』に「不在の花」について言及する序文を、ギュスタヴ・カーンは『ラ・ヴォーグ』誌を創刊し、ランボーの再評価を行い、象徴主義運動の革新的な技法のひとつといわれる「自由詩」を提唱する。こうした一連の動きは、ユゴーの死とあいまって、まさに世代交代を印象づけるものであった。この時、詩壇は、象徴主義文学運動に大きく舵を切るというダイナミックな動きのなかにあったのである。これを大学生になったクローデルは目の当たりにしていたのである。

クローデルは、このめまぐるしく展開する奔流のなかに時を措かずして身を投じることになる。ユゴーが亡くなった一八八五年（明十八）の段階では、彼はまだ傍観者の立場を取っている印象である。確かに彼もヴァーグナーに熱狂し、ギリシア悲劇やシェイクスピアに耽溺していたが、まだ創作活動は始めていない。彼が一気に文学に傾斜していくのは、一八八六年（明十九）、カーン主宰の『ラ・ヴォーグ』誌に掲載されたランボーの『イリュミナシオン』と『地獄の季節』を読んでからだ。いうまでもなくランボーは、普仏戦争に敗れたフランスが第二帝政から第三共和制に政体を大きく変化させる時期に彗星の如く現れた詩人である。われわれは、まだ少年といってもよいランボーをパリに呼び寄せたヴェルレーヌとのエピソードも、その後、各地を放浪し、最終的には中東のアデンで武器商人になったことも知っているが、当時、たった数年で文学活動を放擲してしまったランボーは、今では所在も掴めない忘れ去られた詩人であった。その忘れ去られていたランボーがちょうど文壇の世代交代のこの時期に、再び脚光を浴び、再評価されるようになったのである。カーンが創刊した『ラ・ヴォーグ』誌の創刊号の目玉は、かつてヴェルレーヌが所持していたランボーの未公開の散文詩を掲載することであった。『ラ・ヴォーグ』誌は、五―九月号に『イリュミナシオン』を、九月には『地獄の季節』を掲載する。クローデルは、まずこの『イリュミナシオン』が掲載された『ラ・ヴォーグ』誌を手にする。そして、これが生涯忘れることのできない決定的な事件となる。

『イリュミナシオン』とそれから数カ月後に発表された『地獄の季節』を読んだことは、私にとって大きな出来事だった。初めてこれらの書物が唯物論の徒刑場にひびを入れてくれたのであり、私に超自然なものの生き生きした、そしてほとんど肉感的な印象をもたらしてくれたのであった。(13)

ランボーの作品は、クローデルにとって唯物論、科学主義、合理主義等々によってもたらされた閉塞感に「ひび」をいれてくれるものであったのだ。クローデルはこの段階ではまだ、現在「見者の手紙」と呼び習わされているジョルジュ・イザンバールとポール・デムニーに宛てた二通のランボーの書簡を読んでいないが、ランボーが展開している「すべての感覚を異常なものにすることで、未知のものに到達する」(イザンバール宛、一八七一年五月〔十三日〕)(14)詩学、そして「詩人はあらゆる感覚の、長期にわたる、途方もない、そして合理的な錯乱によって、見者になる」(デムニー宛、一八七一年五月十五日頃)(15)ということを直観的に『イリュミナシオン』と『地獄の季節』から読み取っていたといえる。「見者」とは、不可視のものを見ることのできる者、つまり人間の五感では知覚できず、人知を超越したものを認識できる者のことである。たとえば神の意志を受け取り、それを理解できた預言者のモーセやムハンマドなどがそうである。科学、いや、人間の知性では説明も論証もできないものを知ることのできる「見者」になるためにランボーは、まず知覚を混乱させ、理性を攪乱させることを試みた。それはある意味で自然の斉一性を疑うことであった。毎朝、太陽は東から昇り、手を叩けば必ずパンと音がするといったように日常の経験から同じことが同じように生じると合理的に考えているうちは、見えないものに達することはできないし、「見者」にもなれない。こうした合理的な思考に揺さぶりをかけて初めて、見えないものが見えるようになる。しかし、それだけでは狂気に陥るだけであり、そうした非合理的な世界を理解可能な形にして伝える必要もある。それが「合理的な狂乱化」なのである。ランボーにとって、この自然の斉一性に揺さぶりをかけて見えないものに達することができ、かつそれを伝えることのできる媒体は、詩であった。そこでフランス文学が営々と積み上げてきた詩的な修辞、規則、美、倫理といった規範を、それこそ野蛮人さながらに破壊したのが『イリュミナシオン』と『地獄の季節』であった[16]。

このことは結果として、近代的な認識論に疑問を投げかけるものともなった。デカルトに始まると一般的にいわれる近代的な認識にとっては、知覚が認識の出発点である。その際、デカルトは知覚によって認識できないもの――たとえば神――は、どうやっても解明できないので、一旦、思考の対象から外すということを考えた。しかし、近代が進むにつれ、知覚できないものは、存在しているかどうか分からない、いや、そもそも存在していないと極論されるものになっていった。一方、近代的思考では、同じようなことが同じように生じ、それを同じものと知覚できるのは、そこに共通する自然の規則が隠されているはずで、それは人知によって解明できるはずという理解が当然のものとなった。実際、近代以降に確立される科学主義は、数式に還元できないものはないということを前提としていた。それに対し、ランボーは、知覚に基づく科学主義を否定し、知覚を混乱させることで近代が設定した認識の出発点を破壊して、そうすることで数式化できないもの、知覚できないもの、すなわち知性では解明できないものに達すると宣言したのである。言い換えれば、ランボーは知覚できないものが世界には存在することを確信していたのである。

このランボーにクローデルは自らを重ね合わせていく。後にクローデルは、ランボーの妹イザベルの夫で、マラルメの火曜会にも顔を出していたパテルヌ・ベリションが『ランボー著作集』(一九一二)を編んだ際に「序文」を寄せる。そこで彼はランボーがパリに上京してきた時の社会状況を次のように書いている。

アルチュール・ランボーは、わが国の歴史で最も悲惨な時期のひとつである一八七〇年、潰走と内戦と物質的・倫理的崩壊、実証主義的麻痺のまっただなかに現れたのである。(17)

ランボーの文学活動の時期は、プロイセンに敗北し、さらには同国人を虐殺するパリ・コミューンの悲劇を経験し、精神的にも物質的にも大きな痛手を被ったフランスの歴史と重なっている部分がある。そしてこの時期をクローデルは「実証主義的麻痺」に陥った時期としている。ここでクローデルが「実証主義的」といっているのは、いうまでもなく科学主義、唯物論的思考のことである。これによって、知覚も実証もできないもの――存在、精神、魂等々――に対する麻痺が起こり、こうしたものが実体として存在することが許されなくなったのである。ランボーが直面した社会は、目に見えないもの、耳で聞こえないものが排除された世界であり、そうしたものを排除していることに疑問すら抱かない世界だったのである。おそらくクローデルは、ランボーの文学活動の時期を自分が置かれていた「唯物論の徒刑場」と同じような状況にあったとしているのだ。そうした物質社会のなかでランボーは、聞く。

しかし彼が聞いたのは、言葉ではなかった。声だったのだろうか。もっと微かなもの。単なる抑揚、だがこれ以降、休息も「女たちとの交わり」も不可能にするのには十分すぎるものであった。(18)

ランボーは、「微かなもの」、「単なる抑揚」、すなわち知覚できないもの、認識できないもの、言語化できないものを聞いたとクローデルは述べている。われわれは知覚したものを言語化して初めて、それが在ると認識できる。しかし、クローデルがランボーに認めたのは、通常の言語活動を混乱させ、逸脱することで、見えないものが見え、聞こえないものが聞こえるようになるということであった。これが一種の神秘体験であるとするなら、知覚を攪乱することで見えないものを見ようとしていたランボーは神秘家であるといえるだろう。そうであればクローデルが、このランボー論を「ランボーは『野生状態』における神秘家だ[19]」と書き出すのも肯けよう。「野生状態」とは合理的思考の拒絶であり、「神秘家」は、そうすることでそれまで知覚できなかったものを知覚できる者のことだ。クローデルにとって、ランボーの神秘主義的な傾向は、やがて自身が経験することになる神秘体験と重なってくるのだが、そのことは次節に譲ろう。今は、科学や唯物論では説明できないもの、言語化されず、そのため知覚されえないものの世界の扉をランボーがクローデルに示したことを確認するにとどめておこう。

3 神の直知、あるいは神秘体験

二〇一九年（平三十一）四月十五日夕刻のパリでノートルダム大聖堂が炎に包まれた。この大規模火災は、世界中で報道され、あの尖塔が炎に包まれ崩れ落ちていく映像は、多くの人の脳裏に焼き付いている。あの時、十九世紀に作られた尖塔と屋根の大半が焼け落ち、瓦礫が内部に雨のように降り注いだ。消火後、公開された内部の様子は、焼け落ちた天井から光が差し込み、前日までは考えられなかった廃墟の様相を呈していた。だが、その内陣の傍らの柱の陰に、十三世紀に作られた聖母子像が無傷で残っていた。一八八六年（明十九）十二月二十五日の降誕祭の日、十九歳のクローデルはこの聖母子像の前に立っていた。

クローデルによれば「私はその頃、ものを書き始めたばかりで、カトリックの典礼には、不遜な衒学趣味で考えていたことなのだが、うまく創作意欲をかき立ててくれるもの、なにかデカダン派的な実験の材料でも見つかるのではないかと思って[20]」降誕祭に参列したのだった。実際、クローデルは『イリュミナシオン』の読書体験の後、「人間たちのミサのために／愛の最後の犠牲」（一八八六）という詩を書いている[21]。これが現在、確認できるクローデルの最も古い作品だ。この作品の改作のためにか、あるいは新しい作品のためにかは分からないが、とにかく作品のインスピレーションが得られるかもしれないという淡い期待で降誕祭に参列したクローデルであるが、やがて飽きてしまったのだろうか、一度、席を外し、「晩課のときに戻ってきた[22]」のである。ちょうど「白い服を着た聖歌隊の子どもたちと参列していた聖ニコラ＝デュ＝シャルドネ神学校の生徒たちが、ずっと後になってそれが『聖母讃歌《マニフィカト》』だと知ることになる歌を歌っているところだった[23]」。その時、事件が起きたのである。

> 私は群衆のなかに立っていて、聖具室側の聖歌隊席入口の右の二番目の柱の近くにいた。私の生涯に影響を与える出来事が起きたのはその時だ。一瞬、私の心は触れられ、私は信じた。私は信じた、神への激しい同意の心で、私の全存在が一気に盛りあがって、疑いようもない強い信念でもって、いかなる類の疑惑も微塵もない確信で[24]。

これがクローデルの回心の瞬間である。この時、クローデルは、神を無媒介に知るという神秘体験をしたのだ。クローデルは神を無媒介に知ることで「それは真実だ！　神は存在する、神はそこにいる！[25]」と感じたのである。この神秘体験を契機にクローデルは神の存在を信じ、カトリックに回帰していく。しかし、このことをクローデルが無神論的な雰囲気にあった家族に告白するのは、ずっと後になってからのことだ。

クローデルはこの神を無媒介に知るという神秘体験をノートルダム大聖堂で経験した後、「家に帰ると〔……〕、姉の友人のドイツ人女性がかつてカミーユにプレゼントしてくれたプロテスタントの聖書を手にした[26]」。姉のカミーユに彼女の友人のヴィッツレーベンが贈ってくれたフランス語の聖書をクローデルは手にする。精神の高揚状態で彼が読んだのは、『新約聖書』の「ルカによる福音書」第二十四章、イエスが復活した後エマオで弟子たち

と会う「エマオで現れる」と『旧約聖書』の「箴言」第八章である。(27)
『旧約聖書』の「箴言」第八章は、次のように始まる。

知恵が呼びかけ、
英知が声をあげているではないか。
高い所に登り、道のほとり、四つ角に立ち
城門の傍ら、町の入り口
城門の通路で呼ばわっている。(28)

「箴言」第八章は、「知恵」と「英知」が擬人化されて、街角や城門など市井にいることから始まる。「知恵」「英知」は、『旧約聖書』では、事物より先にあったもので、神のもとで創造に関与したといわれる。一方、『新約聖書』では、「知恵」「英知」は、「言《ことば》」すなわちロゴスと同一視されるようになる。「知恵」「英知」にしろ、ロゴスにしろ、いずれも往々にして神と一致する神の像《イマージュ》と考えられるので、この「知恵」「英知」も神そのものではないが、神の現れの一種であると考えられてきた。(29) この「箴言」第八章では、神と同義とみなしうるこの「知恵」が、世界から隔絶され、この世界を超越した外部にいるのではなく、実は自分たちの傍らにいることが語られている。

もうひとつの「ルカによる福音書」の「エマオで現れる」は、イエスの処刑後、街道で出会った人物が復活したイエスだと気づかずにいる弟子たちの話である。「ちょうどこの日、二人の弟子が、エルサレムから六十スタディオン離れたエマオという村に向かって歩きながら」、イエスの処刑のことを話していると、「イエス御自身が近づいて来て、一緒に歩き始められた。しかし、二人の目は遮られていて、イエスだとは分からなかった」。イエスが話しかけると、二人は、「婦人たちは朝早く墓へ行きましたが、遺体を見つけずに戻って来ました。そして、天使たちが現れ、『イエスは生きておられる』と告げた」という話をイエスにする。やがてエマオに到着したが、イエスは先を急ごうとする。二人の弟子はイエスを引き留め、三人で晩餐を摂ることになるが、二人の弟子に対して、イエスは「パンを取り、賛美の祈りを唱え、パンを裂いてお渡しになった」。この時、「二人の目が開け、イエスだと分かったが、その姿は見えなくなった」というものである。[30] ここで語られていることも、「箴言」第八章のように神＝イエスは人間の社会に常に臨在していることだ。しかし、人間の通常の知覚では神の存在に気づかないのである。

この「箴言」第八章と「ルカによる福音書」の「エマオで現れる」からクローデルが認めたことは、超越者である神は、この世界から遠く隔たったところ、被造物の世界を超越したところにいるのではなく、市井のいたるところにいるのだが、通常はそれを認識することができないということだ。ランボーの言葉を用いるならば、「見者」でなければ神は見えないのである。人々は神に気づかずにいるが、実は身近なところにいるということを、この日、クローデルは神を知ることで経験し、聖書がそれを裏付けてくれたのだった。神秘体験をする以前、彼は、日常空間に神、すなわち超越的存在がいることを知る由もなかったが、これ以降は、たとえ科学によって形而上が排除された「唯物論の徒刑場」であっても、神が存在していることを確信するようになるのである。

やがて、彼のこの体験の理論的支柱となってくれるのは、アリストテレスの『形而上学』から始まりトマス・アクィナスの『神学大全』で終わる一連の読書体験である。クローデルは後年、日記に自分の読書遍歴を記しているが、そこには「アリストテレスの『形而上学』の読書から始まる私の宗教に関する理論的な教養は、端から端までメモを書き込んだ二つの『神学大全』（一九二三年に焼失）の読書で幕を閉じる」（一九二四年九月）[31] とある。クローデルがアリストテレスの『形而上学』を読み始めるのは、ランボーを知り、神秘体験をした翌年の一八八七年（明二十）であるが、「わが回心」によれば、アリストテレスの読書とほぼ同時期にパスカルの『パンセ』、ボシュエの『神秘礼讃』『福音書に関する省察』といった哲学・神学書、さらに同時代のドイツの神秘家エンメリック修道女の著書なども読んでいることが確認できる。[32] トマス・アクィナスの『神学大全』を読み始めるのは、それよりもずっと遅れて一八九五年（明二十八）である。もっとも、トマスの『神学大全』は、クローデルにとって、当初は難解で理解できず、「聖トマスを読むのに五年かかりました」と後に告白している。[33] 一八九五年（明二十八）は、ニューヨークの副領事だったクローデルが、アメリカから中国に転任する年である。ちなみに、クローデル独特のバランス感覚といえるのかもしれないが、『神学大全』とともにジェイムズ・レッグが英訳した老子の『道徳教』を読み始めるのも、この時期である。

クローデルはこうした宗教的な読書体験から自分の神秘体験を理論化し、体系化していったと考えられる。この読書体験のうち、とりわけクローデルが強い影響を受けたのは、いうまでもなくトマス・アクィナスであり、アリストテレスであった。この二人はもちろん、切っても切れない関係にある。十三世紀、トマスは、西方イスラムから流入してきたアヴェロエス主義にカトリック神学を立ち向かわせるための理論武装の必要から、アリストテレスを分析し始める。実は、西方イスラムから流れ込み、パリ大学を席巻したこのアヴェロエス主義は、イスラム圏で受け継がれてきたアリストテレスの著作に基づくアリストテレス主義哲学のことであった。トマスは、アリストテレスに対抗するためにアリストテレスを利用することを考え、その著作を精読し始めるが、結果的に中世最大のアリストテレス哲学の理解者、継承者となり、キリスト教神学をアリストテレス主義で再構築することになる。クローデルがアリストテレスからトマスまでを一つの系譜として述べるのは、当然のことなのである。

ところで、クローデルはトマスを通して何を得ようとしたのだろうか。いうまでもないことであるが、トマスの『神学大全』を読むということは、信仰に関わることであり、神とはどのようなものなのか、どのように存在するものなのかということに関わっているのは容易に想像がつく。クローデルはノートルダム大聖堂での経験で、神が確かにいることを知ったが、しかし神がどのようなものなのかは分からなかった。形而上的な存在、すなわち神は、非物質的なものであり、人知を越えたものなので、どんなに考えても最終的にはどのようなものかは分からず、神に到達することはできない。しかし、クローデルは、神が存在することを自身の神秘体験によって知ってしまったのである。科学主義と唯物論に覆われた近代社会で、この形而上的存在はどのような形で存在しうるのかという問題から、クローデルはトマスに向かっていったといえよう。クローデルにとって幸運だったのは、一八七九年（明十二）に、ローマ教皇レオ十三世が「天使的博士聖トマス・アクィナスの精神に基づくキリスト教哲学の復興」という回勅を出し、トマス再評価が始まったことだ。これは近代思想と科学主義を伝統的に否定してきたカトリック教会が、トマスの「信仰と理性の調和」という基本思想に基づいて、近代社会と信仰の共存を目指すことを模索した宣言でもあった。近代の科学の成果は、それまで真理とされていた聖書の記述の多くを誤りとするものであった。それに対し、カトリック教会側は、科学的成果を否定することを繰り返してきたが、聖書に書かれてあることが科学的に誤りであるとする事実を単に否定するだけでは、人々が納得しない時代になっていた。そのため、カトリック教会側がそうした科学的成果が謬説であることを理性でもって証明し、科学主義に反駁する必要が出てきたのである。しかし、トマスがレオ十三世に選ばれたのは、もしかしたらトマスが異教徒のアリストテレスと整合性をつけ、そのエッセンスをキリスト教神学に取り入れ、それを洗練させていったことをモデルにして、科学主義の成果と折り合いをつけつつ、信仰と神学を守るためだったのかもしれない。科学主義と唯物論に彩られた近代社会においても、超自然的で非物質的な存在を堅持することが、レオ十三世の回勅に含まれていた意味でもあったのだろう。同時にこの回勅によって、「トマス哲学を用いて時代の哲学的な問題に対応しようとするネオトミスム運動が引き起こされた[34]」のである。キリスト教が語る真理が次々と誤りとして科学的に証明されていくなかで、それでもキリスト教が真理として成立しうる領域として残ったのは、デカルトが判断を留保し、科学が手を着けなかった「心」のそれであった。そこからトマスを用いて、再び「心」の領域、そしてそれに伴って哲学の見直しが始まったのである。

クローデルが自分の信仰の指南書とし、理論的な枠組みを求めたトマスの『神学大全』は、一方では神と信仰についての考察であるが、同時に、アリストテレスから引き継いだ〈存在〉についての考察を含んでいることは重要である。新トマス主義者のエティエンヌ・ジルソンが指摘していることだが、「神学におけるトマスの独自性は、神をエッセそのものとして捉えたこと[35]」である。この場合の「エッセ」、すなわち〈存在〉とは、次のようなものを意味している。アリストテレスは個々の事物を成り立たせている犬なら犬の、猫なら猫の形相を存在の形相としたが、トマスはこうした犬の形相や猫の形相から、犬や猫といった要素を捨像してその後に残った、何ものでもないが全てのものに共通してある「存在である限りの存在」を見出し、すべての事物は、この無限定な存在そのものである存在を「存在の形相」として分有しているとした。そしてトマスは、この「存在」を神と一致するものとして捉えたのである。このことで神の問題を存在の問題として捉え直すことが可能になり、キリスト教神学と哲学が一致できるようになったとジルソンは指摘する。神を〈存在〉と読み換えていくこのトマスの形而上学について、クローデルは、直接言及することはほとんどないが、そのことは彼の作品の端々から読み取ることができる。

こうしたトマスを再評価する時代の流れのなかに身を置いていたクローデルにとって、トマスの哲学は、「唯物論の徒刑場」での形而上学を読み解く一種の文法書であった。実際、クローデルは晩年になって、「もし被造物が造物主の書物であるのなら、聖トマスはわれわれにその文法を教えてくれる。動詞、実詞、形容詞、副詞、あらゆる時制や統辞法[36]」と書いている。

少し話を急ぎすぎたようだ。大学生になったクローデルが経験した二つの事件――ランボーの読書体験と神を知る神秘体験――に共通する要素は、不可視で不可知のものが存在することである。降誕祭の時の神秘体験を通じ、目に見えず、知覚も認識もできないものが突如、出現し、その知覚できないものはこの世界と隔絶したところに存在するのではなく、われわれと同じ世界にいることをクローデルは確信したのである。こうした通常の経験では知覚できないものを認識することに関係しているのが、詩である（クローデルが神秘体験を語るとき、讃美歌、すなわち詩が関わっていることに注意しよう）。この時、クローデルのなかで信仰と文学とが結びつく。この信仰と文学の結びつきが彼の文学活動の起点にあるものであり、これを彼は生涯、追求し続けるのである。

4　ジャポニスムと外交官

一八八六年（明十九）という年にクローデルが経験したランボーの『イリュミナシオン』『地獄の季節』との出会い、そして神を知る神秘体験は、見えないものを認識する、知覚できないものを知覚するという不可視、不可知のものとの関係が問題になっている点で共通項を持つ。そして、このことがやがてクローデルにとって、文学と信仰と哲学との境界の消失をもたらし、それぞれが越境して相互に関係するような彼の作品に結実することになる。その結果、クローデルの文学の試みは、信仰と哲学の昇華物となるのである。序章の末尾で示唆したように、ここに、ある意味で日本が関わってくる。確かに、クローデルはパリ大学と高等政治学専門学校（現パリ政治学院）での課程を修了すると、やがて外交官となり、日本には一八九八年（明三十一）には旅行で訪れ、一九二一年（大十）からは駐日フランス大使として滞在しており、日本と深い関わりを持つ作家である。では、日本はクローデルの信仰・神学、そして文学にどのように介在してくるのだろうか。クローデルがランボーを知り、神秘体験をした時点では、日本が不可視・不可知のものと関わることはない。しかし、日本で経験した数々の出来事は、クローデルを不可視・不可知のものに関わらせることになり、彼のいわば転機となるのである。

クローデル同様、日本での滞在経験を持つミシェル・ビュトールはクローデルの日本経験を次のように記している。「彼〔＝クローデル〕は、ブラジルでフランス大使〔ママ〕をつとめ、ブラジルの風景に魅了されたが、この国の文化あるいは芸術にはまったくといっていいほど関心を示していません。そうはいってもこの国は、何

図 1-1　エドゥアール・マネ『エミール・ゾラの肖像』, 1868 年, オルセー美術館蔵

か彼を魅了して止まなかったようですが。彼は、ワシントンでも大使をつとめましたが、『シカゴの地下教会の計画』と題された傑出した作品のほかには、アメリカに関してほとんど何も書いていません。ところが、彼は日本の演劇については聡明に語り、絵画の領域では、十八世紀の浮世絵を超えて、偉大な古典画家の何人かを鑑賞する、素人ではありながら第一人者になっています[37]」と、クローデルにとって日本での体験が特権的であったことを指摘している。しかも、ビュトールが「日本は反キリスト教的な迫害のせいで、彼をうんざりさせたと思われるかもしれません。しかし、そうではなかったのです[38]」というように、日本が異教徒の国で、しかもキリスト教徒を弾圧した国であっても、クローデルを失望させるものではなかったことを指摘している。ビュトールは、「日本はクローデルの内面に一種の癒やしをもたらしてくれたのです[39]」と、この異教徒の国がクローデルに大きな影響を与え、一種の転機をもたらしたことを明らかにしている。

ここでは、その日本とクローデルとの出会い、そして当時の日本の状況を見ておきたい。

クローデルの青年期のフランス文化を特徴づけるもののひとつにジャポニスムがある。この十九世紀後半のヨーロッパを席捲した日本ブームをクローデルは姉のカミーユを通じて知る。十九世紀のフランスを見てみると、ジャポニスムの波は何度か訪れているが、クローデル一家がパリに上京してきた頃、すなわち一八八〇年代、すでに最も大きな波は過ぎ去っていた観がある。もちろん日本に対する熱狂は続いていた。しかし、それは日本の浮世絵や文物を新奇なものとして珍重し、素朴に興奮するものとはいささか異なったものになっていた。この時期は、日本の文物がフランス文化のなかで内面化していった時期なのである。

ジャポニスムは、ヨーロッパ全域であらゆる領域を巻き込んで展開していった芸術運動という印象が強いが、実際には芸術運動をも包含した日本趣味の一大流行だとする方がよいかもしれない。この点については、宮崎克己の『ジャポニスム』（二〇二一）に詳しいので、それに従って急ぎ足で概観しておこう。[40] ジャポニスムをどこから書き起こすかはさまざまであろうが、「ジャポニスム」という語自体は、一八七二年（明五）にフィリップ・ビュルティが使用したのが最初とされる。しかし浮世絵などのフランスへの流入は一八五〇年代末から始まっており、詩人のシャルル・ボードレールは、一八六一年（文久元）には浮世絵を所持している。もっともこの時期は、珍奇な絵画の蒐集といったコレクター中心の観が強い。やがて、浮世絵や日本の小物・文物が大量にフランス国内に流れ込み始めると、それらは絵画の素材として画家たちに珍重され、絵画のなかに取り込まれていった。

図1-2　クロード・モネ『ラ・ジャポネーズ』，1876年，ボストン美術館蔵

たとえば、エドゥアール・マネの『エミール・ゾラの肖像』（図1-1）では、ゾラの背後の壁に歌川国明の浮世絵「大鳴門灘右衛門」が額装されて掛けられ、ゾラの腰掛けている椅子の後ろには、明らかに日本のものと思われる屏風が描かれている。

同じような例はモネの『ラ・ジャポネーズ』（図1-2）でも見られる。モネは、妻のカミーユに日本の打ち掛けを着せて肖像画を描いているが、ここでは着物や背景に飾られた扇面散らしの団扇が、インパクトのある素材として用いられている。日本の文物は新奇なものとして絵画に積極的に取り入れられていったのであるが、この背景には特殊な好事家に限らず、画家たちをはじめ一般の市民も日本の文物を容易に入手できるほど、フランス国内にあふれていた状況になっていたことが挙げられる。

こうした状況が生み出されたのは、一八六七年（慶應三）のパリ万国博覧会を皮切りに、博覧会のたびに日本がパビリオンを設け、フランス人が日本の文物を目にする機会が増えたことや、日本が開国したことで、それまで中国を経由してしか入ってこなかった日本の文物の輸入ルートが確立されていったことなどが影響している。こうして日本の工芸品を中心とした文物が大量にフランスに入ってきて、画家たちは、この新奇で斬新なものを自分たちの絵画に取り入れていったのである。一方、市民階級も日本の文物を室内装飾に用いるなど珍重していった。当時、最もフランスに輸入されていた日本の文物は、浮世絵以上に、団扇・扇子であり、次いで屛風であった。

一八八〇年代は、ある意味で日本の文物がフランス中にあふれるようになった時期であった。すでに日本の文物は新奇なものではなく、日常的なものですらあった。そのなかで市民階級は「日本」を消費し、芸術家たちは「日本」を内面化していったのである。

画家たちは日本の浮世絵と早い段階から対峙してきたが、それを絵画の対象や素材にするだけではなく、ヨーロッパの絵画のカノンにはあてはまらない独特の技法として考え、吸収していった。その傾向はすでに一八六〇年代のマネの作品などに見られるが、一八八〇年代は日本の浮世絵を絵画の対象や素材とするよりも、むしろ技法として見る傾向がはっきりとし、西洋の有していない技法として自分たちの絵画に積極的に取り入れていくものとなっていったのである。たとえばゴーギャンの『説教の後の幻影』（**図1-3**）は、ブルターニュ地方の民族衣装を着た女性たちが、教会で『旧約聖書』のエピソードのひとつ、「ヤコブと天使の格闘」の説教を聞いた後、その幻影が女性たちにありありと思い浮かんでくることを可視化したものである。ここには一見して日本の影響と分かるものはない。しかしこの絵のなかでほぼ対角線に横切っている樹木や陰影のない平板な色彩の部分が日本からの影響とされている。ヨーロッパの絵画でももちろん樹木が描かれることがあるが、根元から枝の先端まで描かれていて、樹木全体が把握できるようになっている。「幹の根元も先端も見せない樹木の表現は明らかに日本から来ている[41]」ものなのである。また人物は輪郭線で縁取られ、色彩にしても立体感を欠いた平板なものである。これらも浮世絵からの影響である。しかし、それはマネの『エミール・ゾラの肖像』やモネの『ラ・ジャポネーズ』のように一見してはっきりと日本と分かる要素ではない。

ゴーギャンの次の世代、一八八〇年代後半から一八九〇年代に二十代だった芸術家は、日本の文物がある意味で日常的に存在していた世代で、彼らは前世代よりもはっきりと、ジャポニスムとは西洋にない斬新な絵画技法に関わるものと考えるようになっていた。芸術家はジャポニスムを消化し、内面化し、自分たちのものに成熟させていったために、逆にその表面から日本を明示する〈しるし〉は消え去ってしまう。この時期の画家や芸術家たちも、それ以前の画家たちと同様、日本に強い関心を寄せているが、彼らの制作した作品に一見したところ日本からの影響はないように思われるのは、その内面化の結果なのだ。そうした世代に属するのがトゥールーズ＝ロートレックやベルナール、リヴィエール、ナビ派のボナール、ヴュイヤール、ドニ、ヴァロットン、そしてクローデルの姉、カミーユなどである。

図 1-3　ポール・ゴーギャン『説教の後の幻影』，1888 年，スコットランド国立美術館蔵

カミーユもこの時代の芸術家同様、日本のものを蒐集し、身近に置いていた。当時のカミーユを知るゴンクール兄弟の日記には「ロダンの弟子カミーユは、日本風の大きな花柄模様で縁取りをされた袖無しのジャケットを着ている[42]」とそのやや奇妙ともいえる風体を描き出し、ジュール・ルナ

ールは日記に「クローデル嬢は日本の美術品を蒐集していて、心からそれを称讃している[43]」といささか皮肉を込めて記している。実際、カミーユは日本の浮世絵に関心を示し、そのなかでも葛飾北斎に対して強い関心を寄せている。「おそろしいまでの暴力的な性格と嘲弄にかけては恐るべき才能[44]」を持ち合わせていたにしても、ロダンと彼の内縁の妻との三角関係に疲れていたのであろう、カミーユは、ローマ賞によるローマ留学から戻ってきたばかりの同世代の作曲家のクロード・ドビュッシーと出会うと、彼に急速に惹かれていく。この時、二人を結びつける共通の嗜好が葛飾北斎であった。彼らの聖典は『北斎漫画』であり、ドビュッシーは、カミーユに『北斎漫画』を贈っている。やがて、カミーユは『波(浴女たち)』(図1-4)を制作しているが、それは北斎の有名な「冨嶽三十六景神奈川沖浪裏」(図1-5)に着想を得て、それを内面化したものである。

こうした環境に弟のポール・クローデルはいた。後年、クローデルは当時のことを回想して、「姉〔=カミーユ〕は、偉大な芸術家でしたが、日本に限りない称讃の念を抱いていました。それで私も日本の版画や書物を悪くないと考えるようになり、この国にとても惹かれていったのです[45]」と告白し、姉同様、自分も日本を特権的な地、芸術的ユートピアと見ていたことを明かしている。

こうしてクローデルの前に日本は理想郷として現れたのである。それはちょうどゴッホが日本を理想郷として思い描いたように、クローデルにとっても日本はまず何よりも「唯物論の徒刑場」の対極にある理想郷の記号であったはずである。そして同時代の芸術家たちと同様、クローデルにとって日本とは浮世絵の国であり、それはフランスの、いやヨーロッパの文化体系には見出すことのできない異質性そのものだった。

「唯物論の徒刑場」からの脱出に精神的な可能性を見出したのが、ランボーの読書体験と神秘体験であったとすれば、日本への憧憬は、「唯物論の徒刑場」からの現実的な脱出先につながるものだったと考えられる。しかし、理想郷の日本は、クローデルが脱出の地として現実的に考えた時、あっさりと中国に取って代わられる。クローデルが、父親の持っていた『世界一周』や『画報』といった紀行雑誌から刺激を受けて、漠然と南米あるいは中

図 1-4　カミーユ・クローデル『波（浴女たち）』, 1897-1903 年，ロダン美術館蔵

図 1-5　葛飾北斎『冨嶽三十六景神奈川沖浪裏』，1831 年頃，東京国立博物館蔵

国に行くことを夢見ていたことは確かだ[46]。また、日清戦争で日本が中国に勝利するまで、アジアの覇権は依然として中国にあるとヨーロッパ人は考えていたことも間違いない。そのため、政治・経済的には未知数であった日本は、脱出先として想定することは現実的な選択ではなかったのかもしれない。あるいは、クローデルにとって日本はアジアと同義で、漠然と異質な文明圏のことを指す記号で、中国と日本の区別がはっきりとしていなかったのかもしれない。とにかく、クローデルは「唯物論の徒刑場」から脱出するため、中国語の通訳になることを思いつく。彼は高等政治学専門学校（現パリ政治学院）の課程を修了し、「イギリスにおける茶税」という論文を提出した後、東洋語学校に籍を置こうとする。

そのため、私にとっての抜け道になってくれ、空気を吸わせてくれる職業を見つけねばならなかったのです。この手の職業といえば、当然、外交官の職、つまり領事や外交官の仕事です。
私は最初、通訳の職につくつもりだったのです。通訳であれば、たぶん私に必要なものすべてが手に入るだろうと思っていました。この時、すでに中国を考えていました。そこで私は東洋語学校に志願し、そこで校長に会ったのです。校長は私に「君は必要な年齢に達しているし、若い。君はまだ二十一歳だ。なぜ外交官試験に願書を出さないのかね」といったのです[47]。

外交官になる道を示唆されたクローデルは、その言葉に押されて、通訳から外交官を選択する方向に舵を切る。実際、彼は一八九〇年（明二十三）、外交官試験を首席で合格し、外務省に入省する。しかし、唯物論が支配しているパリから脱出するために外交官という職を選択したにもかかわらず、皮肉なことに入省した最初のクローデルの勤務先は、本省商務部であった。クローデルがフランスを離れることができるのは、それから三年後の一八九三年（明二十六）であった。しかし、最初の赴任先は、中国でも日本でもなく、フランス以上に資本主義と唯物論的思考が支配していたアメリカのニューヨークであった。彼がアメリカを離れるのは、日清戦争が勃発した翌年、一八九五年（明二十八）のことである。赴任先は中国であった。この時もクローデルの選択肢のなかに日本はなかったのだろうか。この点について、後にクローデルは、最初の中国赴任の時のことを回想して次のように述べている。「中国というのは、結局、次善の策の国だったのです。この時、日本に任命されなかったのは、私に適任のポストがなかったからなのです[48]」。この回想からすると、クローデルは日本への転勤を希望していたが、それが適わなくて中国勤務になったということであり、日本が念頭になかったわけではなかったようである。

クローデルが実際に日本を訪れることができるのは、一八九八年（明三十一）になってからだ。この年、中国勤務だったクローデルは一カ月にわたる日本旅行をしている。しかし、クローデルが、日本に旅行者ではなく滞在者として来日するには、さらに二十年以上の年月を待たねばならない。彼は、一九二一年（大十）十一月に駐日フランス大使として赴任し、一九二七年（昭二）二月まで滞在することになるのだ。

5　大正の文化空間

クローデルは一八九八年（明三十一）の旅行と一九二一年（大十）から一九二七年（昭二）までの駐日フランス大使の在任期間の二度にわたって日本を経験した。一九〇〇年（明治三十三）頃からクローデルが長期に滞在した一九二〇年代までの日本はどのような状況であったのかを概観してこの章を終えたい。後世、大正デモクラシーと名付けられる、比較的自由な環境が保障され、昭和の軍靴の音はまだ表面的には鳴り響いていなかったとされる時代にクローデルは駐日フランス大使として来日し、滞在した。このことは彼にとって幸運であったろう。しかし、また大正時代の日本は一言でいえば、「日清、日露の高揚期のあと、西洋諸国に追いついたがゆえに、目に見えやすい目標を失った時代[49]」であったともいえる。大正時代が始まるとすぐに第一次世界大戦が始まり、日本は戦勝国に名を連ね、戦後は好景気に恵まれた。しかし現実には、第一次世界大戦後の国際秩序を決めたワシントン会議以降、日本は徐々に国際社会から孤立していき、やがて昭和の軍国主義時代を迎えることになる。クローデルによれば、「イギリスは、ワシントンで締結された四カ国条約のなかに、もはや必要のなくなった日英同盟を優雅に終結させる方策を見つけた」（一九二三年六月二十一日首相兼外相宛）[50]のであるが、それは日本にとって、長年安全保障の基軸だった日英同盟が消失することを意味し、やがて対中国政策を巡って英米と対立するようになっていく端緒ともいえる政策変更であった。クローデルは、「今や日本は英米に見放されて完全に孤立し、いわばロビンソン・クルーソーのように、アジア大陸の対岸と太平洋の果てでなす術もない」（一九二四年六月三日首相兼外相宛）状態だと語るように、列強のなかで孤立していると分析する。クローデルはこの分析に基づいて、フランスが孤立している日本に手を差し伸べることで、アジアにおいて、英米に対抗し得る勢力を築けると考える[51]。

　一方で、社会・文化面では、明治以来、「和魂洋才」を掲げ、ヨーロッパ・アメリカの学知を取り入れた結果、日本では西洋的な科学主義が人々の生活を覆うようになる。それが日本に急速な近代化と産業革命をもたらすことになるが、同時にそのことによって知識人階級では、江戸期までの価値観が否定され拒絶されるようになってしまった。そのことはさまざまな次元で見られるが、ここでは江戸時代まではごく自然に信じられていた超自然なもの、非物質的なもの――幽霊や妖怪、物の怪、魂など――を非科学的なものとして否定し、拒絶するようになった風潮を指摘しておこう。小山聡子が論じているように、明治に元号が変わって間もない一八七三年（明六）には、政府は「梓巫女《あずさみこ》（梓の木でつくった弓に張った弦をたたいて神がかりする巫女）、市子《いちこ》（死霊の言葉を伝える巫女）、狐下《きつねさ》げ（人間にのり移った狐を追い払って狐憑《きつねつき》の病を治す術）、憑祈禱が人民を『眩惑《げんわく》』するものだと見なして禁止し、明治七年には禁厭祈禳《きんようきじょう》による医学の妨げを禁じた。明治政府は、西洋への強烈な憧れのもとに、近代的な技術や風俗習慣、思想を積極的に導入し、文明開化にそぐわない淫祠邪教《いんしじゃきょう》や迷信を撲滅しようとした」[52]。その成果が、大正時代の科学的な合理主義につながっていく。

こうした霊や魂、物の怪や妖怪を前時代的なものとして抑圧したことは文学にも現れており、日本の近代文学の主流は極論すれば、レアリスム文学を目指していたといってもよい。とりわけ二十世紀に入って間もなく、ゾラの自然主義が紹介されると、日本では自然科学の成果に基づいた文学作品という自然主義の主張とは異なった形になったものの、空想や虚構を排除し、客観的な描写を通じ、事実のみを描き出す文学運動となって展開していく。やがてそれは個人の赤裸々な告白という形を取り、一般に田山花袋の『蒲団』(一九〇七―一九〇八)に始まるとされる私小説に変化していくことになる。この自然主義から私小説への変遷については自然主義の矮小化やレアリスム文学の極北など、評価はさまざまであるが、一九〇〇年代に顕著になる日本の文学運動の主流のひとつの根底にあるものが、レアリスムの追求であるということは確かである。

社会も文学も西洋の近代を見習い、それを吸収し、合理主義的思考、科学主義的思考が社会の表層を覆うようになる。このことは、ヨーロッパと同じ唯物論的世界が日本にも出現したということを意味するだろう。しかしその一方で、文明開化以来、合理主義、科学主義によって抑圧されてきたものが、伏流水が湧き水となって湧出するように、再び姿を現してくるようになる。それもまた、明治末期から大正期である。興味深いことに、社会が非科学的なものを排除し、客観描写に美を見出していた時代に、すでに否定したはずの非科学的なものが再び現れるのである。

前出の小山によれば「日露《にちろ》戦争(明治三十七―三十八〔一九〇四―〇五〕)後、戦争による大量死を背景に、霊魂の実在や死の問題が人々の興味関心を集めるようになる」[53]。このことは、心霊現象や超常現象に社会の関心が向き始めたことを意味する。たとえば「英学者の平井金三《ひらいきんざ》(一八五九―一九一六)らは、欧米の科学的心霊研究の影響を受けて、幽霊研究会(心霊的現象研究会)を発足させた。平井は、欧米では不思議や奇蹟《きせき》と言われる事柄に関して研究会が出来ていることを根拠に、幽霊がいないなどということはない、と主張したのである」[54]。

あるいは、東京帝国大学の福来友吉や京都帝国大学の今村新吉による御船千鶴子や長尾郁子の千里眼・念写の実験もこうした社会傾向に加えることができるであろう。

やはり小山が指摘していることだが、文学でも泉鏡花が『高野聖』（一九〇〇）や江戸時代の『稲生物怪録』に材を得た『草迷宮』（一九〇八）などの幻想文学作品を発表するのが、自然主義が文壇の大勢を占めるようになってきた一九〇〇年代である。島崎藤村、田山花袋などの自然主義作家・私小説作家と当初、つきあいのあった柳田國男が彼らに嫌気がさし、岩手の小村の妖怪譚、習俗をまとめて、『遠野物語』を書き上げるのは一九一〇年（明四十三）である。演劇では小山内薫が『第一の世界』という心霊世界を題材にした戯曲を発表するのは、やや時代が下って一九二一年（大十）である。この戯曲はこの年の暮れに帝国劇場で上演され、来日間もないクローデルはこれを外務省の笠間杲雄《あきお》の案内で観劇している。いずれもこれらは目に見えないもの、通常の知覚では認識できないもの、こういってよければ合理的な思考では把握できないものが主題となっている作品だ。こうした物の怪、幽霊、妖怪の類の話は、実は当時の新聞を繙くと、われわれの想像以上に多いことが分かる。もちろん、こうした心霊現象を「心の病」として合理的・科学的に解明しようとしていたことも間違いないが、大正時代の日本では、西洋的な合理主義・科学主義では収拾がつかない非合理的で非科学的な現象が顕在化し、身近に存在していたこともまた間違いのないことである。

一方では、西洋流の合理主義・科学主義が日本人の思考の規範となっていくが、もう一方で、非合理的・非科学的なものがその反動のように現れて、両者が混在していたのが、大正という空間であった。表面的には合理的な思考が社会を覆っていたが、その陰に非合理的なものが存在しているという混沌とした状況が、クローデル来日時の日本の姿だったのである。こうしたことがクローデルにさまざまな形で影を落とすことになるだろう。クローデルの日本体験は、知覚できず、それゆえに言語化できない非科学的なもの——霊や魂——との出会いにあるといってよいのだから。

第二章　比喩と論理学――クローデルの日光体験

1　一八九八年の日光

上海副領事として中国勤務だったクローデルが初めて日光を訪れるのは、一八九八年（明三十一）六月のことである。休暇を利用して一カ月あまりの日本旅行を計画したクローデルは、五月二十五日、上海を発ち、二十七日に長崎に入り、神戸、横浜を訪ねた後で、五月三十一日に東京に到着する。そして翌六月一日に日光に赴く。この日光訪問はクローデルに豊かな果実をもたらすことになる。

この日の午前中、フランス公使館を訪れた後、クローデルは上野駅から列車に乗り込み、宇都宮まで行き、そこで列車を乗り換え、日光に入っている。当時、上野から日光までが汽車で五時間ほどを要したはずであるから、彼が日光についた時は、夕刻であったと考えられる。この時の印象は、散文詩「森のなかの黄金の櫃」（一八九八）から想像することができる。「江戸を発つときには、澄んだ空気のなか、大きな太陽が照りつけていた。午後遅く、乗換駅の宇都宮に着くと、夕陽を雲がすっかり覆い隠してしまったのを見た」(1)。この時期の栃木では、夕方から雷雨に見舞われることも珍しくなく、「ホームでうとうとしかけていたあの時間、私を西へと連れて行く列車での長い時間、私はだんだんと雲が厚みを増していくなか、陽の光が弱まっていくのを眺める観客であった[2]」とあるところから見ると、クローデルも黒々とした不吉な雲が一面を覆い始めている風景を目にしたのであろうか。だが、実際にクローデルがこの日、夕立に見舞われたかは定かでない。この散文詩とは別に、クローデルは旅行中のメモを記した備忘録――現在では「中国手帖」と通称されているが――を持ち歩いていたが、そこには「杉並木。ホテル。沢山の人。舞踊[3]」と記されているが、雷雨のことは記されていないところを見ると、幸いにも雨は免れたのかもしれない。いずれにしても午後遅く日光に到着したクローデルは、杉並木を日光山内方面に向かい、金谷ホテルに投宿している[4]。

翌日のクローデルの備忘録にはこうある。

午前。杉並木の散策。丘。風呂桶から首だけ出している日本人。祭列。鷹匠。緑の幅広ズボン〔＝袴〕をはいて笙を吹く宮司。鹿園。二つの滝。柳の生えているところを登る。降りる。大石[5]。

この日、クローデルは再び、杉並木を散策し、その後、東照宮に向かったと考えられる。備忘録に、「祭列。鷹匠。緑の幅広ズボン〔＝袴〕をはいて笙を吹く宮司」とあるのは、千人武者行列で有名な東照宮の春季例大祭のことではないかと思われる。現在、東照宮の春季例大祭は五月十七日、十八日に執り行われているが、クローデルが携行していたバジル・ホール・チェンバレン編の『日本旅行者のためのハンドブック』（一八九一）には、「毎年恒例の例大祭が六月一日、二日に執り行われる[6]」とあるように、当時は、六月一日、二日に行われていた[7]。

翌三日、クローデルの備忘録には「神社」と記されているのみだが、この神社もおそらく東照宮のことである[8]。「森のなかの黄金の櫃」では、この東照宮参拝を次のように描写している。

壮麗な建物は、巨木の森のなかに点在する。

〔……〕

深い森のなか、私は巨大な参道を進み、その先には緋色の鳥居が立ちふさがっていた。月のはめ込まれた屋根の下にある青銅の甕。私は清めの水を一口、口に含む。石段を登る。参拝者に混じって、何かしら豪華で開放的なもの、花々と鳥たちがごちゃごちゃ彫られた夢のような塀の真ん中にある門をくぐる。そして私は素足になって、内陣の黄金の中心部に進み入る。(9)

クローデルは、東照宮を自身が歩いた順番通りに描き出していると思われる。鳥居をくぐり、表門（仁王門）を抜け、右手に三神庫を見て、左に折れ、三猿の彫刻のある神厩舎を今度は左手に見て、御水舎で口を漱いでいる。御水舎の先には青銅の鳥居があり、石段を上がった先にそびえる陽明門（「何かしら豪華で開放的なもの、花々と鳥たちがごちゃごちゃ彫られた夢のような塀の真ん中にある門」）がある。その後、クローデルは、御本社にあがり、(10)例大祭の翌日の六月三日に行われていた金幣祈禱祭に参列したようだ。「私が見たのは、毛のようなものでできた冠状のもの〔＝烏帽子〕を被り、緑色をした絹の幅広ズボン〔＝袴〕をはいた厳めしい顔つきの神官が笛と笙の音に合わせ、手で捧げ物を奉っている姿だった」(11)との描写が、この祭礼のことと考えられる。

その後、クローデルは徳川家康の墓所である奥宮まで足を延ばしている。クローデルは、豪華絢爛な拝殿が家康の墓所なのではなく、その奥にある奥宮の森に囲まれた場所に家康が安置されていることが興味深かったのかもしれない。これをクローデルは「木々の海での神の眠り」(12)と海の比喩で表現している。

翌日の四日、クローデルは思い立って中禅寺湖を訪ねる気になっている。金谷ホテルのある鉢石町から中禅寺湖までの距離を考えると、徒歩で行ったとすれば辿り着くまでに四、五時間はかかるであろう。あるいは人力車を雇ったことも考えられるが、この点についてはクローデルはわれわれに情報を残してくれていない。この当時の奥日光、中禅寺湖畔は、現在と様相が大きく異なっていた。現在では、観光名所として有名であるが、もともとは日光修験の聖地であり、人が住む場所ではなかった。ところが、開国後、比較的早い時期から外国人旅行者が中禅寺湖を訪れるようになり、やがて、在日外国人がこの地の美しさに惹かれて、別荘を営むようになる。一八八七年（明二十）、イギリス人の法律家で、帝国大学のお雇い外国人であったウィリアム・カークウッドが別荘を設ける。それに続いて、一八九三年（明二十六）頃にはグラバー、一八九六年（明二十九）にはアーネスト・サトウが別荘を設けた。外国人観光客の増加に伴い、彼らに照準を合わせた西洋式のレーキサイトホテルが、一八九四年（明二十七）、中禅寺湖畔に開業する。一方、現在の第一いろは坂のもとになったつづら折りの山道が整え始められたのも一八八七年（明二十）からである（「いろは坂」という名称になるのは昭和十年代である）。これによって、それまで徒歩でなければ、馬か駕籠でしか行けなかった中禅寺湖へ人力車でも行けるようになった。クローデルが訪れた一八九八年（明三十一）、中禅寺湖畔にはこういった外国人向けの施設が作られ、道路も整備されていたが、それでも今から比べると、中禅寺湖までの道ははるかに険しいものであった。

話をクローデルに戻すと、彼の備忘録には「中禅寺——下劣な考え——午後——半ば泥棒にあったようなもの——土砂降りの雨／母と息子」[13]という簡単な記述しかなく、実際にどのようにして中禅寺に向かったかははっきりしない。人力車であるにしても、徒歩であるにしても、ともかくクローデルは中禅寺湖に向かって山道を登り始めたのは間違いない。この記述からすると、おそらく午前中にホテルを出発し、中禅寺湖を目指したと考えられるが、午後、土砂降りの雨に遭い、ずぶ濡れになってホテルに引き返している。[14]

一方、この中禅寺への散策に基づいた散文詩「散策者」（一八九八）は次のように始まる。

六月、毘沙門天のように節くれ立った杖を手にした私は謎の通行人であり、顔を赤らめた何人かの素朴な農婦たちとすれ違い、夕刻、六時頃、果てしなく続く空に浮かんだ雷雨を孕んだ雲が山肌を不気味に駆け上っていく頃、私は忘れ去られた道に取り残されたたった一人の男だった。[15]

この散文詩の記述に文学的創造が加わっていなければ、クローデルは杖を手にして徒歩で中禅寺に向かったことになる。確かに農婦に会うなど、備忘録に書かれたことと対応しているようだが、クローデルは雷雨の到来を暗示するものの、実際に夕立に見舞われ、濡れ鼠になったことは一切触れず、むしろ初夏の瑞々しい日光の自然を描き出している。

この小鳥たちの歌は私にはなんと新鮮で、ほほえましいものに思えたことか。遠くの鳥の鳴き声はなんと心地よいものだったか。それぞれの木は、自分たちの個性を主張し、小動物たちは自分たちの役割を果たし、それぞれの鳴き声は、この協奏曲での自分たちのパートを持っている。音楽を「理解する」といわれるように、私は自然を理解する〔……〕。かつて私はうっとりと、あらゆる事物がある種の調和のなかで存在していることを発見したが、今やこの秘められた類縁関係によって、あの松の黒さが、彼方の楓の明るい緑と結ばれる、そのことを私は一目で見て取った〔……〕。私は世界の調和《ハーモニー》を理解する、私がそのメロディを読み取れたとき。[16]

この文章は文学作品に昇華されたものなので、クローデルの経験がそのまま反映されていることはないにしても、奥日光の自然を目の当たりにして感じたことが素直に反映されている。ここで重要なのは、クローデルが日光の自然を「協奏曲」や「調和」といった語に集約させようとしていることである。これらがやがてクローデルのなかでひとつの詩学に結実していく、その契機となった可能性が高い。

ところで、クローデルをずぶ濡れにしたこの雨は翌五日まで残り、クローデルはこの雨のなか、日光を後にし、東京に午後十時に戻っている。

2　『詩法』

このさんざんだった中禅寺湖への散策は、しかしクローデルにどうやら不快な思いだけを残したものではなく、大きな収穫ももたらした。クローデルはこの日光への旅から、前述のように東照宮を描いた「森のなかの黄金の櫃」、中禅寺の自然を綴った「散策者」といった、やがて『東方所観』（一九〇〇）に収められる散文詩を作り上げている。

しかし、それ以上に、日光の後背地である中禅寺の自然が、彼の詩学を洗練させるものを授けてくれたのである。それが一九〇七年（明四十）に刊行された『詩法』である。『詩法』と題されたこの書物は、「時の認識」「世界への、そして自己の、共−発生論《コ・ネサンス》〔＝認識論〕」「教会の発展」の三つの論考から成る。この作品は、マラルメ、トマス・アクィナス、アリストテレスから影響を受けた、クローデルの著作のなかでも最も思弁的で難解な作品のひとつであり[17]、後に批評家ピエール・ラセールから「アリストテレスとマラルメを結びつけて何かが生み出せるなどとは誰も考えもしなかった。しかし、クローデル氏の『詩法』が生み出されたのである。そこにあるのはマラルメの『ディヴァガシオン』の最も洗練された文体で翻訳された有神論的形而上学の古典的で伝統的な常套句と論証であり、奇妙ということを通り越した外観をしているものだ[18]」と皮肉をこめて論じられた作品でもある。確かにクローデル自身、「ほとんど誰も私の『詩法』を理解してくれませんでした」と後に述懐しているが、しかしこの『詩法』に「私は自分の作品のなかでは最大級の重要性を与えているのです[19]」としているほど、彼にとっては重要な作品だったのである。

『詩法』については、紙幅の関係もあってここで詳しく論じることはとうていできない。確かに第二部の「共－発生論《コ・ネサンス》」については、これまで多くの言葉がさかれてきた。そしてこの「共－発生論《コ・ネサンス》」で論じられていることがクローデル作品のライトモチーフのように、これから先の作品群に見え隠れすることも、多くの研究者が指摘していることである。しかし、それを論じる余裕はここではない。ここで問題にしたいのは、中禅寺での体験が関わっている第一部の「時の認識」である。しかし、これにしても、「原因について」「時について」「時間について」の三つの部分からなる。この三章のうち、中禅寺での体験は、最終章「時間について」の結論部に近い最後の箇所であらわれる。この部分は、まさにクローデルの詩学の核心と関わっている箇所である。ここでは、第一章と第二章をまず概観して、その後で中禅寺での体験との関連をみてみよう。

クローデルは、「時」を論じるにあたって、一見したところ、関係のないように見える「原因」の探求から始めている。ここで、クローデルは、この世界には因果関係が存在することをまず認める。アリストテレス以来、この因果関係の網の目は、世界をすっぽりと覆い、個々の事物や現象は、原因と結果によって秩序づけられていると考えられてきた。それに対しクローデルは留保を加えている。彼は「被造物全体を前にして、事物を十全に堪能し、いかなる手段によってその結果が得られるのかを検証する[20]」ことが重要であるが、「哲学者〔＝アリストテレス〕」以来、これまでのヨーロッパの哲学は、個物が成立する原因しか問題にしてこなかったと批判する。個物の成立する原因ではなく、クローデルは今ここにある世界全体がなぜ存在しているのかということの原因の究明の方が重要だと考えている。そのため、「被造物全体」を前にした時、「哲学者のいう四原因、質料因、形相因、目的因、作動因をなすものは何一つない[21]」と、四原因は無効であると断じる。また、この四原因説以来、原因についての議論では、実際には人間が結果から原因を事後的に帰納して成立させているにもかかわらず、原因が結果に先立ってあり、しかもその原因が事物に内在しているという思い込みを引き起こしている点もクローデルは批判する。すなわち、「われわれは事物の存在を『秩序づける』同じ『法』が、事物の産出を命じるような、事物そのものに生成的な力が初めから授けられており、その力は抑制されることはないものの、特定されたものであると結論づける。それが誤りなのだ[22]」と。クローデルにとって原因とは、個物を成立させるものというよりも、世界全体の調和という結果を引き起こすものだ。そしてそれはそれぞれの個物に内在するものではない。しかしアリストテレスから近代の科学まで、問題になっていたのは個物の生成変化の内的原因であった。しかし、それは、クローデルの求めている真の原因ではない。

この原因について、クローデルは「主体は手段を含まない[23]」と主張する。原因は、ここでは「手段」と表現され、それを主体は持ち合わせていない。つまり、クローデルは、個々の事物には根源的な「原因」が内在しないといっているのである。そのため、主体を存在させる原因は、主体の外部から介入してくる。「手段の介入、はっきりと声に出される命令のような造物主の明解な『……であれ』という外的な、あるいは、潜在的な作用こそ、主体を『決定』し、それを限定し、規定するものなのである[24]」。主体を規定し、個物として存在できるようにするのは、神が「光あれ」と命じ、働きかけることによって光が生じたように、外部からの力、外部からの働きによるものなのである。この外部からの力によって、主体は、存在することが可能になるのである。クローデルにとって、主体が存在する原因は外在的なもので、その外部からの力を受け取ることで、主体は存在するのである。

この外在する原因が、個物を生じせしめ、全てを調和あるものにしていくことをクローデルは、運動として論じるが、「それは外的な力、しかもより大きな力の結果によるもの[25]」と、外からの力が働いて、運動、すなわち生成変化が生じると繰り返し述べている。この「外的な力、しかもより大きな力」の作用を生成変化の原因とすることで、クローデルは今度は、アリストテレスの「不動の動者」あるいは「第一原因」を想起させようとしている。

アリストテレスは、世界の事物は「蕾に薔薇の花が含まれているような[26]」「可能態」と「現実態」の関係からなる運動と考えている。たとえば種は現実態であるが、その現実態のなかには芽が可能態として内包されており、光や水といった外部からの刺激を受けて、やがて芽という現実態になり、そこには今度は花という可能態が含まれることになり……という生成変化の連鎖が生じる関係である。アリストテレスにとって、「運動」とは、単なる移動の現象ではなく、この可能態から現実態へとなっていく事物の変化全般を指している。そして、この運動によって生じた事物は、因果関係の網の目に秩序づけられ、外的な作用、すなわち原因を受けるものであると同時に、相手に作用するものとなるのである。一種の目的論であるアリストテレスの運動論では、起源から最終的な目的に向かって事物は運動・変化していく。この因果関係の運動の最終的な目的は完全現実態であり、一方の起源については出発点となる一点が想定され、そこから運動の網の目が広がっていく。そのため、この運動の連鎖には、起点である根源的な「第一原因」が必要になってくる。

この第一原因とは、アリストテレスによれば「それ自身はもはや動かされることなしに他を動かすという何ものか」であり、それは「永遠なるものであり、実体であり、現実態であるという仕方で、存在するのである[27]」。それ自体は不動のもので、いかなるものからも運動を受け付けず、生成変化をしないが、それ以外のものに運動を与え、それらを動かすものである。これが全ての運動の連鎖の起源であり、これは、可能態を一切含んでいない現実態そのものなのである。この第一原因をアリストテレスは「不動の動者」と呼び、さらにいささか漠然と「神」と考えている。クローデルが、この「不動の動者」を念頭において考えていることは、「外的な力、しかもより大きな力」を運動の起源と捉え、「最初の推進力である」としていることから推測できる。クローデルは、運動の連鎖を起源に向かって辿るとこの「不動の動者」に行き着くことから、すべての事物は、この「不動の動者」の力の影響を何らかの形で受けていると考えている。さらにクローデルは、トマス・アクィナスに従って、この不動の動者をキリスト教的な神に読み換えている[28]。

運動はこの不動の動者から始まるが、同時にクローデルはやはりアリストテレスにならって、この運動が〈時間〉の起源でもあるとしている。アリストテレスは、運動があって初めて時間が生じるとしている。運動によって、それよりも前のものとそれより後のものが生じた時、それを分節化する〈時間〉が生じるのである。したがって運動がなければ、時間は生じない。不動の動者によって働きかけられ、運動が生じ、ほぼ同時に時間が生じるのである。クローデルはこれを時計の比喩で語る。すなわち時計では、発条《バネ》などによって運動が生じ、時計の針が動き出す、すると針は時を刻みだし、時間が生じるのである。

クローデルは、運動とともに生じた時間を人間が自身のうちに取り込み、内在化したものが、「鼓動」であるとする。この「鼓動」こそ、「時」を内在化したものなのである。そのため、「私たちの心臓の鼓動は、われわれが指し示し、そしてわれわれ自身である時間をもたらす[29]」。鼓動の一拍一拍の運動の連続が時間となり、個体を成立させる。そして世界の生成変化は、この個々の心臓の織りなす時間を転写あるいは翻訳したものであり、それぞれの個物は「私」と同じ中心を共有している。この中心とは、第一原因である「不動の動者」であると考えてよく、この「不動の動者」が、運動から時間へ、時間からそれぞれの心臓の鼓動へと通じていくことで、すべての生きとし生けるもの全体に同時に接触していることになるだろう[30]。いわば、不動の動者を鼓動という形で分有しているのである。このことは、神がすべてのものに関わり、神の全的な意図によって、すべての生き物が秩序づけられ、何らかの役割を担っていることを意味する。内在化された時間＝鼓動を意識することは、自分が計り知れない全体の一部であり、自分が受託した役割があることを認識することなのである。

私が知っていることといえば、私がこうした持続の一部分を測るために作られたということである。到来する事物のもとで、私は全的な意図の、私という個人に託された部分を自覚している[31]。

全的なものとその意図があり、それを鼓動＝時間を通じて被造物が分有することで、個物はそれぞれの役割を果たしている。その役割が十全に機能する時、世界は調和するのである。クローデルは、鼓動を通して不動の動者を分有した人間が、今度は調和をもたらす不動の動者を世界の事物から遡行するようにして認識することを考える。おそらく、クローデルはこの時、なぜ生きとし生けるものが存在しているのかが分かると期待している。そして、クローデルはこの不動の動者と鼓動の関係を論理学的な関係に置き換えてもう一度説明しようとする。クローデルは不動の動者、すなわち第一原因にすべてが関連付けられ、そこからすべてが始まっていることをアリストテレスにならって、一種の論理学として描き出そうとする。この時、日光の経験がクローデルのなかで蘇るのである。

3　日光と「新しい論理学」

まずは日光が問題となっている箇所を見てみよう。

> かつて日本で、日光から中禅寺まで登っていった時、遠く隔たっていたものの、私の視線のまっすぐ先に並んで在る楓の緑が、一本の松によって提示された調和の欠けた部分を満たしているのを見た。これから数頁にわたって、この森が作り出したテクスト、六月による「宇宙」の「新しい詩法」、すなわち新しい「論理学」に基づいた、樹木の記述に註釈を施そう。古い論理学は、道具として、推論を持っていた。新しい論理学には、比喩《メタファー》、独創的な語、二つの異なるものを結びつけ、同時に存在させるひとつの存在に起因する作用を有している(32)。

一九〇三年（明三十六）に書かれたこの一節が、一八九八年（明三十一）六月四日の中禅寺への散策に基づいた「散策者」の記述に通底することはすぐに見て取れるだろう。

散文詩の「散策者」と異なり、『詩法』の記述ではクローデルは、楓が松の「調和の欠けた部分を満たしている」と書いているが、このある意味で欠けたものを抱えた部分が集合して、お互いに欠けているものを補いあうことで全体の調和が満たされることを把握することが、「新しい論理学」なのである。クローデルはこの時、事物の背後にある不動の動者、すなわち超越者がもたらす調和を鼓動という生理的・感覚的なものではなく、言語の技法、すなわち論理学で語ろうとしている。その際、重要な役割を果たすのが、比喩《メタファー》である。この「新しい論理学」が具体的にどのようなものかを説明するために、クローデルはまず、「かつての論理学」を引き合いに出し、その対比で、「新しい論理学」を明らかにしていく。

「かつての論理学」は、「手段として推論」を持っていたとクローデルはいう。日本では「三段論法」と訳されることが多いフランス語の syllogisme は、実際には「推論」全般を指す語である。この「推論」を最初に体系化したのはいうまでもなくアリストテレスであり、ここでの「かつての論理学」もアリストテレスのそれであると理解して問題ないだろう。その「推論」の本質をクローデルは次のように捉えている。

前者〔＝かつての論理学〕は出発点として、主体（主語）へ質や性質といった属性を最終的に附与することになる普遍的で絶対的な肯定命題を有している。時間や場所を明示しなくても、「太陽は輝く」のであり、「三角形の内角の和は二直角に等しい」のである。かつての論理学は、抽象的な個々のものを「定義」することで、それらを生み出し、それらが属する不変の部門を確立する。その手法は、命名することである。いったん決められ、類や種によって総覧の列に分類されたこれらすべての名辞を、個々の分析を通して、かつての論理学は、自身に差し出された主体（主語）に当てはめる。私はこの論理学をさまざまな語の性質や機能を明解にする文法の第一部に喩えよう。(33)

クローデルの考えている「かつての論理学」、すなわちアリストテレスの論理学の出発点は、「普遍的で絶対的な肯定命題」から始まる。それは太陽は「輝く」、三角形の内角の和は「二直角に等しい」といった主体（主語）を論証なしに述定できる命題のことである。アリストテレスに従って、クローデルはこの主体（主語）を述定する名辞＝概念に、まだ限定されていないものを当てはめて、それらを定義することで個物を存在させると考える。この個物の存立に関わるのが「かつての論理学」なのである。このことをクローデルは、「かつての論理学」の第一の「手法は命名すること」と、簡潔に要約している。

この「かつての論理学」をクローデルは、「さまざまな語の性質や機能を明解にする文法の第一部に喩えよう」として文法学になぞらえている。(34) クローデルは、伝統的に多くの文法書の第一部が、語を名詞や動詞といった品詞に分類し、それを定義し分析している構成にならって、「かつての論理学」が、個物を分類し、定義し、命名することから、品詞の分析に相当すると考え、「第一部」と表現したと考えられる。

この「かつての論理学」に対し、クローデルはアリストテレスを継承し、それを発展させた「新しい論理学」を大胆にも提示する。それはクローデルの文法学の喩えでいえば、品詞の分析ではなく、文の構造に関わるようなものであるが、クローデルはここで「比喩《メタファー》」を持ち出す。

4 比喩《メタファー》と統辞法

「かつての論理学」に対して、「新しい論理学」はどのようなものなのだろうか。まず、鍵概念となるメタファーについて考えてみよう。クローデルによれば、メタファーは、「二つの異なるものを結びつけ、同時に存在させるひとつの存在」と定義される。

ここで「比喩《メタファー》」という語について少し、整理しておこう。メタファーは日本語では、通常、「隠喩」と訳されることが多い。しかし、フランス語をはじめとするヨーロッパの諸語では比喩全般を指す語としてもしばしば用いられる。それはこのメタファーという語が、アリストテレスの『詩学』で用いられているメタポーラに起源を持つからである。メタポーラは、アリストテレスに従えば、「別のものごとを表わす名前をあるものごとに適用すること(35)」である。アリストテレスは、メタポーラの例として四種類の表現を提示しているが、その四種類のうち、最初の二つは提喩で、三番目と四番目が直喩と隠喩の説明である。このようにアリストテレスは、メタポーラをしばしば日本語で用いられるような隠喩の意味ではなく、転義法、比喩全般の意で用いており、ギリシア語に起源を持つフランス語の「メタフォール」もこの定義を受け継いでいる。そのためメタファーという語は、日本語でしばしば用いられる狭義の隠喩の意と比喩全般を指す場合との二種類があることになる(36)。では、ここでクローデルが想定しているものは狭義の隠喩なのか、比喩全般なのかということになるが、後に触れるように、クローデルは、メタファーを狭義の隠喩ではなく、アリストテレスのもともとの定義に従って、比喩全般の意で用いていると考えられる。

では、この「比喩《メタファー》」が「新しい論理学」とどのように結びつくのかという点が問題となろう。しかし、少なくとも表面的には、クローデルは文法学の喩えで論を進め、「比喩《メタファー》」とは何かということは論じていない。それに代わってクローデルが取り上げるのが統辞法である。

> 後者の「論理学」〔=「新しい論理学」〕はそうした語を結びつける技法を教えてくれる統辞法のようであり、この統辞法はわれわれの眼の前で自然／本性そのものによって行われている(37)。

クローデルは「かつての論理学」を文法書の第一部、すなわち名詞や動詞といった品詞の分類・説明に喩えたように、「新しい論理学」は、第一部で定義づけられた「語を結びつける技法を教えてくれる統辞法のよう」なものであると、やはり文法の比喩を用いて説明し始める。「新しい論理学」は、文法書の第二部がそれだけではまだ不完全な語を組み合わせて意味あるものになる文を統辞する規則の分析であるように、事物の定義・分類ではなく、世界というテクストのなかで不完全な個々のものを背後から統べて調和あるものにしている統辞法、すなわち世界を統括する規則の方に関わっているということを明らかにする。

ところで、統辞法はわれわれが日々行っている具体的な発話の背後にあって、それを言語として理解できるようにしてくれる規則であり、それに支えられているから、同じ言語を話すもの同士であれば理解が成り立つのである。しかし、実際のところ、日常の発話行為をしている時、われわれは統辞法を全く意識しないし、その存在すら考えない。むしろ統辞法を意識しているうちはその言語を母語並みに話すことができないことは、第二言語の習得の際に多くの人が経験していることである。しかし、母語話者にとって統辞法は存在しないのかといえば、それは確かに存在する。そうでなければ、発話は単なる音の連なりにすぎなくなり、われわれのコミュニケーションは成り立たない。つまり語から成る文は、われわれの意識に上がってこない規則でコントロールされているのであり、統辞法は発話行為者にとって、存在しているにもかかわらず、存在していないものとなっている。しかもこの統辞法の全体は分からないのである。同じように、意識することはないが、発話された文の背後にあってそれをコントロールしている規則にあたるものを世界や自然に見出すことがクローデルにとって問題となるのである。クローデルはこの文法学の術語に過ぎない「統辞法」を世界理解の装置に拡大しようとしているのだ。

だが、クローデルはこの世界の統辞法を具体的な規則、たとえば自然の背後にある自然科学的な法則として具体的に描き出すことはしない。むしろ、世界を統べている唯一の規則、統辞法を理解できるもの、把握できるものと考えているうちは「新しい論理学」の統辞法は理解できないとクローデルは考える。それが理解できたと過信することもあるかもしれないが、それは人間が人為的に作り上げた仮象のものであり、「新しい論理学」の「統辞法」ではないのである。

たとえば、クローデルは「あの松の茂み、あの山の形よりも、パルテノン神殿、あるいは巧みに研磨する研磨師が長年携わってきたあのダイヤモンドの方が、偶然の結果といってよいほどだ[38]」と語る。松の茂みや山容は偶然によって形成されたと考えることは、それほど不自然ではない。しかし、クローデルは、これらがたまたまそこにある、そのような形になっているという偶然性を認めず、すべてが必然的にそうなっていると主張する。つまり、松の茂みや山の形は、われわれが意識することも理解することもできない統辞法の如き法によって必然的に形成されているのである。さらには松と山が隣り合って存在するのも偶然ではなく、同じく意識されない法に支えられて、隣り合って存在しているのである。なぜそのような形になっているのか、なぜ隣り合っているのかはわれわれには全く理解することができないが、その背後にはわれわれの知性を遥かに超え、意識すらされない統辞法があって、必然的にそうなっているのである。日光の中禅寺で松と楓が作り出していた調和がこれであり、それは必然的な、しかしわれわれには分からない法、統辞法によって一直線に並んでいるのである。調和は不完全な個物と個物の意識されることのない絶対的な関係によって満たされるものであり、それによって世界が成り立っているのである。それに対して、パンテオン神殿の黄金比もダイヤモンドのブリリアンカットも、人間が生み出し、人間の知性によって理解できるものである以上、必然的で絶対的なものではなく、むしろこちらの方が偶然的なものであり、偶有的なものが含まれているのである。

こうした自然に存在するものは、超越者あるいは不動の動者の意図が分からない人類にとっては偶然のように見えるが、見えざる超越者の必然的な意図によって相互に結ばれて、調和を保っている。クローデルは、実際、「個々のものがそれだけで成り立っているのではなく、それ以外のものとの無限の関係のなかで成立している[39]」と、それぞれの事物同士が織りなす調和的な関係によって成り立っていることを述べている。だから事物が織りなす関係全体の環境からある任意の事物を切り離し、「私が植物や昆虫の器官をすべて解体してみせても、まだすべてを知ることにはならない[40]」のである。あるいは「サクランボとニシンが自身の種のためだけにあれほどまでに多産なのではなく、それらが養うことになる強奪者の一団のためにでもあるのだ[41]」という一文も、同様の主張である。サクランボやニシンだけを取り出し、それだけからサクランボやニシンの生態を結論づけるのではなく、それらを取り巻く環境によって規定される関係を通して理解すべきなのである。そこには、われわれ人間と関係することのないものも含まれる。ニシンと捕食者との関係は、人間には本質的には分からないが、それでもニシンと捕食者の関係は存在する。クローデルはこうした人間には不可知のものを含めた法の総体が統辞法であるとする。サクランボやニシンだけを抽出して分析することは、「かつての論理学」である「文法の第一部」であり、これだけでは世界を理解したことにはならない。われわれは、事物の背後にあってその事物が今ここに在る必然をもたらしている目に見えない体系が在ることへの意識が求められているのである。

5　原因と比喩《メタファー》

この知覚することも認識することもできない関係の糸は、サクランボやニシンに限らず、一見したところ、脈絡のない人間世界の現象をも必然的に結び合わせていく。クローデルは次のような奇妙なたとえ話をする。

あなたは私にワーテルローのことを語り、地図を説明し、ウェリントンとブリュッヘルの会談について語る。その結果、これらの概念がつながっていく。ところで私はワーテルローを見ている。そして同時に彼方のインド洋で、その筏船近くの水面に突如、顔を出した真珠取りをも見ている。この二つの出来事にもつながりがある[42]。

ワーテルローの戦いについて説明を受け、ワーテルローで地図を見て、ナポレオン一世に対峙したイギリスのウェリントン公とプロイセン王国のブリュッヘル元帥の関係について説明されれば、これらの個々の事象が一つの関係によって結ばれ、歴史の因果関係を紡ぎ出すことができる。ところが、クローデルはさらに、「私」が同時にワーテルローとインド洋を見ることができたとして、ワーテルローを眺めているその時、インド洋で真珠取りが海面に急に顔を出したのも見るといささか奇異とも思われることを語っている。ワーテルローにいて、ワーテルローの戦いについての説明を受けていることと、インド洋で起こっていることに関連性も因果関係もないと考えるのが自然であるが、「この二つの出来事にもつながりがある」とクローデルは語る。この二つの事象は、われわれにとっては、関連のないもの、因果関係を認められない別々の現象に属するものである。この二つの出来事が必然的な関係にあると考えるには、われわれの知性には限界があって、思慮が及ばないどころか、相互の出来事にとって他方の出来事は存在しない。しかし、われわれには知り得ない世界の統辞法があるとするのがクローデルである。その統辞法がいかなるもので、それが如何なる形でワーテルローにいることとインド洋で起こっていることを関連づけ、統べているのかは、われわれには分からないが、そうした法が存在し、統べているのである。

ワーテルローとインド洋の喩えからクローデルが疑問に附しているのは、われわれがごく自然に合理的に考える原因と結果の関係であるといえるだろう。われわれは、全体を統合しているものは知り得ないので、通常の場合、ワーテルローとインド洋の真珠取りとを結びつけて、因果関係を見出すことはない。それは、この二つを結びつけることが経験的にあり得ないことであり、また結びつける必要がないからである。このことは次のようなことを明らかにする。つまり、われわれの知性は、世界全体を統べている法を理解することはできないし、そうしたものが在るということを意識すらできないということである。そのため、われわれは知性で解明できる因果関係が全てだと思ってしまう。しかし、われわれの知性が必然的な因果関係にあると感じ、世界を理解したと思っているものは、実は、個々の現象をもとにわれわれの知性が後から帰納的に作り出したいわば虚構なのである。

それが虚構であることを忘却することで、虚構が世界の根源的な真理に取って代わってしまっているのだ。この虚構を真理と信じ込んでしまっている状況を打破しなければ「新しい論理学」の統辞法には気付かない。そこで、クローデルは次のような提言をする。

したがってあまりにも長い間われわれを捉えていた軛を打ち破り、次のような下らない格言を踏みにじろう。すなわち「同一の原因からは同一の結果が生まれる」だ。これに反論しよう。第一に原因は全的なもの以外のなにものでもなく、個々の結果はその瞬間の多様な評価にほかならず、一方、あらゆる個別的な原因は、われわれの利便性のための虚構にすぎないと。つまり、われわれは、〔推論の〕前提となるようなものを切り離し、それを絶対的なものとして抽象化し、それに最終的な形を与え、そこから任意の小概念を引き出すのである。したがって第二に原因は決して同一のものではなく、足し算のようなものであり、常に増大していく操作なのである。[43]

クローデルは「同一の原因からは同一の結果が生まれる」という因果関係の原理を踏みにじろうという。クローデルは、日々起こる現象を理解可能な因果関係に還元することを拒絶する。クローデルに従えば、真の原因をわれわれは知り得ず、通常、「原因」と考えられているものは、人為的に、事物や現象の後から仮構された「虚構」であり、同じ原因から常に同じ結果が生じるということの保証は実は何もなく、たまたまそうなっているにすぎない。極論をすれば、原因と結果を結ぶ関係は本来、存在せず、個々の事象はそれだけでばらばらに存在するのみなのである。それを帰納法による論理学的手続きによって、必然的な関係があるように考えているのである。

ところで、この「同一の原因からは同一の結果が生まれる」ということの否定は、何やら既視感をおぼえるものではないだろうか。そう、クローデルがここで語っていることは、かつてデヴィッド・ヒュームが提示した有名な問いに通底するかのようだ。クローデルはヒュームを読んでいたのだろうか。あの極端な経験主義者で、知覚されるもの以外は何も存在せず、魂や精神といった非物質的なもの、まして神などは存在しないと唱えていたヒュームに、神を知る経験をしたクローデルは哲学的に親近感を覚えたというのだろうか。

ヒュームの問いとは次のようなものだ。すなわち「われわれはなぜ、これこれの特定の原因は、必ずこれこれの特定の結果をもたねばならない、と結論するのか[44]」。この問いに対するヒューム自身の答えは戸田山和久が簡潔に要約してくれている。「心の中の印象や観念に注目する限り、ある出来事の印象と、それに続いて起こった別の出来事の印象に加えて、前者を原因、後者を結果とするような因果関係そのもの、または両者の必然的結合の印象は存在しない。因果なるものは、われわれの心の習慣が形成した一種の虚構にすぎない[45]」というものだ。たとえば眼の前で火が燃えていて、それに触れて火傷をしたという現象に対して、われわれは火は常に熱いという自然の斉一性から、火に触れれば火傷をするという因果関係を認めてしまうが、眼の前で燃えている火とそれに触ったら火傷をしたということが真に因果関係、必然的結合があると証明できるものはなく、ただわれわれが経験などからそう考えるだけなのであるというのがヒュームの考えである。人間は、通常、同じようなことをすると、同じような結果が出ると考えるものである。われわれは太陽が東から昇ることを知っていて、明日も東から昇ると思っている。手をたたけばパンと音がし、次に手を叩いても同じように音がすると考える。もし現象を一回限りのものとして考えるなら、明日、太陽がどの方角からのぼるかは予測できないし、手を叩いた時に音がすると考えることもできない。しかし、実際には太陽は東から昇るであろうし、手を叩けばパンと音がするだろうと判断できるのは、過去の経験から「きっとこうだろう」と帰納的に判断できる自然の斉一性をそこに認めているからだ。こうした観点からすると、あらゆる個々の現象は、因果という人間の作り上げた関係によって結ばれているといえるだろう。それがあたかも真実であり、真理であるかのように見えるが、それはわれわれの知性が作り出した虚構によってそうなっているにすぎない。そう考えると、自然科学の成果である因果関係で成り立つ自然法則も、人間の作り出した虚構にすぎず、世界の真理であるとはいえないことになる。こうした自然の現象に対し帰納的に因果関係を見出してしまうことは、「心の習慣」なのである。

だからヒュームにならってクローデルも、人が自然現象に見出す個別の「原因」と「結果」の関係は、「虚構」であると断言する。個々の現象を前にそこに何らかの法則や原理を見出し、因果関係があると考えてしまうのは、「虚構」であり、後から人間が考え出したものなのである。しかし、だからといって、クローデルはヒュームが「心の習慣」を否定しないのと同じように、この「虚構」を否定することもしない。この「虚構」は便宜上必要なものなのである。この便利な「虚構」を駆使することでわれわれが円滑に日常生活を送ることができることは、クローデルも認めている。たとえそれが彼にとっては、息苦しさを覚える唯物論的認識をもたらす科学であってもである。

われわれが通常、「原因」と呼んでいるものは、われわれが生活をしていく上で便利なものとして後から考案した虚構である。虚構が有効であるのは、自然の斉一性に訴えて、類似した現象には同じ原因を設定することを可能にし、人間の生活に円滑さと効率をもたらしてくれるからだ。これに対しヒュームは、世界の現象には因果関係それ自体が本来はないとして、現象の原因そのものを否定する。あるのは何の因果関係も本来は存在しない無数の個々の現象のみである。ヒュームはこの考えを突き詰め、「知覚的性質と区別した『物体そのもの』という観念も、自我という観念も、同様に心の癖が生み出したフィクションである。つまり経験主義は、経験への信頼から、経験を超えた知識への懐疑へ、感覚的実在論から感覚を超えた理論的対象についての反実在論へと変質していくのである」[46]。こうしてヒュームは、人間の知性を超えた超自然なもの、形而上的なものは存在しないと断言し、形而上的存在の実在を否定することになるのである。

クローデルは、因果関係が人間の作り出した虚構であるということを暴露することで、「新しい論理学」の

「統辞法」への道を切り開く。そして、この時、それまで歩みをともにしていたヒュームと袂を分かつことになる。クローデルはヒュームと異なり、人間の経験を超えたものが実存すると考えていたからだ。たとえば神の恩寵、あるいは奇蹟といったものを考えた場合、これらは人間の経験を超え、人間の知性、あるいは科学ではどうやっても解明できないものであるが、世界のすべてが因果関係の網の目に一分の隙もなく覆われているとすれば、これらは存在する余地はなくなってしまう。しかし、同一の原因から同一の結果が生まれてくるということを絶対的な規則であると考えずに、世界に存在するあらゆる原因が人間が後から作り出した虚構であるとするならば、神の恩寵・奇蹟のような人知の及ばないもの、人間の知性の考え出したあらゆる原因をあてはめても解明できないものが、人間が仮構した因果関係の世界とは別に存在するとしても不思議ではない。それは人間知性が生み出した因果関係とは全く異なる神の意志、神の因果関係による体系であり、世界である。それが人間の概念世界の間隙を縫って、人間と関係することが奇蹟ということになるだろう。こう考えると、この唯物論的世界に真の原因、すなわち神が存在する余地が出てくる。

このことはこうまとめられるだろう。確かに人間が考え出した原因は、人間が考え出したという点で真の「原因」ではない。しかし真の原因が存在しないのかといえば、クローデルは、われわれが把握することのできない真の原因が、人間の生み出した虚構の原因とは別にあると考えている。その真の原因とは、在るにもかかわらず意識に現れることのない統辞法のようなものであり、また人知を越えたものである。人知を越えたこの真の原因は、概念や公式に還元することができない。というのも何らかの形で表現できてしまったら、それは人間が便宜上創り出した「虚構の原因」になってしまうからだ。そのため、真の原因がどのようなものかを把握することはできない。クローデルはこの把握できない真の原因を「全的なもの以外のなにものでも」ないと語っている。

この「全的なもの」とはどのようなものであろうか。われわれが通常の意味で用いる原因は、人間が考え出した虚構であり、唯一絶対の原因ではなく、ひとつの現象に対して原因をさまざまに措定できるものである。ある現象に対して、物理学的にも、生物学的にも、歴史学的にも、哲学的にも、あるいは詩的にも原因を作り出すことができるかもしれない。しかし、それは人間の知性が、現象に対して事後的に作り出した虚構の原因であり、初めからあり、真の起源となる原因ではない。これらのあらゆる個別の原因とこれから生まれてくるであろう原因をいわば、すべて包摂し統べているものが真の原因であり、「全的なもの」なのである。この「全的なもの」に包摂されている個々の原因のうち、どれかひとつが根本的な真の原因であるとはいえず、こうしたあらゆる原因を包摂した原因は合理的に理解可能な概念に還元されることはないので、それを単に「全的なもの」としか呼ぶことができない。クローデルが反発した近代の唯物論では、あらゆる現象の唯一の原因を物質とエネルギーとする自然科学的な還元主義を取るが、この物質とエネルギーに還元する自然科学的な原因も、この「全的なもの」に含まれる一要素にすぎず、真の「原因」ではないのである。

ある現象に対して、どれほどの個別の原因を見出せるかは、人間には分からないし、こうしたさまざまな原因は時々刻々と増大していき、全体がどれほどのものになるかは誰にも分からないが故に、人間には意識されないものになっている。この真の「原因」は、人間が作り出した因果関係を生み出す虚構の「原因」を常に包摂していき、その原因の数を増大させていくことから、「原因は決して同一のものではなく、足し算のようなものであり、常に増大していく操作なのである」ということになる。

同時に、はかりしれない包括的な真の「原因」は、現象の背後にあって、人間の作り出したあらゆる原因を包摂するが、それ自体はどのようなものか認識しえないので、存在しているが存在しないのである。「全的な原因」は、「統辞法」のように、把握されず、意識されないが、しかしだからといって、ないわけではなく、間違いなく存在し、自然、世界と調和をもたらす関係を持ち、それらを存在させるのである。こうして、クローデルは、ヒュームのように経験世界の因果関係を「虚構」とすることで、ヒュームとは真逆の結論に達する。すなわち、ヒュームは経験主義的に知覚できるもの以外は存在しないとしたのに対し、クローデルは人間が経験にもとづいて考え出した因果関係では説明のできない〈何か〉が在ると結論づける。クローデルは、あくまでも形而上の実在論に立脚し、ヒュームの対極に位置するのである。だから、クローデルは松と楓が一直線並ぶのも、ワーテルローとインド洋の真珠取りもばらばらの現象ではなく、人間の知り得ない法によって、必然的に関係しているのである。

こうして浮き彫りになってくるのは、経験世界の現象を支配している因果関係は虚構にすぎず、それとは別に全容を把握できないが故に認識できない「全的なもの」があるという構造だ。最後に問題になるのは、この認識できない「全的なもの」をどのように把握するかということである。この時、「比喩《メタファー》」が関わってくる。クローデルは、言語の統辞法の類比として、同じようなことが自然界でも見られると述べた後で、「比喩《メタファー》」とは、「われわれの書物のページ上でしか機能しないものではない。すなわち比喩《メタファー》は、この世界に生じてくるすべてのものによって用いられる、もとからある技法なのである[47]」とし、単なる文彩にとどまらず、世界の認識に関わるものになってくることを明らかにしている。それは、意識されることのない統辞法が在ることを認識させる手法なのだ。ところで、クローデルは比喩《メタファー》のなかでも、とりわけ下位概念によって上位概念を表す場合に用いられる提喩を念頭においている可能性がある。提喩とは、よく用いられる例であれば、イエスの言葉「人はパンのみによって生くるにあらず」の「パン」が、「パン」という下位概念によって食べ物全般あるいは物質的な充足という上位概念を表しているような技法のことをいう。あるいはこれを部分によって全体を表すものであるともいえよう。たとえば「帆」で「船」を表すような場合がそうだ。個々の世界の現象という部分を通して、通常、描き出すことも記述することもできないこの世界の全体的なもの——ここでは「全的なもの」である「原因」——があることを認識できるようにするのが、「比喩《メタファー》」にクローデルが与えた機能だ。注意しなければならないのは、クローデルはこの「原因」がどのようなものか具体的に体系化し、概念化するために「比喩《メタファー》」を用いているわけではないことである。そうではなく、「比喩《メタファー》」は、理解も記述もできない全的である原因があることだけを認識させるのである。クローデルは日光の松と楓という比喩でもって、その背後にある「全的なもの」を認識するのである。

クローデルにとって、「統辞法」「全的なもの」「原因」と呼んでいた不可知のものとは、超越的一者、形而上的存在、神のことだ。この超越的一者を認識することが「新しい論理学」の最終的な目的なのである。一見したところ、関連のない事物が同時にそこに在ることは、われわれが知ることのできない「全的なもの」が秩序づけ、調和を保っているからであり、その測り知れない「全的なもの」の存在をそこに在る事物を通して認識することになるのである。人間は、鼓動を通して、自分たちの背後にある全的なものを認識するが、今度は事物を通しても、世界の背後に「全的なもの」があることを意識する。

一八九八年（明三十一）六月四日、中禅寺で、偶然重なりあって見えた松と楓からクローデルが見出したのは、世界の事象の背後には世界を包摂する全的なものが存在することであった。そして、その世界の背後に在る全的なものは、統辞法のように初めから在るにもかかわらず、意識に現れてこないものであり、さらには直接、記述できないものなのである。それをクローデルは「比喩《メタファー》」を通して認識できる可能性を見出したのであった。これがクローデルの「新しい論理学」であった。鼓動を通して生理的・感覚的に「不動の動者」の存在を感じるように、人間の理解できない神の全的な意図を事物の概念、すなわち言葉を通して認識するのである。そのための論理学的装置が「比喩《メタファー》」だったのである。

ところでトマス・アクィナスは「哲学は神学の婢である」とかつて語った。中世では哲学・論理学を学んだ上で形而上学・神学を学ぶことになっており、そのことをトマスは語っている。クローデルはトマスの言葉に従うかのように、この「新しい論理学」を新しい形而上学のための最初の段階に据えている。実際、クローデルは二十年ほど経って、駐日フランス大使となって再び日光を訪れ、「日本人の魂への眼差し」を執筆する。それは「新しい論理学」の比喩《メタファー》によって認識されるこの「全的なもの」を問い直した形而上学となっている。そのことを次章で考えてみよう。

第三章　神とカミのあいだで——神道と形而上

1　日光での別荘暮らし

まだ二十代だったクローデルが『詩法』（一九〇七）を刊行してから十五年ほど経った一九二二年（大十一）五月、クローデルは再び日光の中禅寺を訪れる。二十数年前、クローデルは、日光の自然を通して「全的なもの」である真の原因が世界の背後で、われわれの経験世界とは別に存在し、われわれに意識されないままに関与していることを見い出した。

そして、一九二一年（大十）十一月に駐日フランス大使として日本に赴任し、一九二七年（昭二）まで滞在するクローデルは、今度は旅行者ではなく、フランス大使館の別荘の住人として日光中禅寺を足繁く訪れ、自然とともに日本人の信仰をそこに見出すことになる。その経験はクローデルにとって比喩《メタファー》によって認識される「原因」、「全的なもの」を再び問う形而上的な問題となって現れるだろう。同時にそれはクローデル自身が見聞きし、体験した日本型の形而上を西洋の形而上に接ぎ木し、相互浸透をさせることでもあった。

クローデルが大使着任後、初めて日光を訪れるのは、一九二二年（大十一）五月である。大使クローデルが訪ねた日光は、一八九八年（明三十一）の時と異なり、中禅寺へのつづら折りの山道にかかるところの「馬返し」まで、日光駅から電気軌道が敷設され、奥日光への便は格段に良くなっていた。もっとも、山道そのものが改良され、乗合自動車で登れるまでになるのは、一九二五年（大十四）まで待たねばならない。この時、クローデルが目にした中禅寺湖畔は、一八九八年（明三十一）とは異なった景観になっていた。一九〇七年（明四十）頃には、中禅寺湖畔に交番、郵便局、電信所、パン屋などができ、外国人が長期に滞在できる施設が整えられていた。そして前章で述べたような外国人の個人の別荘に加え、各国大使館が別荘を設けるようになっていった。その嚆矢となったのはイギリス大使館で、帰国するアーネスト・サトウの別荘を引き継ぐ形で別荘を入手した。これを皮切りに、各国大使館が中禅寺湖畔に別荘取得を始める。その結果、中禅寺湖畔には、ロシア、フランス、ベルギー、イギリス、イタリア、ドイツの大使館の別荘が軒を並べることになった。大正期には中禅寺湖の大尻を起点にして、外国人あるいは大使館の別荘が四十軒ほどが連なっていた。中禅寺湖畔は日本人ではなく、明らかに外国人が作り出した保養地となっていたのである[1]（**図3-1**）。

このフランス大使館の別荘が、一九二二年（大十一）からのクローデルの日光での活動の拠点である。フランス大使館の別荘は、もともと一九〇六年（明三十九）に外務大臣も務めた青木周蔵の別荘をフランスが借り受けたものである。そのため前回、クローデルが日光を訪れた際にはまだなかったものである。当初は借り受けたものであったが、三年後の一九〇九年（明四十二）に、フランスはこの別荘を買い取っている。

フランス大使館の別荘は、中禅寺湖畔の歌ヶ浜に隣接する場所にあり、現在でもベルギー大使館の別荘と隣り合って建っている。湖側に大きな開口部をもうけるという点で各国の大使館別荘と造りは共通しているが、フランス大使館の別荘の特徴は、木造二階建ての純日本建築である点である。別荘の目の前の岸辺には小さな桟橋がもうけられ、いつでもボートをこぎ出せるようになっていた[2]。

庭先からボートをこぎ出せるようになっていたのは、各国大使館の別荘も外国人の別荘も同様であり、そのためボートは、お互いの別荘を行き来する重要な交通手段にもなっていた。こうした湖畔でのボート生活から、ボートを使った娯楽が発展していったのが大正時代である。この頃になると、ボートレースが盛んになり、「男体山ヨット・クラブ」が作られ、会長はイギリス大使が務めることになっていた。一方、本来、中禅寺湖には生息していなかった鱒などが放流され、イギリス人を中心に釣りが流行し、一九二四年（大十三）には「東京アンダリング・エンド・カントリー倶楽部《くらぶ》」といった釣りの「国際的な社交クラブ」(3)が作られもした。こうした日本の庶民階級とは縁のない生活が、奥日光という外界と途絶されたかつての聖なる空間で繰り広げられていたのである。

各国大使館や在留している外国人の別荘が軒を並べ、社交クラブも出来たということは、夏のヴァカンスの時期は、東京にいる外交官や要人がこぞって日光を訪れ、東京よりも狭い空間で外交活動と社交生活を繰り広げていたことを意味する。実際、金谷ホテルの金谷真一は、大正期の夏の中禅寺湖畔は、「日本の上層部と外国使節団とが、日光の大自然の真っただなかで鱒《ます》釣りを楽しみながら、国家間の問題を話し合った」(4)場所であったという証言を残している。この金谷の証言は、たとえばイギリス大使館付武官だったピゴットの「夏休み――わたくし達の場合はいつも中禅寺だった――はとくに幸福な想い出の種である。〔……〕東京でも中禅寺でも、一週間、否、ほとんど一日として、外交団の知己と会わずに過すことはなかつた」(5)といった回想が

図 3-1　日光，戦場ヶ原にて，中央クローデル，撮影年不明，個人蔵

裏付けてくれる。

では、クローデルもこうした外交活動や社交活動に積極的に参加していたかといえば、どうもそうではなかったようである。むしろ、こうした活動を敬遠して、他国の外交官との積極的な接触を避けていたようである。[6]自然と宗教が合一したかのような日光の地は、彼に文学的なインスピレーションを与えてくれるだけでなく、思弁的な思索の契機にもなっていたので、それを邪魔されたくなかったのかもしれない。もちろん、大使という立場上、完全に社交を遮断することは難しかったろうが、日光でのクローデルは、外交官ではなく、文学者あるいは家庭人として過ごしていたといえよう（図3−2）。この奥日光での生活をクローデルは友人で音楽家のダリウス・ミヨーに次のように書き送っている。

私は今、中禅寺にいますが、今日、この投函のためだけにしか山を下りていません。想像し得る限り最も美しい光景で、山と森に囲まれた青い湖の畔で、美しい火山の裾野にいます。それは富士山の稜線のような形をしています。私はここで素晴らしい日本式の家屋に住んでいて、紙でできた戸を引くことしかせず、森、空、自然と完全に一体になっています。私の三人の子供たちは、大はしゃぎで、一日中、湖でボートをこいだり、自転車に乗ったりしています。これまで行ったことのある滝や行きたいと思っている未知の神社仏閣が相変わらずあります。生活は素晴らしく、あのパリのことをすっかり忘れてしまったし、すぐにはパリに戻りたくないほどです。[7]

（一九二二年七月十四日付）

この書簡からは、彼が日光でいかに外交官の職務から解放されてくつろいでいたかということが推し量れ、日光での別荘生活に満足している姿が浮かび上がってくる。クローデルは、壁で仕切られていない日本家屋のおかげで、手つかずの自然と居住空間が連続しているような印象を抱いているが、それはまさにのちの「アントニン・レーモンドの東京の家」(一九二七)で、自然を拒絶するのではなく、自然のためにあるとクローデルが記述する日本家屋の特質そのものである。[8] この当時の奥日光は、現在よりも開発されていなかったため、別荘の周囲はまさに原生林そのもので、別荘から一歩出れば、すぐに自然の息吹を感じられるものであったろう。この手つかずの自然のことは日記にも記されている。クローデルは一九二二年八月十三日に男体山に登っている。もっとも、山頂は霧に覆われ、視界は効かず、湯元を経由して別荘に帰っている。その時目にした光景の印象はこうだ。

> 八月十三日、日曜日。男体山登山。山頂では何も見えないほどの濃い霧。打ちつけるような雨。森と早瀬をくぐり抜け、湯元の方へ向かう。日本の、手つかずの森の原始的な性質。たくさんの倒れ、朽ちた木々。歯朶と笹、豊かな植物相。山には誰ひとりとして住んでいない。[9]
>
> (一九二二年八月十三日)

図 3-2　日光，歌ヶ浜にて，撮影年不明，個人蔵

まるでイタリアのコモ湖のようだ[10]と形容された中禅寺湖で、クローデルは原始の姿そのままの自然を見出している。この世俗を離れた自然のなかに信仰も息づいていた。日光は前述のように、当時、すでに廃れてしまったとはいえ、日光修験の聖地で、その名残はいたるところに見出せた。自然と宗教とが境を接して併存しているのが日光であったのだ。クローデルは、日光の手つかずの自然だけでなく、そこに息づいていた信仰にも関心を寄せ、自然と信仰が融合した姿を見出している。実際、ク

ローデルは日光で日本人の信仰の一種の祖型を見出し、それにトマス・アクィナス的な世界観を重ね合わせることになる。

2　マナと日本人の信仰

クローデルが日光で目の当たりにしたのは、自然と一体となった信仰の姿である。男体山にしても、中宮祠にしても、そして別荘近くの立木観音のある中禅寺にしても、いずれも本来は、日光修験に関わる宗教的トポスであった。いうまでもなく「修験道とは山で修行して神霊と交流し、自然の特別な霊力の『験《げん》』を身につけ[11]」るもので、山という自然との関わりで成立した信仰である。実際、勝道上人が修験を始めて以来、江戸時代末まで日光では修験が盛んであった。修験では山中を縦走し、行場や拝所を巡る抖擻《とそう》と呼ばれる入峰修行が重要視される。日光でも、古くから冬峰、華供峰、夏峰、五禅頂と、冬春夏秋に入峰があった。ところが、夏峰は室町時代には早くも廃れてしまい、その代わりに江戸時代になると七月に行人を先達にして、男体講と呼ばれる講組織に属する在俗信者が男体山に登る男体禅頂と呼ばれるものが盛んになった。しかし、一八六八年（明元）の神仏分離令によって、日光修験は廃れることになる。この時、日光修験の中心だった中禅寺は破却され、中宮祠と名を変え、二荒山神社に属するものとなり、中禅寺地内にあった立木観音堂などの堂宇は、歌ヶ浜に移され、後にそこを中禅寺と呼ぶようになった。こうした変化に伴い、男体禅頂に代わって一八七一年（明四）から二荒山神社中宮祠の管轄のもと、神式で行われるようになったのが登拝祭である[12]。登拝祭は、一九一六年（大五）以降は、八月一日から七日までと定められ、中宮祠近くの湖畔の水屋で水行一泊し、夜間、中宮祠より男体山に登拝し、山頂で朝日を拝した。一九二五年（大十四）の登拝者数は、一万二八六七人であったという記録が残っており[13]、男体講の人々が多数、白装束を身に纏い、神式に「懺悔懺悔六根清浄」と唱えながらこの時期に男体登山をしていたのである。[14]

クローデルが八月十三日に男体山に登ったときはすでに登拝祭の期間が終わっていたが、まだ登拝祭の余韻は残っていたはずであり、その期間を過ぎても男体講の信者たちが登山を行っていたと考えられる。そのため、一帯はまだ宗教的な雰囲気が漂っていたであろうし、宗教的な実践も行われていたと思われる。実際、「男体山登拝は八月が中心で、〔……〕八月一日から七日までが最高潮であり、山頂で御来迎《ごらいこう》をみるのが大きな目的であった」[15]という栃木県佐野市の『佐野市史』の記述からは、登拝祭の期間以外でも八月中は、男体山を登拝することは一般的に行われていたことがうかがわれ、実際、開山式から閉山式までのあいだは、中宮祠の登拝門から男体山に登拝できるようになっていて、登拝祭の期間以外でも男体山への登拝は行われていた。ただ、登拝祭の期間は夜間登拝が認められていたが、この期間以外はそれが認められていなかった。クローデルは、男体山登頂後の八月十五日頃、中宮祠を訪ね、そこで登拝に向かう男体講の一行によって行われていたであろう祭祀を観察している。[16]登拝祭に際しては、「中宮祠において水行潔斎し、夕刻同所の内陣に参拝して登山口」[17]に集まったとされるが、おそらく内陣で神官より祓いを受け、登山のための儀礼を行ったと考えられる。登拝祭の期間外でも講中は、中宮祠に参拝し、そこで同じようなことをした後、男体山に向かったと考えられ、クローデルが見たものもそうした類であったと思われる。この光景は、日記に詳しく書かれている。

> 中禅寺にて、八月十五日頃、山の麓にある神道の神殿で、神官と信者による勤行。全員で一種の振動を真似しながら、祈り、呟く。それからコーラスによる一問一答。大量の紙のリボンがついた一種の棒（雨、稲妻を模したもので、恩恵をもたらす力を注ぎ込むもの）持った神官が、信者一人一人に近づき、頭や肩にリボンをすべて降り注ぐ（彼は私にもしてくれた）。それから全員で体を使った勤行。彼らは、リズミカルな叫び声を上げながら、あたかも全員で綱を引っ張っているかのようだ。それから呻き声をあげて、拳を胃の

ところに強く押しつける。あたかも彼らは何かを呑み込み、それを嚥下しているかのようだ。[18]

中宮祠でのこの神道の儀式は、明治以降急速に廃れた古くからの修験の習俗を踏まえつつ、神道式にした儀礼の一種と考えられる。神官が御幣（「紙のリボンがついた一種の棒」）で講中に力を与え、その後で集団で「綱を引っ張っているか」のような仕草をする。この動作は、魂《たま》と呼ばれる浮遊する一種の力、エネルギーを自分の方に呼び寄せる動作を思わせ、続く描写は、その魂《たま》を体内に取り込むために、「拳を胃のところに強く押しつけ」、魂《たま》を「呑み込み、それを嚥下」するものと考えられる。これは神道式の修験に現在でも見られる魂《たま》を身体に取り込む魂振り、あるいは魂鎮めの儀式との関連を連想させ、魂《たま》を自分に取り付けて内在化させることで登拝に耐えることのできる力を得て、男体山登頂に臨んでいたと想像できる。[19]ところで、この時の印象のことであろう、クローデルは、八月十七日、知人の文芸批評家で聖職者のアンリ・ブレモンに次のように書き送っている。

私は、今、宗教的な観点からすると、世界で最も原初的なものが残っている国のひとつにいます。今は「山の精霊祭」の時期で（男体山という火山で、今、窓の下に広がる美しい中禅寺湖にその姿を映していま す）、私はここの神道の神殿で、マオリ族そっくりの祭に立ち会っています。私の考えでは、日本人は、中国人よりもポリネシア人やマレー人の方がよほど近い。[20]　（一九二一年八月十七日付）

クローデルは中宮祠での講中の所作が、マオリ族の祭礼の際に行われる踊りと似ていると感じたのであろうが、要するに彼は、太平洋地域に見られる儀礼習俗に類似するものをそこに見て取ったと思われる。この書簡からは、中宮祠で目にした神道の儀礼からクローデルが、日本は古くから中国文化の影響を強く受けているが、その基層にある古代人の心性や信仰は、むしろ太平洋地域のものに通底するのではないかと考えていることが見て取れる。

クローデルがブレモン宛の書簡で確認した特徴は、おそらく彼がその直前に読んだと考えられるアメリカ人宣教師で神道研究家でもあったダニエル・クラレンス・ホルトムの著書『近代神道の政治哲学』[21]（一九二二）を踏まえている可能性が高い。ホルトムは、基本的に日本の神観念を太平洋地域の文化圏に属するものと考えており、それを読んだクローデルは、中宮祠でこのホルトムの説を実感し、太平洋地域のマオリ族やポリネシア人、マレー人といった語を持ち出したのであろう。ところで、ホルトムの著書で論じられている日本の神観念は、マナ・タイプと呼ばれているものである。このマナとは、もともとはイギリス人宣教師で人類学者のロバート・ヘンリー・コドリントンが『メラネシア人』[22]（一八九一）のなかで紹介したノーフォーク諸島を中心とする東メラネシアで見られる神観念のことである。コドリントンによれば、マナは、非人格的な一種の力であるとされている。実際、マナとはメラネシア語で「力」を表し、普段は空間を漂っていて、何かをきっかけに物や人間に取り憑く。すると取り憑かれた物や人間は、超自然的な、あるいは超人的な力を有することになるのである。「マナは〔……〕信じられないような驚くべき働きをする力であり、あらゆる事物、生き物に見られ、異常な力あるいは他より圧倒的に優れた力を発揮することになる[23]」。コドリントンが例としてあげているのは、次のようなものである。「もしある人が格闘で勝利を収めたとしたら、それは腕が持っている本来の力、眼の素早い動き、勝利を収める機転の速さのおかげなのではない。そうではなくて、その人には間違いなく、彼に力を与えてくれる精霊あるいは死んだ戦士の『マナ』が取り憑いたのである〔……〕」。あるいは「ある人の豚が大繁殖し、彼の畑が豊作だったとしたら、それは彼がまめで彼の家畜や野菜の世話をよくしたからではなく、彼が持っていたマナに満ちあふれた石が豚やイモに対して作用したからなのである[24]」。

ところがホルトムはコドリントンを引用して、このマナは「何かあるものに固着するのではなく、あらゆるものに乗り移ることができる[25]」と指摘しているように、人や事物に恒常的に取り憑いているのではなく、何かをきっかけに離れ、再び空間を漂い、別の人物や事物に取り憑くのである。このメラネシアのマナを普遍化し、太平洋地域に広く見られる神観念にモデル化したものがマナ・タイプの神性であり、それは超人的、超自然的で非人格的な一種の力、あるいはエネルギーで、空間を漂泊し、事物や人間に取り憑いたり離れたりするものと要約できる。現代ではそこに日本の神観念も含めるのが一般的で、民俗学で漂泊神や外来魂と呼ばれる概念がそれにあたる。ホルトムも、『近代神道の政治哲学』で日本の神観念もこのマナ・タイプであると考えている。実際、彼は、日本の神観念をマナ・タイプとして考えた最初期の人物の一人といってよく、「ここでは次のような仮説を提示できる。すなわち日本語の『カミ』は宗教的な分類のうち、『マナ』タイプに属すると。『カミ』は、本質的には『マナ』と同じ意味なのである」[26]と定義している。すなわち、日本の神性の祖型は、事物や人間に取り憑いたり、離れたりするということを基本的な性格として有している一種の力なのである。[27]

ホルトムの著作を読んだクローデルは、ホルトムが日本の神観念を太平洋地域のそれに関連づけていることを受け、宗教的には始原的であると感じた中宮祠の、おそらく魂振り、魂鎮めを想起させる儀式をマナ・タイプの神性を人に取り憑けるものと考えていた可能性がある。それが「マオリ族そっくりの祭」という表現の背後にあるものだ。そして折口信夫がマナ・タイプの神観念を読み換え、「天皇霊」や「まれびと」という独自の概念に仕立てあげたように、クローデルもこのコドリントン＝ホルトムのマナ・タイプに属する日本型の神観念をそれに基づきつつも独自のものに読み換えていく。それが「日本人の魂への眼差し」なのである。

3　神道とスコラ学

「日本人の魂への眼差し」は、クローデルの一連の日本論の中核をなすといっても過言ではない。この日本論は、中宮祠での儀式を見た後の一九二二年（大十一）八月二十七日に日光の夏期大学で行った講演「宗教と芸術より見たる日仏の伝統」がもとになっている。夏期大学とは、この当時流行していた、一種の市民大学、教養講座のようなもので、夏休みに大学や高等学校の教員などが、市民や大学生、高校生などを対象に講演をするものであった。クローデルはこの時、早稲田大学教授であった五来欣造（素川）から依頼されて、講演をしている[28]。この時の会場は、学谷亮の調査によって、新校舎が落成したばかりの日光尋常高等小学校（現日光市立日光小学校）であったことが分かっている[29]。この講演は、雑誌『改造』にフランス語の原文と日本語訳が発表され、その後、大幅に手を加えられ、藤田嗣治のクローデルの肖像画を附した小冊子として出版され、最終的には『朝日のなかの黒鳥』（一九二七）に収録される。

この最終的に『朝日のなかの黒鳥』に収録された「日本人の魂への眼差し」では、最初にフランス人の心性、芸術観が紹介され、近代の唯物論的世界観にも繋がる精神が明らかにされている。クローデルによれば、フランス人の本質的な性質とは、文学や話すことに顕著に表れており、それは「正確さへの飽くなき欲求[30]」であるとしている。その背景にあるのは、もともと「異なる二十ほどの民族から構成される国民」であるため、「こうした雑多な階層や断片的な集団同士のなかに、一つの連帯、一つの調和を確立せざるをえなかった[31]」ことがあげられる。さらには異なる利害・価値観を持ったものと絶えず交渉しなければならないフランスの地政学的な位置も、この正確さを求める姿勢を呼び起こした。そのためにフランス人にとっては、「常に説明すること、自らを説明することが問題になる[32]」のである。そしてこの正確な説明の根底にあるのが「あらゆることにおいて原因を究明しようとする[33]」態度である。こうして原因を措定し、そこから現象の因果関係を合理的に導き出すというフランス人の態度が形成されていく。このため、世界を概念で把握できる因果関係に還元できるとする近代ヨーロッパの唯物論的世界観とフランスは強い親和力を持つことになったのである。クローデルはこう語ることで、フランスなどの近代社会では言語で語れないものは存在しない時代に近代は到達してしまったことを仄めかしているのだろう。しかしクローデルは、このフランス人の性格をことさらに誇張して強調しているように思われる。というのも、このように強調することで、クローデルは、「唯物論の徒刑場」と呼んだフランス近代社会の対極にあるのが、日本であると主張しようとしているように見えるからだ。クローデルは、意識してなのかそうではないのかは判然としないが、当時のフランス人のいわゆる合理主義的性質が、唯物論的世界観に結びついた、あるいは唯物論的世界観と親和力があったことを暗示し、そのことで、逆に、日本がいわば反唯物論的な世界であることを浮き彫りにしようとしているかのようなのである。

実際、クローデルは、このフランス人の特徴を描き出した後で、今度はフランス人と比較すべき日本人の特性について言及している。まずクローデルは、日本の風景、神社仏閣を前にして、西洋にはない異質性を外国人として驚き、その気持ちを素直に表明している。その上で、この日本的な風景を前にして、クローデルは「日本人の態度」と彼が呼ぶものを理解できたと語る。

> そしてこのとき私は、生を前にしたとりわけ日本人の態度というものを理解したのです。フランス語にその感情をうまく表現するための適当な言葉があまりないので、崇敬とか、尊敬とそれを呼ぶことにしましょう。つまり、知性では到達できないすぐれたものを自発的に受容することであり、われわれをとりまいている神秘を目の当たりにして、われわれ個々の存在を小さくすることであり、儀礼や配慮を求めてくるものがわれわれの周りに存在していることを知覚することなのです。日本がカミの国と呼ばれてきたことも意味のないことではないのです。しかも、この伝統的な定義は今でもなお、みなさんの国に与えられたもっとも適切で、もっとも完全なものと私には思われます。[34]

この一節の背後には、主として西洋の近代社会はすべての現象が、物質と運動、概念と数式に還元できるという世界観が主流を占めていたのに対し、日本では「知性では到達できないすぐれたもの」であるカミがあることを前提にした世界観が息づいていたという発見がある。そして、この「知性では到達できないすぐれたもの」が日本の神観念の中核をなし、この存在が「日本人の態度」を規定している。「日本人の態度」とは、森羅万象に対して「崇敬」あるいは「尊敬」の念をあらわすということだが、その森羅万象には「知性によっては到達できないすぐれたもの」が宿っていて、事物に接することは、この知性を超越したものと接触することと日本人が考えているということである。こうした日本人を取り巻く自然全体にカミが宿って充満していることからクローデルは、「日本がカミの国と呼ばれる」(35)のだとしている。

ところで、この「カミの国」という箇所にクローデルは長い注を附している。このクローデルの注は、実は、前述のホルトムの『近代神道の政治哲学』のなかの第五章「カミの意味」に現れる英文を抜き出し、自身でフランス語に訳し、コラージュ風につなぎ合わせたものである。このクローデルの原注を読むと、彼が日本人を取り巻く事物に宿っている「知性では到達できないすぐれたもの」、つまり日本型の神性を、ホルトムが提示したマナ・タイプの神性と見なしていることが分かってくる。

> 「カミ」という語は、平田篤胤によれば、この世で不可思議で神秘的な力を持っているすべてのものを指し示す。――ポリネシア人であれ、マレー人であれ、太平洋地域のすべての民族には、マナ、タブー、クラマトなどのような、これと類似する表現が見出される。(36)

文脈からすると、クローデルが本文で語っていた「知性では到達できないすぐれたもの」である神性は、平田篤胤のいう「不可思議で神秘的な力を持っているもの」に相当することになるだろう。ホルトムの原文に付された注に従って、平田篤胤の『古史伝』(一八一二)を繙いてみれば、この「不可思議で神秘的な力を持っているもの」に対応する表現は、「凡《スベ》て世に奇《クス》しく霊《アヤ》しき功徳《イサヲ》ある者」(37)であり、これを「加微《カミ》」としている。実際、篤胤は「カミ」を「霊妙《アヤシクタヘ》なる物」(38)として、「然れば加備とは、世に生出《ナリイデ》たる物の元始《ハジメ》にて、いと〱奇霊なる物」(39)、あるいは「さて加備《カビ》と加微《カミ》は同言にて。其いと奇霊《アヤ》しく妙《タヘ》なる事[40]」と一貫して「不可思議」で「神秘的な」ものと考えている。このことをクローデルは、ホルトムを介して理解しているといえるだろう。しかし、このクローデル＝ホルトムの表現で、篤胤の文では「功徳《イサヲ》」と記されていたものが「力」という概念に書き換えられている点は注意すべきだ。このことによって、篤胤の定義する日本のカミを太平洋地域の神観念である「マナ、タブー、クラマートなどのような」ものとして、マナ・タイプの神性に分類できるようになるのである。すなわち、漂泊するマナが事物や人に取り憑くことでそれらが神性を帯びると理解されていたように、クローデルは、日本の神性も事物や人に憑依して、それらに超自然あるいは超人的な力である神性を与えると考えている。森羅万象に神性を見出せるのは、マナ・タイプの神性がそれらに憑依しているからなのである。言い方を換えると、岩や樹木それ自体に神性があるのではなく、超自然的な力であるマナ・タイプの神性が憑依することで、それらが畏怖の念を引き起こすような力を秘めたものになるのである。なるほど確かに、日本の神性や霊は依り代などに依り憑くタイプであり、そうした例はいたるところに見出せる。その点ではマナと同様であるといえる。しかし、メラネシアのマナと異なるのは、日本では依り憑いたものが離れないようにするための儀礼を宗教的な実践として発展させてきたことだ。それがゆえに巨木や巨岩、山塊から感じ取れる神性は、半ば永遠に内在し、あたかもそれらの本質であるかのようになっている。つまり、日本では、本来は漂泊し、一時的に憑依するものだった神性が、事物に半ば恒久的に内在するものになったのである。少なくともクローデルはそう考えていたようにみえる。

　クローデルが日本で目の当たりにした、「大切そうに添えられた一種の巨大な松葉杖によって支えられた倒れかけた松の巨木」や「並外れたスケールの木や、独特の形をした岩がしめ縄で飾られている」こと、「家族同様に可愛がっていた動物が死ねば、お寺に運び、坊主に〈念仏〉を唱えてもらう」こと、「猫いらずの商人は自分たちの製品が殺した鼠のための供養」を営むこと、「文具商は使わなくなった古い筆」を供養すること、「東京の木版画師の組合が、自分たちの芸術のために使用した桜の木に敬意を表して盛大な儀式を催した[41]」ことなどは、すべてのもの、樹木、巨岩、生き物、事物等々に強度の差はあれ、マナ・タイプの神性が取り憑き、内在化しているため、この神性に対する敬意を表す儀礼として祀ったり、恨みを買わないよう供養したりするのである。来日したクローデルが目にした、注連縄を張ること、生き物や事物に対して供養をすることといった日本の文化は、少なくとも彼にとっては、事物にマナ・タイプの神性が内在していることを意識させるものであった。

この時、クローデルは、通常では考えられない力という本来のマナ・タイプの神性の本質をおそらく意図的に読み換え、変容させている。実は、そのことは日本の神性を「知性では到達できないすぐれたもの」と表現しているところにすでに現れている。このクローデルの表現は、そのまま受け取れば、日本型の神性は人間の知性での理解を超えたもので、決してどのようなものであるか分からない卓越したものになる。確かに先ほど「知性では到達できないすぐれたもの」は、平田篤胤の「不可思議で神秘的な力を持っているもの」、すなわち「奇《クス》しく霊《アヤ》しき功徳《イサヲ》ある者」などといった表現に対応するとしたが、ホルトムも平田篤胤も、日本の神性が人知を越えた卓越したものとまではいっていない。「奇《クス》しく霊《アヤ》しき功徳《イサヲ》ある者」とは尋常でない力と雰囲気を持ち、思わず畏怖の念を引き起こすものにすぎない。クローデルは、マナ・タイプの比較的素朴な、通常の能力を超えた力であった日本型の神性を知性では到達できないもの、すなわち、われわれの理解しうる自然の法則では解明できないものであるとし、人間の知性を超えたすぐれたものであると読み換えている。そうしたものが事物に内在しているのである。

ところで、クローデルの「知性では到達できないすぐれたもの」というこの表現は、実はホルトム＝平田篤胤の神の定義に由来するというよりも、むしろ、スコラ学で神を定義する際の定型的な表現であるといってよいものである。クローデルがしばしば言及するディオニュシオス・アレオパギテスは、神あるいは超越者は知性を超えているがゆえにどのようなものかは分からないものであり、「理性や知性や存在を超えたかの超存在的なもの」[42]としての神について、次のように語っている。「存在を超越した無限定は諸々の存在を越え、知性を超越した一は諸々の知性を越える。思惟を超越した一はいかなる思惟によっても思惟されない。言葉を超越した善は如何なる言葉によっても語られない」。こうした超越者は「非言語、非知性、非名称[43]」なので、概念で認識することができない。あるいはクローデルの座右の書であったトマス・アクィナスの『神学大全』では、「神は存在者ではなくて、ディオニュシオスがいっているように『存在者を超える』者である。ゆえに神は知性認識されえず、知性認識を超えるものである」と書かれている[44]。われわれは、日本の国学ではなく、スコラ学によって初めて、神は知性を超え、知性では到達できないものであるという定義を見出すことができるのである。

クローデルは、マナ・タイプの日本の神性を「知性では到達できないすぐれたもの」とすることで、それをキリスト教神学における超越的存在に通底させ、この超越者が自然の個々の事物や人に取り憑き、内在すると解釈している。こう考えると、クローデルの次の言葉が意味することははっきりするだろう。

日本においては超自然なものはしたがって、自然以外の何ものでもありません。それは文字通り自然を超えたもの、あの卓越した真正さの領域であり、そこでは、むき出しのことがらが意味の領域に移し直されるのです。それは自然の法則に異を唱えることなく自然の神秘を強調するのです[45]。

自然の事物に取り憑くマナ・タイプの神性も確かに「超自然なもの」の性質を有しているが、本来のマナの解釈からすれば、それは、前述のように、通常の能力を超えた力という比較的素朴な意味に解すべきである。しかし、クローデルの読み換えによって、「超自然」は「知性では到達できない」超越的な存在のことを指すことになる。その超越的な存在が自然の個々の事物・現象に内在し、一体化し、自然は人間の知性で把握できる「意味の領域」にあると同時に、超自然、すなわち人知を超えたもの、神性を帯びたもの、知性=言語では表現できないがゆえに概念で覆われていない「むき出し」のものとなるのである。しかも、超自然なものは人間の知性が見出す自然界のあらゆる法則や原理を越えたもの、すなわち神秘であり、「奇蹟」であるにもかかわらず、日本ではそれが「自然の法則に異を唱えること」がないのである。自然と超自然が両立し、事物に超自然が内在するのである。クローデルは、さらには人間にもこの超自然が内在していると考えている。そのことは、次の一節から読み取れる。

実際、物質的なもののなかに神秘的で神的な何かがあると認められるのであれば、生きている人間のなかにはさらにどれほどのものがあるでしょう[46]！

巨木や岩のような「物質的なもの」のなかにあるこの「神秘的で神的な何か」とは、いうまでもなくマナのような一種の力から読み換えられた「知性では到達できないすぐれたもの」であり、要するに超自然のことである。これは「犯すことのできないもの、聖なるもの」となって、「人間の人格という聖域の最も内奥の部分[47]」にも存在し続けるものである。つまり、個々の人間には、超自然である超越的な神性が内在していることになるのである。

クローデルがマナ・タイプの神性を読み換えた日本の神観念は、人知を超えているという点で超越性を有し、しかもそれが、世界を超越したところに外在するのではなく、この世界の個々の事物や人間に内在するものとなる。こうして世界は、神性を有するもので溢れていることになるのだ。

4　本覚思想と超自然

クローデルが西洋的な文脈に当てはめて見出した日本の神性は、超越的なものが個々の事物に内在するとしている点である。しかし、こうした個物に神性が内在し続けると考える傾向は、一方では、日本で独自に発展した存在論を喚起させ、日本思想のあるひとつの水脈に関連づけられる。そのことについて中村元は、次のように述べる。すなわち、日本では「諸事象の存する現象世界をそのまま絶対者と見なし、現象をはなれた境地に絶対者を認めようとする立場を拒否するにいたる傾向がある」[48]とした上で、もともと仏教の真理である涅槃は、「現象界の諸相を超えたところに存する究極のさとりの意味であったが、いまや日本ではそれが現象界のうちに引きずり下ろされ」[49]、「もはやわれわれに隠されているものはなにも存在しないのである」[50]。すなわち「現象世界の無常なるすがたがそのまま絶対的意義を有する」[51]のである。こうして「人々の求めている真理なるものは、じつはわれわれの経験する現実世界そのものにほかならない」[52]ことになる。それは事物や人間への中村のいう「絶対者」の内在化を意味する。自然がそのまま超自然となるのである。この日本思想の起源を中世の「天台本覚思想」に求めることは可能だろう。初期の天台本覚思想の文献で、最澄が書いたとされてきた『天台法華牛頭法門要纂』で語られている「心性の本源は凡聖一如《ぼんしょういちにょ》にして二如なし。これを本覚如来《ほんがくにょらい》と名づく」[53]を思い起こしてみよう。佐藤弘夫はこれを「平凡な人間の心の本質が、永遠不滅の仏に等しいという主張である」とし、「人はその内面を通じて、宇宙の究極の真理＝法身仏と不可分に結びついている」[54]と解説している。佐藤は仏とカミをほぼ同義のものとし、「神は人の外側にあって、霊異を現す主体」[55]であることをやめ、人は「人間の内面に超越的存在（カミ）を見出そうとする」[56]ようになったことを意味しているとしている。この天台本覚思想の特徴は、「人間だけでなく、草木・動物から石や瓦礫までこの世の一切の存在に仏性を見出し、目の前の現実をそのままの真理の現れとして受け入れていこうとする立場」[57]を取っていることであり、自然のあらゆる事物に神性、聖性が内在していると考えていることだ。

　この時の仏性とは、ここでは簡単に、仏になる可能性、仏の種とでも形容しておこう。この仏性は、仏教のもうひとつの大きな概念である縁起——概念の糸によって編まれ、一分の隙もなく張り巡らされた関係の網とでもいおうか——と時に対立し、往々にして矛盾するので、仏性を巡る議論に深入りすることはせず、時代を経て近代に至るとこの仏性が変奏され、超越的な実体として解釈される傾向が生じてきたことだけを指摘しておこう。その上で大正生命主義がそうであるように、森羅万象に内在する漠然とした神性、聖性のようなものを仏性と捉えてみたい。そう考えると確かにこうした本覚思想は近代に至っても、西洋哲学と結びついて命脈を保ち、たとえば仏教を西洋的な思惟の構造のなかで語った鈴木大拙が次のようなことを語る時、そこに中世以来の本覚思想が変容して、生き延びた姿を読み取ることができる。

霊性と云ふと如何にも観念的な影の薄い化物のやうなものに考へらえるかも知れぬが、これほど大地に深く根を下して居るものはない。霊性は生命だからである。(58)

ここで語られる「霊性」とは何かということについても議論が必要だが、基本的に普遍的なものと考えられ、文脈からすると鈴木はこれを超越的な実体としてとらえているようだ。この「霊性」の特徴は、「生命」であり、それが大地に根ざしたものである点だ。鈴木のいう「霊性」が根を下ろしている大地を自然と言い換えれば、自然であるこの現実世界に霊性、つまり超越的なものは深く根を下ろしていると鈴木は主張していることになる。こうした霊性と大地の関係を鈴木はさらに次のように語っている。

大地の霊とは霊の生命と云ふことである。此生命は必ず個体を根拠として生成する。個体は大地の連続である。大地に根をもつて、大地から出で、また大地に還る。個体の奥には大地の霊が呼吸して居る。それ故、個体はいつも真実が宿つて居る。(59)

鈴木は、個体は大地から連続していると述べることで、現実世界を構成する個々の個体は、大地を分有していると考えている。そのため大地が霊性そのものなら、そこから生じる個体にも霊性が宿るはずである。こうしてそれぞれの個体に霊性が内在することになる。

この鈴木と金沢の第四高等学校で同級生だった西田幾多郎の哲学にも同じような本覚思想の構造を見て取ることができる。いうまでもないが、西田哲学は直接仏教を対象にしたものではないが、彼が『善の研究』（一九一一）で次のように述べるとき、鈴木と同じように、超越的で聖なるもの、あるいは神的なものがこの現実世界の個々の事物・人間に内在していると考えていたといえるだろう。

神とはこの宇宙の根本をいうのである。上に述べたやうに、余は神を宇宙の外に超越せる造物者とは見ずして、直にこの実在の根柢と考へるのである。神と宇宙との関係は芸術家とその作品との如き関係ではなく、本体と現象との関係である。宇宙は神の所作物ではなく、神の表現 manifestation である。外は日月星辰の運行より内は人心の機微に至るまで悉く神の表現でないものはない、我々は此等の物の根柢において一々神の霊光を拝することができるのである。[60]

ここで西田が述べていることは、世界の個々の事物は神の創作物ではなく、「神の表現 manifestation」、神の現れということである。神が個々の事物となって現れたのなら、個々の事物は神を分有していることになる。すると、神とはこの世界の外部に存在するのではなく、この現実世界の自然の個々の事物、現象の根底に内在していることになる。西田も本覚思想同様、山川草木にいたるまで聖性が内在していると考えている（西田は内在する聖性を鈴木よりも明解に超越的な実体として見ていることも分かるだろう）。

鈴木にしても、西田にしても森羅万象に神性、聖性が内在するという点で本覚思想の伝統を踏まえているが、仏性は、本来の形から変容し、先に述べたように個別に内在する超越的で実体的なものになっている。こう考えてみると、クローデルは、仏教思想も含めて日本人の神観念として、超越的なものが個々の人間や事物に内在すると考えたが、それはクローデル独自のものというわけではなく、本覚思想の系譜に連ねることのできるものといえる。もちろん、クローデルが本覚思想や鈴木や西田の哲学を知っていたということはないと思われ、むしろ、日本文化の基層を伏流水のように流れていたこうした思想にクローデルは日本人の信仰などを通して出会い、それを感じ取り、ヨーロッパの伝統的枠組みと融合させたという方がよいのかもしれない。

しかし、一方で、こうした超越的なものが個物に内在するという考えは、カトリック教徒であったクローデルには容認しがたいものなのではないだろうか。彼にとって神とはこの現実世界を超越し、この世界の外部にあって、世界を俯瞰しているというものではないのだろうか。超越的なものは個物に内在するものではないはずである。そもそも超越者が個物に内在するということ自体が矛盾した考え方である。また、もしそれぞれの個物に超越者、すなわち神が宿っていたとするのなら、それは汎神論になってしまい、キリスト教的な神の超越性と矛盾をきたしてしまうはずである。この矛盾をクローデルはどのように解決しようとしたのだろうか。彼は、単に日本の神観念を異教徒のものとして観察しただけなのだろうか。だが、「日本人の魂への眼差し」を読むと、クローデルは確かに日本の信仰は、「この世とは異なる世界からもたらされる明確な『啓示』という考えなしですますことができるという点で」[61]キリスト教と大きく異なると認めているが、自然の事物は「われわれと同じ『父なる神』の作品である被造物」であり、神の「同じ意志の啓示」がそこにもあるとして、日本的神性をキリスト教的神性に通底させるそぶりをしている。[62]もしそうであるとすれば、クローデルは日本の神観念とキリスト教的神とを結ぶ何かを見出しているはずである。

5　雨と靄の形而上学

「日本人の魂への眼差し」では、日光で行った講演が基になっていることもあり、日光の光景を踏まえたような自然と信仰が一体になった日本の原風景をイメージさせる文章が見受けられる。こうした箇所では、日本の風景が宗教的な印象とともに言及されている。この日本の光景を特徴づけるものとしてクローデルが考えているものが、「靄」あるいは「雨」である。たとえば、次のような一節。

　こうしたもの〔＝日本の自然〕の上すべてに、季節によっては止むことのほとんどない雨の帷が降り、不思議な靄が漂います。今も昔も、あなた方の国の画家たちは、この靄を実に巧みに利用しています。それは風景の片隅を、交互に、そして故意であるかのように隠したり顕わにしたりするのです。まるでだれかがわれわれの関心をその風景に向けさせようとしているかのようであり、その人知のおよばない意味を一瞬だけ示そうとしているかのようです。[63]

　ここでは、日本の自然が梅雨時の雨や靄に取り巻かれていることが示されている。それを日本の画家たちが巧みに描き出しているとクローデルは評価する。そしてクローデルは「雨の帷」といっているように、雨や靄を覆うもの、包むもののイメージで形容している。この覆うもののイメージには、これに類する霧や霞も加えることができるだろう。あるいはまた、この「雨の帷」や「靄」に覆われていることを思わせる世界をクローデルは次のようにも表現している。

料金受取人払郵便

綱島郵便局
承　　認
2334

差出有効期間
2025年12月
31日まで
(切手不要)

郵便はがき

223-8790

神奈川県横浜市港北区新吉田東
1-77-17

水声社　行

御氏名(ふりがな)	性別 男・女	年齢 才
御住所(郵便番号)		
御職業	御専攻	
御購読の新聞・雑誌等		
御買上書店名	書店	県 市　町 区

読　者　カ　ー　ド

お求めの本のタイトル

お求めの動機

1. 新聞・雑誌等の広告をみて（掲載紙誌名　　　　　　　　　　　　　　　　　　　　　　　　　）
2. 書評を読んで（掲載紙誌名　　　　　　　　　　　　　　　　　　　　　　　　　　　　　　　）
3. 書店で実物をみて　　　　　　　　4. 人にすすめられて
5. ダイレクトメールを読んで　　　　6. その他（　　　　　　　　　　　　　　　　　　　　　）

本書についてのご感想（内容、造本等）、編集部へのご意見、ご希望等

注文書（ご注文いただく場合のみ、書名と冊数をご記入下さい）

［書名］	［冊数］
	冊
	冊
	冊
	冊

日本人が視線を向けるところはどこでも、ほんの少し開かれたかと思うとすぐにまた閉じてしまうヴェールに自分が包まれているのだということを〔……〕知るのです。(64)

ここでは帷はヴェールのイメージに変容されているが、やはり自然や事物を「包む」と表現されている。クローデルは、梅雨時の雨や靄などを日本の自然全体を包むもの、包含するものと見ているのである。実は、この雨や靄の帷やヴェールで包まれるというイメージは、この日本論以外でもさまざまに変奏されていて、クローデルの日本観の通底音のようになっている。たとえば、一九二六年（大十五／昭元）の作品であるが、「後背地」と題された散文では霧が次のように描写されている。

しかし、とりわけ霧は、スカーフ、網、織物、半透明にすることあるいは何かを詰める栓の働きを決してやめない。(65)

ここでは雨や靄が霧に置き換わっているが、それは「スカーフ、網、織物」と言い換えられ、同じように包むもののイメージを反復している。こうした「風と雨の運動」は、「ヴェールやスクリーン〔……〕によって数え切れないくらい演じられてきた(66)」のであり、日本の自然は、不定形で形をとらえることのできないヴェールにすべてが同時に包まれており、雨や靄や霧という「帷が主役である舞台(67)」なのである。さらにクローデルは、この包むということを雨や靄といった自然現象にとどまらず、日本人の日常生活にも同じように見出している。そのこともやはり「日本人の魂への眼差し」では描き出されている。たとえばこんな風だ。

最後に私は、みなさんが心の奥深くにある気持ちを包み隠す慎重さやみなさんが最も大切に思っているもるのを隠すときの気遣い、贈りものや買ったものや家のなかにあるちょっとした宝物を包んで飾り立てたり、隠したりする箱や幾重にも折り重ねられた包み紙のあの複雑な技芸に到るまであの神秘への嗜好や信仰を見ることができるのです。(68)

クローデルは、ここで何重にもなった箱や熨斗なども雨の帳や霞と同じように何かを包み込み、包含するものとして関心を寄せている。彼は「包む」を日本文化を形作る基層的なありかたと考えているようだ。つまり、「包まれている」「隠す」「包み隠す」といった動詞や「雨」「靄」「霧」「帷」「ヴェール」「スカーフ」「網」「織物」「スクリーン」「箱」「包み紙」等々といった名詞は、いずれも「包む」という概念で相互に関連づけることができるのだ。興味深いのは、クローデルが「あらゆる小さな宝物を包み隠す箱」「幾重にも重ねられた包み紙」など、包むことが、日本人の「神秘への嗜好や信仰」、すなわち宗教的なものと結びついていることを指摘している点である。クローデルが日本の自然や文化を貫いている通底音と見做しているこの「包む」は、日本の信仰にも関わっているのだ。「神秘」とは自然の法則に当てはまらない現象、「超自然なもの」の言い換えだが、この超自然なものである神秘が包むことと関わっているとクローデルは語っているのだ。実際、後に彼は、「絶えざる霧が日本を支配しているが、それは光り輝く霧であり、私はこれをヌミノーゼといいたいくらいだ」(69)と述べており、ルドルフ・オットーが唱えた「感情には訴えるものの、概念では把握できない」「聖なるもの」(70)である「ヌミノーゼ」に日本の霧をなぞらえてもいる。ここにクローデルのマナ・タイプの神性に対するもうひとつの読み換えを見て取ることができる。マナは、前述のように漂泊する力で、これが事物や人に憑依することで、事物や人間が超自然的、超人的な力を有するようになると考えられていた。この神性を素朴な力から「知性では到達できないすぐれたもの」に読み換えたように、クローデルはこのマナの「憑依する」性質を今度は「包む」性質と読み換える。すなわち、クローデルは、マナの憑依する性質を雨の帷や靄で象徴的に表し、こうした不定型なものが、すべてのものを同時に包み込むと考えているのである。ここで、注意しなければならないのは、「包まれる」ものの方が「包む」ものよりも重要であるのではないという点である。むしろ「包む」ものの方こそ、超越的で聖なるものなのだ。実際、マナは外からやって来て、事物に取り憑いて「包む」ものである。マナ・タイプの神性が外からやって来て事物に取り憑くことは、ここで「包む」と読み換えられ、クローデルに従えば、この「包むもの」こそ、「ヌミノーゼ」であり、超越者ということになる。靄や霧のような包むものの方が、神性と関わっているのである。

クローデルは、マナ・タイプの神性を「知性では到達できないすぐれたもの」とし、その「憑依する」性質を「包む」と読み換え、最終的には超越者は包むものであるとする。包まれることで、個々の事物は超越的なものと関わりを持つことができ、超越的なものからすれば、包むことであらゆるものを超越した存在でありながら、すべての個物に同時に接触し、内在することを可能にするのである。このいささかアクロバチックにも見える解釈を可能にしてくれるのは、やはりトマス・アクィナスである。

クローデルにとって、「神秘への嗜好や信仰」が生じるには、雨の帷や靄や熨斗や袱紗などが事物を包み込む必要がある。この時、この「包む」ものは超自然的なものとなる。クローデルがそう考えるのは、トマスが神を「包含する者」と定義しているからである。神である超越者は被造物をすべて同時に包含するものなのである。

> 物体的なものは、それを包含する物としての何らかの物のうちに在るといわれるが、霊的なるものはこれに反し、そのうちに霊的なものが内在しているところのものを、かえって包含しているのである。たとえば魂は身体を包含しているのである。それゆえ神もまた諸事物のうちに、諸事物を包含する者として内在している。(71)

トマスは、霊的なものによって包含されるということは、自然界に存在する事物の包含関係とは異なるとしている。たとえば、事物と本質の関係でいえば、われわれは、事物の内部にそれをそれたらしめている本質が内在し包まれていると思いがちである。ところが、トマスは実際にはその逆だという。魂が身体を包含しているように、本質が物体を包んでいるのだという。すなわち「非物体的実体が自らの力によって物体的な事物に触れる場合、この事物を包むのであって、この事物によって包まれるのではない。魂が身体においてあるのも、『包むもの』としてであって『包まれるもの』としてではない(72)」のである。ここで重要なのは、「非物体的実体」であるものが、事物と接触することが「包む」ことであり、事物がそれを内包することではないと明確に語っている点である。トマスは超越者、神、魂などの形而上的なものは、肉体などに包まれるのではなく、逆に肉体などの事物を包み込むものだと語っているのである。

では、この神が事物を包含し、包み込むということは、具体的にどのような事態なのだろうか。神が事物と接触することが包むことになるが、接触することで神は事物や人間に存在を与えているのである。実際、神は存在そのものであることは、これまで何度か述べてきたことであり、人や犬や猫などのような個体の要素を捨像した純粋に存在だけの存在、「存在である限りの存在」が神である。この「存在である限りの存在」が存在の形相となって、すべてのものに同時に接触することで、最終的に個々の質料と複合し、事物や人になるのである。この神である「存在である限りの存在」が存在の形相となっていることをトマスは次のように述べている。

しかるに存在は、いかなるものにおいても、そのものの最も内奥に在り、あらゆるもののうちにその最も深いところで内在している。なぜなら存在は、すでに述べたところからあきらかなように、事物のうちに含まれているすべてのものに対して、形相的なるものとしてあるからである。それゆえ神は、すべてのもののうちに在り、しかもその最も内奥にあるのであるのでなければならない(73)。

ここでトマスは、存在は「形相的なるもの」としてあり、事物や人に内在しているから、「神はすべてのもののうちに在る」と結論づけている。ただし、トマスはこの神である存在の形相が、直接、質料と複合するとは考えていないようだ。実際、トマスは「事物の本質の部分ないし附帯性として事物のうちに存在するのではなく、作用者が作用する相手のもののもとに臨在するという仕方で事物のうちに存在するのである」[74]と書き、この存在の形相そのものは個物の本質をなすとは考えていない。存在の形相は、まず本質と接触して、人や犬や猫の形相という本質を形成し、それから質料と複合すると考えられている。というのも「存在である限りの存在」は、いかなる属性も有していないので、それだけでは質料と複合しても人や犬にはならないため、まずは存在の形相から人の形相などの本質を形成しなくてはならない。こうした存在の形相が最終的に人の形相という本質の形成に関わり、それと質料とが複合して個物を形成するのである。

こうした神の臨在は、いうまでもないことであるが、特定のものに対してのみなされるわけではない。神は、同時にこの世界に存在するすべてのものに存在の形相として接触するのだ。神は、すべての事物に同時に存在を与えているということで、すべての事物に対し卓越し、超越することができるのである。同時に、存在の形相として、神は臨在し、個々の個体に本質を内在させることになるのである。トマスにとっては包含することは、存在の形相として臨在して本質を形成し、内在することを意味するものであったと考えられよう。神は包含することで超越性を保ち、かつ本質を内在させることで、個々のものの存在の第一原因にもなっているのである。

クローデルは、このトマス的な世界を日本に見出したのである。トマスの論理展開に従えば、日本人が自然や事物や人間に神性を見出すことと超越者との関係の問題は解決できる。彼はトマスをアリアドネの糸として、マナ・タイプの神性を、本来の超自然的な、あるいは超人的な一種の力の概念から、人知の及ばない超越的なものと読み換え、さらにマナの持つ「取り憑く」という性質を超越者が「包む」「包含する」ものと読み換えている。

日本型の神性は、個々の事物すべてに同時に接触することで超越性を保ちながら、個々の事物の存在の本質を形成し、第一原因として個物に内在するものとなるのである。こうして、一時的に事物に憑依し、超自然的な力をもたらすというマナ・タイプの神性の性質をクローデルは、トマス・アクィナスを介して、スコラ学の構造に落とし込み、「知性では到達できないすぐれたもの」である存在の形相が臨在することで、「人間の人格という聖域の最も内奥の部分」を形成することになると日本人の信仰を読み換えたのである。

クローデルの日本の神観念理解の出発点は、ホルトムが唱えるマナ・タイプに属する日本の神性であったが、最終的にクローデルは、日本人の信仰は「〈超越的な存在〉への信仰ではありませんでした[75]」とキリスト教にとって異教であることを認めつつも、それでも日本の信仰の祖型をスコラ学的な構造に変換させているのである。

6　闇と無

クローデルは、日本の神性をトマス的な「存在である限りの存在」、「存在の形相」として捉え、それが包み込み、かつ内在すると考え、そのことをさまざまな日本の自然の風景のなかに見出した。キリスト教的な超越的一者をクローデルは日本の信仰に通底させているのである。それは日本人の解するものとは異なった神性であろう。では、クローデルの描き出すこの異貌の神性は、どのような姿となるだろうか。

クローデルは、日本人の信仰について語る時、神道、仏教、儒教といった区分をあまり意識していない。むしろこうしたものが混淆したその総体が日本人の信仰だと考えている。クローデルが神道や仏教を混同してしまうのは、日本の信仰体系の外部に位置づけられていたキリスト教を信仰していたので、日本の信仰の複雑さを理解できなかったと思いがちであるが、佐藤弘夫が指摘するように、『神』の領域と『仏』の領域に二分して、その中央に太い区分線を引き、両者の関係性において日本の宗教史を語る方法そのもの[76]」にわれわれ現代の日本人が慣れすぎてしまっているため、クローデルが日本人の信仰を理解していない、あるいは誤解しているように見えてしまうといった方がよいのかもしれない。クローデルが来日した時代の感覚では、仏教や神道、老荘思想や儒教といった領域の区分がまだ今ほど明確に成り立っていなかったと考える方が正しい理解であろう。制度的には国家神道が確立し、それを頂点にして、その内部で個々の宗教が独立した体系をなしていたと考えられてきたが、現実には個々の宗教の区分は曖昧なまま、相互に浸透し合っていた状態であったと考えられる。だからクローデルの言説も仏教を語りながら、それがいつのまにか神道についてのものに取って代わっていったりする。しかし、それは混乱や誤解なのではなく、日本型の神性が、時代に応じて異なる宗教の形で表象されてきたと彼が考えていたからとする方が正しいだろう。そのことは、「日本人の魂への眼差し」の次のような日本の宗教の歴史を概説した一節にも現れている。「私が感動したことは、日本の初期の仏教に関して、奈良やその近隣の寺院で、数多くの仏像を見ることができることです。しかも美しい」と仏像を称讃した言説に続く一節である。

> 後に、日本が、この移入された宗教に日本的性格を付加する時代になるにつれ、こうしたはっきりと目に見える姿というのは、まれになっていきます。祈られる像は、徐々に濃くなっていく闇のなかに姿を消していき、とうとう近代に到っては、声や姿も失ってしまったのです。二度、三度と拍手を打つあの慎ましい女性、賽銭箱に一握りの小銭を投げ入れるあの講中、お寺の段をやっとのことでのぼって三つ編みにした木綿の綱で青銅の蛙を目覚めさせるあの女の子が想いを届かせようとするのは、聖なる洞窟の奥深くに存在するまったく目に見えぬ何ものかに向かってなのです。(77)

この文章では、仏教が伝わった飛鳥・奈良時代以降の日本の信仰の歴史とは、宗教的偶像が形象を失っていく過程でもあることが描かれている。飛鳥時代に中国から伝わり、国家鎮護の宗教にまで急速に発展した仏教は、当初、明確な輪郭を持った仏像が前面に出ていたが、やがて時代が下り、本地垂迹説などによって仏教と日本的な信仰の要素とが融合していくとそのイコンの輪郭線は失われ、仏像にしろ仏画にしろ、本堂の暗闇の奥に鎮座し、あるいは秘仏として闇の中に秘匿されたりするようになっていく。クローデルはおそらく、こうしたイコンが闇の中に沈んでいく過程こそ、外来の宗教の日本化、あるいは日本の古来の信仰が、外来の宗教を吸収していく過程と考えていたようである。そして近世末期の国学から復古神道の流れのなかで古代の神への信仰が復活すると、ついには経典を読む読経の声や称名を唱える声も、神仏の表象も完全に闇の中に沈み込み、信仰の対象は一切の具象性を持たない形なき闇そのものとなっていく。聖なるものは闇のなかに溶け込んでしまって、いかなる形態も有していない。つまり、弁別できず、何もないように思えるものが聖なるものとなったのだ。信仰の対象は、「まったく何も見えない聖なる洞窟」のなかの「目に見えぬ何物か」なのである。

ここからいえることは、日本の神性の表象の歴史は、明確な表象像から形なきものへと変容していったということである。日本では「超自然なもの」は、人や事物を包み込み、そこに内在するが、この「超自然なもの」そのものである日本型の神性は形なきものであり、それは識別できないので、闇としかいいようのないものであり、一切、知覚できないものなのである。近代的な世界では、一般に認識の出発点は知覚であるといわれているので、知覚できないものが、世界に存在するのかと問われれば、無いとしか答えようがない。つまりクローデルが語ってきた「超自然なもの」「聖なるもの」は、闇のなかの形なきもので、人間にとって知覚できないものであり、そうであれば存在しないことになってしまう。これを端的にいえば、カミとは無であるということである。包み込み、内在する聖なるものは無であるという結論にここで到ることになる。われわれは、現実に世界のなかに存在しているにもかかわらず、存在そのものは認識することのできない無であり、それを自らの内部に蔵しているという矛盾にも陥るのである。

クローデルと日本の神性との関係を見る上で問題になることがここで新たに浮き彫りになってきた。それは神性とは、無という形でしか存在しないということである。これがクローデルが日本の神性に見出したものである。ヨーロッパの人間にとって、十九世紀のあいだ、アジアは退廃的な無の信仰が蔓延し、仏教がその元凶であると考えられていた。というのも、仏教の基本原理は無であるとされ、仏教とは無の信仰であると理解されていたからである。クローデルも当初、日本人の信仰に当時のヨーロッパが共通の認識として思い描いていた仏教の無を反映させていた。それは仏教の教義が日本人の信仰を長い間規定していたと彼が考えていたことと関係する。その一方で「日本人の魂への眼差し」で、いわば日本型の無の信仰にクローデルはスコラ学の枠組みを当てはめて、それをキリスト教的な信仰に通底させた。すると、その時、超越者、絶対的な有であるものが、無であるというキリスト教的発想とは矛盾する問題に直面することになる。クローデルはこの矛盾をどのように自分のなかで整合性をつけていき、解決していったかということが、問題になるだろう。

第四章　虚無の形而上学——頽廃としての仏教

クローデルは日本の信仰をスコラ学的な神観念に読み換えていった。しかしキリスト教的な神と日本の神性とを通底させたことによって、逆にクローデルのなかで、キリスト教の神も日本同様、「闇」すなわち無であるという矛盾に陥ってしまうことになるのではないだろうか。キリスト教では、絶対的な有であるものが神であるにもかかわらず、日本では神は無という形でしか存在できない。当然、有であるものが無であるということは、キリスト教徒であるクローデルにとっては容認できないことであったろう。だが、前章の最後で触れたように、クローデルは、この闇＝無である日本の神性への信仰に肯定的な視線を向け、超越者が無であるということを受け入れてもいるようだ。もちろん、超越者が在るにもかかわらず無いということをクローデルが受け入れるまでには、何らかの葛藤があったと考えるのが自然である。確かに、クローデルは、最終的にはキリスト教的な「全的なもの」を日本で見出した無と重ね合わせ、両者を統合していくが、しかし、それは直線的に躓くこともなく統合できたのかといえば、そうではない。クローデルは当初、アジアに特徴的に見られるとヨーロッパが考えていた無をキリスト教的なものの対極にある、きわめてネガティヴなものと捉えていたのは確かである。その時、全面に出てくるのは仏教である。というのも、東洋的無の根幹をなすもののひとつは、間違いなく仏教の思想であるとヨーロッパは考えていたのだから。少なくとも十九世紀のヨーロッパにとって、仏教とは無を信仰する頽廃的で悪魔的な宗教と考えられ、無は仏教の代名詞のように扱われる傾向にあった。そのことがクローデルに影を落としていたことは、一八九八年（明三十一）の日本旅行で、豊かなインスピレーションを汲み取った日光とは対照的な京都の印象からうかがい知ることができる。それは、京都が歴史的に見て、仏教と深い関わりがあったことに由来しているだろう。まず、このクローデルの仏教的な無に対する最初の印象を見て、それから一九二〇年代の日本で無を再び見出した時、今度は無を肯定的に扱うという彼の思考の逆転がどのようになされたかを読み解いてみよう。

1　一八九八年の京都

クローデルが京都を最初に訪れたのは、日光と同様、一八九八年（明三十一）の日本旅行の時である。しかし、日光と異なり、京都は最初からクローデルに豊かなインスピレーションを与えてくれる特権的な地として彼の前に現れてはいない。むしろこの時は、ネガティヴな印象の方が強かったのではないかと思われる。それは、おそらくクローデルの信仰と鋭く対立するものがそこにあったからである。

しかし、そのことを考える前に、まずはクローデルが最初に京都を訪れた時の足跡を追っておこう。クローデルは、六月五日に日光を発つと、東京、箱根、静岡などに滞在した後、六月十五日、おそらく梅雨に入っていたであろう京都に到着している。

クローデルの京都滞在はたった三日間であった。それでもその限られた時間のなかで、彼は、精力的に御所や神社仏閣を訪ねている。まずクローデルは、十五日の午前中、京都御所を訪ねたのを皮切りに、洛北の神社仏閣を訪ねている。実は、クローデルが携え、日光のことを書き込んだ備忘録の六月十五日の項には「京都／Am」とあるほかは、何も書き込まれていない。[1]しかし、クローデルは日本郵船や宿泊した京都の也阿弥ホテルのレターヘッドのついた五枚の便箋に旅の途中、思いついたことを書き記してもいる。この五枚の便箋のうち四枚が京都について記述されているものである。十五日の日付のある便箋にはまず次のように記されている。

御所／／北野天神／／（平野神社）／／大徳寺／／（織田信長）／／金閣寺／／（等持院）／／太秦[2]

このうち、「織田信長」とあるのは、大徳寺近くの船岡山にある信長、信忠親子を祭神とする建勲神社と考えられ、[3]「太秦」は広隆寺のことと思われる。このクローデルのメモで書かれている御所から等持院までの順番は、チェンバレンのガイドブックで掲載されているモデルコースの順番と同じであることから、クローデルがこのガイドブックをもとに考えたコースだったと思われる。しかし、平野神社、織田信長、等持院が括弧で括られている意味は分からない。当初、訪ねる予定だったが、結果として訪問しなかったという意味で括弧で括っている可能性はある。実際、これに続く彼の印象を綴った記述では平野神社、建勲神社、等持院に関しては触れられていない。残りの御所、北野天満宮、大徳寺、金閣寺については、クローデルは訪れた時の印象をそれぞれ簡単に記している。しかし、括弧で括られていない太秦広隆寺の記述は見当たらない。以上を確認して、クローデルのメモを見てみよう。

京都――六月十五日
ミカドの宮殿――御所　縁《へり》の思想を発展させたもの／「滑るスクリーン」〔＝襖〕（側面、劇場の支柱）
二種類の色彩の上にある部屋――紙のそれともうひとつ〔もっと強烈な〕鮮やかなそれ

一――青――水平にたなびく靄の藍色の帯と銀を思わせる灰色
二――黄金色と乳白色――厦門の光景（空から差し込む二条の金の筋――鋭い――赤い、それから鮮やかな黄色）
三――色あせた緑と乳白色
四――黄金色とサーモンピンク――勉強部屋〔＝御学問所〕の雁
菊　夜の鳥
茶室〔＝御涼所裏の間〕の昆虫の絵　灰色で冷たい感じのする茶室
精神的な箱
あらゆるものの究極の簡素さ
〔……〕
北野天神――青銅と大理石の牛
金閣寺――寺と鯉のいる池
大徳寺――非常に美しい障壁画(4)

クローデルは京都御所の襖絵の色彩に注目しているが、御所全体を「究極の簡素さ」と形容し、それぞれの部屋の印象を記している。御所の感想に比べると、北野天満宮、金閣寺、大徳寺の感想はかなり淡泊な印象が目立つ。

この日の午後は、清水から五条方面に足を延ばし、清水寺（**図４‐１**）、三十三間堂、帝国京都博物館（現京都国立博物館）を訪問し、その後、東本願寺を訪れている。

図 4-1　清水寺，撮影年不明

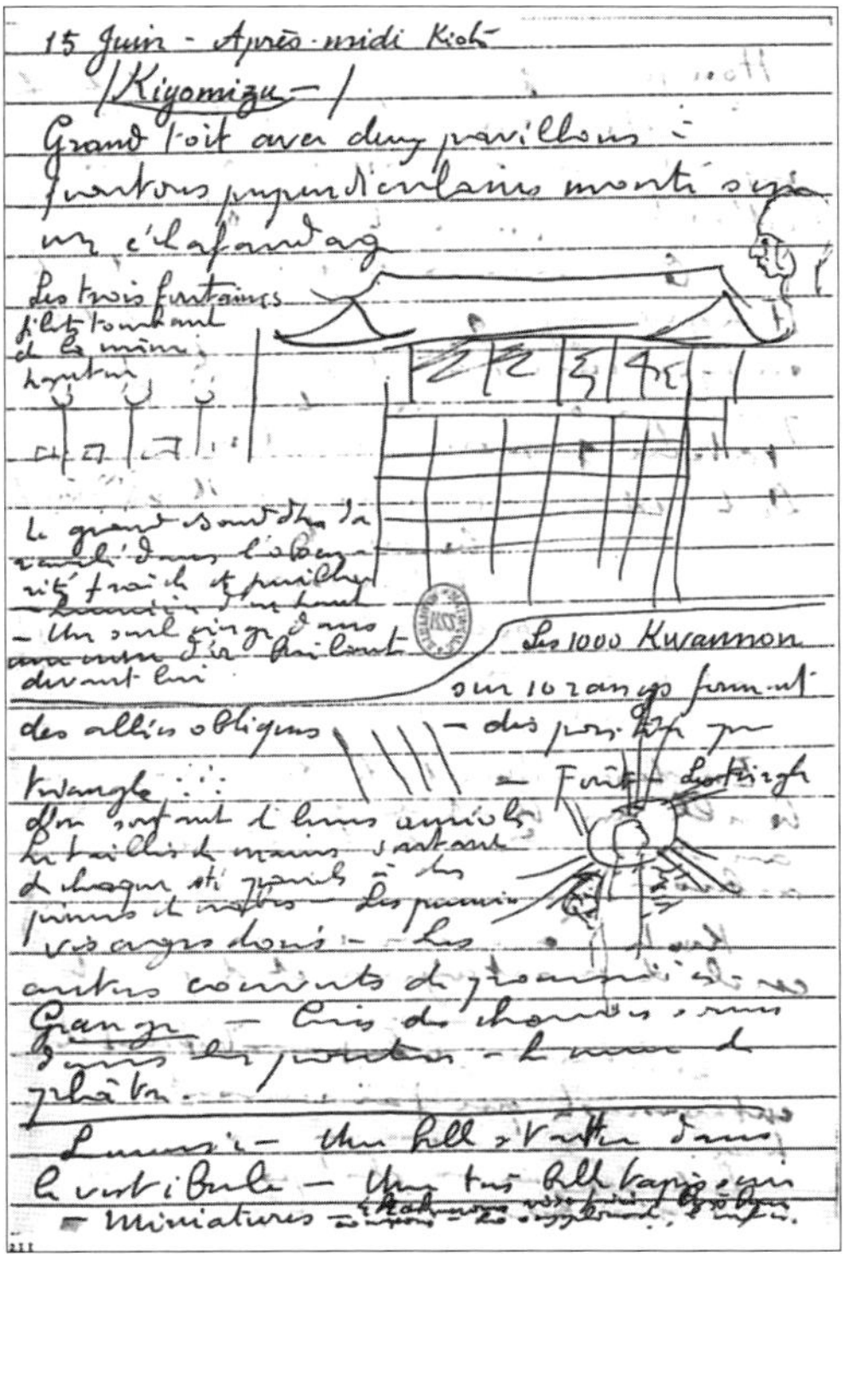

15 Juin - Après-midi Kioto

Kiyomizu

Grand toit avec deux pavillons

Les trois fontaines

Les 1000 Kwannon

des allées obliques

Miniatures

図 4-2　クローデルの京都旅行に関するメモ，フランス国立図書館蔵

六月十五日——午後、京都

「清水——」

足場の上に載せられた大きな屋根の建物、両翼には大屋根と直交する切り妻型の屋根

三つの泉水

同じ高さから落ちてくる細い水の筋

涼しげな木蔭の暗がりに横たわる大きな金の仏陀

——高みから光が差し込んでいる　仏の前には金の壺のようなものにたった一本の蝋燭が灯っている

十列に千体もの観音がならんで、斜めの道を形作っている——三角形に配置されている——　——森——光輪から突き出ている何本もの金の横棒

蟹のはさみに似た身体の両側から出ている手の雑木林——一番前の仏像は金色の顔——残りは埃をかぶっている

「納屋」——周囲が装飾された灰色の部屋——石膏の壁

光——玄関ホールにあるすばらしい彫像——非常に美しいつづれ織り——細密画——濃い薔薇色の四つの柿

右衛門——とても素晴らしい——地獄の責め苦

「本願寺」

柱に比べて建物と屋根が巨大　内部は「がらんとしている」「とても面白い」

清水に比べたそれ、東京で見たのとは別の本願寺は、日本の建築の一般的な規則、すなわち箱とは異なる考えを暗示している
その考えはこうである　蓋の巨大さ
勾配
背の低い、正方形の柱のある洞窟
建築の思想／／「不」均衡の原理

清水から下っているとき、道の果ての町並みが、屋根の上、木々のあいだに倒れかかるよう──

藁葺き──フェルトのような樹皮の屋根

山と森の巨大な輪のなかの京都(5)

〔……〕

午前中に比べると、現在でも観光名所となっている清水寺、三十三間堂については比較的多くの記述を残している。清水寺では、懸崖造りの舞台に興味を示し、本堂の簡単なスケッチも描いている（**図4-2**）。「三つの泉水」は、同じ紙葉にクローデルが描いたスケッチから推測すると音羽の滝のことと考えられる。しかし「涼しげな木蔭の暗がりに横たわる大きな金の仏陀」が何を意味するのかはよく分からない。『日本におけるポール・クローデル』（二〇一〇）では、この仏像を方広寺の大仏と考えたが、それも推測の域を出ない(6)。確かに方広寺にはこの時、江戸期に再建された上半身だけの木造の大仏があった（一九七三年に焼失）が、横たわってもいなけ

れば、金箔が貼られていたわけでもなかった。むしろ、ここでは、清水寺所蔵の涅槃図のことをいっている可能性を指摘しておこう。清水寺の『大釈迦涅槃図』は、縦三メートル三九センチ、横三メートル三センチの巨大なもので、他の涅槃図同様、二月十五日の満月の夜、沙羅双樹の木に囲まれたところに横たわり入滅した「黄金の仏陀」、すなわち釈迦が描かれている。この涅槃図を描写している可能性がある。

三十三間堂では、千体もの千手観音像に圧倒されたようだ。クローデルは千手観音の腕が異様に見えたらしく、その腕を「蟹のはさみに似た身体の両側から出ている手の雑木林」と描写しているのが、きわめて特徴的である。続いて『納屋』――周囲が装飾された灰色の部屋――石膏の壁／光／玄関ホールにあるすばらしい彫像――非常に美しいつづれ織り――細密画――濃い薔薇色の四つの柿右衛門〔……〕地獄の責め苦」とあるのは、おそらく帝国京都博物館（現京都国立博物館）の展示物のことであろう。同館は、前年の一八九七年（明三十）に開館したばかりであった。

「本願寺」とあるのは、東本願寺で、クローデルは現在も並び立つ阿弥陀堂と御影堂の巨大な大屋根が印象に残ったようだ。こうしてクローデルは京都滞在の初日を終える。

滞在二日目の六月十六日、クローデルは午前中、二条城、東寺、西本願寺を訪ねている。こちらも便箋に簡潔なメモが残されている。

ミカドの宮殿――二条
基調色と原則は金
広間、竹林と虎　実物大　床から湧き出てくる梢　分割面ごとに見えない黄金の上で宙吊りになった梢――
特別な仕切りのなかの寝床――
花をつけた林檎の木

（壮麗）　菊　松――幹だけ

極端に繊細な光景　灰色、銀灰色、セピア色、鬱金　山並みとむら雲
ミカドの住まいのような支柱の効果はない

東寺
松越しの五重塔　松　狩野派の障壁画　賢人と職人の図は風格がある

西本願寺
「壮麗」――二条と同じ仕切りの効果――松　実物大　竹　秋の光景がすばらしい金色で描かれている――
私が日本で見たなかでも美しいもの

植物的な庭、中国のように岩石的ではない庭(7)
〔……〕

クローデルは当時、離宮だった二条城の二の丸御殿を見学し、江戸初期の狩野派による障壁画に特に関心を寄せていることが分かる。狩野派の障壁画への関心の高さは、二条城に関するメモが他に比べて分量が多いことから推し量れる。東寺、西本願寺でもクローデルは、襖絵、障壁画などの絵画芸術に関心を示している。ところで、この日のクローデルの備忘録には、「S・リヴィ　散歩、劇場」と書かれている。この「リヴィ」は、不明の人物であるが、レヴィの誤記の可能性がある。もしレヴィであれば、この時期、日本に滞在していた仏教学者

で、後にクローデルが設立する日仏会館の初代館長になるシルヴァン・レヴィの可能性が高い。クローデルは、見学の合間を縫って、リヴィ（レヴィ？）と会った後、連れだって行ったのか、独りで行ったのかは分からないが、劇場に足を運んでいる。この劇場は特定できない[8]。午後は、泉涌寺を訪れた後、東山方面に足をのばし、黒谷金戒光明寺、銀閣寺、南禅寺を訪ねている。

午後
孝明天皇――新しい――赤と緑
黒谷――僧侶の単調な歌
銀閣寺――美しい庭　私についてきた人の良い男
雨――
南禅寺――老僧　障壁画――水を飲む虎[9]

午前中に比べると、メモにはごく簡単な印象しか記されていない。このうち「孝明天皇」とあるのが、孝明天皇の墓所のある泉涌寺のことである。南禅寺の「障壁画――水を飲む虎」は、南禅寺本坊小方丈の障壁画「群虎図」のうちの「水飲み虎」のことを指していると考えられる。

クローデルは、この日も也阿弥ホテルに宿泊し、翌日、神戸に向かって出発している。以上が一八九八年（明三十一）のクローデルの京都での足取りである。

2 「そこここに」の仏教批判

クローデルは、蓮華王院三十三間堂の千体仏（図４－３）がよほど印象に残ったとみえ、中国に戻った後、三十三間堂を題材にした散文詩を作成している。しかしそのニュアンスは、否定的なものである。このクローデルが作成した散文詩は「仏陀」と題されて、一八九九年（明三十二）六月に『メルキュール・ド・フランス』誌に発表される。[10] その後、この「仏陀」に東京日本橋、静岡などの印象や西洋の絵画と日本の絵画の比較を記した文章がつけ加えられ、「そこここに」と題名も改められ、『東方所観』（一九〇〇）に収録される。ここでは「そこここに」の三十三間堂の描写の箇所、すなわち『メルキュール・ド・フランス』誌に掲載された「仏陀」に該当する部分を読んでみよう。

図 4-3　三十三間堂の千体仏，撮影年不明

クローデルは、信仰が形作られる二つの型を紹介することから始める。まず「いつまでも変わらずにある木や金属、石に人形《ひとがた》を彫り込んで、それを自分たちの信仰と祈りの対象としてきた」[11]として、偶像が造られてきたことを語る。クローデルは、こうした信仰と祈りの起源を次のように記す。「自然の力に対して、それを表す一般名詞と、それと同時に固有名詞を与えるのである」[12]と。これは自然主義型ともいうべきもので、たとえばヨーロッパであれば、日中、耀く天体に「太陽」という名詞と「アポロン」という擬人化された固有名詞を与え、太陽の運行を人格神の物語として象徴的に語る類のものである。こうして擬人化された自然は、信仰の対象として偶像化されてい

く。もうひとつの型としては、「夢と結びついた記憶を持ち続ける人は、何か神話的物語を育むようなものを見出す[13]」ものである。要するに、夢のお告げがもとになって、信仰が生まれ、宗教施設が造営されたり、偶像が作られたりする類のものである。クローデルはこの後者の例として三十三間堂の縁起を挙げる。実際、三十三間堂は夢のお告げと深く関わっているのだが、以下にクローデルの描写を見てみよう。

> 私の傍らには、貧しく背の低い老女が熱心に柏手を打って、あの女性の巨像〔＝千手観音菩薩〕を前に大仰に頭を垂れている。かつての帝王が歯痛に悩まされていた折、柳の木の根に〔賢者だった〕自分の前世の人物の下顎が絡まっているのを発見した後、前世の人物の頭蓋骨を讃える夢を見た。その後、古い印璽を埋め込んだのがこの女性の巨像なのだ。私の右にも左にも薄暗い堂宇に沿って、三千もの金の観音が、身体のまわりを腕の装飾品で取り囲まれ、お互いに似たような顔つきで、奥行き十五列で百体ずつ列をなして階段席に並んでいる。陽の光がこの仏の堰をひしめかせている[14]。

クローデルが千手観音のあの数え切れない手を異様に感じていたことは、メモには「蟹のはさみ」「手の雑木林」と記し、ここでは「腕の装飾品」と表現していることからも分かる。また、ここで語られている「かつての帝王」とは、後白河法皇のことである。確かに蓮華王院三十三間堂の創建に後白河法皇は関わっているが、クローデルの記述はあまりにも簡素すぎて話の内容が分かりづらい。実際には次のような話が蓮華王院造立の縁起として残されている。

> そもそも後白河法皇はつねに頭痛の御悩みましませば、医療さまざまなりしかども、その験《しるし》さらになし。あるとき熊野《くまの》に御幸《ごこう》ありてこれを祈らせたまふに、権現告げて宣《のたま》ふやうは、「洛陽因幡堂《らくよういなばどう》に天竺《てんじく》より渡る妙

> 医あり。かれに治療を受けたまへ」と。これによつて永暦二年〔一一六一年〕二月二十二日、因幡堂に参籠《さんろう》してひたすら祈りたまふに、満ずる夜、貴僧忽然として、また告げて曰《いわ》く、「法皇の前生《ぜんしょう》は熊野にあつて蓮《れん》華坊《げぼう》といふ人なり。海内《かいだい》を行脚《あんぎゃ》して仏道を修行す。その薫功によつていま帝位に昇れり。されども前生の髑《どく》髏《ろ》、いまだ朽ちずして岩田河《いわたがわ》の水底《みなそこ》にあり。その頭《かしら》より柳の樹《き》貫きて生《は》ゆる。風の吹くごとに動揺す。すなはち、いま身に響きてこの悩みをなせり。急ぎかの頭を取り上げなば苦悩を免るべし」と。香水をもつて法皇の頂《いただき》に洒《そそ》ぐと思《おぼ》しめして夢覚めたり。やがてかのところを見せしたまふに、河底《かてい》より髑髏を得る。すなわち、これを観音の頭中《ずちゅう》に籠《こ》め、三十三間堂を建立して蓮華王院と号す。かの柳の樹を堂の梁《うつばり》となさしむ。[15]

伝説なので、諸本によって話の細部にいくつかのバリエーションがあるが、大筋はここに記したものとほぼ同一であり、われわれには馴染み深い寺院造立の起源譚の構造を有しているといえるものだ。なお、クローデルがこの旅行に携行していたチェンバレンの『日本旅行者のためのハンドブック』（一八九一）にも、この逸話は紹介されている。

伝承によれば、先の帝であった後白河法皇が頭痛に悩まされ、どんな薬も効かないほどひどいものだったので、熊野の神社に参拝し、平癒を祈願したという。彼は、神より、当時、都の寺に滞在していた印度からやって来た医師にかかるように告げられた。帰洛すると、すぐに彼はそこに赴き、夜中まで一心不乱に祈り始めた。すると一見して高貴だと分かる僧侶が現れ、彼の前世のありようを教えてくれた。法皇は蓮華坊という高僧であり、この僧の善行のおかげで現世において帝の地位に就けたのであると。しかし、彼のもとの頭蓋骨が川の底に横たわっており、いまだそのままの形をなしているが、そこから柳の木が貫き生えて、風が吹くたびに触れ、それがために法皇に頭痛を起こさせているのだという。この夢から覚めると、法皇はその頭蓋骨を探すために人を使わし、それを見つけると、これをこの寺の本尊の観音の頭中に納めたのである。[16]

クローデルはチェンバレンの文章を基にして「仏陀」の一節を書いていると考えられるが、彼は後白河法皇の頭痛を歯痛に変更し、これにともない、柳の木が貫いているのも頭蓋骨から下顎の骨に変えている。

ここからクローデルは仏教についての思索を始め、まず庶民の信仰と「賢者」――おそらく僧籍にあったもの――の信仰を区別して考察を加えている。クローデルは、三十三間堂での信心の在り方から、庶民の信仰は、現世利益に結びついていることを暗示している。

私は多数の仏がどれもこれも同じ姿であることの理由、あるいはこのどれもこれも同じ姿をしている茎がどのような球根から出てきているのかを知りたいと思ったが、見出せたのは、参詣者が、ここではおそらく自分の祈りが反響するよう、より広い［仏像が並べられる］面積を求め、そうすることで、祈りの対象とともに勝手に自分の祈りの効果が増すと思っていることだった。[17]

クローデルは、堂宇に居並ぶ千体仏について、仏像の数が多ければ多いほど、祈願の際、自分の願いが叶いやすくなるはずだという現世利益的な発想が見られると理解していたようである。一方、これに対し「賢者」は、ここに哲学的なものを見出しているとクローデルは述べている。

しかし賢者は、これらの洗練されていない神像の眼には眼もくれず、あらゆる事物に一貫してあるものに気づき、そこに哲学的な基盤を見出した。というのも個々の人間は、それぞれうたかたのもので、はかないが、すべての人間に共通する内奥の豊かさは汲み尽くされることはないからである。人間は木に斧をあて、岩に鑿をあてる必要はいささかなりともない。栗の実にも卵にも、同様に大地と海の変動にも静けさにも、賢者は同じ可塑的なエネルギーの原理を見出し、〈地上世界のもの〉だけで、十分に自分たちの崇拝の的となるものを作ることができた。すべてのものは同質のものから成っていると認め、このことをもっとよく追求するために、この分析を自分自身に向け直してみたところ、彼らが明らかにしたのは、自身のうちの一過性のものが、立証することも根拠を挙げることもできないが、この地上世界に一時的に形を取って現れるという事実であり、空間に囚われず持続変化を免れている、事物の基盤となる要素さえもあの偶然的〔経験的〕性質であるという自分たちが抱いてきた考えに属するものだということであった(18)。

ここで問題にすべきは、個人・個物は生成し消滅する有限なものだが、この個物には「一貫してあるもの」があり、その「豊かさは汲み尽くされることはない」ということである。この「一貫してあるもの」は、人間だけでなく、「栗の実」にも「卵」にも「大地」にも「海」にも認められる「可塑的エネルギー」である。この「可塑的エネルギー」は、個物を成り立たせるもの、すなわち本質ということになろうが、これは超越的なものから与えられるものでも、超越的なものを分有することでもないのである。ヨーロッパでは、本質は永遠不変のもので、しかも実体として存在するものなので、それは「空間に囚われず持続変化を免れている、事物の基盤となる要素」であるが、仏教徒はそれすらも「あの偶然的〔経験的〕性質」を有するものであって、偶有的なものが一時的に集まって形を成したものにすぎないと考えているのである。おそらく「可塑的エネルギー」とはこうした偶有的要素が関係づけられ、束になることであろう。この時、クローデルは仏教徒が超越的なものを否定し、超越的なものに見えるものであっても、それは人間が概念の糸を撚って編んだ関係の成果物にすぎないと考えていると理解している。ヨーロッパの神学あるいは哲学では伝統的に、事物の属性をそぎ落としていって最後に残るのは、いかなる属性にも依存しないものであるのに対し、仏教はそうしたものはそもそもなく、すべてはヨーロッパ哲学で「附帯性」と呼ばれる偶有的で、経験によって把握される属性の組み合わせのみによって成立しているとしている。そのため、世界は超越的な形而上的存在が原因となって成り立っているのではなく、経験的に把握できる性質のものの可能な限りの組み合わせのみで成り立っていることになる。要するに仏教とは、形而上を否定し、きわめて唯物論的で経験主義的な神なき信仰なのである。確かに仏教やヒンドゥー教では、何にも依存せずにそれだけで自律して存在することを自性というが、仏教ではヒンドゥー教とは異なり自性するものは一切存在せず、すべてのものは相互に依存することで成立する無自性という考え方をする。仏教の根本思想は、ヒンドゥー教のアートマンのような超越的で自律的な存在を設けず、現象世界以外には何もなく、現象世界の諸要素がネットワーク状に相互に関係し依存すること、すなわち縁起によって成り立っているというものである。相互依存している附帯的なものをすべて取り去ってしまえば、そこには何も見出せず、無になってしまう。ヨーロッパ的な、事物を成り立たせる存在や本質などの形而上的な実体は無いのである。

この仏教徒の教義をクローデルは「悪魔的な欺瞞」と呼び、断罪する。そして、ここから始まる一節は、クローデルの文章のなかでも最も攻撃的なもののひとつといってよく、クローデルは、きわめて強い調子で仏教を批判していく。仏教徒は盲目的であり、「これらの盲目の眼を持つものどもは、絶対の存在を認めることを拒む[19]」とクローデルは仏教が超越者、すなわち永遠で、世界の起源・原因である絶対的存在を認めようとはしないと批判する。彼は「仏陀と名付けられたものに、異教の冒瀆的な教えを完全なものにする機会が与えられたのである[20]」と続け、釈迦とその宗教を名指しで非難する。

しかし、人間は自身のうちに〈絶対〉でないものへの恐れを抱き、むなしくおぞましい輪廻の輪を断ち切るために、仏陀よ、汝は〈無〉に接吻することを躊躇わなかった。それというのも、あらゆる事物をそれの外部に在る目的によって説明する代わりに、あらゆる事物に内在する法則を求めたところ、彼は〈無〉しか見つけ出せず、彼の教義は恐るべき聖体拝領を教え込むことになったからである。その方法とは、賢者は自分の精神から、徐々に形態の観念と純粋な空間の観念、観念という観念そのものを消し去り、最終的には〈無〉に至り、それから涅槃に入るというものである。人々はこの言葉に驚いた。私はといえば、そこに、〈快楽〉の観念が〈無〉の観念に付け加わったのを見出す。それこそ、最悪にして悪魔的な奥義、完全な拒絶のなかに追い込まれた被造物の静寂、本質的に異なっているところに打ち立てられた魂の不純な平安なのである。(21)

クローデルが批判するのは、無が究極の状態であり、無に至ることを仏陀＝釈迦が説いている点である。クローデルにとって仏教は、「あらゆる事物」の「外部に在る目的」、つまり神を否定し、事物の最も内奥にあるものを第一原因とするが、その本質は「無」であると唱える宗教であった。ところで、クローデルが「無」と語ったものは、実は、仏教の「空《くう》」にあたるものである。フランスでは、十九世紀から二十世紀にかけて、仏教の「空」に対して往々にして vide〔空〕という語よりも néant〔無〕の語が当てられていた。このことからも分かるように、フランス人は仏教の「空」を「無、虚無」の意と解していたのである。そうした事情もあって、クローデルにとって、仏教とは事物の本質は無であり、生きながらこの無を見出し、その状態に至る修行を行う宗教にほかならなかった。それは「自分の精神から、徐々に形態の観念と純粋な空間の観念、観念という観念そのものを消し去り、最終的には〈無〉に至り、それから涅槃に入る」ことを目指すものなのである。仏教では、実体としてそれだけで存在しているものはなく、存在や魂など、ヨーロッパでは実体として在ると考えられていたものも実は概念の束でできたもので、いわば虚構であると認識することが、空や無の状態であるが、クローデルが理解したのは、無とは何もない世界で、空漠とした深淵に至ることが悟りであるということであった。ここには確かに、知性や感情や感覚といった一切がないので、何も変化しない「静寂」、すなわち安逸があるが、それは、キリスト教とは著しく異なる「魂の不純な平安」なのである。これが三十三間堂に並ぶ黄金の千体仏の印象から導き出したクローデルの結論なのである。

仏教を無の信仰であると非難し、この信仰が人間に対して冒瀆的であると、この当時、クローデルは一貫して考えている。たとえば「私は無に触れたのです、そしてそれを忘れることができなくなってしまいました。あらゆる声が私にそのことを繰り返すのです」と告白し、『バガバッド・ギーター』を読み、「私は神の知恵を吹き込まれたこの本を味わわずにはいられませんでした。それを読んで涙しました[22]」と報告してきたキリスト教徒の友人、フレデリック・フリゾーへの返信からも、そのことははっきりと見て取れる。

私もまた、かつてインドの詩や仏教の本を読んだことがありました。それらは無を愛し、それを求めるという点で根本的に冒瀆的なものを含んでいるのです。人間は、人間に欠けている存在のレベルによって神と異なるのです。この上もなく悪魔的な逆転は、あらゆる存在の不在を愛することなのです[23]。

（一九〇四年一月二十日付）

クローデルは、ヒンドゥー教と仏教を混同しているようにも思えるが、ここではそれを問題にする必要はないだろう。フリゾーをはじめ、同時代の多くの人たちも同じように仏教とヒンドゥー教を混同していた面が少なからずあったのだから。いずれにしても、クローデルは仏教を無の信仰として、健全なキリスト教の対極にある悪魔的な宗教と一貫して感じていたことがここから分かる。仏教が何も無いことを究極の状態とするのであれば、完全で絶対的な有を求めるキリスト教神学と西洋哲学の伝統とは鋭く対立し、それを否定するのは当然の結論であろう。

仏教が無の信仰だとすれば、クローデルの目に映った現実の日本は、ジャポニスムを通してかつて抱いた理想郷としての日本が反転した世界であり、日本人の多くが「無」を信仰している世界であったことになる。この時、まだクローデルの目には仏教の「無」の概念は、文字通り何も無いものであり、ギリシア哲学から始まる西洋哲学の伝統からしても、キリスト教神学の伝統からしても明らかに否定すべきものとして映っていた。しかし、仏教はクローデルが感じ取っていたような宗教だったのだろうか。クローデルの批判する仏教の姿は、インドで生まれ、アジアで受容され、実践されてきた仏教とは異なるように思われる。ここには、クローデルの誤解が含まれていると考えた方がよさそうだ。しかし、これを仏教に対するクローデルの無理解と断ずることはできない。ヨーロッパ全体が、仏教を「無の信仰」と見なしていたのだから。クローデルのこの誤解を含んだ仏教観は、十九世紀のフランスをはじめとするヨーロッパで理解されていた仏教観と密接に関連する。

3　虚無の信仰

クローデルはフリゾー宛の書簡でも、「そこここに」でも、仏教が「無」を求めているという点を指摘し、仏教は「虚無の信仰」であり、人間と神を否定する「冒瀆的」なものであると批判している。

ところで、クローデルが生まれる以前から、フランスのみならずヨーロッパでは、仏教とは無の信仰であり、キリスト教の対極にある頽廃した宗教という定式が成り立っていた。確かに、仏教にはヨーロッパでは「無」と訳された「空」や「空性」といった概念が重要な教えとしてあり、それが悟りと結びついていることをわれわれは知っている。しかし、だからといって、われわれはそれが頽廃であるとも、危険な思想であるとも考えない。だが、完全なる有である神への信仰を前提とするキリスト教にとって、あるいはさまざまな形で在るということをその中核に据えてきたギリシアを引き継いだヨーロッパの哲学にとって、当時、仏教は欠けることのない全有の神、在るという紛れもない事実を否定するおぞましい宗教、哲学に映ったのである。[24]

仏教が無を目指す信仰であるといった言説の成り立ちとその流布がもたらした影響については、ロジェ＝ポル・ドロワの『虚無の信仰』（一九九七）に詳しいが、それを一言で述べると、「死をもたらし、すべてを否定する思想として仏教をペシミズムに結びつけ、世界――この場合には西欧の、キリスト教の、生者の、肯定的な世界――の秩序に完全に対立する」[25]というものであった。このことは十八世紀から十九世紀にかけて、ヘーゲル、ショーペンハウアー、ニーチェ、クザン、ルヌヴィエ、コント、テーヌ、ルナンといったヨーロッパの哲学者が思想的立場を超えて共有していた認識でもある。

釈迦については、すでに中世にはヨーロッパに伝わっていたが、それは釈迦の実像とはかけ離れたヨーロッパ人の空想の産物といってよいものであった。しかし、その時はまだ、仏教が頽廃的な宗教であるというイメージは形成されていない。頽廃的な宗教というイメージは、十八世紀、中国などアジア各地へ赴いたキリスト教の宣教師たちがもたらした言説に起源を求めることができる。仏教が虚無を信仰しているという説は、この頃に創作されたものと考えてよいだろう。たとえば、次のような言説が典型である。

> 七十九歳となり、死期が近づいたのを感じた彼〔＝釈迦〕は弟子たちに四十年のあいだ、人々に教えを説いてきたが、一度たりとも真実を語ったことがなかったこと、さらにはその真実を比喩や言葉の綾で今まで隠し通してきたことを告げた。そして弟子たちに真実を語る時が来たことを告げた。「望みを抱けるものは何もなく、無と空以外に求めるべきものは何もない、これが万物の第一原理だ」と。[26]

これはルイ・モルリの『歴史大事典』（一七五九）の「釈迦」の項目に書かれた釈迦入滅の場面だ。ここで釈迦は、仏教の究極的な教えは「無と空以外に求める」べきものはなく、無こそ「万物の第一原理」であるとしている。同じような言説は、ジェゼフ・ド・ギーニュの『フン族、トルコ族、モンゴル族及びその他の西方タルタル族の通史』（一七五六—一七五八）やジャン＝バティスト・グロジエが出版した『中国通史』（一七七七—一七八五）などにも見られ、当時の典型的な記述であったといってよい[27]。しかし、この言説にはヴァリアントがあり、たとえばグロジエは、釈迦が寂滅する際に語った言葉として「すべての事物の原理は、空と無以外のものはなにひとつないと考えなさい。すべては無から発し、無に回帰せねばならない。これこそわれらのすべての希望が行き着く先だ[28]」と説いたとしている。ここでは、すべての事物は無から誕生し、無に戻るという点が付け加えられている。実は、ギーニュの記述にも「すべてはこの無から生まれ、すべてはそこへ帰らねばならないのだ。これこそわれわれの希望を飲み込む深淵である」と無から始まり、無に回帰することが述べられている。

ここから帰結できるものは、釈迦の説く教義の根本は「無」であり、無こそ万物の根本原因であり、最終的にはそこにすべてが回帰するものであるということである。こうした言説が基になって、仏教は無を追求する宗教であるという言説が形成されていく。しかし、この無を説いたとされる釈迦入滅の場面は、いかなる仏典にも根拠はなく、ヨーロッパ人が生み出した空想の産物なのである。実際、釈迦の入滅を描いた『大涅槃教』を繙いてみても、モルリやグロジエやギーニュが描き出したような逸話を見つけることはできない。しかし、こうした無にいたることを目指す仏教というイメージを作り出した宣教師たちの言説は、十八世紀の間、増幅されていき、十九世紀にはそれが通俗化して普及していったのである。十九世紀はまた仏教本来の教義とはいえない仏教の教えに対し、宗教家、アカデミスム、文学者がそれぞれの立場から反応していく時代でもあった。フランスを中心に見てみると、仏教に対して、宗教あるいは哲学の側からはアレルギー反応に近い拒絶が現れ、文学の側からは既存の価値体系に対するアンチテーゼ、あるいはエキゾチックな素材として肯定的に受容されていく。

宗教界からは、当然のように非難の声が上がる。たとえば説教師フレデリック・オザナンは、「三百年以上も前から、この宗教〔＝仏教〕はキリスト教布教のあらゆる努力に抵抗し続けてきたのである。聖フランシスコ・ザビエルの奇跡も、江戸の殉教者たちの血も、北京の宣教団の学問も、何千人もの説教師の声もカトリック教会の祈りも、何世紀も前からの暴虐に揺さぶりを加えたに過ぎなかった」[29]ものであると断言し、この頽廃的な宗教のしぶとさを描き出す。さらにオザナンは、「彼〔＝釈迦〕は神の観念を消し去ってしまった」[30]と断罪し、仏教にとって、魂の救済とは、「あらゆる属性、現実態、形相の断続的な破壊」[31]のことであり、すべてを無に帰することだと断言する。

一方、現在のミャンマーで布教活動をしたパリ外国宣教会のビガンデ神父は「それ〔＝仏教〕は人間を存在している生き物の循環の外へ移し、空のなかに、底なしの深淵に投げ込む。そこでは人間は消え失せ、滅し、無に帰するのである」[32]と述べ、仏教徒が輪廻から脱し、求めている境地が無であると説明している。彼は、究極の理想状態である「涅槃」は無の状態であるので、『涅槃』とは魂の消滅であると結論せざるを得ないのは、正しいことである」[33]と結論づけ、徹底的に批判する。

また、アカデミスムの側でも、仏教は無の信仰であるという十八世紀のイメージから出発する。たとえば、ベルギーのルーヴェン・カトリック大学教授のフェリックス・ネーヴは「無に祈りを捧げ、『涅槃』という空想的な名のもとに作り出したあの消滅の陶酔にむさぼり食われ、深淵のなかに一息に飛び込む」[34]と、仏教徒が無を目指していることを描き出す。ここにあるのは、仏教をおぞましい信仰として恐れた宗教家と同様の反応である。前述のように、ギリシア哲学やそれを受け継いだスコラ学から十九世紀の哲学まで、事物の属性を取り除いた先には、何もないのではなく、存在や本質といったものが実体としてあることは自明のことだったのだから、世界を突き詰めた先には何もないという教義は常識では考えられないものであった。それが「深淵のなかに一息に飛び込む」という表現に表れている。

一方、こうしたいささか感情的な、あるいはバイアスのかかった反応とは別に、仏教に関する実証的な研究も進んでいき、イギリス人コールブルックの仏典研究などにより、未知の宗教だった仏教の本来の姿が次第に明らかになっていった。フランスでは一八四〇年代、ウージェーヌ・ビュルヌフという若い東洋学者が仏教研究に取り組んでいた。実はそれまでの仏教に対する言説は、アジアに赴いた宣教師の報告書や漢訳仏典をはじめとして、チベットやセイロンなどの翻訳経典をもとにして形成されたものであったが、ビュルヌフは、はじめて、当時、検証可能だったインドの一次資料に基づいて実証的に分析し、その成果として一八四四年（天保十五）に『インド仏教史序説』を刊行する。このビュルヌフの著作は、半ば恐怖が混じり合い感情的に批判を加えていた宗教人の著作とも、西洋哲学の伝統に縛られた知識人の仏教像とも一線を画し、客観的で実証的な学術書であると評価できるものであった。しかし、ビュルヌフはその著書のなかで、「ついには魂の消滅をありとあらゆるものに求めるという仮説に立った場合、涅槃《ニルヴァーナ》とは消滅、すなわち個々人の生だけでなく普遍的な生まで消し去ってしまうものになってしまう。これを一言で言えば、涅槃《ニルヴァーナ》とは無であるということなのではないだろうか[35]」と書き、さらには「最古の学派によれば、涅槃《ニルヴァーナ》、すなわち完全なる魂の消滅の状態に入ると、そこで身体と魂の決定的な破壊が行われた[36]」と断じ、結果として、宗教家たちや哲学者たちが恐怖を抱いていた涅槃《ニルヴァーナ》という究極の状態、つまり悟りが魂の消滅した無の状態であり、それを目指すのが仏教であることを学術的に実証してしまい、確固としたものにしてしまったのである。

フランスでは、こうしたことを受けて、仏教とは無の宗教というイメージが広まっていく。この「仏教は無に到ることを目指す信仰である」という一部の宗教人・知識人のイメージを通俗化し、大衆化したのは、まずは十九世紀のフランスの哲学界・教育界の立役者であったヴィクトル・クザンである。彼は、当初、仏教をヒンドゥー教の学派のひとつと考えていた。彼はヒンドゥー教をインド哲学とみなし、それはギリシア哲学に匹敵するものであると称讃していたので、仏教もインド哲学のひとつの学派として評価していたのである。しかし、彼はコールブルックの論文を読んだことで、その考えを一変させ、仏教を批判し始める。

迦毘羅《カピラ》は神を消し去ってしまうので、純粋で単純な魂の消滅が唯一、真実で現実の魂の解放として残るのである。仏教はこうした点でサンキヤと結びつき、それを完成させた。迦毘羅は自分の思想体系からこの極端な結論を引き出すことは敢えてしなかった。が、釈迦牟尼は大胆不敵さを持っていた。彼は神なきサンキヤに最後の仕上げを施し、インドの汎神論に終止符を打ち、神、ヴェーダ神、あらゆる信仰を放棄した後で、無のそれに達しなければならなかったのである。(37)

この一節が含まれるクザンの『古代から十九世紀までの哲学全史』（一八六三）は当時、非常によく読まれた本であり、十九世紀末までに何度も版を重ねた概説書である。それが故に、ここで用いられた「無のそれ〔＝信仰〕」という表現は、その後の仏教のイメージを決定的なものにし、また仏教のネガティヴなイメージの定着に貢献したのである。

こうしたクザンの言説を受け、それを補強したのが、彼の尽力でコレージュ・ド・フランスの教授職に就いたジュール・バルテルミー・サン＝ティレールの研究であった。彼の仏教研究の結論は、ビュルヌフに従って「涅槃《ニルヴアーナ》は、存在しているものの物質的な要素だけでなく、とりわけ思考原理までも完全に消滅させてしまうもの」(38)であるということであった。「涅槃《ニルヴアーナ》そのものには、永遠で決定的な無しか求めることができない」(39)とし、「仏教には神がいない」と断言する。つまり、世界の根源であり、起源である唯一の存在、「第一原因」がないのが仏教なのである。仏教とは、「魂を消滅させるものであり、この世にどんな形でも二度と現れないことを確実にし、この世を幻影と苦痛の世界にとどまっている状態として呪い、この世の要素をすべて破壊しようとし、その破壊行為を何千回も繰り返すことに気を遣っているのである。これ以上、何を求めるべきか。もしこれが『無』でないとしたら、涅槃とは一体何なのだ」(40)というものであった。要するに仏教とは、パルメニデス以来、精緻に練り上げられてきたヨーロッパの形而上学とキリスト教神学を否定し、究極にあるのは何もない無であるということを唱えるものであった。バルテルミー・サン＝ティレールが、アリストテレス研究から出発したことを考えれば、彼の目には仏教は本質や存在といった形而上的な実体を否定し、西洋の哲学・神学の伝統を破壊するものに映ったことは容易に想像がつく。

無の信仰としての仏教のイメージが十九世紀には広まったが、この世紀の後半には、アルチュール・ド・ゴビノーなどが、別のイメージを作り出す。それは、人種論的な視点である。仏教はヒンドゥー教のカーストを否定し、また女性の修行も認めたことから平等主義といわれたが、ゴビノーはこれを「劣った民族」による反乱であるとした。ヒンドゥー教を支えていたのはアーリア民族であるが、このアーリア民族に虐げられ、抑圧されていた奴隷になるような劣った民族の宗教が仏教であり、アーリア民族への劣った民族の反逆とその成功によって、仏教がインドで支配的な宗教となったとゴビノーは主張したのである。結論として、彼は、この反逆はインドでしばらく続いたが、やがてアーリア民族の威光は回復され、仏教は駆逐され、ヒンドゥー教が復権したとまとめている。人種論の陰に仏教虚無説は隠れたように見えるが、虚無説は、実際には通底音のように一貫して流れている。つまり、劣った民族と虚無を目指す仏教に対して、卓越したアーリア民族と健全なギリシアに通底するヒンドゥー教という対立に収まっているのである。相変わらず仏教は、形而上的なものである神や魂を破壊し、消滅させる宗教だったのである。

一方、文学においては、仏教はヒンドゥー教との混同がしばしば見られるが、ベルトラン・マルシャルが「文学の面で、仏教は五〇年代初頭に知的流行の規模に達していた[41]」と記しているように仏教、ヒンドゥー教などのインドの信仰を文学的主題にすることが流行していた。たとえばルコント・ド・リールは『古代詩集』（一八五二）で「ブラフマン」を歌い、マラルメの友人であったアンリ・カザリスは、ドイツの詩人で東洋学者のフリードリヒ・リュッケルトの『ブラフマンの知恵』を読み[42]、「おそらく最も深く刻印された私への啓示は、インドの哲学と宗教、とりわけ仏教のそれであった。それらに私は、自分の精神が段階を追って経験してきた進展の諸相を再発見したからだ。すなわち汎神論、虚無主義、仏教であり、最後の仏教は、救済と復活だったのである[43]」と自伝のためのノートに書き記し、一八八六年（明十九）には『インド文学史』を著した。また、同じくマラルメの友人であったウージェーヌ・ルフェビュールは「世にもおぞましい仏教的ソネ」をマラルメに送り、何よりもマラルメ自身が、カザリスに「私は仏教を知らずして虚無に到達した」[44]と語り、後年、『インド小話』を書き、インドの伝説を紹介している。前述したように、当時のヨーロッパ人はヒンドゥー教と仏教を混同し、インドの信仰という大枠的な理解をしていたが、それでも仏教の無の信仰というイメージの衝撃は大きく、仏教は、既存の価値体系に不満を抱いていた若者を惹きつけていったと考えられる。

ところで、仏教はヨーロッパの健全な宗教の対極にある頽廃的な宗教であるという認識がヨーロッパを覆っていたが、一方で、仏教を哲学的に評価しようという動きもなかったわけではない。とりわけドイツでは、ドイツ観念論に分類されるヘーゲル、ショーペンハウアー、ニーチェが仏教を積極的に評価していった。彼らは否定的に捉えられていた仏教の無を利用して既存の哲学や宗教に対する批判を展開したが、とりわけヘーゲルの仏教理解は、フランスの初期の象徴主義者たちに影響を与えたといえよう。ヘーゲルの著作で仏教が扱われるのは、『論理学』である。[45]ここでは一八五九年（安政六）にアウグスト・ヴェラによって訳され、マラルメの頃からアンドレ・ブルトンの時代まで読み継がれていたと推測される、いわゆる『小論理学』（一八一七）での仏教の扱いを見てみたい。[46]『小論理学』で、ヘーゲルは存在とは無であると主張するのだが、これを仏教の説く無に通底させようとする。そして、無こそ絶対者であり神であると逆説的なことを唱えたのである。ヘーゲルは、当時、すでに始まっていた仏教に関する実証研究の成果は取り入れず、むしろ十八世紀の宣教師の作り出した「無から始まり、無に到り、無こそ理想の状態」という仏教虚無説を自分の哲学に意図的に取り入れる。それは、ヘーゲルが仏教的無でもって、自身の即自的存在を説明するためである。ヘーゲルは、「〈純粋存在〉から始まらねばならない。純粋存在はまた純粋思考であり、無媒介で、単純、無限定な存在であり、その始まりは媒介されたものではなく、後になって限定されうるべきものなのである」[47]（八十六節）と書き、起源にあるものを純粋存在としている。これは、「無媒介で、単純、無限定」であるので、ヘーゲルは「この純粋存在は純粋な抽象であり、したがって絶対的な否定であり、無媒介の状態で考えるならば、非‐在（non-être）である」（八十七節）と語っている。[48] ヴェラはこの「非‐在」についてDas Nichtsと原語を引用した上で、「無、非‐在」と註を付けている。[49] 純粋であるということは、言語や概念をはじめとしていかなるものによっても限定を受けていないことであるが、言語や概念によって限定されていないものは、カント以来、認識論的には世界に存在していないものと同義になる。すると、純粋な存在とは矛盾するようであるが、無であるということになる。「存在それ自体は、ここでは始まりであり、無媒介な状態のことであるが、〈純粋存在〉以外の何ものでもない。しかしこの無限定の状態では、それは〈無〉でしかなく、〈名付け〉ようもないものであり、したがって存在と無との区分は単なるものの見方の違いにすぎない。この問題に関して深く理解しなければならない本質的な点は、始まりをなすものは、空虚な抽象物で存在と空のどちらも空虚であるということである」[50]（八十七節）。これをヘーゲルは即自的状態と呼び、「即自的な状態とは、限定されておらず、完全に形式と内容を欠いたものである」[51]として、この無規定・無限定である即自的状態の存在こそ神であると唱える。ところで神はいかなる認識の形式も内容も当てはまらないので、存在しない。神は概念で把握できないため、論理学的には無としてしか表現できないのである。そしてヘーゲルは、この無としてしか表現できない神が仏教の無と同一だとして、「事物の始まりであり終わりでもある仏教徒の無は、これと同じ抽象なのである」[52]と述べるのである。このさりげない表現で、ヘーゲルは、仏教的な無とは即自的状態のことであるとしているのである。しかし、ここにはヘーゲルの大きな読み換えがある。十八世紀の宣教師たちの伝えた仏教の「無」は何もない空っぽの無であったが、ヘーゲルの無は、何ものとも規定されず、いかなる認識の形式も持たないため無としか表現できないだけで、すべてのものが限定されずに潜在する充溢した状態のことである。ここで重要なのは、仏教自体の考えでは、確かに十八世紀の宣教師が恐れたように、本質ですら概念を関係づけて成立しているにすぎず、そのため、魂であっても、存在であっても、その実体なるものはないとされているのに対し、ヘーゲルは無規定・無限定であるがゆえに論理学的に記述できず、無であるが、それはわれわれが認識できないだけで、実体としては確かにあるものが無であると読み換えていることである。こう考えるとヨーロッパ人の考える仏教の無は二つに大別できるということになる。ひとつは何もない無であり、もうひとつは何ひとつ限定されていないので、無に見えるものである。

さて一方、クローデルは、マラルメなどの初期の象徴主義者たちのインド・仏教ブームの後の世代であるが、「そこここに」（一九〇〇）は、むしろ十九世紀のあいだ醸された宗教界や哲学界の仏教に対する否定的な言説に共通するものが容易に認められ、そうしたイメージを踏襲していることが、はっきりと読み取れる。マラルメなどクローデルの前世代の文学者の一部が、仏教を既存の体制へのアンチテーゼとして利用したのに対し、クローデルはむしろ（カトリックに回帰した以上、当然といえば当然なのだが）保守的な宗教家と同様に、かなり露骨に仏教を頽廃的なものとして否定的に捉えている。「そこここに」に見られる仏教への攻撃的な言説の背後には、十九世紀のフランスでの仏教のイメージ、すなわちキリスト教の対極にあって魂までも破壊し、無に至る信仰というイメージがある。クローデルにとって京都で見た仏教は、何よりもヨーロッパが理解した「無の信仰」と変わりないものであった。

こうしてみると、クローデルにとって仏教は受け入れがたい頽廃的なものであり、信仰の名に値しないものに映ったといえるだろう。そのため、一八九八年（明三十一）に訪れた京都は、日光と異なり、最初から圧倒的に特権的な場として彼に関わっていたとはいえないのだ。というのも「無の信仰」の聖所がいたるところにある空間が京都だったのだから。クローデルにとっては、京都はいにしえの文化が息づいている都市というよりもむしろ、無の信仰がそこかしこに見られる悪夢のような都市だったのかもしれない。

4　無の再評価

では、この「無の信仰」を批判する「そこここに」と、「闇」に溶け込み、無という形での神性・聖性を認める「日本人の魂への眼差し」（一九二七）とのあいだにある落差はどう説明すればよいのだろうか。それはいうまでもないが、クローデルが無を否定するのではなく、評価するように考えが変化したからだと考えるのが自然だ。そこには、日本の信仰が諸宗教の混淆によって成り立っていることが関係している。この日本型の信仰を経験することで、結果としてクローデルは、無に対する認識を変化させ、最終的には無規定・無限定であるがゆえに論理学的には無であるというヘーゲルの考えたことと同じような認識に至ることになる。それにともない、無の信仰である仏教についても、印象が変わったといってよい。晩年に至って、クローデルは次のように語っている。

　中国の仏教も私にはまったく気に入らなかった。日本的な形の仏教は、私を大いに惹きつけてくれましたけれど。この日本の仏教には、一種の苦く深いわびしさがあって実に興味深い。日本的な形態のなかでも阿弥陀信仰の形態が私には中国の仏教なぞよりはるかに気に入りましたよ。(53)

一読して、「そこここに」で、三十三間堂の千体仏から始まる仏教批判とは異なったトーンであることが分かる。確かに、クローデルは仏教に対して、全面的に肯定した評価は下しておらず、終生、仏教全般に対して否定的な態度が見られる。ただ、少なくとも、日本仏教の阿弥陀信仰に関しては、肯定的な形で捉えていることは、この一節から分かる。おそらくこれに附随して、無も評価すべきものに変化している。では、これは何に起因するのだろうか。「そこここに」のおぞましい仏教的な無から肯定的な無へと認識が変化しているのはクローデルが阿弥陀如来を衆生を救済する超越神とみなせたということが考えられる。だが同時に、この転機に老荘思想が介在し、それが彼の虚無観を変容させていることを忘れてはならない。クローデルは、前述のようにアメリカから中国に赴任する一八九五年（明二十八）頃から老子、荘子の著作を読み始める。クローデルは中国語を解さなかったので、マックス・ミュラーの監修した叢書『東洋の聖典』に収められたジェイムズ・レッグの英訳で老子の『道徳経』と荘子の『南海経』を読んでいる。この老荘思想の読書体験に伴い、無への理解が深化していく。なお老荘思想への強い関心は、たとえばクローデルが老子の『道徳経』第二十章の英語の訳をわざわざ自分で仏訳し直して日記に書き写し、またそれを、「老子（道徳経）」と題し発表していることや、「老子の出発」といった散文作品を作っていることなどからもうかがい知ることができる。(54)

クローデルの滞日中の日記に次のような記述が見られる。

無は否定的な意味でだけ捉えることはできない。それは積極的な価値、構築的な価値を持ちうる。大砲の「内腔」がそうである空虚のようなもの。(55)

ここには、すでに無に対して否定的な意味合いから積極的な価値へと意識の変化が起こっていることが見て取れる。実はこの記述と同じようなことをクローデルは、『ジュールあるいは二本のネクタイを締めた男』（一九二六）で、作詩法のたとえとして語っている。

ジュール　もし君が私の意見を聞きたいというのなら、詩はほとんど大砲のように造られるといおう。穴をひとつ持ってきて、その周りに何かをくっつければよい。(56)

クローデルは、「穴」という無が詩の中核にあると無を積極的に評価している。そして無の周りに言葉を張り巡らすことで詩が形成されるのである。無があるから詩が成り立つといっているともいえよう。ここには、老荘の「無」の思想、「無用の用」の思想を見て取ることができる。日記の「大砲の『内腔』」の喩えも、詩作の喩えについても、老子の『道徳経』十一章の「三十の輻《ふく》、一轂《こく》を共にす。其《そ》の無に当《あ》たりて、車の用《よう》有り。埴《しょく》を埏《こ》ねて以《も》って器を為《つく》る。その無に当たりて、器の用あり。〔……〕故《ゆえ》に有の以て利を為《な》すは、無を以て用を為《な》せばなり」[57]を思わせるものである。実際、クローデルは、『詩人と香炉』(一九二六)で、この『道徳経』第十一章を踏まえた言葉を「詩人」に語らせている。

詩人　黒い泡のようになって煙が私のところにもたらされるのが、空無の賛辞なのか。器を成すあの空無、あるいは輻やヴァイオリンや人間の精神を成すあの空無の賛辞なのか。[58]

「器を成すあの空無」「輻〔……〕を成すあの空無」が、『道徳経』第十一章を踏まえた記述になっていることはいうまでもないだろう。無であることで器は用をなすように、大砲も、内腔が無であることで用をなす。詩もそこに無を内包することで初めて詩となるのである。老子は器など「形有るものが便利に使われる」のは、そこに「空虚なもの」=「無」があって機能しているからと答えている。[59]これを敷衍すれば、現象世界にある事物は、そこに「無」を抱えているからこそ、社会的な機能を果たしているということになるだろう。一方で、老子はこの器の空無や輻の空無は一種の喩えであって、実はこの空無から万物が生じてきて、それを機能させていると語っている。老子によれば、「無」の状態にあるのが、万物の起源「母」となる「道《タオ》」である。老子の「無」は「道《タオ》」の状態を述べたものであり、「道《タオ》」は、「人間の言葉によっては表現しがたいものであり、ましてや、人間の感覚によっては捉えることのできないもの(60)」であり、老子自身「之《これ》を視《み》れども見えず、名づけて微《び》と曰《い》う。之を聴《き》けども聞こえず、名づけて希《き》と曰う。之を搏《さす》れども得ず、名づけて夷《い》と曰う」（十四章）と述べているように、「人間が把握しうる姿かたちを超えたところの『無状の状、無物の象』」なのである。(61)言い換えるとこの「母」であり、「道《タオ》」であるものは概念知に囚われていては把握できないものである。クローデルが好んでいた『道徳経』二十章で語られていることも、この非概念であるものの把握についてである。「衆人」は眩いのに、「私」は「薄ぼんやり」であり、「衆人」は「目端が利く」のに、「私」は「ぼーっとして大まかだ」といい、「私」、すなわち老子が、世間の人と異なり、愚昧な状態にあることが述べられている。こうした愚昧な「わたしだけが人々と違って、道《タオ》という乳母を大切にしたいと思って」いて、真理である「道《タオ》」を知ることができるのである。(62)つまり、「目端が利く」ような人、すべてを合理的に概念で把握し、言語で分節してしまう人間は「道《タオ》」を知ることはできず、世界を概念把握しない、あるいはできない愚鈍のようなものだけが「道《タオ》」を認識できるのである。老子がこの章の冒頭で「学を断《た》たば憂《うれ》ひ無《な》し」と語るのはこのことに関連するだろう。言語で分節化されたり、概念把握されたりできない無限定の状態が「無」であり、それが「道《タオ》」であり、それを知ることができるのは概念知を有さない、あるいは概念知から解放されている者だけである。この起源にある空無のおかげで、世界は円滑に機能しているのである。また、この「『道』は天地万物を生じるという偉大な働き(63)」をし、実際、『道徳教』には「道、之《これ》〔＝万物〕を生じ」(64)（五十一章）とあるように、道から万物が生じるとし、別の箇所では「道は一を生じ、一は二を生じ、二は三を生じ、三は万物を生ず」(65)（四十二章）と万物の第一原因であることが述べられている。

おそらく、クローデルは、老荘思想の無を概念知では捉えることのできない第一原因であり、論理学的には中立的で、無記的なものであり、概念知を超えた先にある概念では捉えられないものと理解していたと思われる。実際、クローデルは『詩人と香炉』（一九二六）で、「あらゆる形態を超えたところの形なきもの(66)」とこれを表現している。ところで、無である「道《タオ》」は概念知で把握することのできないものなので、「道《タオ》」を認識できたと思った瞬間、それは概念の秩序のなかに位置づけられるものとなってしまうので、すでにこの瞬間、「道《タオ》」ではなくなってしまう。「道《タオ》」は概念把握をすり抜けて無のままで在り続けようとするものなのである。実際、この「道《タオ》」が無規定なものでなくなってしまったら、あるいは概念把握できるものに規定されてしまったら、「道《タオ》」ではなくなってしまうことを荘子が語っている。それが有名な「混沌」の話である。クローデルは、『詩人と香炉』で登場人物の「香炉」にこの「混沌」の話をさせていることから、無規定のものが規定されると概念となり、根源的なものではなくなってしまうという関係をよく理解していることが分かる。

香炉　海上で二人の友人、北風と南風はよく遊んだものだ。もしお前様が望むなら、北風を粗忽者、南風を慌て者と呼んでもいい。
詩人　どちらでもいいさ。
香炉　彼らの大の仲良しに年老いた混沌がいた。彼らは混沌のところによく遊びに行ったものだ。ある日、粗忽者が慌て者に言った。「あの哀れな混沌に同情してしまったよ。人間には七つの孔があり、それでもって連中はあんなに頭が良くなったのだ。しかし混沌には孔がない。混沌にも孔を穿ってあげなくてはいけない」。その日から、毎日、ある日は粗忽者が、別の日は慌て者が、来る日も来る日も、混沌に孔を穿ち続けた。彼らが孔を穿ちすぎたので、混沌は死んでしまったとさ（香炉が消える）。(67)

「粗忽者」と「慌て者」の二人は、友人の混沌が「頭が良く」なるようにと、目鼻口耳を穿つと、混沌は死んでしまう。無規定であった混沌が、規定され、概念把握できるようになり、また混沌自身も概念知や知恵を持つようになると、それは混沌ではなくなってしまい、死んでしまうのである。いうまでもなく、混沌は「道《タオ》」の寓意であり、概念で把握でき、言語で分節できるようになると、「道《タオ》」ではなくなってしまうのである。混沌は無規定で概念把握されないがゆえに無であるが、それが規定されてしまうと、全的なものでも根源的なものでもなくなってしまう。言い換えれば概念把握されていない無であって初めて根源的で全的な状態になれるのである。

クローデルは、老荘思想を通じて、超越者は無規定・無限定の無であり、無でなくなってしまった時、超越者ではなくなるという結論に達する。超越者は、超越者であるためには無でなければならないのである。この時、無は否定すべきネガティヴなものではなく、むしろ、言語や概念では規定できない超越者の究極の状態となるのである。クローデルは老荘思想を通して無の評価の逆転を見出すのである。

ところで、この老子の「道」は、ヘーゲルの語る「無」、即自的存在に近い考えではないだろうか。どのようにも規定され得ない状態で、概念の網の目にはかからないが、しかし、それが存在していることには間違いがなく、あらゆる概念を超えているという点で、超越的な存在であるといえよう。クローデルは老荘思想を通じて、無の転換を図り、ヘーゲルと同じような結論に達したといってよいだろう。こうして無は否定されるものではなく、無規定・無限定であるがゆえに無であるが、それはあらゆるものを生み出す可能性のあるものと変容するのである。

こうしたクローデル内部での老子や荘子を通じて思想上の逆転が可能だったのは、老荘思想の持っている原理が、ある意味で彼に受け入れやすかったからだろう。というのも老荘思想の「道」は、すでに見たように普遍的かつ超越的で、世界の唯一の起源であるという点で、キリスト教の世界観と相性がよいのである。だから、実は十九世紀の頃から、老子や荘子の記述に『旧約聖書』の要素を認め、老荘思想とはキリスト教の東洋的顕れだとする予表論的な解釈も現れるのである。ヨーロッパ人、とりわけ宗教家から見れば、老荘思想は「プレキリスト教」(68)的な宗教となりうるものであったのである。実際、東洋学者でパリの国立東洋語学校日本語科の初代教授になったレオン・ド・ロニーは、その著書『道教』(一八九二)で次のように語っている。

何人かのかつての宣教師は、今度は、老子の教義を信奉する人と言われる道《タオ》信奉者の物語に聖書のそれとは意識されていない影響が見て取れ、神が中国の民に一種の早すぎた啓示を与えた証拠さえ見つけたと信じていたのである。アベル＝レミュザはさらにそれを推し進める。彼は「道徳経」という三語に「ヤハウェ」という語が存在することを認めることにいささかも躊躇わなかった。とはいえ、北京の聡明な宣教師たち――道《タオ》のいくつかの伝承の起源を聖書に求めることの信奉者だったプレマール神父を筆頭にあげるのがふさわしいが――の意見は、カトリックの聖職者の卓越したほかのメンバー、とりわけレジ神父、ラシャル ム神父、ヴィスドルー神父には、ものの見事に反論されてしまっていた。「道」「徳」「経」という三つの漢字とヘブライ語の名詞「ヤハウェ」とを同一視する考えは、スタニスラス・ジュリアンが異議を唱え、それ以降、真面目な東洋学者は誰もこれに類する仮説の真実味を改めて支持しようなどと考えなくなった。(69)

老子の『道徳経』に「ヤハウェ」を見出すことが、学術的根拠のない合理性に欠く学説であるとスタニスラス・ジュリアンが断じたのが一八四二年（天保十三）で、ロニーが論じていた時点でも、すでに遠い過去の異説であったと誰しもが思っていた時代であったにしても、老荘思想とキリスト教にはある種の親和性があったことをうかがわせるには十分な話である。『道徳経』＝「ヤハウェ」というこの説を一種のこじつけ的な珍説と片付けてしまうのは簡単であるが、ヨーロッパは、老荘思想にキリスト教に通底する超越的一者を見ていたのも事実である。老荘思想とキリスト教神学の類似する構造が背景にあったがゆえに、クローデルにとっても老荘思想は受け入れやすく、無を否定的なものから転換することができたともいえる。

ところが、一方で、本質的には「一つの世界の根源を追究するという発想はない」(70)仏教思想と老荘思想は、本来、あまり相性はよくない。というのも繰り返しになるが、老荘の「無」は、あらゆるものから自律して存在する無規定・無限定の超越者の状態を表すのに対し、仏教の「空」は超越者、すなわち何ものにも依存せずにそれだけで自律しているものがない状態を述べたものだからだ。実は、両者は対極的といってよいくらいの関係である。にもかかわらず、東アジアの漢字文化圏では、老荘の「無」を仏教の無自性の状態に当てはめたこともあって、老荘の「無」と仏教の「空」は、類似概念と思い込まれてしまったのである。この原因は、インドの仏典の最初期の漢訳で活躍した鳩摩羅什にその一端がある。鳩摩羅什は、「ニルヴァーナ（涅槃）の特質を『無為』と翻訳し、シューンヤ（空）を老荘思想のキーワードの一つである『無』と訳し」ている。なお『無』については、のちに格義仏教批判をふまえて『空』の訳語に落ち着くことになる[71]」。「シューンヤ」の訳語として当初、「無」が用いられたのは、「中国に仏教が導入される『伝来の時代』には、この異国の思想を中国人たちは、それまで自分たちが接したこともないような斬新な思想あるいは文化として受け入れるというよりは、老荘思想の『無』に近いものとして受け入れた[72]」からである。

　こうした漢訳によって、仏教の無＝空は、本来は無自性の状態を指すものであったが、中国から日本に仏教が伝来するうちに、そこに無限定・無規定の状態を指す意味が含まれるようになり、異質な概念が同居する錯綜した術語となったのである。その結果、この仏教での無＝空の混同は、老荘の「母」のようにあらゆるものが潜在状態にあり、そこからあらゆるものが生じる源泉であるという解釈を可能にした。この老荘思想をいわば内包した仏教の無は、東アジアで独自の展開を見せ、日本ではおそらく前章で論じた天台本覚論に影響する。仏性とはこの概念世界から解放される可能性を指しているはずであったが、いつの間にか仏という根源にある形而上的実体という解釈が加わっていくことになり、存在論的なものに変容する。立川武蔵によれば、「天台において『空』は無というよりは根元という意味の方が強い。さまざまなものの形や働きがそこから現れてくる根本を空という。その根本においては、それぞれのものの形や働きは見られないという意味での『無』であっても、もろもろのものの元は存する、と考えられる[73]」のである。もちろん、その一方で、日本では大乗仏教の縁起論も唱えられ、相互依存の関係性によってのみ世界は成り立つため、実体として自性するものはないという意味での無＝空も考えられていた。こうした、ある意味で二つの無が混在していたなかで、おそらくクローデルは、日本での複数の宗教的要素——仏教、老荘、儒教、古代からの日本の神観念など——が集合して成り立った日本的無を、老荘思想に近いものとして無規定・無限定のものと解釈し直し、理解している。すなわち、クローデルにとって無とは、仏教の縁起説に集約される、自性するものはないという意味というよりも、事物を成り立たせる根源的なものが、無規定・無限定であるがゆえに無としか論理学的に表現できないというものであったと考えられる。クローデルは終生、仏教に対し否定的な立場であったにもかかわらず、日本仏教に対しては肯定的に扱っているのは、日本型の仏教、とりわけ阿弥陀信仰、あるいは日本型の複合的な信仰に無規定・無限定の超越者が認められると考えたからであろう。そこに日本独自の無を見出したのかもしれない。クローデルは、自性するものはなく、すべては相互依存の関係によって成り立つと考える仏教の縁起論的「無」とも、西洋の生み出した何もない空である状態を信じる「無の信仰」とも異なる、老荘思想に立脚した無規定・無限定の超越的一者としての「無」を見出したのである。つまりクローデルは、概念知で認識できるこの現実世界と、無としかいえない世界とが日本には存在していると理解したのである。

第五章　魂の在処——平田国学と『女と影』

一八九八年（明三十一）に京都を訪れた時、クローデルは無の信仰と呼ばれていた仏教に対して、一種の拒絶反応に近いものを抱いていた。そうした考えを抱いたのは、仏教が世界の根源は何も無い空漠とした無であり、その無を目指すことを究極の目的としているという、当時、ヨーロッパに流布していた言説に起因している。その時のヨーロッパ人の考えた仏教の無とは、文字通り何もないものであった。それは、キリスト教の完全で欠けることのない絶対者、超越者である神への信仰の対極にある危険な思想に映り、拒絶し排除すべき対象であった。カトリック教徒のクローデルも、もちろん仏教を拒絶する意識が強かったであろうことは、散文詩「そここに」（一九〇〇）に露呈している。

しかし、前章の最後でみたように、一九二一年（大十）から駐日フランス大使として滞在するクローデルは、無への考えを変化させている。クローデルの認める日本的な無とは実体なるものは何もないことではなく、何ものとも規定されていない状態のことであり、それが事物、世界の根源であるというクローデルの認識の転換があったのだ。この無の状態は仏教本来の空《くう》観とは異なるものであり、むしろ老荘思想の無との親和性が高く、しかもヘーゲルの即自的存在に通底させることができ、西洋の文脈に当てはめることも可能なものであった。クローデルは、こうした無規定・無限定の無、闇としか表現できない根源、超越者を日本の信仰に見出したのである。日本で、クローデルがこうした闇をその象徴とする無の思想を見出せたのは、中国勤務時代から読み始めた老子、荘子からの影響が大きいといえるだろうが、実際にそうした無を目のあたりにしたのは、中国というよりも日本であった。

クローデルは、日本にはこの論理学的には無としか表現できないものが日常の空間に存在し、それが世界を包むかのように遍在しているという文化的風土があると考えるようになる。第三章で見たように、おそらく彼は、来日してそれほど時間が経っていない時期に、可感的なもののほかに、知覚も認識もできないものが存在し、それが何らかの形で可感的なものと関係している――われわれを取り巻き、時に取り憑く――と気付き、そうしたものが日本の文化の基層にあると理解する。一方で、このように、無規定・無限定であり無であるということは、知覚認識できないということであるが、ヨーロッパでは排除されつつあったそのような非概念的・非物質的なものが、日本という空間には存在しうる余地がまだあることを彼は見出したのである。ところで、そうした非物質的なものと日本人の関係が如実に表れているのが、当時の死生観あるいは魂観であった。当時の日本人にとって、身近にあって、無規定・無限定であるがゆえに無でしかない非物質的存在ともいうべきものは、死者の魂や霊であった。それは明らかに西洋の哲学ともキリスト教神学とも異なった死生観と魂観に基づくものであった。その日本人の魂観をクローデルなりに解釈して作り上げた作品がある。それが『女と影』（一九二二）である。ここで、問題になっているのは、肉体という物質を失うことで、非物質的で無となった霊や魂はどこにどのようにして在り、生者とどのように関わるのかということである。そして、それは単に日本的な霊や魂にとどまらず、クローデルにとっては形而上的存在は、世界にどのようにして在り、どのように接触するのかという問いにつながっていく。

クローデル作の舞踏劇『女と影』は、一九二三年（大十二）三月二十六日、東京の帝国劇場で上演される。この作品が、クローデルの作品のなかで、いささか異彩を放っているとすれば、それは、封建時代の日本を舞台とし、初演時、俳優はすべて歌舞伎役者であったという点だろう。また、音楽を担当したのは四世杵屋佐吉であったが、彼はこの時、和楽器によるオーケストラ編成を行った点で注目されている。[1]そして、この点はこれまであまり指摘されてこなかったが、この作品は日本の超自然なものを題材にし、生者と死者の魂を問題にした作品としても特異なのである。

1　一九二三年三月、帝国劇場

一九二二年（大十一）七月のことである。当時、宮城北の丸の清水濠と雉子橋のあいだにあったフランス大使館に三人の男たちがクローデルに面会を求めてやってきた。「読売新聞」の七月十六日の記事によれば、この日、訪れた男たちとは、歌舞伎役者の中村福助、文学者で演出家であった小山内薫、作曲家の山田耕作であった。三人は、この日、クローデルにあることの許可を求めて大使館にまで赴いたのである。[2]

彼らが求めたことは、クローデルがブラジル公使時代に作った作品『男とその欲望』（一九一七）を中村福助が主宰する羽衣会[3]で上演することの許可であった。この時、三人は山田耕作が『男とその欲望』に新たに曲をつけ、小山内薫が演出を担当し、十月の上演を予定しているとクローデルに説明している。クローデルはこの時、上演を承諾するが、その後、日光に避暑に出かけ、九月に東京に戻ってくると、上演を許可したことを疑問に持つようになったのだろう、このことについて、この時すでに交流が始まっていた山内義雄に相談している。[4]クローデルからすれば、『男とその欲望』は、ロシア・バレエのニジンスキーを念頭において作った作品であったので、それを日本の歌舞伎役者が演じることに違和感を感じていたはずだ。確かにこの当時、歌舞伎は近代化を

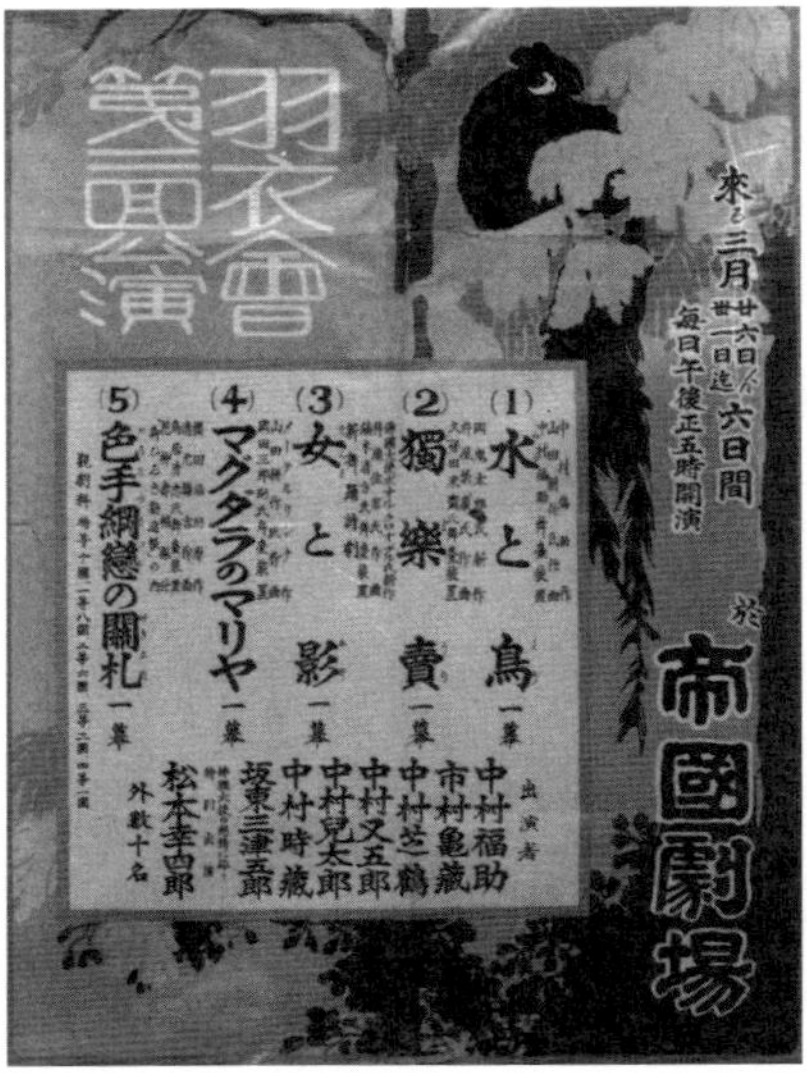

図 5-1　ポスター「羽衣会第二回公演」1923 年, 個人蔵

図り、帝国劇場では女優を登用したり、古典だけではなく新作の作品をかけたりはしていた(5)。羽衣会の活動は、こうした近代化の文脈のなかで考えるべきものであろう。しかし、『仮名手本忠臣蔵』(一七四八)など古典に属する歌舞伎をこの時点ですでに見ていたクローデルにすれば、彼が思い描いていたであろうブラジルのジャングルを思わせる舞台での舞踏を日本の俳優、とりわけ歌舞伎役者が演じている姿は想像できなかったのだろう(6)。クローデルにとって、歌舞伎役者とは髷や島田を結い、着物を着た姿という紋切り型のイメージが強かったであろうから、「元々この『人とその欲望』(=『男とその欲望』)は踊り手ニジンスキイのために書いたもの」であり、「何しろヨーロッパの舞踊といふものを頭において書いたセナリオであるからして、これを移して直ちに日本の踊り手によつて上演して貰ふといふことは考へもの(7)」とクローデルが山内に漏らしているのも、無理からぬことだといえる。そのため、最終的には、「この『人とその欲望』は、作者の気持を尊んで、その上演は見合はされた(8)」のである。

こうしたなか、山内は「謂はゆる『日本に材を得た舞踊』なるものを書き上げては(9)」とクローデルに助言する。この助言から二日後、山内が大使館を訪ねると、クローデルから「今朝こんなものを書いてみたと云つて示された(10)」のが、『女と影』の第一稿である。その作品は、「武士」とその妻の「女」と、すでに亡くなった武士の前妻の霊「女の影」の三人が繰り広げる劇であった。

クローデルは、『女と影』の原稿を山内義雄に託し、山内がこれを翻訳し、中村福助、さらに興行元の松竹に提示したと考えられるが、この間の事情については、山内は、詳しい証言を残していない。しかし、日本の外務省からの働きかけもあって、福助と松竹側は上演の動きを現実的なものにしていき[11]、クローデルの十二月の日記の記述には、「『女と影』を帝国劇場で上演することが決定[12]」とあり、この年の暮れには上演が決まる。時を同じくして、十二月十九日には、「読売新聞」が、「クローデル大使新作の舞踊劇／『女と影』来春帝劇で上演／幸四郎が主役になって」と見出しを掲げ、『女と影』の上演決定を報じている[13]。福助の羽衣会に属しているわけではない松本幸四郎を起用することにしたのは、クローデルの強い希望だった[14]。その結果、「武士」を松本幸四郎が演じ、「女」を中村福助、「女の影」を中村芝鶴が演じることになったのである（図5－1）。ところで、この公演決定の発表までの間の、おそらく十月頃に松竹の川尻清潭から、「節付その他踊り手等の関係から、何か唄でも入れて頂けたら[15]」という申し出があり、クローデルは、第一稿を改稿して、唄を挿入する。これが第二稿である（ただし第二稿をクローデルが自発的に書いたという証言もある[16]）。ところが、第一稿と第二稿を渡された山内と川尻は、どちらを上演の台本にした方がよいか困惑してしまう。山内がどちらの上演を望んでいるのかと問うと、クローデルは「自分としては――そのどちらにも自分の作品としての責任を持ち得るものである。だから、そのことは君の方で定め

図5-2　代々木の中村歌右衛門宅にて，『女と影』出演者等との集合写真，一列目左から三人目が中村福助，二列目左から三人目が中村歌右衛門，六人目がクローデル，1922年，個人蔵

たらいいではないか[17]」と答えている。山内は第一稿を推したが、川尻が、唄の入った第二稿の方が上演に向いていると主張したことから、こちらが上演の台本に使用されることになる[18]。こうしてクローデルというフランスの文学者が書いた日本の封建時代を舞台にした舞踏劇を歌舞伎役者が演じるという企画が実現したのであった。

クローデルは、大使館に出演者を招待したり、自身も稽古に立ち会ったりして、準備を進めていくが（図5-2）、クローデルと古典芸能の慣習との間で軋轢が生じてもいた。舞台装飾は鏑木清方が担当したが、クローデルが舞台を三段の雛壇にするという、日本の伝統にはまったくない斬新な提案をしたことや、クローデルの友人の建築家アントニン・レーモンドの提案を途中で取り入れたりしたため、舞台の意匠については必ずしも鏑木の満足のいくものではなかったようだ[19]。なお、この三段の雛壇形式は、『男とその欲望』をパリのシャンゼリゼ劇場で上演した時に採用した四段の雛壇から着想を得ている[20]。クローデルの提案通り帝国劇場にしつらえられたこの三段の雛壇の上段は「月」を表す踊り手と「雲」を表す二、三人の踊り手が時の移ろいを表現する「月の舞台」、中段が、武士とその妻、今は亡き妻の影とのドラマが展開される舞台、下段は、「蓮池の舞台として之に月のかげをうつそう」という設定であった[21]。

こうしたいくつかの紆余曲折を経ながらも、三月二十六日に『女と影』の初演を迎える。クローデルは四月一日の千秋楽まで毎日、帝国劇場に通って観劇している。初日は、川尻清潭によれば、秩父宮夫妻、山階宮、各国大使が臨席したとのことである[22]。クローデルはといえば、初日の舞台がはねた後、楽屋に松本幸四郎を訪ね、労をねぎらっている。この日のクローデルの日記。

中村福助が女を演じた――幸四郎が武士、――芝鶴が影――杵屋の音楽。上段では松陰に月、下段では蓮のまにまに月の影。大成功。四月一日まで上演[23]。

2 『女と影』の筋書き

『女と影』は非常に短い作品だが、クローデル劇の特徴がよく現れている。それは、時代考証、時期、場所が曖昧な点である。舞台は封建時代であるが、いつの時代なのか判然としない。もちろん、幸四郎や福助の衣装から、漠然と時代は江戸期とすることができるが、そうだと断言できる要素はなく、そもそもクローデルに日本の歴史の時代区分の意識があったとも思われない。また、場所もどこか特定されていない。時代も場所もいささかはっきりしない舞台であるが、台本となった山内の訳によれば、三段の雛壇の中央の段の光景は次のようなものになっている。「荒涼たるあたり。下手《して》、石の道標《みちしるべ》ありて『幽明界』の文字を刻む[24]。舞台の奥には「紙の帷《とばり》」を垂らし、このあたり一帯が靄に包まれていることを表している。上手《かみて》には「石燈籠」があるが、これは「武士が過ぐる年に失うた亡き妻の菩提のために建てたもの[25]」である。この記述通りのものが、帝国劇場の舞台に作られた。

図5-3 『女と影』(左より，松本幸四郎，中村福助，中村芝鶴)，1923年，個人蔵

この舞台で展開される物語はこうだ(図5-3)。舞台に武士が従者を連れて登場する。武士が石燈籠の前でしばらく物思いにふけっていると、帷の向こうが明るくなり、亡き妻の霊である「女の影」が現れる。この時、武士の現在の妻、すなわち「女」を乗せた輿が下手から現れ、輿から降りた妻が、武士

の方に歩み寄る。すると亡き妻の霊は消える。武士は妻に「今わしは失うた妻の姿をありありと見た」というと、妻は「それは何うやら夢幻《ゆめまぼろ》しでも御覧あそばしたので御座いませう」と答える。妻は三味線を取り出し、唄い出し、武士がそれに応えて、やはり唄う。さらに妻が

靄のこめたるその奥に、まことに人のかげあらば、
いざ語らはん、言葉はもとより空《あだ》なれば、いでや三味の音にさそはん。
あだな此の世の言の葉なれば、よしやきこゑぬものかはしらね、
唄にことよせ思ひを云はせ、やさしい糸なら聞えもしやう[26]。

と三味線をつま弾きながら唄っていると、何事か不審に思った武士がその手をつかみ、演奏をやめさせるが、帷の奥でしばらく三味線の音が続く。妻は武士を振り払うようにしてさらに唄うので、再びそれを制止するが、やはり帷の向こうでは唄がしばらく続き、やがて笑い声となる。ここで再び影が現れ、妻と影がぴったりと寄り添う。武士が影を捉えようとすると、妻が間に立って武士を遮る。この間、妻と影とはおなじ所作をする。とうとう武士は妻の手を取って、影から引き離すことに成功し、刀を抜いて、妻と影のあいだの目に見えない糸を切る。すると妻はばったりと倒れる。影はそのままゆっくりと立ち退いていこうとする。そこへ武士が刀を手にして詰寄り、石灯籠のところまで移動する。そこで「武士は帷のなかへ一太刀切りおろす。刀をあらためると血潮が垂れてゐる[27]」。同時に妻が叫び声を上げて息絶える。武士はよろめきながら退場して幕となる。

3 『女と影』への評価

クローデルは日記に「大成功」と書き記しているが、『女と影』に接した日本人の反応は、クローデルが「大成功」と感じた印象とはだいぶ異なるものであった。そのことは、『演芸画報』誌に掲載された劇評などを見るとよく分かる。たとえば、「殆んど外国人好みに出来あがつて居」て、「西洋人が観た日本の概念化であつて、日本人の観る日本ではない[28]」というものであったり、「どうしてもエトランヂエーの見た日本で、まあパリーででもやつたら、芸術的にではなくエキゾチックな意味で少しはいいかもしれない」というものや「箱根あたりで西洋人に売つてゐるけちな日本の燈籠なんかの絵のやうな感じがする[29]」といったものであった。これらには共通した傾向があり、それを端的に表しているのは、山口林児の「日本人の観る日本ではない」という一言である[30]。

それがゆえに、芥川龍之介からは、「紋服を着た西洋人は滑稽に見えるものである」と皮肉を言われ、「試みにあの作品の舞台をペルシアか印度かへ移して見る」と、それは「毒舌に富んだ批評家と雖も、今日のやうに敢然とは鼎の軽重を問はなかつたであらう。況やあの作品にさへ三歎の声を惜まなかつた鑑賞上の神秘主義者などは勿論無上の法悦の為に即死を遂げたのに相違あるまい[31]」と書かれたのである。

しかし、芥川がいうように日本の紋服を西洋人に着せたから評判が悪かったと単純に判断できるものばかりではない。当時、日本の自然主義文学の権威でもあった正宗白鳥の『女と影』の批判は、日本人のこの作品への失望感の原因がもう少し根深いところにあることを明らかにしてくれている。正宗白鳥は『女と影』を実際に見たわけではなく、上演に先立って、演出を担当する予定だった小山内薫が実質的に編集権を持っていた雑誌『女性』三月号と当時の総合誌であった『改造』三月号にそれぞれ掲載された、第一稿と第二稿の山内義雄の訳とクローデルの原文を読んでいるのみである。その読後の印象を正宗は「時事新報」に寄せている。正宗は「仏国大使クロオデル君の新作が羽衣会とかの人々によつて帝劇に於いて上演されるといふことを、嘗て新聞で読んで、ひそかに興味を感じてゐた」[32]ので、『女性』三月号と『改造』三月号が発売されるとさっそくそれを手にする。しかし、それは失望以外のなにものでもなかった。正宗は、『女と影』の劇評や芥川の批評と同じような言説を展開しているが、それはすぐに違和感や皮肉ではなく、怒りに近い表現になる。

武士とか三味線とか、石燈籠といふやうなものは、成るほど外国人たちには、それだけで、夢の国の物のやうに感ぜられるであらうが、私には武士や三味線は珍しくも何ともないのである。〔……〕クロオデル君は、武士と三味線とを取り入れたら何でも詩になると思つてゐるのであらうか。[33]

この怒りをもたらしたのは、正宗が次のように考えて、クローデルに向き合っていたからである。

殆ど何の事やら分らない。分からないといふのは一篇の筋立が分らないのではない。文字の示してゐる一通りの意味は分つてゐるが、それだけではあまりに詰まらなさ過ぎるので、〔……〕何か隠微な深遠な意味が潜んでゐるのかと思ひながらその意味を判じかねたのである。[34]

「殆ど何の事やら分からない」正宗は、わざわざフランス語の原文を辞書を引きながら読むことまでしている。それほどまでに読み込んで、正宗はここから何を引き出そうとしていたのだろうか。言い方を換えれば、『女と影』には、正宗がどうしても認めたくなかったものがあり、それを否定し、そうではないものを必死に見出そうとしていたということかもしれない。正宗がどうしても認めたくなかったものは、これより時代が下った一九三三年（昭八）の随筆「軽井沢にて」から、うかがい知れる。それは軽井沢である夜、「時々は何処からかしら、ポン〳〵と太鼓の音が聞えて来る」ので、彼が「何の音だらう？」と問うと、「狸の腹鼓ぢやあるまいか」と居合わせた人が真顔で答えたことに対する正宗の反応がそのことを物語っている。「何かにつけ『物の怪』の振舞ひを信じてゐたゲンジの時代の人々はさう思つたであらうが、我々は、たやすくさうは信じられなかつた[35]」。確かに、古代から江戸期まで、この世ならざる霊、幽霊、魂、妖怪、物の怪の類は、日本中に遍在するものであった。しかし、近代人の正宗白鳥にとっては、それは非科学的なものであり、『源氏物語』の時代ならいざ知らず、現代では「たやすくさうは信じられなかつた」のである。それは「幽霊と云ふものは無い全く神経病だと云ふ事になりましたから　怪談は開化先生方はお嫌ひ被成事で御坐い升[36]」という明治初期の三遊亭円朝の言葉にも端的に表れている。繰り返しになるが、明治以降の近代化のなかで、霊や魂などといった非物質的なものは、非科学的なものとして公式には否定されていき、このことは、文学にもはっきりと現れている。フランスの自然主義文学運動が日本で近代文学の一大水脈を形成しえたのは、日本の自然主義文学が客観的・写実的なもの目指し、そのことによって、非物質的で非科学的なものを文学の対象から排除したということと関連していたといってよい。要するに、日本の文壇の作家たちの多くが、近代的あるいは西洋的な文学として思い描いたものは、客観的・写実的なものであったということである。正宗の怒りの核心は、クローデルというフランスの近代文学を具現した人物と見なされていた劇作家が、あろうことか前近代的な非物質的なものを文学の対象として描き出したことであったろう。だから、正宗はクローデルが近代以前の幽霊譚のような構造を持つ作品を書き、幽霊を登場させてはいるが、そこには何か隠された深い意味があるのではないか、いやなくてはならないと考えて、何度も読み返したのであろう。しかし、そこに何も見出すことができず、意識的にしろ無意識的にしろ、西洋に範を取って文学の近代化を進めてきていた正宗にとって、きわめて屈辱的な結果しかもたらさなかったのである。つまり、クローデルは、日本文学が目指していた写実・客観とは関係のない、あるいはそれに逆行した近代以前の幽霊の物語を作ったと断定せざるをえなかったということである。もしかしたら、正宗は、このことはクローデルが日本を近代社会、近代的な文化国家として認めていないことの表れと解したかもしれない。こうしたことが、彼の怒りとして表出したといえるだろう。

しかし、クローデルは、何も日本や正宗を侮辱するつもりで『女と影』を作成し、上演させたわけではない。クローデルが日記に「大成功」と記したのは、『女と影』に、ある可能性を見出し、それが実現できたためだと考えられる。その時に鍵になってくるのは、正宗をはじめ、近代日本の多くの知識人・文化人が意識的に忌避していた幽霊である。そう、この作品が、非物質的なものの物語であるということがクローデルに「大成功」といわせ、正宗ら日本人に否定的な言説を生み出させたといってもよいのである。

4　日本人の死生観

さほど長くもないこの作品は、『男とその欲望』との関連で考察されることが多い。ブラジル公使時代に書かれた『男とその欲望』は、リオ・デ・ジャネイロでのニジンスキーの公演を観て着想されたもので、『女と影』は、この作品の延長線上にあると関連付けられ、女性に対する無意識の欲望の表出が問題となっていると一般にされてきたが、ここではそうした文脈をいったん括弧に入れ、別の角度から封建時代の日本を舞台にしたこの作品にこめられているクローデルの試みがどのようなものかということを見てみたい。

クローデルが幽霊にまつわる日本の伝説や説話などを参考に『女と影』を書き上げた可能性は否定できないが、現在まで、もとになった物語は特定されていない。しかし、『女と影』から日本型の一種の物語の構造は抽出することはできる。すなわち、『女と影』は、簡単にいえば、日常空間を漂っている霊が人に憑依する怪異譚の構造を持っているということだ。この世に未練のある霊が、生者に取り憑いて恨みを晴らしたり、執着をほどいたりする構造である。実際、霊が人に取り憑くという点がこの作品の大きな特徴のひとつである。憑依することをこの作品では、紙の帷を女の影と女の間に垂らして、その帷を挟んで、女の影が女に「ピタリと寄り添う」ことで暗示している。そしてもうひとつ、この作品には特徴がある。それは紙の帷を挟んで霊の世界と現実の世界を舞台上に併存させていることだ。このことで生者と霊が同じ空間にいることが表わされている。『女と影』の特徴は、この二点にあるとまとめることができる。これらについてもう少し考えてみる必要があるだろう。

まずは生者と死者の魂や霊とが同じ空間を共有しているということから考えてみよう。クローデルの理解した日本人の魂観、死生観の大きな特徴のひとつがこの点である。死者の魂や霊は、この世界とは別の隔絶された異界ではなく、人間の世界にいて、人間と共存しているという前提が、『女と影』の背後に控えている。しかし、現代のわれわれですら、多くの日本人は漠然と死者の魂は、極楽浄土、あるいは場合によったら地獄といったこの現実世界とは異なる異界、他界に赴くということを非科学的といいつつもある程度、共有しているといってよいのではないだろうか。もちろん、この異界、他界へ死者の魂や霊が赴くというのは、仏教的な死生観であることもわれわれは、漠然と理解している。だが、同時に死者の魂が「草葉の蔭に隠れている」といった表現や盂蘭盆会には、祖霊が家に帰ってきて、彼岸には祖霊に会いに墓参するといった信仰は、仏教に統合されているものの、他界に行ったら戻れないという仏教本来の死生観とは異質なものとして存在し、受け継がれている。つまり、日本人の死生観は、極楽浄土といったような仏教的な他界を前提とする異界観を一貫して持っていたのかといえば、日本に伝わる伝承・習俗などを見る限り、必ずしもそうではなかったのではないかといわざるを得ない。仏教伝来以前の日本の古代人の素朴な信仰では、人は亡くなった後、肉体から魂が抜け出すが、それはわれわれの身近なところにとどまっていると信じられていたようだということは、近代の民俗学が主張してきたことである。古代の信仰では、村の裏手にある山や沖合に浮かぶ小島などが死者の魂の住まうところである。そこから死者の魂は定期的に自分たちの村や家を訪れ、子孫に繁栄をもたらしてくれる。そこでこの定期的に来訪してくる祖霊を祀る祭祀が執り行われるようになったと考えられている。

ところが、飛鳥時代に仏教が伝来した後、高度に洗練されていた仏教思想は天皇や貴族などの上流階級を魅了し、急速に浸透していく。そのなかで受容されていった考えは、人は死ぬと、彼岸である極楽浄土に赴くというものであった。この極楽浄土に往生するという思想が貴族階級にいかに広く広がっていたかは、平安時代に盛んになった浄土教の教えや阿弥陀信仰を見れば理解できるだろう。この頃、臨終に際して阿弥陀如来が迎えに来る来迎図が盛んに描かれたが、そのことはこの世界とは別の他界、すなわち極楽浄土があると信じられていたということを生々しく教えてくれる。しかし、この世界は現世と隔絶していて、交流できない世界でもあった。そのため他界に行ってしまったら二度と此岸には戻ってこられないのである。この仏教思想が庶民にまで浸透し、他界観念が根付くまでにはそれなりに時間がかかったと推測され、それまでは上級階級とは異なり、庶民階級は古代からの死生観、魂観を維持し続けたであろう。もちろん仏教自体の他界観念も、それまでの日本古来の死生観、魂観と習合し、変容していったはずであるが、仏教伝来以降、日本人の死生観の表面を覆うのは仏教の他界思想であり、それ以前の死生観は伏流水のように沈潜化した。しかし、伏流水になった死生観は、文芸や芸能、それからさまざまな習俗に姿を変えて残っていく。能などの古典芸能や仏教と習合した盂蘭盆会や春秋の彼岸会などの祖霊崇拝の習俗がそうである。すなわち、能では死者の霊が生前の姿をとって現れ、盂蘭盆会や彼岸には祖霊と再会する。このことは、現世と隔絶された異界に行った霊であっても、現世と往き来し、生者と同じ空間にいることができたことを意味するのである。ところが、江戸時代の半ばになると古代回帰の思想から再び、死者の魂や霊が現世に止まり続け、子孫を見守っているという考えが表面化してくる。これが江戸時代後半に復古神道と結びつき、やがて明治になると非科学的なものは排除するとしつつも、国家神道に取り込まれる形で、近代の死生観の根幹をなすことになる。(37)

こうしてみると、クローデルが来日した頃は、死者の魂は異界に赴くのではなく、現世にとどまり続けると考えられていたといえるのである。文芸・芸能に見られるような恨みや未練のある魂のみが他界に行かず、この世にとどまり続けるだけでなく、すべての魂がこの世にとどまっていたのが大正時代である。死者の魂と生者が、生者の世界で共存し、交流できるようになり、実際、そうした死生観が当時の日本には色濃く漂っていたのである。

クローデルが日本の死生観に認めたものは、霊や魂などの超自然なものが存在する世界は、この世界と隔絶されたところにあるのではなく、生者と同じ現実世界の一部をなしているということであった。現世と異界の関係は、ひとつの空間に生者の現実世界と霊が住まう世界とが共存するものだったのである。

5 『女と影』と国学

クローデルの『女と影』は、紙の帷を挟んで、生者と死者の魂が同じ空間に存在することを可視化している。これは当時の日本人の死生観を反映したものといえるが、しかし、人類学者でも民族学者でもないクローデルが、こうした当時の日本の死生観を学術的なフィールドワークから導き出したとは考えられない。日本人の死生観に対するクローデルの理解の基本は、それまでに西洋人が著した日本論に負っていたと考えるのが自然であろう。幕末・明治期に日本人を観察し、分析した西洋人の論考とクローデル自身が実際に日本で身近に見聞きしたものが、ないまぜになって彼独自の理解が形成されたと考えられる。では、西洋人は当時の日本の死生観をどう見ていたのだろうか。

クローデルが、日本人の魂観あるいは死生観を理解する際に参照したと思われる英語やフランス語で書かれた日本の宗教・哲学・歴史・地理の文献は、ある程度リスト化できる。そのうち明治から大正にかけての外国人の手による日本人の死生観に関わる文献として、アーネスト・サトウが著した「伊勢の神社」（一八七四）、「純粋神道の復活」（一八七四）、「日本における火鑽杵の使用」（一八七八）、「古代日本の神話と宗教的祭祀」（一八七八）、「古代日本の祝詞」（一八七八―一八八一）などの一連の論文、アストンの『神道』（一九〇五）などがまず挙げられるだろう。フランス人が著したものであれば、ミシェル・ルヴォンの『神道』（一九〇五）がある。また直接、日本の宗教や死生観を扱わなかったにしても、ラフカディオ・ハーンの『日本』（一九〇四）や『心』（一八九六）、チェンバレンの『日本事物誌』（一八九八）やクローデルが一八九八年（明三十一）の日本旅行の際に携えていたガイドブック、グリフィスの『ミカドの帝国』（一八七六）、リードの『日本』（一九〇五）などの日本論なども忘れてはならない。そのほかアストンが翻訳した『日本紀』（一八九六）、チェンバレンが翻訳した『古事記』（一八八二）などもこのリストに加えてもよいだろう。また、クローデルが来日した後に読んだD・C・ホルトムの『近代神道の政治哲学』（一九二二）は、国家神道について論じたものであるが、これも忘れてはならないだろう。[38] クローデルがこれらの著作を読んだという記録は、いくつかの著作を除けば残念ながら確認できないが、これらはいずれも当時の日本理解の基本文献といってよいものであった。そのため、クローデルはこうした著作に直接的・間接的に接した可能性は高く、実際、これらの記述と合致するような死生観と魂観をクローデルは抱いている。

では、こうした書物から浮かび上がってくる日本人の死生観はどのようなものだろうか。江戸末期から近代に至る時期の日本での生者と死者の魂との関係を、たとえばラフカディオ・ハーンは、次のように描き出している。

> 日本人の発想では、死者は生者と同じようにこの世にいるのである。死者は、国民の日常生活に関わっていて――ごくごく日常的な不幸や喜びを共有しているのである。死者は、家族と食事をともにし、家族の幸福を見守り、彼らの子孫の繁栄を手助けしたり、喜んだりする。[39]

ここで描かれているのは、古代の信仰ではなく、明治期の信仰の有り様である。先ほど確認したような、死者の魂は、極楽浄土といったこの世とは隔絶された仏教的な他界、彼岸に行くのではなく、生者と同じ世界にいて、生者を見守っているのである。同じようなことをハーンは別の著作でも繰り返し述べている。

（一）死者は、この世にとどまっている。――墓やもとの住まいのあたりに漂い、眼には見えないけれども、今生きている子孫と生活を共にしている。

（二）死者は、超自然の力を持つという意味で、すべて神となる。しかし生前に、その人物を特徴付けるものはそのまま保っている。

（三）死者の幸福は、生者によって捧げられる敬意の籠もった奉仕にかかっている。また生者の幸福は、死者に対する敬虔な務めを充足することにかかっている。

〔……〕

（四）この世に起こる出来事は、よいことにしろ、悪いことにしろ、すべて――穏やかな気候や豊作とか――洪水や飢饉、――嵐や津波、地震など――死者の仕業なのである。

（五）人間の行為は、よかれ悪しかれ、すべて死者に制御されている。(40)

もちろん、この世界観は、ハーン独自の印象ではなく、たとえばミシェル・ルヴォンの次のような記述にも同様のことが見出せる。

死者の霊は、自然の精霊同様に目に見えるものではないが、生者の住んでいる世界で跋扈している。いたるところに彼らの隠れた存在を感じる。この霊は、人間の力を凌駕する超人的な力を有している。人々は、彼らから厚情を得ることに務め、彼らの怒りに触れないように配慮している。というのも目に見えないものになってしまったが、いつでも地上に戻ってきて、自分たちのことを忘れるようなことがあればその子孫を懲らしめ、あるいは自分たちの宿敵を討ってくれるので、人々は彼らを権力者のように見なしていたからだ。[41]

ルヴォンもまた、ハーンと同様に「死者の霊」、つまり魂は、生者の世界で生者と共存していると主張している。この魂は目に見えないが、生者を見守っているので、この魂をあだやおろそかにしてはならないと日本人が信じているとルヴォンは指摘している。もちろんこれは外国人の観察だけにみられる特質ではない。たとえば、柳田國男は、戦後になってではあるが、「日本人の死後の観念、即ち霊は永久にこの国土のうちに留まつて、さう遠方へは行つてしまはないという信仰が、恐らくは世の始めから、少なくとも今日まで、可なり根強くまだ持ち続けられて居るといふことである」[42]と、死後の魂がこの世界に留まることを端的にまとめているところをみると、これが近代の死生観の基本構造といえるだろう。こうした言説を見ると、ハーンやルヴォンの見出した日本人の死生観は、外国人が作り上げた妄想ではなく、当時の日本人の多くが共有していた死生観を反映しているものと考えられる。

ところで、ハーンやルヴォンの見出した生者と死者の魂が共存している世界観、死生観が何に由来するのかということについては、アーネスト・サトウの記述を見ると理解できる。

『霊《たま》の真柱《みはしら》』で平田〔篤胤〕が語っていることは、死者の霊は眼に見えない世界で存在し続けるということであるが、この見えない世界はわれわれを取り巻く至るところにある。そして死者の霊はすべて神となると説いている。もっともその性質はさまざまであるし、影響力も異なるが。なかには敬意を表されて建てられた神社に住まうものもあれば、自分の墓近くを漂っているものもある。そして、魂が肉体のなかにあった時のように、自分の主君、親、妻、子に貢献し続けるのである。[43]

ここでアーネスト・サトウが語っていることも、ハーンやルヴォンとほぼ同じようなことで、死者の魂がこの世と隔絶した異界に行くのではなく、この生者の世界にいて生者を見守っている、つまり共存しているということである。一方で、このアーネスト・サトウの記述は、こうした日本人の死生観の原点を明らかにしてくれている点で重要である。アーネスト・サトウはこの日本人の死生観は、平田篤胤のものであると語っているのだ。(44)

これまでも何度か登場してきた平田篤胤といういささかファナティックな人物は、第二次世界大戦後は積極的に評価されてこなかったという歴史を持つ。それは、和辻哲郎が指摘するように、篤胤の「狂信的国粋主義も勤王運動に結びつき、幕府倒壊の一つの力となったのではあるが、しかしそれは狂信であったがために、非常に大きい害悪の根として残った」(45)ためである。和辻は、国家神道を生み出し、昭和初期の国粋主義、ひいては第二次世界大戦の悲劇を引き起こした思想的要因が、篤胤の「狂信的国粋主義」にあるといって批判しているのである。ここに挙げた和辻の批判は、戦後の平田篤胤批判のプロトタイプといってもよいもので、その指摘自体は間違いのないものである。しかし、近年、提示されている平田篤胤像は、確かに戦前の国粋主義の形成に荷担したことは間違いないが、「国粋主義が篤胤の思想の本質であったのではない」というもので、「篤胤の思想は、霊魂の尊厳を問うもの」(46)であり、篤胤は「人の尊厳を問い、霊魂の尊厳によってそれを証しようとした」のであったというものである。(47)そして、クローデルが参照したと思われる欧米の日本研究家たちも、この当時、篤胤をファナティックな国粋主義者というよりも、欧米とは明らかに異質のものである日本の信仰を分析し、生者と死者の魂は同じ日常の空間に存在していることを体系づけ、近代神道を拓いた人物として見ている。実際、篤胤は、その主著である『霊《たま》の真柱《みはしら》』（一八一二）で、生者と死者の関係を次のように書いている。

　　然在《シカレ》ば、亡霊《ナキタマ》の、黄泉ノ国へ帰《ユク》てふ古説《フルコト》は、かにかくに立チがたくなむ。さもあらば、此ノ国土の人の死《シニ》て、その魂《タマ》の行方《ユクヘ》は、何処《イヅコ》ぞと云ふに、常磐《トコトハ》にこの国土に居《ヲ》ること、古伝の趣と、〔……〕。

抑《ソモ〳〵》、その冥府と云ふは、此顕国《コノウツシクニ》をおきて、別《コト》に一処あるにもあらず、直《タヾチ》にこの顕国《ウツシクニ》の内《ウチ》いづこかに有《ア》なれども、幽冥《ホノカ》にして、現世《ウツシヨ》とは隔《ヘダヽ》り見えず。故《カレ》もろこし人も、幽冥《ユウメイ》また冥府《メイフ》とは云《イ》へるなり。さて、その冥《メイ》府《フ》よりは、人のしわざのよく見ゆめるを、〔……〕顕世《ウツシヨ》よりは、その幽冥を見ゆることあたはず。(48)

さてまた、現身《ウツシミ》の世ノ人も世に居《ヲ》るほどこそ如此在《カクアレ》ども、死《シニ》て幽冥に帰《オモム》きては、その霊魂《タマ》やがて神にて、その霊異《クシビ》なること〔……〕。其《ソ》は、かの大国主ノ神の、隠坐《カクリマ》しつゝも、侍居《サモライ》たまふ心ばへにて、顕国《ウツシヨ》を幸ヒ賜ふ理りにひとしく、君親《キミオヤ》、妻子《メコ》に幸《サチハ》ふことなり。(49)

この二つの引用が、アーネスト・サトウの記述のもとになっていると考えられるが、これらが語っていることは、死者の魂は、すべて神となり、現世の日常空間のなかにある幽冥界に留まっているが、肉体を失っているので目に見えないこと、そして、この魂は生者を見守っていることである。ところで、冒頭の引用で、「然在《シカレ》ば、亡霊《ナキタマ》の、黄泉ノ国へ帰《ユク》てふ古説《フルコト》は、かにかくに立がたくなむ」と死後、魂は異界である「黄泉ノ国」に行くという説は、誤りであると篤胤は批判している。この「黄泉ノ国」はどこにあるのかということについては、本居宣長の弟子で、篤胤の死生観に大きな影響を与えた『三大考』(一七九六)を著した服部中庸《なかつね》の主張を見る必要がある。中庸は「天ハ即日ナリ。其中ナル国ヲ、高天原ト云」。「泉ハ即月ナリ。其中ナル国ヲ、夜之食国ト云」(50)とし、高天原が太陽に、「夜之食国」あるいは「根の国」、すなわち黄泉の国が月にあるとしている。その黄泉国について、本居宣長もおそらく中庸の影響で、「貴《タカ》きも賤《イヤシ》きも善《ヨキ》も悪《アシキ》も、死ぬればみな此夜見国に往《ユク》ことぞ」(51)と書き、死者の魂は月に赴くものとしていた。しかし、篤胤はこの死者が月=黄泉国に行くという説は誤りであるという。「古《フル》くも今も、人の死《シヌ》れば其ノ魂は尽《コト〴〵》に、夜見ノ国に帰《ユク》といふ説《コト》のあるは、〔……〕いとも忌《ユ》々しき曲説《マガコト》にて、慨《ウレタキ》ことのかぎりになむ有りける」[52]と篤胤は嘆き、「人死て、その魂《タマ》も骸《ナキガラ》とともに、いはゆる黄泉に帰《ユク》とせるは、漢籍の説[53]」から来ている謬説としている。しかし、すでに『万葉集』の時代から死者は黄泉国である月に行くとする説は定着しており、「其ノ魂をさへに、夜見ノ国に去《イヌ》るとして詠メるは、全《マタ》く、漢籍なる黄泉を心として詠メるなれば、夜見ノ国の古伝とは、甚《イタ》く背《タガ》へる意ぞも。斯在《カヽル》あやまりの有ルに、加《マシ》て仏籍《ホトケブミ》なる、那落《ナラク》の説をさへに混《マギ》らして[54]」しまっている状況であるという。だが、「人の死《シニ》て、其ノ魂の黄泉《ヨミ》に帰《ユキ》てふ説《コト》は、外ツ国より混《マギ》れ渡《ワタ》りの伝へにて、古へには、跡《アト》も伝へもなきことなる[55]」と最終的に断じている。実は篤胤は、人は死ぬと亡骸と魂に分かれ、確かに亡骸は黄泉国に行くが、魂はそこに行かないと説く。では、死者の魂は黄泉国に行かないのであれば、どこに行くのかといえば、「常磐《トコトハ》にこの国土に居《ヲ》る」のである。つまり、死者の魂は、異界、他界に行くのではなく、この世界にとどまっているのである。この点が、宣長とも中庸とも異なっている篤胤独自のものとなっている点である。

ところで、肉体から離れ、神となった死者の魂の世界を司っているのが、オオクニヌシである。オオクニヌシが国譲りをした後、「顕世《ウツショ》」である現世は、アマテラスの子孫、すなわち天皇が統治することになり、オオクニヌシは隠れ、死者の魂、すなわち神々を統治することになる。篤胤はオオクニヌシが杵築宮を造営した上で、「天神祖命《アマツカムロギノ》の、幽事《カミゴト》を治《シ》らせと依《ヨサ》し賜へる、大詔命《オホミコト》を畏《カシコ》み承給《ウケタマハ》りまして、顕明事《アラハニゴト》は、皇御孫ノ命に禅《ユヅリ》まをして、彼ノ宮に鎮り坐まし、今に至るまで幽冥事《カミゴト》を治《シロ》し看坐《メシマシマ》すなり[56]」と書いている。そのため、「凡人《タダビト》も如此《カク》生《イキ》て現世《ウツショ》に在《ア》るほどは、顕明事にて、天皇命の御民《ミタミ》とあるを、死《シニ》ては、その魂《タマ》やがて神にて、かの幽霊・冥魂などとい ふ如く、すでにいはゆる幽冥に帰《オモム》けるなれば、さては、その冥府を掌《シ》り治《シロシ》めす大神は、大国主ノ命に坐《マ》せば、彼ノ神に帰命奉《マツロヒマツ》り、その御制《ミオキテ》を承賜《ウケタマ》はることなり[57]」と、死者の魂はオオクニヌシの統治下に入るのである。篤胤は一貫して人は死ぬと神になると主張しているが、それは、魂は神の御霊を分有したものであるという確信による。人は、死ぬと肉体を失い、人の要素がなくなり、神の「分け霊」である魂だけになるので、神となるのである。そうであれば、神は不滅で清浄なので、魂は滅することはなく、また穢れた黄泉国に行くはずもないのである。さらに、篤胤の霊魂観の大きな特徴のひとつは、この魂には生前の人格や記憶が残っているとしている点である。

このオオクニヌシが主宰し、死者の魂が住まう世界が「幽冥界」で、それはそれまで信じられていた黄泉の世界や極楽浄土といったこの世から隔絶した異界、他界ではなく、われわれが生きている現実世界のなかにあるもうひとつの世界なのである。しかも、それは黄泉国のような死の穢れに満ちたおぞましい世界ではなく、死者の魂の安らうところなのである。しかし、オオクニヌシは杵築宮、すなわち現在の出雲大社に御霊はあるが、その姿は見えないと篤胤はしている。「大国主ノ神の、この顕世《ウツシヨ》の事避《コトサリ》たまひて、何処《イズコ》に隠坐《カクリマセ》るぞなれば、常磐《トコトハ》に杵築宮《キツキノミヤ》に隠リ鎮リ坐セるなり。然《サ》るはその『八十隈手《ヤソクマデ》に隠而侍焉《カクリテサモラヒナム》』と白《マク》したまへる八十隈手は、何処《イズコ》を許《ハカ》と指《サ》し定めむ処なき言《コト》なり。其《ソ》は杵築ノ宮に鎮リ坐しつゝも、その御形を顕世《ウツシヨ》に現《アラハ》し給はで、何処に坐《マス》とも知られず、隠リ坐す状《サマ》を宣《ノタマ》へる形容言《タトヘコトバ》にて、常世国《トコヨノクニ》といふに言意通《コトノコヽロツウ》へり」[58]。篤胤は、オオクニヌシの居場所を杵築宮としているが、オオクニヌシはすでに姿形が見えなくなってしまっているので、はっきりとどこそこにいるとは断じることはできないといっている。当然、オオクニヌシの主宰する幽冥界も「直《タヾチ》にこの顕国《ウツシクニ》の内《ウチ》いづこにも有《ア》なれども、幽冥《ホノカ》にして、現世《ウツシヨ》とは隔《ヘダヽ》り見えず」[59]と目に見えず、どこにあるか分からない。しかし、篤胤が確信していることは、「幽冥界」はこの世界と切り離された彼岸ではなく、此岸にあるということである。この見えない世界に善悪貴賤を問わず、すべての死者の魂は神となって住まうのである。

篤胤は、世界は「顕世」と「幽冥界」の二つから成り立っており、「顕世」は、天皇という「皇御孫ノ命の、天下所治看す《アメノシタシロシメ》」ところであり、「幽冥界」は、オオクニヌシが支配し、「顕に目にも見えず、誰為《タガナ》すともなく、神の為《ナ》し賜ふ政《ワザ》なり」[60]としている。天孫である天皇が現世の人事を司り、オオクニヌシは神となった死者の魂の世界で神事を司るのである。こうして篤胤の世界観は、人事と神事、天皇の世界とオオクニヌシの世界といった二元的なものになり、この二つがあって初めて世界が成立するのである。この二つの世界は相補的であり、「幽冥界」は「顕世」を見守り、「顕世」は「幽冥界」に敬意を払うことになる。

この死生観、すなわち「この世界の内部にある墓地に眠り、子孫の定期的な来訪」を求め、死者は「死後は墓の中から懐かしい人々の生活を見続けることができるという意識[61]」、これが、篤胤が見出し、体系化した死生観なのである。篤胤はこうした死生観が仏教伝来以前のものであるとし、これを自らが生み出した新たな宗教体系のなかに組み込んだのである。篤胤の死生観の流れを汲む日本の民俗学の創始者たち、柳田國男や折口信夫も、古代人は、仏教の説くようなこの世とは隔絶された世界に魂が行くのではなく、この現実世界のどこかにいると考え、理論化していく。

死者の魂がわれわれの世界に併存するという意識が、実際に古代にあったかどうかは分からない。それは、最終的に篤胤や近代の民俗学が生み出した虚構であるかもしれないが、確実にいえることは、こうした死生観が「江戸時代以降に徐々に形成された観念[62]」であり、篤胤はそれを復古神道として体系化・理論化したということである。そして、古代社会では死者と生者が近接していたということが、たとえ幻想であり、ある意味では願望であったにしても、クローデルが日本に滞在していた頃の大正時代には、多くの日本人が、こうした死生観を共有していたと考えられる。そのため、日本を理解しようとした欧米人は、この死生観が当時の日本人の信仰の基盤にあるものと感じていたのである。もちろん、死者の魂が、「草葉の陰」に潜んでいるという日本人の感覚を大正時代に来日したクローデルも感じ取っていたといってよい。いや、それ以上に、クローデルには「幽冥界」が「顕世」を包摂し、包含しているように見えたかもしれない。そうしたことが『女と影』の世界に反映されているといってよいだろう。

ところで、『女と影』の霊あるいは幽霊は、肉体を持たない魂だけの非物質なものという点では、ヨーロッパでの形而上的存在と共通するものを有している。確かに江戸期の『東海道四谷怪談』(一八二五)のお岩のように、現世に現れる幽霊や霊魂の類は、成仏できないものであったり、誰かに怨念を抱くものであったりと、この世に強い執着を持った、ある意味で生々しいものである。しかし、篤胤はそうしたものとは異なったものを霊と考えている。篤胤によれば、前述したように、人間の肉体は父母から与えられたものであるが、魂は神から授かったものなのである。この魂は不滅のものなので、死んで肉体が亡くなっても残る。この魂のことを篤胤は霊、霊魂と考えている。なお、この神を分有するものとしての魂という篤胤の発想は、キリスト教に淵源を求めることができる可能性がある。[63] もちろん、篤胤の唱える神が、キリスト教神学の絶対者、超越者といったものとは根本的に異なっていることは間違いない。しかし、それでも日本の霊魂が非物質的であり、人は神という超越的な存在を前提とし、それを分有している点では、キリスト教神学の形而上的なものに近接している。こうしたことを敷衍すれば、日本では「草葉の陰に」非物質的で形而上的なものがいると読み換えることができるようになる。このことでクローデルは、自身が経験した神の現れと当時の日本人の死生観とを結びつけて考えることができるようになる。

一八八六年（明十九）のパリのノートルダム大聖堂での神秘体験の後にクローデルが読んだものが、旧約聖書の『箴言』第八章と新約聖書『ルカによる福音書』の「エマオで現れる」であったことを思い出そう。これらは、超越者は常に被造物とともに同じ空間にいるのだが、そのことに通常は気づかないということを教えてくれたものだ。一方、当時の日本の死生観は、生者と死者の魂が同じ空間を共有しているが、死者の魂は生者を見ることはできるが、生者は死者の魂を見ることができないというものであった。これはクローデルが、神秘体験後の聖書の読書を通して、形而下の世界のもとには通常は認識できないが、それでも形而上のものが常に形而下のものに寄り添っているというクローデルの確信に通じるものであったといえるだろう。もちろん、くどいようだが、クローデルがここでキリスト教と国学＝復古神道を通底させようとしているなどと考える必要はない。先に見たように、キリスト教では一者である神が同時にすべてのものに臨在しているのに対し、平田的世界観では、無数の個別の魂が遍在し、生者の世界を取り巻いているというものであり、根本的な差異がある。しかし、「唯物論の徒刑場」と化した近代ヨーロッパでは失われてしまった形而上が、異教徒の国、日本ではキリスト教とは異なる素朴な形であれ、息づいていたことへの新鮮な驚きはあったであろう。それは似て非なるものであるが、それでも形而上のものが形而下のものに寄り添っているキリスト教神学の世界観をそこに重ね合わせることができるものであったと思われる。

6　霊を媒介するもの

クローデルは、日本では、生者が存在している日常の知覚空間に無数の目に見えない霊＝神も遍在していることを発見する。まるでキリスト教世界で神が人の許に臨在しているかのように。ところで、篤胤もいっているように、霊は生者には見えないので、どこにいるかもはっきりと分からない。この見えないものが生者に対して何らかの意志を伝えようとしても、あるいは自分の存在を認識させようとしても、それはそのままでは生者には伝わらない。それを伝える装置が必要になってくる。これが『女と影』にみられるもうひとつの特徴、憑依することに関わってくる。『女と影』では、霊が取り憑くことを「女」に「影」がぴたりと寄り添い、同じ所作をすることで表現されているが、山内義雄の訳では「帷のうへにはまた女の影があらはれ、帷の前なる女は、わが身でこの影を隠さうとするかのごとく、まへに立ち上がれば、妻のすがたと影とがピツタリとあふ。武士は影を捉へやうとする。すると妻は間に立つて武士を遮る。このあひだ妻と影とはおなじ動作《しぐさ》で動く[64]」。この「ピツタリとあふ」瞬間が、霊が「女」に取り憑いた瞬間と考えられる。ただ、この作品では憑依した「女の影」が具体的に何かを引き起こすことはなく、幕となる。しかし、「影」が帷越しに「女」にぴたりと寄り添い、憑依するのは、憑依した「影」が、「女」を通して自分の存在を認識させ、何かを伝えようとしているのだ。

この何かが人に憑依すること自体はクローデルの独創ではなく、先に述べたように日本の幽霊譚、怪異譚でよく見かける憑き物型の物語である。むろん、すでに第三章で見たマナ・タイプの神性も憑依型で、同じような構造を持っているので、日本の古くからある型といってよいのかもしれない[65]。事実、日本の文学史を繙けば、こうした例は枚挙に暇がなく、すぐに思いつくものとしては、『源氏物語』の六条の御息所の生霊が葵上に取り憑く話である。こうしたエピソードは、日本の古典からいくらでも見出せるが、『女と影』のように、死者の霊が取り憑き、人格を支配するような物語は、明治期に落語『真景累ヶ淵』（一八八七―一八八八）に集約される「累《かさね》」の物語の系譜がまさに典型だろう。『真景累ヶ淵』の原点にあたるものが、『死霊解脱物語聞書』（一六九〇）であるが、これは財産目当てに結婚した与右衛門によって絹川に沈められて殺された累が、霊となって恨みを晴らそうとする物語である。肉体を失い霊になってしまった累は、自分を殺した後に与右衛門が迎える後妻を次々と殺し、最終的には、与右衛門と最後の後妻とのあいだに生まれた菊に取り憑き、菊の人格を乗っ取り、菊の肉体を使って、与右衛門を殺し、恨みを晴らそうとするものだ[66]。同じような構造を持つと考えられるのは、上田秋成の『雨月物語』（一七七六）の「吉備津の釜」である。ここに登場する磯良も死霊となって、主人公の今の妻に取り憑く[67]。こういったタイプの物語は、仏教説話が基本であるものが多く、最終的には高僧の読経や供養などによって成仏させられる。実際、『死霊解脱物語聞書』では、高僧の祐天上人の法力によって累は成仏する。多くの怪異譚・幽霊譚は、こうした仏教説話的な枠組みに落とし込むことができるが、ここで問題にしたいのは、仏教説話との関連でも、恨みを持つ霊の物語の構造でもなく、肉体を失い、魂だけの存在となったものが、マナ同様、人に取り憑いたり、離れたりすることができ、生者に取り憑いて、自分の意志を述べ伝え、それを果たそうとすることである。

『女と影』で、「影」が「女」に取り憑くのは、こうした日本の型のエッセンスを踏襲しているといえる。そう考えると、なるほど霊が人に取り憑くことは、日本の文芸のいわばひとつの型であって、クローデルの独創というよりは、日本型の物語の構造を鋳直したものであるが、この取り憑くということにクローデルが何を見出したかということは重要である。目に見えず、知覚できない魂があることをぼんやりと感じていた武士がそれをはっきりと認識するのは、現在の妻である「女」を通してである。重要なことは、霊や魂は物質ではないので、そのままでは知覚できないので、何かを媒介させることでしか、自身がいることを生者に認識させることができないという点である。つまり、肉体がなく無であるものが、自らを認識させるには、無であるものを認識可能なものに変換してくれる媒介装置が必要なのである。この媒介は、いわば、無である霊や魂の意志や存在を人間に分かるように伝える代弁者、依り代であり、使者であり、メディアであり、このメディアを通して、生者は霊や魂を認識する。「影」は「女」に憑依するが、それは憑依することで、「女」を自分の媒介者に仕立てあげ、「影」は「女」を通じて自分の存在や意志を生者に伝えようとしていたのである。「女」は、依り代として一時的に「影」の媒介者となり、代弁者となる。『女と影』の基本的な構造は、知覚も認識もできないものを媒介を通して認識するというものである。この媒介を通じて形なき霊を認識させる表象形式の物語として『女と影』を位置づけることができるだろう。このことを敷衍すると、日本では、目に見えず、知覚できない非物質的なものが日常空間に存在し、それを知覚可能な事物を媒介にして、認識するという文化様式が存在したということである。この媒介のひとつの様式が憑依なのである。クローデルはこの文化様式を日本での経験を通して理解し、作品に反映させたのであろう。

これまでのことから、クローデルの考える次のような日本的な世界が浮かび上がってくるだろう。すなわち、このわれわれの存在している空間には、われわれと関係し、われわれが認識できる生者の世界とわれわれと直接的には無関係な死者の魂の世界の二つが併存していることである。生者からは、死者の魂の世界が見えないのは、それがわれわれ生者と無関係であるからだ（篤胤の発想では、死者の魂の側からは生者の世界がよく見えるという不均衡な関係になっているが、そのことはここで問題にしない）。二つの世界が併存しているにもかかわらず、生者の世界からは死者の魂の世界は関係がないため、知覚できないのである。しかし、この無関係な世界が、それを媒介するものを通して生者の世界の概念体系のなかに位置づけられると、われわれの前に理解可能なものとしてこの無関係な世界のものを突如、認識できるようになるのである。

やがてクローデルは、この非物質的なものが存在し、それを媒介するものを通して人に理解させる認識装置を日本の様々な文化、芸術、習俗に見出すことになる。その基本にあるのが、認識不可能なもの－媒介－認識可能なものという構造だ。認識不可能なものも、生者の世界に併存しているが、われわれの認識形式とは関係がないゆえに存在しない。しかし生者はそれを何らかの媒介を通すことで概念把握可能なものとして認識できるのである。クローデルはとりわけ、この媒介の構造を能に見出し、その典型としていく。クローデルがいつから能をそのように見ていたかは分からないが、少なくとも『女と影』はそうした能に通じるものであると考えていたことは確かだ。(68) 彼は、『女と影』の上演を直前に控えた一九二三年（大十二）三月八日付のエリザベト・サント＝マリ・ペラン宛の書簡で、『女と影』を次のように表現している。

数日後に帝国劇場で、一種のバレエ、いやむしろ私の能が上演されます。『女と影』という題名のものです。黙劇、舞踊、音楽、どれをとっても純粋に日本風のものです(69)（一九二三年三月八日付）。

クローデルは、『女と影』が彼にとっての能であると語っているが、気をつけねばならないのは、能から影響を受けて『女と影』を作成したのではなく、『女と影』に能と同じ構造と機能を後から見出したということである。クローデルが来日後、能を初めて観るのは、次章で改めて確認することになるが、一九二二年（大十一）十月であり、その時、すでに『女と影』の第一稿は完成していた。クローデルは能を観て、そこから『女と影』の着想を得たのではないのである。むしろ、『女と影』という自作に能的要素を後から見出したと考える方が自然であろう。では、その能的要素というのは何かといえば、それは死者の魂あるいは霊が主役であり、死者の魂と生者の交流であり、不可視の霊や魂といった認識不可能なものを生者が認識することである。『女と影』が「私の能」なのは、それが目に見えない霊の意志を認識する物語だったからなのである。闇として表現される無規定・無限定のものである無は、それ自体では知覚はおろか認識もできないものであるが、現実世界の人や事物を媒介にして、その存在や意志を認識できる。そのことを表現したものが『女と影』なのである。

クローデルにとって能で重要な役割を果たすのは、われわれの認識の構造とは本来、関係がない霊や魂を認識させてくれる媒介者である。『女と影』でいえば、「女」である。では、この媒介をクローデルは能のなかにどのように見出していたのだろうか。

第六章　媒介する天使——能のスコラ学

1　能を観るクローデル

すでに多くの識者によって指摘され、論じられてきており、クローデル自身もそのことを折に触れ語っているが、クローデルは能から大きな影響を受けている。能から影響を受けてクローデルが作った作品もすでに考察され、日本を離れた後に書かれた『クリストファー・コロンブスの書物』(一九二九)、『火刑台上のジャンヌ・ダルク』(一九三九)、『知恵の司』(一九三四)などに能からの影響が見られる。また、直接、能から影響を受けたとはいえないが、われわれが前章で見た『女と影』は、クローデルがはっきりと「私の能」と語っているものである。しかし、クローデル自身が、イヴァン・ルナンのインタビューに答えて「われわれ西洋の気質は、この芸術形式〔=能〕にうまく合うとは私には思えないので、これ以上のことはいわない。われわれは、激しやすい気性で、動きや拡張や激情といったものを必要としていて、表面的には動きがないという性質を纏っているこの芸術に重要性をあまり見出せない[1]」と語っているように、能の形式的な面、あるいは様式的な面からのクローデルへの影響は、ほとんどないといってよい。動と静ということからすると、ヨーロッパと日本は対極にあって、ヨーロッパの演劇に能の所作を取り入れても馴染まないとクローデルは考えていたようだ。しかし、クローデルがヨーロッパの演劇形式に能を取り入れることは不可能だと語っているにもかかわらず、能がクローデルに大きな影響を与えたことは、すでに周知のことである。[2] では、クローデルにとって能とは、何であったのかということが問題となるだろう。おそらくそれは前章の最後で見たような生者と死者の霊とを媒介することに問題の焦点が絞られていくだろう。

能からクローデルへの影響について考えてみる前に、クローデルと能の関わりを概観しておこう。日記などから、クローデルが最初に能を観たのは、一九二二年（大十一）十月二十二日の観世宗家による観世別会であるとするのが通説である。この時上演されたのは、『国栖』『敦盛』『松風』『道成寺』『石橋』の五番であった。このうち、日記の記述から、彼が『道成寺』を観たことは間違いないが、もしかすると、この時、『敦盛』も観ていた可能性がある。この日の『道成寺』は、シテを大槻十三、ワキを宝生新が演じている。この『道成寺』は、雑誌『謡曲界』では「四番十三氏の道成寺ワキ新氏、鐘引元滋氏であつた。烏帽子が鐘につかへる位であつた。烏帽子は思い切り強く地謡の前へ打ち落された。烏帽子がつぶれたかと思う位、強かつた。中村不折が画く画のやうに輪郭のがつしりした道成寺であつた。十三氏の道成寺だからだ[3]」と評され、かなり力強い印象を与えるものであったようだ。一方、クローデルの日記には「道成寺、鐘の能。能はあらゆる姿勢を単純化し、あらゆる動作を緩慢にする規則がある。あたかも彼らがより濃密で動くのが困難な環境で所作を行っているかのようだ。絶えず繰り返されている所作とそうしたことをするよう仕向ける緩慢さによって、それが重要であることが見て分かる[4]」と、能の緩慢で微妙な所作、その独特な身体性に注目している。これは前述のイヴァン・ルナンのインタビューでの「表面的には動きがないという性質」という能への評価につながるものである。

クローデルはこの観世別会を皮切りに、一九二三年（大十二）、一九二六年（大十五）を中心に多くの能を観ている。(5)記録としてはっきりしているのは次のようなものである。一九二三年（大十二）一月二十日、クローデルは、古市公威、杉山直治郎と一緒に、浅草厩橋の梅若舞台での梅若初会を訪ねている。新年なので、まず梅若六郎による『翁』が舞われた。この時は、面箱が秋山湘東、三番叟が島田政志、千歳が梅若亀之であった。クローデルは『翁』の後に昼食のために上野精養軒に赴き、そこでシルヴァン・レヴィと会っている。午後、再び、梅若舞台に戻り、梅若六郎（シテ）の『羽衣』を観ている。『翁』『羽衣』ともにクローデルの強い関心を引き、日記には「『翁』は一年の始まりに舞われる。〔……〕この芸術を見て私が感動するのは、『緩慢さ』を巧みに使っていることだ(6)」と書いており、また『羽衣』についても「極端にゆっくりとした舞。どちらかといえば青空のなか、さまざまな形に変化する夏の入道雲、まだ消えないでいる香の煙にも似ている(7)」と、能の緩慢さにここでも惹かれている。

翌月の二月四日には、クローデルは、シルヴァン・レヴィ夫妻とともに、観世宗家舞台での観世会で、『景清』を観ている。観世元滋がシテ、宝生新がワキであった。「彼らは別れる。彼〔＝景清〕は手を彼女〔＝娘の人丸〕の肩に置き、ともに二歩、歩み、彼は後ろに退く。素晴らしい(8)」と最後の場面の印象を描写している。また、二月十五日には、雑誌『金春』が主催した金春催能が九段の細川家能舞台で催され、クローデルはここで『角田川』を鑑賞している。シテは桜間金太郎、ワキは宝生新であった。この時のクローデルの姿は、芥川龍之介に目撃され、「僕の左右にはまるまる肥つた仏蘭西の大使クロオデル氏を始め、男女の西洋人も五六人、オペラ・グラスなどを動かしてゐる。僕は『隅田川』を見ないうちに、かう云ふドオミヱの一枚じみた看客を見ることに満足した(9)」と皮肉を書かれている。あげくのはてには、芥川に「桜間金太郎氏の『すみだ川』を見ながら欠伸をしてゐたクロオデル大使に同情の微笑を禁じ得なかつた(10)」とまで書かれてしまう。しかし、この時の『角田川』は、芥川も「子役を使わなかつたのは注目に値する試みかも知れない(11)」と評価し、『謡曲界』の評でも

「金太郎氏の角田川に子方出さず。〔……〕金太郎氏は余程創作的態度でやつたらしい[12]」と、子方を使わない演出が注目されており、実験的なものであった。芥川からは皮肉をいわれるが、それでもクローデルは日記に「我が子を失い、隅田川のほとりにその墓を見つける女。あらゆる解釈が可能な緩慢な所作[13]」と文学的考察を加えている。

一九二四年（大十三）は、能の上演が少ない異様な年だった。前年九月の関東大震災で、いずれの流派も能舞台をはじめ、面、衣装など代々受け継がれてきたものを失ってしまったからだ。唯一、焼け残った能楽堂が、靖国神社境内にあった九段能楽堂であったため、各流派の舞台が再建されるまで、ほとんどの能が九段能楽堂で演じられることになる。実際、クローデルも一月六日の観世宗家の観世発会を九段能楽堂で観ている。この時、クローデルが観たのは、観世元滋の『翁』である。五月には、皇太子成婚の祝いと関東大震災の見舞いを兼ねて、フランス領インドシナ連邦のメルラン総督が来日したが、五月十九日に麻布今井町の三井本邸で薪能が催され、『船弁慶』が演じられた。これを演じたのは、梅若万三郎、梅若六郎であった。この『船弁慶』をクローデルはメルランとともに鑑賞している。一九二四年（大十三）で確認できるクローデルの観能記録はこれのみである。

クローデルは、一九二五年（大十四）一月から賜暇でフランスに帰国しているが、一九二六年（大十五）三月に日本に帰任する。この年は、少なくとも二つの能を観ていることが確認できる。五月三十日に、クローデルは九段能楽堂で「亡観世清之追善能」を観ている。この時は、『蟬丸』『砧』『正尊』『融』が演じられたが、クローデルは、観世喜之（シテ）、宝生新（ワキ）の『砧』を鑑賞していることが、日記から確認できる。翌六月十三日には、九段能楽堂で行われた宝生会で、武田善男（シテ）、松本謙三（ワキ）の『蟬丸』を観ている。『砧』は、「五月三十日日曜日　大雨。午後、能楽堂で砧[14]」とあるだけだが、『蟬丸』は「十三日。〔……〕藁屋に暮らす盲目の皇子のもとに狂った姉が訪ねてくる。――こうこうとした月明かりのもと、湖に浮かぶ島で、私は琵琶の音を聴く。――私は霧のなかで笛の音を聴く。私は霧の中で笑い声がはじけるのを聴く[15]」と短いながらも評している。また、まったく日時・場所が特定できないが、「土木技師で貴族院議員」の古市公威が『遊行柳』の「柳の精をものの見事に舞うのを見た」[16]と「能」（一九二六）のなかで語っている。以上がクローデルの記述したものからたどれる観能の記録である。クローデルは、この当時の西洋人としては例外的に数多くの能を鑑賞しているといってよいだろう。こうした記録の記述から分かることは、西洋の演劇には取り入れることは難しいだろうと語っていた能の緩慢な所作にクローデルは常に注目していることである。

ところで、クローデルの卓越した能論である「能」では、『楊貴妃』『隅田川』『敦盛』『羽衣』『翁』『芦刈』などが言及されている。このうち、『隅田川』『羽衣』『翁』を鑑賞したことはこれまで観てきたように確認できる。クローデルは、自身が観た能作品について「能」で取り上げていると考えられるので、『敦盛』『楊貴妃』『芦刈』もおそらく観ていたはずであるが、残念ながらこれらを観能したクローデルの記録は現在、残されていない。だが、『楊貴妃』と『芦刈』について、渡邊守章は、一九二六年（大十五）三月十四日の九段能楽堂で行われた宝生会（午後一時開演）で上演された『芦刈』（シテ宝生重英、ワキ松本謙三）『楊貴妃』（シテ野口政吉、ワキ宝生新）を鑑賞した可能性を示唆していた。この日、クローデルは渋沢栄一らとともに、日仏会館が招聘したアシャールとフシェの歓迎のための幣原喜重郎外相主催の午餐会に出席している。渋沢栄一の記録によれば、午後一時に始まり、三時に散会[17]となっているので、その後、アシャール、フシェを能鑑賞に連れて行ったことは考えられなくはない。また、『敦盛』は前述したように、一九二二年（大十一）十月二十二日の観世宗家による観世別会で『道成寺』と一緒に観た可能性がある。

2　媒介するシテ

こうした観能体験とその時々の印象から、クローデルが能の緩慢で象徴的といってもよいかもしれない所作への関心を読み解くことも可能であろうが、ここでは、クローデルが能に死者の魂と生者との媒介の機能を見出したことに着目して、それが彼にどのような影響をもたらしかを考えてみたい。

すでに指摘されていることであるが、クローデルにとって能とは、現在、一般に複式夢幻能と呼ばれるジャンルのことであり、これをクローデルは「能」と呼んでいる観がある。この複式夢幻能は、次のように定義されている。すなわち「旅人（ワキ）が名所旧跡を訪れると、そこに里人（前シテ）が現われ、土地に伝わる物語をして聞かせたのちに『私は今の物語の何某《なにがし》である』と言って消え去るが、ふたたび何某のまことの姿（後シテ）で登場し、昔のことを仕方語りに物語ったり舞を舞って見せたりして、夜明けとともに消えてゆく[18]」というものである。これまでの研究では、クローデルはこの複式夢幻能に強い関心を示したとされてきた。ところが、これまで挙げたクローデルが観た能、あるいは「能」で言及された作品を見てみると、現在、複式夢幻能に分類されているものは、実は少ないことに気づく。夢幻能に分類できるといえるのは、『敦盛』『遊行柳』のみである。しかし、『敦盛』にしても、夢幻能というよりは修羅能（二番目物）といった方が通りがよいかもしれない。夢幻能がクローデルの観能記録にあまり表れていない点について、渡邊守章は、「彼の日記の記載から、彼の観能体験では、複式夢幻能は特権的な位置にあるわけではないことが分かる。おそらく記述がないが、これよりも多くの作品を彼は見たのではないだろうか[19]」と、日記等に記述されていない観能体験があり、そのなかに複式夢幻能が含まれていたのではないかと推測している。西野絢子も「彼の観た作品の大部分は、『現在能』に属するもので、人間世界のドラマを描いているものである[20]」と指摘している。こうした指摘は、「能」で複式夢幻能が特権的に扱われていることと彼の観能経験が対応していないことに起因する。しかし、西野も指摘していることだが、ここで、気をつけておかねばならないのは、「夢幻能」という語自体は、一九二六年（大十五）に国文学者の佐成謙太郎がラジオ番組の「国文学ラヂオ講座」の「能楽の芸術的性質」で「劇の主人公がワキの夢に現れてくるものを夢幻能と名づけ、従つて『頼政』の如き脚色を複式夢幻能と申せばどうであらうかと思ふのでございます」

と語ったのが最初の用例であるということである。[21]さらに、この語が定着するのは、一九三〇年（昭五）に佐成が編んだ『謡曲大観』を経て、第二次世界大戦後に出版される岩波書店の『日本古典文学大系』の『謡曲』の横道万里雄の解説（一九六〇）によってである。そのため、クローデルが初めて能を観た時には、「夢幻能」という語はまだ存在せず、クローデルが日本に滞在していた時期にはほぼ存在していなかった概念なのである。もちろん、複式夢幻能という語は、当時まだなかったが、現在の複式夢幻能の概念にあてはまるような分類の仕方は考えられており、国文学者の芳賀矢一は、前場と後場の二部構成になっていることから、「複式能」という呼び方を提唱している。[22]確かに旧来の分類法に代わる名称が模索され、「複式能」をはじめ、いくつか名称が提唱されたが、いずれも定着していない。定着はしなかったが、このことは当時、能の世界では、それまでの「脇能」から五番目までの分類とは別の分類法が求められていたことがうかがわれる。というのも、この頃になると西洋の演劇種目の分類を真似たジャンル分けの必要性が生まれていて、能もそれに対応する必要に迫られていたからである。こうした社会的な要請がやがて、大正末年頃から昭和にかけて従来の分類にはなかった「夢幻能」というジャンルを生み出したのである。

いずれにしても、クローデルは現在、複式夢幻能に分類される能をわれわれと同じように夢幻能と意識していたわけではないことは確かだ。現在の夢幻能の分類・定義にとらわれすぎると、確かにクローデルは夢幻能をほとんど観ていないことになる。しかし、クローデルも当時の日本人もまだ夢幻能という概念を持ち合わせていなかったのである。そのため、クローデルは現在の夢幻能の定義とは異なる基準で能を捉えていたと考えた方がよい。彼は、能を「死者の世界から現世を見る」[23]という観世銕之亟の言葉が端的に表しているように、死者の霊や魂を中心とする物語と捉えていたと考えていたようである。[24]さらにいえば、死者の魂や霊のほかに、神霊、物の怪などこの世のものではないものが主題になっている物語と捉えている。こうしてみると、クローデルが観たり、言及したりしている能の作品のほとんどは、この世ならざるものが登場する物語だということに気づく。この世ならざるものが登場しないものは、クローデルが観能した作品のなかでは、『景清』『蟬丸』であり、「能」で言及されているものでは『芦刈』のみである。そう考えると、クローデルは生者ではない死者の魂や霊、神、物の怪など超自然なものとの交流が主題である作品を能の典型としたといえるだろう。いうまでもなく、幽霊などのこの世ならざるものを登場させる物語というものは、能の一種の伝統であり、早くも世阿弥が大成したとされ、小山聡子が指摘するように「世阿弥の独創性は、〔……〕幽霊を能によって目に見えるかたちで表象したこと(25)」であり、クローデルはその世阿弥の試みを比較的素直に汲み取っていたといえるかもしれない。ところで、小山聡子は「幽霊」といっているが、世阿弥は「幽霊」を肉体を有さない魂のことと捉えていると考えられ、近世のいわゆる幽霊とはいささか異なるものと考えた方がよい。この点でここでの幽霊は平田篤胤の「霊」と同じようなものだ。実際、本田安次は、『敦盛』や『兼平』などを引き合いに出して、「前シテそのものをすべて近世謂ふ幽霊と考へては不合理である(26)」としている。

クローデルは、能とはこの世ならざるものとの交流が主題の物語であると理解しているが、「能」ではこの物語の構造を『敦盛』を用いて説明している。『敦盛』は、いうまでもなく『平家物語』の平敦盛が源氏方の熊谷直実に一ノ谷の合戦で討たれたエピソードに材を取った作品であるが、クローデルが「第一部」と呼ぶ前場で、僧侶となった熊谷直実＝蓮生（ワキ）が一の谷を訪ねると、「少年敦盛の魂」が「草刈り男の姿(27)」となって現れる。それが笛の名手だった敦盛だと分かるのは、草刈りの農夫が奏しているとは思えぬ「この世のものとは思われぬ笛の音(28)」によってである。そこで「ワキが問い、シテが答える。合唱が註釈をつけ」て、第一部＝前場は終わる(29)。「それから幕間劇〔＝間狂言〕となる。通行人がやってきて、床に座って、普段の会話のような調子で、声を低めた語り口で、ワキに説明を求めたり、逆に説明したりする(30)」のである。そして「第二部」＝後場では、「ワキは自分の役割を終え、もはや一介の証人でしかない(31)」ものになる。「一時、下がっていたシテが再びあらわる。彼は死の淵から、ぼんやりとしたところから、忘却から出てくるのである。シテは装束を替え、しばしばその姿さえも変える。時として、異なる人物でさえあることがある。第一部の人物は、その予告であり、ヴェールであり、先立つ影のようなものであったのだ[32]」。実際、『敦盛』の後場では、敦盛の霊が、読経をしている直実（蓮生）の前に生前の武者姿で出現し、直実との一騎打ちの場面を再現し、直実への恨みを晴らそうとするが、僧である直実の読経によって成仏する。クローデルは後場の説明では『敦盛』に具体的に言及はしていないが、この後場を目に見えぬ死者と生者との対話による演劇形式であると理解している。実際、第二次世界大戦が終結して三年ほど経った一九四八年（昭二十三）、ローラン・プティ・バレエ団によって、クローデルが「私の能」と語った『女と影』がパリでバレエ形式で再演された際、彼が寄せた一文に、「日本は幽霊の国である。〔……〕国民的演劇である能のほとんど唯一といってもよいテーマとしてあるのは、生者と死者の対話であり、それは、合唱によって解説されるものである[33]」と記していることが、クローデルの理解を物語っているだろう。

要するにクローデルは、この世のものではない何ものかがやって来て、生者と対話することが、能の本質と考えていたとまとめることができよう。この対話のために何ものかがやってくることについて、クローデルは「能」の冒頭部分で、次のように端的に言い表している。

ドラマ、それは何ごとかの到来であり、能、それは何者かの到来である[34]。

能では、何者かが到来する。そしてこの到来するものを待っているものがワキである。ワキが到来するのを待っている「何者か」とは、とりあえず、「神、英雄、隠者、亡霊、悪霊[35]」であるといっておこう。ここでクローデルは、神や亡霊や悪霊といったこの世ならざるものをあげている。英雄や隠者は一見したところ、生者のように思えるが、これらも敦盛のように死んで肉体を失った魂のみの存在と考えてよいだろう。これらは、平田篤胤が説く霊のように超自然的で非物質的なものであり、日常的には知覚できるものではない。

知覚してもらうことも認識してもらうこともできないがゆえに、この超自然的なものは、『女と影』の「女の影」のように自身や自身の意志を人に分かるようにする必要がある。この時、重要な役割を果たすのが前シテである。能では、認識不可能な霊とワキに語りかける前シテの関係が問題となる。霊と前シテの関係は、能楽研究家のあいだでも議論のあるところらしく、たとえば本田安次は「神霊、或は生口、死口の主人公が、憑子《よりまし》に乗りうつり、その口を通して語る語りは無論主人公その人の語りであり、その人の身振をも伴ふ。この語り手をシテと名づけよう。〔……〕即ち前シテは、霊魂に憑かれた憑子である」[36]と唱えている。前シテは、一種の依り代でそこに霊が取り憑いたというものである。一方、徳江元正が「複式夢幻能の前場のシテを、多くの人が『化身』ということばで説明している」[37]と紹介しているように、前シテを霊や魂そのものが人間の姿を取ったものと解釈する系譜も存在していた。実際、クローデルの同時代人だった野上豊一郎は、「能のシテ・ワキの対立に於いて、ワキはいかなる場合にも現在の人物であるが、シテは多くの場合過去の人物である。過去の人物の霊魂が現在の人物の如き姿を装うて訪問者（ワキ）にあらはれる」[38]ものだと解釈し、霊魂が現世の人間の姿に身を変えたもの、すなわち化身と結論づけている。ここから、前シテの「里人」などは霊の化身であると解する一定の伝統があったことがうかがわれる。この二つの説に対し、田代慶一郎は、「頼政の霊が自分の分身を宇治の老翁という仮の姿でワキ僧のもとに送り出したと理解した方がよい」と述べ、前シテを霊からの使者と考えている。「前シテとはまた別に頼政の霊は存在していて、ある意味では人形遣いが自在に人形を操るように、前シテを動かしているというのが両者の関係である」とし、「前シテは頼政の霊によって使者として派遣された分身であり、霊そのものとは別個の存在である」と結論づけている。[39]

こうしてみると、前シテを霊そのものが化身したとする見方と、前シテは霊そのものではなく、霊が憑依する依り代だったり、霊からの使者だったりする見方の二つに大別できることが分かる。ところで、クローデルであるが、彼は、確かに一見したところ、「少年敦盛の魂」が「草刈り男の姿」をしていると化身説に傾いているような記述をしている。だが、最終的に「シテは常に『未知なるものの使者』[40]」であるとしているように、前シテは、超自然なものが直接姿を取ったものではなく、超自然なものから遣わされた使者と考えているとしてよいだろう。ただし、クローデルは田代とは異なり、霊の分身を使者とするというよりは、憑依することで前シテを代弁者、すなわち使者にしていると考えているようだ。霊は知覚することも認識することもできないものである。そのため、この霊の意志を理解可能なものに訳し、伝えてくれる媒介者が必要となってくる。それが使者なのである。媒介者を通して、初めてその存在や意志を認めることができるようになるのだ。超自然的なものは、決して直接、顕現することはない、いや、顕現できないのであって、それがゆえに、媒介を通して何かを伝えるとクローデルが考えていたとする方がよい。そのため、ワキの前に「到来するもの」は、霊などの超自然なものそのものではなく、実は、その意志を伝えるものである。ワキが待っているのは、この霊の伝達者であり、媒介者なのである。クローデルにとって、知覚できないものがこの前シテを介してその意志や存在を認識可能な概念に転換するということが重要であり、形而上のものとの交流には、媒介の機能を持つものを必要とするのである。こうしたことからするとクローデルは、前シテを伝達者、媒介者、要するにメディアと考えていたのである。

しかし、後場のシテに関しては、クローデルのイメージしているものは、本田の認識とも田代の認識とも異なっているように見える。本田は「神霊が本来の姿で来現し、荘重典雅な舞を舞ふ[41]」として、後場では、霊が本来の姿となって現れるとしている。一方の田代は、「後シテの基本的性格は『語り手』である」として、やはり霊そのものではなく、霊の過去を語るものであり、「後シテが頼政や実盛その人ではなく、実は『語り手』なのだというその本性さえわかってみれば、これもまた『語り手』という任務を負わされて死者の霊がこの世に派遣したその分身である[42]」としている。田代は、前シテと後シテの二人の使者を想定していることになる。これに対して、クローデルは、後場のシテについて、次のように述べている。

今や舞台全体が彼のものであり、彼はそこに存在しているものもろとも舞台全体を掌握するのだ。かつて彼が拠り所とし、具現していた生の断片が彼と共にすっかり覚醒し、〈夢の湖〉の真ん中でまどろむ〈離れ屋〉を想像の塊で満たす。彼が魔法の扇を一振りすると、現在が雲散霧消し、あの神秘的な翼〔＝袖〕が立てるゆったりとした風によって、今では存在していないものに彼の周りに出現するよう命じるのである。(43)

ここでは、一見したところ、本田が語るのと同じように、死んで、霊だけの存在になったものが、生前の姿を取り戻し、時間を遡り、自らの過去を再現しているとクローデルが解釈をしているように見える。だが実は、クローデルは、前シテが霊から受け取り、ワキに伝えるべき具体的な意志をワキの夢のなかで後シテが演じていると考えていたとする方がよいかもしれない。ワキが夢のなかで、前シテから受け取った霊の意志を見ているとクローデルが考えていることは、この後場が展開されている能舞台を「〈夢の湖〉の真ん中でまどろむ〈離れ屋〉」と表現し、全体が夢のなかで展開しているものであるとしていることから分かる。ちょうど佐成が「一曲の主人公がワキの夢に現れるもの(44)」とし、野上が「後ジテの本体と見えるものは実はワキの幻覚に過ぎない(45)」としているのと同じように、クローデルも後場をワキの夢あるいは幻影と解釈している。すなわち後場は、ワキが前シテに会って、前シテを媒介にして、霊の意志を夢のなかで受け取っている場面なのである。前シテは霊の意志をワキに媒介して、夢のなかで霊の意志や思いを概念把握可能な形で展開してワキに伝えているのである。

ところで、クローデルは、霊魂とその媒介者＝使者という関係を能に見出した結果、田代同様、「これらの使者を使嗾《しそう》して自在に操る死者の霊は、一種の超絶者の立場」にあるということを前提としていることになる。そのため、前シテの背後に「彼ら〔＝使者〕を操る第三の存在を想定せずにはいられない(46)」のである。前シテが使者であるならば、その使者を遣わすものが必然的に想定されなければならない。それが霊本体であるが、クローデルにとってこの霊は、形而上的存在、あるいは超越者に読み換えることが可能なものなのである。

この時、クローデルが考えていることは、日本的な霊を単なる死者の魂と捉えるのではなく、通常では認識も把握もできない形而上的存在と読み換え、ヨーロッパの伝統的な形而上学の文脈に位置付け、「未知なるものからの使者」を媒介にさせることによって、その形而上的存在の意志を認識可能なものとして概念化するということだ。形而上的存在は肉体も声も持っておらず、直接顕現するものでもなく、言語や概念で把握できるものでもないので、その意志や存在を媒介するものを通して認識可能な概念にし、われわれにそれを伝えるのである。クローデルにとって、能は形而上的存在の意志の表現を可能にする文学様式だったのだ。つまり、クローデルは超越者の世界と現実世界というそれぞれ異なる世界の境界線上に両者を仲介する媒介者がいるという構造を能に見出したのである。ところで、こうした形而上の意志を媒介するものは、スコラ学では天使と呼ばれることを考えあわせれば、クローデルは、能を天使の文学と考えていたとすることもできるだろう。能からクローデルが発見したことは、前シテが天使にあたるものであるということであったのだ。

3 クローデルの天使論

実は、クローデルは、来日以前から天使に強い関心を寄せ、その関心を晩年に至るまで一貫して抱き続けている。能はこうしたクローデルの天使への関心に合致したものといえ、クローデルにとって、表象し得ないものを表象する、あるいは認識しえないもの認識する能は天使の文学といえるものであった。ところで、クローデルにとって、天使とはどのようなものといえるのだろうか。彼の天使への関心と理解は、もちろん、トマス・アクィナスと結びついたものであることは間違いない。クローデルがトマスの天使論を強く意識していたことは、たとえば一九二五年（大十四）に賜暇でフランスに一時帰国した折に、新トマス主義者のジャック・マリタンに宛てた書簡で、「あなた同様、私も聖トマスの『天使論』には絶大なる称讃の念を抱いています」（一九二五年七月九日付[47]と、トマス・アクィナスの天使論『離在的実体についての論考』に言及していることなどが示唆している。実際、クローデルの天使に関する知識は、「天使的博士」と呼ばれたトマス・アクィナスの『神学大全』に基づき、そこに引用されているアンブロシウスなどの記述、さらにディオニュシオス・アレオパギテスの『天上位階論』、『神名論』などを参照して、得たものである。

クローデルの日記を繙いてみると、天使に関する言及が増えるのは、一九一〇年（明四十三）前後である。この頃と推測される日記には、スコラ学者の天使に関する抜き書きが多数見られ、これらに基づいて、この年、『フランスの友』誌に発表したのが、「天使に関するノート」である。

この「天使に関するノート」の最初の部分で、クローデルが描き出しているのは、天使の働きとは何かということである。天使（ἄγγελος）とは元来、伝達者を意味する。ディオニュシオス・アレオパギテスが、「われわれを超えている啓示は彼ら〔＝天使〕を通してわれわれに伝えられるのであるから、彼らはどんなものよりも特に『使い』という名称に値するのである[48]」と語っているように、天使は神の意志を伝える神の被造物である。これがクローデルの天使観の核にあるものであり、クローデルにとって天使は、何よりも伝達者、媒介者、使者なのである。このことは、「天使に関するノート」の冒頭部分でも述べられている。

> 天使は、純粋精神であり、〈純粋存在〉と〈物質的被造物〉との媒介者であり、階層化され、相互に依存しあっている九階梯のいずれかに自分の位格に従って割り振られているが、本質的には僕《しもべ》、すなわち仕える者なのである[49]。

ここで天使＝純粋精神は、トマス・アクィナスが「非物体的実体〔＝天使〕は、神と物体的な被造物との中間にある[50]」と述べているように、神＝〈純粋存在〉と被造物＝〈物質的被造物〉の中間にあって、神の意志を被造物に媒介する媒介者であるとクローデルは明言している。そして、このメディア、媒介者である「天使」の本質的な役割は「仕える」ことであるとクローデルは考えている。

天使は、神を被造物に媒介するものであると同時に超越者に仕える「僕」なのだが、本来、超越者は完全で、欠けたところがないものなので、誰かに手助けをしてもらったり、何かを補ってもらったりする必要はないはずだ。そういう意味では、完璧である神は、仕えるものを必要としない。しかし、それでも天使は神に仕えている。クローデルはそれを次のように理解している。

神は完璧で、それ自身充足したものなので、本来いかなる奉仕も必要としない。しかし、無限であるので、有限の結果／効果を生み出すためには、神は有限の手段、〔神と人との〕境界にあって神に関わる被造物、境界として神に仕える被造物、この意味で「有限」の被造物を用いるべきなのである。[51]

ここでクローデルは、神は、本質的には完璧なので、仕えるものを必要としないとしている。では、天使は何のために神に仕えているのか。神は「無限であるので、有限の結果／効果を生み出すためには有限の手段を用いる」必要があるからだ。神は究極で、純粋な存在であるため、いかなる個別性も有さず、何ものとも規定できない無規定なものである。いかなるものによっても限定されず、無規定である神は「無限」であり、当然、言語によっても概念によっても限定されないため、被造物にはそのままでは認識もできなければ、把握もできない。限定されざる「無限の」神は、見ることも聞くことも触れることもできず、それだけでは、人間はいかようにしても神の意志を認識できないのである。そこで「無限」である神は、そのままでは自らの意志を被造物に認識させることができないので、それを「有限な」もの、何らかの形に限定され、概念化された「個別的なもの」に転換して、被造物が理解できるようにする必要がある。

そこで神は、人間にとってそのままでは無規定で無限定であるため認識できない意志を天使という媒介を使って、人間が理解できる有限のものに変換し、伝える。この「無限」から「有限」へ、言い換えれば、普遍から個別へ、抽象から具体へ、非概念的なものから概念への転換をするのが、天使なのである。天使は神の意志を概念化し、人間に理解できるものにしてくれるのである。

そのため、天使は、神と被造物である人間との中間、形而上と形而下の境界線上にいる。この境界線上にいる天使の使命は、有限で、概念化されたものしか理解できない人間が、神の意志を認識できるように、神の意志や神の徳を自分のなかに形相として取り込み、超越者の普遍的な力を有限で個別的なものに変えて被造物に伝えるのである。[52] これが、天使が神に仕える意味なのである。少なくともクローデルがそのように理解していたことは、次の文章からはっきりするだろう。

この意味で、神に仕えることとは、神を自己のなかに据え付け、それを保ち続け（servare）、神徳を普遍的なものから個別的なものへと変えることである。[53]

神の意志は、最初から常に在るが、それはわれわれには直接、把握も理解もできないものである。この初めからあるが何ものとも認識できないものが、媒介者である天使を通して、概念に変換され、人間に理解できるようになり、神の意志は何であるかが分かるようになるのである。こうしてそれを「〜であれ」や「〜である」という形で認識できるのである。

こうしてみると、能に観られた構造と同じものが神－天使－被造物の関係に見出せる。前シテが肉体を失った魂の言葉にならない意志を伝えるように、天使も、人間の知性の及ばない超越者の意志を媒介することで、それを人間が認識できるものに変換するのである。クローデルは、能という演劇形式に出会う以前にすでに、形而上を媒介するものを通してそれを概念に変換して認識するという宗教的な構図を抱いていた。しかし、この時点でクローデルはこの宗教的な理解を文学に結びつけている気配はあまりない。この媒介する天使こそ文学であると意識するには、日本での経験、とりわけ能の鑑賞経験が必要だったのである。能は媒介するものを通じての形而上と概念のドラマに表象の可能性を与えてくれるものだったのである。このクローデルの神–天使–被造物という構造を一般化すると、概念把握しえないもの–媒介–概念化されたものという構図にできるのではないだろうか。これが『女と影』や能に見られる構造に通底する。

クローデルは、認識できない世界とそれを媒介するものという構造を能以外の日本の芸能にも同じように見出している。そのひとつが文楽である。それは文楽が能から派生したということもさることながら、クローデルが能とは異なる形で文楽を媒介の表象芸術であると考えていたからである。

第七章　ものの「ああ性」を求めて――物のあはれの形而上学

1　クローデルと文楽

確かに当時、日本では、死者の魂や霊の存在を認める世界観はまだ信仰と隣り合わせに存在していたが、しかし、社会の表層を覆っていたのは、西洋伝来の科学主義や合理主義であった。そのため、知覚できない世界は、儀礼や祈禱などの習俗によって概念世界に関連づけられていた関係の糸が解きほぐされ、概念世界とは関係のない世界となりつつあった時代でもあった。一方、クローデルは、この概念把握できない魂や霊を媒介を通じて概念把握することを能に見出した。そして、今度は、事物や人間の内部に潜む非物質的なものを媒介を通して認識するプロセスを文楽に見出す。

クローデルが、能と並んで文楽に強い関心を寄せていたことは周知の通りである。たとえば、彼は「文楽座の芸術は能楽と共に世界における最高のフォームを持つ芸術である(1)」と書き、文楽を高く評価している。クローデルが滞在していた頃、文楽座は大阪の御霊神社境内にあり、御霊文楽座とも呼ばれていたが、残念ながら、この御霊文楽座は一九二六年（大十五）十一月二十九日の失火により焼失してしまう。クローデルは、翌日の「東京朝日新聞」に「文楽座の焼失滅亡はたゞに日本だけの損失ではない　世界人類に取つて取り返へしのつかない損失である(2)」と文楽座の焼失を惜しんだ記事をすぐに寄せている。この文楽座に、彼は来日してからまだ間もない一九二二年（大十一）五月に訪問している。この時、クローデルは関西の視察旅行を行っていたが、五月二十七日、関西大学で「仏蘭西語の修得の効用に就て」と題した講演を行った後、通訳をした関西大学教授宮島綱男、小泉幸治の案内で、文楽座を訪れ、豊竹古靭太夫の浄瑠璃による『彦山権現誓助剣《ひこさんごんげんちかひのすけだち》』（一七八六）の瓢簞棚の段を鑑賞している。この日の文楽鑑賞のことは、クローデルが外国の要人であったということもあって、『演芸画報』誌に「詩人仏大使クローデル氏は去る五月廿七日大阪に赴き、文楽座を訪ひ古靭太夫の浄瑠璃、新左衛門の絃の彦山のうち瓢簞棚の段を聴いた。これは特に氏より古靭の浄瑠璃をといふ注文だといふ。以て氏が浄瑠璃にも深い趣味を有せることが窺はれる(3)」との記事が残されてもいる。この記述からすると、文楽鑑賞は、クローデルからの希望であったことが分かり、来日してから間もないこの時期にすでに文楽に関心があったことをうかがわせる。また、この時、クローデルは豊竹古靭太夫が吹き込んだレコードを贈られたことも確認できている(4)。この日の彼の日記には次のように記されている。

［……］文楽座の操り人形。支える点がない。足は腕のように表現豊かである。黙劇全体がみぞおちから発せられている（すべての舞踊と黙劇は呼吸に由来しなければならないのであって、足ではないのが大原則。スペイン舞踊を参照）。二人の随伴者がいて、一人は生き生きと対話を朗誦し、もう一人は口を閉じたまま一種の歌を歌いながら三味線を演奏する。あたかも不意に感嘆の声で中断して、昔のことを思い出したり、これから起ることを知っていたりするかのように(5)。

クローデルが文楽で注目しているのは、人形の自在さであるが、もうひとつ、三味線方の役割に着目していることも覚えておいてもよいだろう。

クローデルは、一九二五年（大十四）に賜暇でフランスに一時帰国しているが、一九二六年（大十五）に日本に戻ると、五月に神戸・大阪から奈良、伊勢、名古屋にかけての大規模な視察旅行を行っている。五月五日にクローデルは大阪に滞在するが、大阪ホテルで大阪商業会議所会頭稲畑勝太郎とともに昼食を摂り、その後、十四時に稲畑の案内で文楽座を訪れ、『菅原伝授手習鑑《すがわらでんじゅてならいかがみ》』（一七四六）の道明寺の段を観ている。この時、文楽座の白井社長に案内された休憩室で、クローデルは『義経千本桜』（一七四七）の静御前と佐藤忠信の文楽人形を前にする（**図7-1**）。カメラマンから請われて文楽人形を前に娘レーヌと一緒に写真に収まり、翌日の「大阪毎日新聞」には、その時、撮影されたうちの一枚が掲載される。当日の演目と関係のない静御前と佐藤忠信の文楽人形が予め用意されていたところを見ると、この時のクローデルの訪問も急に思い立ってのことではなく、あらかじめ稲畑と白井が段取りをつけたと考えてよいだろう。(6) この時の文楽鑑賞をクローデルは、ある意味で非常に期待していたことは、奈良からジャック・コポーに宛てて「私は大阪の名物である（二、三人によって操られる）操り人形のすばらしい劇を学ぶためにここ

図7-1　大阪文楽座休憩室にて，右クローデル，中央次女レーヌ，1926年，個人蔵

に来たようなものです」（一九二六年五月七日付[7]）と一九二六年（大十五）五月のこの旅行について書き送っているることからもうかがい知ることができる。

こうした文楽座での人形浄瑠璃鑑賞とは別に、早くも、一九二二年（大十一）二月十五日、裕仁皇太子の訪欧に対する答礼使として来日したフランスのジョッフル元帥の大阪・京都訪問に随行した際に、クローデルは、元帥と共に大阪の中央公会堂での歓迎会で催された竹本越路太夫による『義経千本桜』の道行きの段を見ている。おそらくこれが最初の人形浄瑠璃鑑賞である。しかし、この時の印象は、クローデルの日記には見当たらない。また一九二四年（大十三）、フランス領インドシナ連邦総督のメルランが来日した折にも、クローデルは総督を京都、大阪に案内しているが、この時は、京都の美術倶楽部と三井物産が主催した晩餐会で、人形浄瑠璃が上演され、クローデルはメルランと共に鑑賞している。残念ながら、この時の演目は分かっていない。

クローデルが文楽に強い関心を示すのは、彼に強い影響を与えた能に通底するものをそこに見出していたからでもある。ここでは、ひとまず、一九二六年（大十五）十一月に彼が「東京朝日新聞」に寄稿にした「文楽の浄るりについて」から、文楽が能に通底するものであるとクローデルが認識していたことを確認しておこう。

> 人の影がよみ返つて自分のやつたことをすつかり物語り、そしてそれが、追憶から現実となるのである。〔……〕浄るりは能と同じ目的に到達するのである。[8]

ここで、クローデルが語っている「人の影」とは霊あるいは霊魂のことであり、この霊が登場人物などに自分の過去を再現してみせることをいっている。この霊が主題であるということが、「浄瑠璃」＝「文楽」と能に共通するものだとクローデルは考えていたのである。

2 「文楽」

クローデルは、文楽は能に通底するものを持っていると認識しているが、彼が一九二四年（大十三）に書いた「文楽」では、そうした能に通じる霊魂主題論は表面的には展開されていない。作品では、人形の特徴と、人形遣い、太夫、三味線方がそれぞれ役割を分業することによって劇が成立していることが描写され、文楽の紹介の面が大きい。人形の所作をするものと発話するものが分離している、言い換えれば身体と声が分離しているという演劇形態は日本独特のものであり、ヨーロッパの演劇には見られなかったこともあって、文楽に対してクローデルは強い関心を引き起こすことになるが、ここで論じる余裕はない。

ところで、「文楽」ではまず、クローデルの一九二二年（大十一）の日記の記述にあるのと同じように、文楽人形の動作に着目している。そのことをクローデルは「重力に逆らえず、肉体を酷使するような生身の役者と異なり、大地に繋がれているわけでもなく、あらゆる次元を同じような自在さで動き回る」(9)と描写している。また文楽人形を繰る三人の人形遣いにも着目し、彼らを「黒い衣装を頭からかぶり、手も顔も黒い布に覆われている」と描写し、「人形は、この影の切れ端、すぐにいることを忘れられてしまうこの陰謀者〔＝人形遣い〕たちが共有している魂なのである」としている。(10)その後で、「右側の二本の蝋燭が灯された一種の特別席に特別な衣を纏った二人の男がうずくまる。一人は物語を語り、言葉を話す人物で、もう一人は感情表現を担当する人物である」(11)と、太夫と三味線方について描写している。このうちクローデルが三味線方に興味を示しているのは、その描写に比較的多くの紙幅を割いていることから分かるが、この三味線方への関心の高さは、初めて文楽座で文楽を見た時の日記の記述から一貫しているといってよいだろう。かつての日記では「あたかも不意に感嘆の声で中断して、昔のことを思い出したり、これから起こることを知っていたりするかのよう」と記されていたが、

「文楽」では三味線方は次のように描写されている。

彼〔＝三味線方〕には言葉を話す権利はなく、呻くことと感嘆の声を上げる権利しかなく、胸から直接やってきて、舌や弁からのさまざまな息がぶつかることで発生する文字では表せない動物的な音を出す権利しかない。彼は問いかけ、満足し、不安になり、苦しみ、欲し、怒り、恐れ、考え、不満をこぼし、涙し、嘲弄し、罵倒し、疑い、遠回しにいい、かんかんに怒り、叫び、好意を示す。彼の役割は聴衆をおびき寄せることである。彼はたった独りで、「おお！」とか「ああ！」とか叫ぶ観客全体を体現しているのだ。彼には言葉だけが欠けている。[12]

クローデルは、三味線方には「言葉を話す権利はなく、呻くことと感嘆の声を上げる権利しかな」いとしている。その呻き声、あるいは感嘆の声は、「胸から直接やってきて、舌や弁からのさまざまな息がぶつかることで発生する文字では表せない動物的な」音であり、この声は「問いかけ、満足し、不安になり、苦しみ、欲し、怒り、恐れ、考え、不満をこぼし、涙し、嘲弄し、罵倒し、疑い、遠回しにいい、かんかんに怒り、叫び、好意を示す」など、さまざまな感情を表現する。三味線方の演奏を聴くと観客の内面にさまざまな感情が生じ「『おお！』とか『ああ！』」という声をもらすのである。

確かに、三味線方は語らない。語るのは太夫である。しかし、三味線方は楽曲を奏で、その合間に呻くような声を発することがある。三味線の音色とこの呻き声が、芝居に感情を吹き込むことになるとクローデルは感じていたのだろう。そしてクローデルは、この三味線方に惹きつけられて観客が「おお」や「ああ」と嘆息の声をあげ、この三味線方の音楽と呻き声を介して作品に同化していることを暗示している。三味線方の演奏と呻き声は、観客を惹きつけ、観客と舞台を一体化する作用をもたらすと彼は見ていたといってもいいかもしれない。

ところでクローデルは、この「『おお！』とか『ああ！』」という観衆の嘆息の声の箇所に次のような註をつけている。

日本の文学には次のような表現がある。すなわち、物の「ああ性」を知る（物のあはれを知る）。それは「ああ」という叫びを起こすものすべてのなかに潜んでいるものを知ることである。[13]

文楽を見た観客が、三味線方を通して舞台の登場人物の感情と同化し、「ああ」という嘆息を発することをクローデルは「物の『ああ性』を知る」ことだとしている。なお、この原註にある「ああ性」という語は、クローデルの造語で、フランス語では Ahité と記されている。これは「ああ〔Ah〕」という嘆息を表現するフランス語に、物の性質を表す接辞「～性〔-ité〕」を結びつけたものである。このクローデルが造語した「ああ性」が、日本語の「あはれ」の訳語だということは、「物の『ああ性』を知る」の直後にローマ字で記されている「物のあはれを知る」との対応関係から分かる。さらにクローデルによれば、この「ああ性」とは、『ああ』という叫びを起こすものすべてのなかに潜んでいるもの」のことである。事物には「ああ性」なるものが内在し、この事物に内在し、そこから発出される「ああ性」を人が受動すると「ああ」という嘆息となる。ここから、受動されると嘆息となって現れる「ああ性」を事物のなかに認めることが「物のあはれを知る」ことであると、ひとまずいうことができる。確かに「あはれ」は日本語であっても定義の難しいものであるが、それにクローデルは「ああ性」という、いささか哲学的な趣のある訳語を与えたことになる。

3 「ああ性」の発見

クローデルによって「物のあはれを知る」は、「物の『ああ性』を知る」と翻訳され、読み換えられていく。このことから考えられるのは、クローデルが文楽に強い関心を示すのは、それが能と同じように死者と生者の対話である以上に、三味線方の音楽や呻き声によって事物に内在する「ああ性」を受動する点にあったといえる。ところで、この「物の『ああ性』を知る」には、クローデルが下敷きにしたと推測される表現がある。この表現は、フランスの美術史家アンリ・フォションの『仏教美術』（一九二一）のなかに見出されるものが基になっていると考えられる。フォションは次のように書いている。

鎌倉時代が始まる。サムライ、すなわち僧侶であり騎士であるものが、国民生活の全面に出てくる。それとともに仏教的な理想がその厳格さ、断固とした態度を取り戻す。超越者への信仰と女性中心の時代が終わる頃、女流文人や頽廃した貴族階級の傍らにいたこのサムライの姿は、はじめ、かなり粗野なものに見えた。しかし、そうではない。あのどう猛な戦士が自らに課している第一原理は何か。「物の『ああ』を知る」、すなわち物の有する悲しさ、物の秘められた生、隠れた情動、物のひとつひとつが普遍的な調和と混じり合う甘美さ、あるいは苦痛の性質を知ることである。物の「ああ」を知る、それは物の隠された詩情を感じ取るものであり、物の持つ一体性の教えを理解することである。自分のために生きてはならぬ、他人のために生きねばならぬ、みんなのために生きねばならぬ。物の「ああ」を理解するものは、犠牲の精神、慈悲の心、善性に到るのである。(14)

この短い引用で、フォシヨンは「物の『ああ』を知る」、「物の『ああ』を理解する」と書き、「物の『ああ』」という表現が三回も用いられているのが見て取れる。クローデルの「物の『ああ性』を知る」は、このフォシヨンの「物の『ああ』を知る」に淵源を求めてよいだろう。クローデルがフォシヨンの『仏教美術』を読んでいたことは、一九二一年（大十）八月二十六日、日本に向かう直前のフランスでのマルセル・ペイのインタビューで次のように語り、フォシヨンに言及していることから分かる。

仏教の箴言では、「何よりもまず、あらゆる事物に物の『ああ』を見なければならない」といっています。すなわち高貴なもの、美しいもの、深い思索によって感嘆の念を引き起こすものを見なければならないのです。

日本人の魂については、ピエール・ロティというたぐいまれな夢想家が描き出した、どの頁も歌麿や北斎の版画を思わせるあまりにもピトレスクで比類無きお飾りで飾り立てられてしまったので、未だ神秘に包まれていますが、もし日本人の魂についての初歩を学びたかったら、日本の仏教美術に関するアンリ・フォシヨンの素晴らしい本を読んでみて下さい(15)。

ここでクローデルは「あらゆる事物に物の『ああ』を見なければならない」と語り、フォシヨンを示唆していると考えて間違いない。クローデルが語る「日本の仏教美術に関するアンリ・フォシヨンの素晴らしい本」は、『仏教美術』のことである。この場合、フォシヨンもクローデルも「ああ」とは何かという点を明確にしていないが、たとえばフォシヨンの「物の有する悲しさ、物の秘められた生、隠れた情動、物のひとつひとつが普遍的な調和と混じり合う甘美さ、あるいは苦痛の性質を知る」という一節に「物の有する悲しさ」という「あはれ」の第一の概念が含まれていることから、「ああ」を「あはれ」と解するのが適当であり、「物の『ああ』」は、「物のあはれ」を指していると考えられる。おそらくクローデルもフォシヨンに従い、事物に接して感じる感嘆の念、あるいは悲哀の情である「ああ」を「あはれ」と解している。

しかし、クローデルがここで語っている「物の『ああ』」が、そもそも仏教の箴言に登場するものであるとはあまり考えられない。というのも「物のあはれ」自体は、日本で独自に発展した思想といった方が適切だからだ。だが、フォシヨンも、「物の『ああ』を知る」ということが、「天台の神秘主義の後を継いだ」と書き、「物の『ああ』」は、真言・天台の密教の後に興った日本的な仏教思想のひとつであり、浄土教などを飛び越えて、おそらく日本の禅宗と結びついていると捉えている。確かに「物のあはれ」は、仏教的諦念である「無常」観が背景にあり、それと結びついた概念であることは確かだ。フォシヨンはこの仏教の無常観を「あはれ」と解しているようであり、こうした仏教の枠内で「物の『ああ』」を捉えようとしているフォシヨンの傾向からすれば、クローデルが「物の『ああ』」の出典を「仏教の箴言」とし、仏教的な概念として紹介しているのも、ある意味で自然である。しかし、クローデルはフォシヨンに従ったとしても、われわれはフォシヨンが鎌倉仏教、とりわけ禅宗の思想と結びつけて「物のあはれ」を論じ、これをさらに、禅宗を支持した「あのどう猛な戦士たち」である鎌倉武士の倫理観であったとする点には、やはりいささか首肯しがたいものがあるのではないだろうか。確かに、江戸期には「武士は物の哀を知る」という俚諺が成立し、「物のあはれを知る」が武士の美学、倫理となっていたことは間違いない[17]。そのため、フォシヨンには、伝統的に武士が有していた倫理観と思えたのかもしれない。

しかし、われわれが「物のあはれ」といってまず思い浮かべるのは、鎌倉武士の倫理観や仏教の教えではなく、平安貴族の美意識を言い表した言葉であり、そして何よりも、その平安の中古文学を再評価した江戸時代の国学者、本居宣長の思想ではないだろうか。では、クローデルは本居宣長の思想を知っていたのだろうか。確かに、クローデルの日本に関するテクストに本居宣長の名が出てくることはなく、来日前に宣長の名を知っていたとも思えない。しかし、来日後、クローデルは本居宣長の思想に何らかの形で接した可能性は高い。そこから彼独自の「ああ性」を紡ぎ出したと考えられるのである。というのも、「物のあはれを知る」という表現はもちろんだが、後述するように日本を「ああ」という情緒の文化とし、中国を「理」の文化とするクローデルの対比的な認識が、本居宣長の提示した基本構図に従っていると考えられるからだ。

周知のように「物のあはれを知る」は、本居宣長の重要な文学理論のひとつである。宣長が、『源氏物語』をもとに「物のあはれ」を展開しているのは、『紫文要領』（一七六三）や『石上私淑言《いそのかみささめごと》』（同）などである。たとえば『紫文要領』で定義されている「物のあはれ」は以下のようなものである。

> 世中にありとある事のさま〳〵を、目に見るにつけ耳に聞くにつけ、身にふるゝにつけて、其のよろづの事を心にあぢはへて、そのよろづの事の心をわか心にわきまへしる、是事の心をしる也、物の心をしる也、物の哀をしる也。[18]

宣長の語る「物の哀を知る」とは、「事の心を知る」ことであり、「物の心を知る」ことである。「事の心」「物の心」を「知る」とは、具体的に「うれしかるべき事はうれしく、おかしかるべきことはおかしく、かなしかるべきことはかなしく、こひしかるべきことはこひしく、それ〳〵に情の感《うご》く[19]」ことを「わきまへ知る」ことなのである。「たとへば月花を見て感じて、あゝ見ごとな花ぢや、はれよい月かななどいふ」ことが「物のあはれ」を知ることになるのである。[20]この心が動いたときに出る嘆息が「あはれ」ということになる。宣長は「物のあはれをしるといふ事、まづすべてあはれといふはもと、見るものきく物ふるゝ事に、心の感じて出る、嘆息《ナゲキ》の声にて、今の俗言《ヨノコトバ》にも、あゝといひ、はれといふ是也[21]」としている。

日本思想史が専門の高山大毅もこの宣長の「物の哀」の本質は、「物の心」を知ることと「事の心」を知ることであるとしている。その上で「物の心」とは、「物の『趣き』や風情（『心ばへ』）を指している」ものであり、

「事の心」とは、「悲しい出来事に自分があった時に悲しいと感じ、あるいは、悲しい出来事にあった人に対して、『さぞ悲しかろう』とその心情を推し量り、ともに悲しむことを指す（喜びといった肯定的な感情を喚起する出来事についても同様である）[22]」ものであるとしている。要するに、事物に感動することや何らかの現象に接した時に生ずる感情に共感することが「物のあはれを知る」の中核にあるものだと結論できる。

ところが、一方で、高山が指摘するように、『「物のあはれ」という概念に思想的な彫琢を施すことで、平安文化や日本文化の特質を語る試み」や「認識論[23]」として理解することがなされてきたこともまた事実である。クローデルが滞在していた頃にも、そうした「思想的な彫琢」を施された「物のあはれ」論は、いくつも見つけることができる。というよりもむしろ、そうした哲学的「物のあはれ」論の揺籃期といってもよい時代であった。たとえば、一九二六年（大十五）には、和辻哲郎は「物のあはれ」について次のように論じている。

かくのごとく「もの」は意味と物とのすべてを含んだ一般的な、限定せられざる「もの」である。限定された何ものでもないとともに、また限定されたもののすべてである。究竟の Es であるとともに Alles である。「もののあはれ」とは、かくのごとき「もの」が持つところの「あはれ」――「もの」が限定された個々のものに現わるるとともにその本来の限定せられざる「もの」に帰り行かんとする休むところなき動き――にほかならぬであろう。〔……〕とにかくここでは「もの」という語に現わされた一つの根源がある。そうしてその根源は、個々のもののうちに働きつつ、個々のものをその根源に引く。我々がその根源を知らぬということと、その根源が我々を引くということとは別事である。「もののあはれ」とは畢竟この永遠の根源への思慕でなくてはならぬ。歓びも悲しみも、すべての感情は、この思慕を内に含む事によって、初めてそれ自身になる。意識せられると否とにかかわらず、すべての「詠嘆」を根拠づけるものは、この思慕である。あらゆる歓楽は永遠を思う。あらゆる愛は永遠を慕う。かるがゆえに愛は悲である。[24]

熊野純彦は、この和辻の「物のあはれ」観は、「もの」に着目したもので、「『もの』は具体的などのものでもなく、一般的なすべてのものであるところから、ものとは一箇の『根源』である」[25]と簡潔にまとめている。和辻が主張していることは、「物のあはれ」の「もの」とは、要するに個々の事物や人を成り立たせる原因となる「根源」のことであり、この根源は二つの、一見したところ相反する面を有している。すなわちそれは「限定された個々のもの」に内在するという点で個別性と強く結びついているが、それ自体は、個別性を有しておらず、「その本来の限定せられざる『もの』」、すなわち普遍であるということである。個別性と結びついた「もの」は、その普遍に回帰しようとし、それを志向するのである。それが「永遠の思慕」であり、和辻にとって、この普遍への回帰が「物のあはれ」ということになる。和辻の「物のあはれ」論の特徴は、物の根源にある普遍、すなわち事物の本質を知ることが「物のあはれを知る」ということであれば、事物の本質を知る一種の認識論であるということができるだろう。この和辻の系譜は、たとえばやがて大西克礼の『幽玄とあはれ』（一九三九）などに受け継がれていくことになる。

一方、「物のあはれ」を理知に対する情緒の優位を認めたものとする考えも当時、存在していた。まずは和辻より一世代上の津田左右吉の言葉から見てみよう。

それから宣長は歌や物語の本質が「もののあはれ」にあるといひ、歌をよみ物語を作るのは物のあはれに堪へぬ時、思ふことをいはではやみ難き故であるといつて、情の生活、内なる生活の表現として、それを見た。歌は思ふことをのべるものだといふその「思ふこと」が、前に述べた真淵の輩とも在満などとも違ひ、情であると断定せられたのである。さて情は本来女々しいものであるから、歌も自然に女々しかるべきものであるとして、男々しさを尚んだ真淵とは正反対の意見を立て、情の極致は恋に現はれるものであるから、歌や物語の主なる主題は恋であるとし、更に進んで情は我ながら我が心にまかせぬものであるから、道ならぬ恋の歌はれ写されるのも当然であるとした。〔……〕これによって始めて知識から情が、外面的の道義から文学が、解放せられたのである。宣長の一大功績はこゝにあるといはねばならぬ。(26)

津田左右吉は、「物のあはれ」は、「情」、すなわち感情が中心となっているものであると主張する。この点は、和辻も同じ認識であるが、津田は、これを前面に出してくる。津田は、この感情を「物のあはれ」として、平安時代の美意識の中核に据えたことで、知、あるいは道徳から感情や文学を解放したと主張している。感情を最高の価値として位置づけるのは、津田だけに限らない。森岡典嗣は、「日本思潮」(一九二八―一九二九)で、次のように述べている。

源氏物語の理想とは、本居宣長によつていみじくも道破された物のあはれ主義である。物のあはれ主義とは、最高の価値を感情そのものにおく主情主義であり、哀情の自己慰藉を事とする感傷主義である。而して、価値は感情のうちに於いては美に現れ、又感情は畢竟美によって慰められる。こゝに情趣中心の唯美主義が生ずる。(27)

ここでも、宣長の「物のあはれ」は「主情主義」「情趣主義」であり、「感情」に最も高い価値が与えられている。これは暗に理性主義、知性主義の対極に「物のあはれ」を位置づけているといえるだろう。

クローデルの同時代の言説をはじめ、近代の言説は、いずれも宣長の本来の主張から逸脱する傾向が強く、哲学的な色彩が濃くなっていることは間違いない。一方では、事物の本質を探究する認識論・存在論的なものに読み換えられ、もう一方では、主知主義の対極にある主情主義に読み換えられるものであった。むろん、ここで挙げたような論は、確かに「それが成立した時代背景と切り離されて」論じられたものであり、実際には『物のあはれを知る』ことを重視するという物の考え方自体は、宣長の創始したものではなく、江戸時代の人々の生活意識の中に普通に存在していたもの[28]」であることは間違いなく、実証研究としては、そのように理解した方が間違いなく正しいだろう。しかし、「物のあはれ」という、何か人を惹きつけるこの言葉は、近代の多くの思想家、研究者、注釈者を魅惑してやまなかったのである。折口信夫は、宣長は「結句、自分の考へを、『ものゝあはれ』と言ふ語にはち切れる程に押しこんで、示されたものだと思ふ[29]」と、宣長が「物のあはれ」に自己の思想をあらん限りに詰め込んだと述べているが、もしかすると後世の人々の方が、宣長の「物のあはれ」に自己の思想をあふれんばかりに反映させていたのかもしれない。

それはともかくとして、興味深いことに和辻が『日本精神史研究』（一九二六）を刊行した頃に日本に滞在していたクローデルもやはりこの「物のあはれ」に哲学的なもの、認識論的なものを見出している。もちろん、クローデルは和辻や津田などの思想を具体的に知っていたとは思えない。また、クローデルは宣長の思想を知っていた可能性はあるが、具体的に宣長の著作に彼が触れたとは考えられない。しかし、クローデルは、日本国内で繰り広げられていた宣長の「物のあはれ」の哲学的解釈をある程度理解していたかのように、「文楽」に付された注は、フォシヨンが『仏教美術』で論じている「ああ」とは異質な独自の哲学的色彩を帯びている。

4　「ああ性」とは何か

一九二一年（大十）に日本に出立する前のクローデルは、この「物のあはれ」を「高貴なもの、美しいもの、深い思索によって感嘆の念を引き起こすもの[30]」としている。このクローデルの発言は、彼が「物の『ああ』」を事物や他者に触れて生じる比較的素朴な共感の感情と考えていたことを明らかにしているように見える。もちろん、これは「物のあはれ」を「物の有する悲しさ、物の秘められた生、隠れた情動」といった「物の隠された詩情」を感じ取り、それを共有するというフォシヨンの言説を受けて理解していることは間違いないだろう。そしてフォシヨンもおそらく事物や他者に対する密かな共感が「物のあはれを知る」の根底にある思想と考えている。それを踏まえると、フォシヨンもクローデルも宣長が語った時の本来の意味に近いものとして「物のあはれ」を理解していたといえるかもしれない。

しかし、一九二四年（大十三）の「文楽」では、そうした文脈から離れて、クローデルによる哲学的な読み換えが行われているように見える。クローデルは「物のあはれを知る」とは「『ああ』という叫びを起こすものすべてのなかに潜んでいるものを知ることである」と書いている。ここでは事物の趣や風情を感じ取って、感嘆の声を発することを「物のあはれを知る」とすることからの明らかな変容が見られる。

クローデルが「ああ性」という語を造語をして、それを「『ああ』という叫びを起こすものすべてのなかに潜んでいるもの」と定義するとき、「ああ性」は、宣長がもともと考えたような日本的な趣や風情への共感といったものではなく、事物に内在し、さまざまな感情を表現する「ああ」という嘆息を引き起こす原因になっているもののように見える。言い換えれば、「ああ」という嘆息で表現され、さまざまな感情として認識される事物の本質が「ああ性」なのである。要するにクローデルは、和辻が求めていたものと同様、きわめて西洋哲学的な文脈で、事物に内在する根源的なもの、本質的なものを「ああ性」と考えているようだ。「ああ性」は事物あるいは現象に内在し、かつすべてに共通するものであり、個別性を有さない、「存在である限りの存在」と同じような普遍と捉えられるだろう。そうであれば、「ああ性」は、クローデルのこれまでの文脈で考えると、形而上に連なるものということになる。つまり、「ああ性」を受け取り、「ああ」と嘆息することは形而上と接触することになるのである。しかし、「ああ性」は、あらゆる個別性を捨像したものであるのなら、これまで見てきたように概念知で把握できない無規定・無限定なものであり、これを表現しようとするなら、論理学的には無でしかないのである。しかし、この事物の本質である「ああ性」を受け取ると、それを「ああ」という嘆息で感じるのである。

ところで、クローデルが「文楽」以外でも「物のあはれ」に関わるものについて言及している箇所がある。それが次の一節である。

〔……〕というのも日本文学の独自性は、中国と異なり、歴史家、ましてや哲学者がほとんど見当たらないことなのですが、しかし逆に多くの詩人、モラリスト、個人主義者、印象主義者、すなわち彼の地では「ああ！」と呼ばれる情緒的な芸術に携わる多くの実践者たちが目につくのです。(31)

これは、一九二五年（大十四）、クローデルが賜暇で、日本からフランスに戻った折、スペインのマドリッドで行った日本文学に関する講演に基づいた「日本文学散歩」と題されたテクストの一節である。ここでクローデルは、中国の文芸の核にあるのが理知であるのに対して、津田左右吉のように情が日本文学の核であるとして、日本と中国とを対比的に描き出している。クローデルは、マナ・タイプの神性に対してもそうだったが、日本は中国文化圏で、中国から大きな影響を受けていながら、中国と異なる思想体系を有しているものとして区分されると考えている。クローデルは、おそらく、司馬遷や孔子などを念頭に置いているのであろう、中国では「歴史家」や「哲学者」が文芸を担う文人として存在し得たことを指摘し、理性や知性によって事物や現象を合理的に体系化する傾向があるとしている。それに対し、日本の文芸は「多くの詩人、モラリスト、個人主義者、印象主義者」から成っているといっている。「日本文学散歩」でこの後、展開される話から推測すると、この時、クローデルは、清少納言、兼好法師、鴨長明などの随筆家や松尾芭蕉のような俳諧師をおそらく思い浮かべている。そして彼らが「『ああ！』と呼ばれる情緒的な芸術」を支えているのである。津田が本居宣長に即して語ったように、日本の文芸は「情」を中核とした芸術だとクローデルは暗に述べているのだ。

確かにその通りなのだが、クローデルが中国の歴史・哲学と日本の文芸を対比的に扱うことで、「情」に関して新たな側面が現れてくる。クローデルにとって、歴史家や哲学者は、世界のすべてを言葉と概念で捉え、合理的に世界を認識し、体系化するものであったはずだ。中国の哲学者は、概念で構成される秩序のなかで世界を合理的に説明しようするものであり、歴史家は、ひとつの大きな歴史の流れを構築して王朝の正当性を主張したり、儒教などに基づく歴史を展開したりしようとする。これらはいずれも事物・現象を背後から支える哲学や歴史の体系が最初にあり、それを現象にあてはめていくものといえよう。一言でいえば、中国の思考様式は概念知によって世界を把握するものである。だからこそ、それに反発する老荘思想が支持されもする。これに対して、日本は概念で世界を把握するのではなく、「ああ」という嘆息を生み出す情によって直観的に世界を把握するとクローデルは理念的に考えている。つまり概念知を介さずに、事物や現象の背後にあるものを認識するのである。このクローデルの日本と中国を情と理で対比するクローデルの発想は、やはり宣長にその淵源を求めることが可能である。宣長は常に中国の思考様式と日本のそれとを対立的に考えていたことは周知のことだ。宣長は中国から文化的影響を強く受けたことで、日本本来の「あはれ」が失われたとし、中国的な思考を「漢心《からごころ》」と呼んで批判する。宣長は、日本的な情緒による本来の思考様式とは相容れないものが、中国の思考様式であると理解し、彼は中国人的な、あるいは中国的な「漢心《からごころ》」を「さかしら」なものとして否定さえする。「漢心《からごころ》」を持ち、中国から影響を受けると、人は「心さかしく」なり、「何事をも理《ことはり》をつくしたる」[32]ようになるだけでなく、「万の事の善悪是非《ヨサアシサ》を論ひ、物の理《ことはり》をさだめいふ」[33]ようになる。つまり世界を「物の理《ことはり》」で捉えようとするのである。理知によって世界を支える根源的な原理を発見し、解明しようとするのが中国なのである。しかし、世界を理《ことはり》で捉えた「太極無極陰陽乾坤八卦五行など」は、「ことぐしくこちたくいふなる事共」であり、「漢国人のわたくしの造説《ツクリゴト》にて、まことは其理《ことはり》とてはあることなし」[34]と、中国的な「物の理《ことはり》」は、仮構されたものであり、真理とはいえないと宣長は拒絶する。宣長は、この時、朱子学などの儒学を念頭においているはずだが、「物のあはれ」同様、「漢心《からごころ》」に染まった人のことも、もしかすると単に理屈を振りかざす小賢しいもの、程度にしか考えていなかったのかもしれない。しかし、クローデルは、この宣長の日中を対比的に扱う考えを発展させ、中国における哲学や歴史への志向を概念知によって世界認識をする思考様式と解釈しているようだ。それに対し、クローデルはこの「漢心《からごころ》」を宣長同様、退け、その対比として「ああ」を取り上げている。クローデルの「ああ」に対する考えは、中国が世界を概念把握するものに対して、「ああ」と嘆息する瞬間に、概念を介さずに「ああ性」を直観的に把握するものとしてよいだろう。日本では中国のように哲学や歴史が発展せずに、詩歌や随筆などの文芸が盛んになったのは、これらが「ああ」という嘆息を引き起こすのに適しているからであり、これらの詩歌や随筆は、概念を介して世界や事物の本質を理解するのではなく、「ああ」という嘆息の瞬間、事物に潜む無限定な「ああ性」を直接把握することを可能にすると考えられるからである。クローデルは宣長のいう「情」を無媒介に知覚するのが、日本の基本的な思考様式で、その装置が文芸、すなわち詩歌、音楽であるとしている。クローデルの「ああ性」を知ることは、概念知を介さずに事物の本質を把握することなのである。

これまでのことを考え合わせれば、「ああ性」は概念知で把握されるものではないため、喜びや悲しみや怒りなどの具体的な個々の感情の祖型なのではなく、無規定・無限定な事物の本質だ。そのため、「ああ性」は具体的に表象することができず、「ああ性」としか表現できない。言い換えれば、この「ああ性」そのものは「物の理《ことはり》」、すなわち概念で把握しようとしても把握できない。その概念把握できないものを言語と概念を介さずに直接把握することがクローデルの「物のあはれを知る」ことなのである。

宣長を通してクローデルが見出したことは、中国は理知的に世界を把握し、一方の日本は概念を介さずに、情緒的に世界を把握するということである。クローデルにとっては、情緒的とは、中国的な理性や知性による世界の把握、すなわち言語と概念による世界把握に対し、直観的に事物やひとに存する「ああ性」を認識することなのである。しかし、ここでもまだ謎として残るのは、「ああ性」とは何かということである。この「ああ性」は、月や桜を見た時の喜びや人の死に接した時の悲しみといった感情、あるいはそうした個々の感情の祖型ではなく、無規定・無限定の事物の本質である。しかし、「ああ性」を受動した瞬間、それは喜びや悲しみといった具体的な感情として認識される。この時、「ああ性」は概念で認識できるものに変換されている。つまり、「ああ性」は具体的な感情を引き起こすものである。人は事物に内在する「ああ性」を受動すると、それを「ああ」という嘆息とともに、「問いかけ、満足し、不安になり、苦しみ、欲し、怒り、恐れ、考え、不満をこぼし、涙し、嘲弄し、罵倒し、疑い、遠回しにいい、かんかんに怒り、叫び、好意を示す」といった具体的な感情に瞬時に変換する。このことは直観的に知覚され、反応したものが、瞬間的にこの世界の概念の関係の網の目のなかに織り込まれて、認識可能なものとして把握されることを意味している。つまり、個々の感情は、無限定な事物の「ああ性」が概念に変容した姿だといえよう。しかし、このことは「ああ性」そのものを無媒介に直接把握するのは不可能であることを露呈してしまっている。いかなるものでもない無限定な「ああ性」を受動した瞬間、それは概念の網の目のなかに織り込まれてしまい、限定されたものとなるので、「ああ性」そのものではなくなってしまう。「ああ性」は事物の本質であるが、それ自体としては把握されず、個々の感情に翻訳されて初めて、認識されるようになるものである。「ああ性」は、後から概念知で限定されて、人間の意識のなかに出現するのだ。人間は「ああ性」そのものを直観的に把握しようとしても、概念知を通してしか認識できないという限界に突き当たるが、この感情の出現のプロセスによって、概念では把握できない「ああ性」が在ることを概念知で理解することだけはできる。おそらくこのことがクローデルにとって重要なのである。

文楽でこの「ああ性」から概念への変換の際に重要な役割を果たしているのが、三味線方である。三味線方の奏でる曲と時々発せられる呻き声が、物語という現象に内在する「ああ性」を媒介して、それを人に伝えるのである。「ああ性」は、三味線方の音楽あるいは呻き声を媒介することで、概念把握できるものに変換される。この時、三味線方の音楽や呻き声は、能のシテと同じように、認識できないものの間違いなく在るものを、認識できるものに変換する媒体、天使となるのである。われわれは、直観的で非概念的なものである「ああ性」を一瞬だけ、直観として感じる可能性はあるが、それをそのものとして把握することはおそらくできず、「ああ」という嘆息とともに、具体的な感情として認識する。われわれは、三味線方の曲と呻き声を媒介にして、この「ああ性」をそれぞれの感情に変容させた後で、「ああ性」が在ることを概念として認識するのである。

こうしたことからすると、宣長の考えた素朴な共感の感情をクローデルは、魂と同じように媒介するものを通して事物の本質を後から概念として把握するものと読み換えたといえるだろう。クローデルにとって「物のあはれを知る」とは、最終的には「物の本質が在ることを知る」ことなのである。

これがひとつの結論であろう。クローデルは無限定のものを媒介を通して概念把握することで、それが在ることを認識しようとしている。前シテは敦盛の霊が、「女」は「女の影」が、怒りや喜びや悲しみは「ああ性」がわれわれに認識できるように変換されたものなのである。無限定で無規定であるものは、媒介を通して後から概念として確認される。たとえば、観衆は、三味線方の音楽と呻き声を通して、「ああ性」を受動すると、「ああ」や「おお」といった嘆息とともにそれを何らかの感情に変換し、そのことで「ああ性」があることを認識する。初めから在るにもかかわらず、認識できないものを事後的に「〜である」として認識すること、これがクローデルの到達した点である。そして、この無限定のものを変換し、媒介することができるものが文学なのである。

確かにこれでこの論の筆をおくことも可能だろう。しかし、クローデルの原点に戻った時、もうひとつどうしても解決しなければならない問題が浮上してくる。これまで問題になってきたことは、在るには在るが、どのようなものかは分からなかったものを媒介を通して把握することだった。しかし、一八八六年（明十九）のクローデルの神秘体験は、初めから在るが、どのようにしても表象できない神を見出したのではなく、在ることすら考えていなかったものが突如、出現する体験であったはずだ。この何もないところから突如、生じるということを考えてみる必要があるだろう。このことを考えるために、われわれは再び「能」に戻ろう。

第八章　間奏曲――誤解された修辞

1　能の掛詞

ここまで論じてきたことは、次のようにまとめられる。すなわち、無規定・無限定のものは、媒介を通じて概念把握できるものに変換される。この無規定・無限定のものである霊魂や「ああ性」は、在るには在るが、どのようなものか表象できないものであり、いわばいかなる形態も持たないが確かに存在するものであった。それを媒介するものを通して限定し、認識可能にするということであった。しかし、クローデルの文学活動の原点である神秘体験は、それまで無規定・無限定の無としても想定されなかったものが突如として出現するものであった。このいわば無からの現前ということが、ここから問題になることだといってよいだろう。

クローデルは、「能」(一九二六)で能の展開の紹介の他に、能の装束や面《おもて》、さらに扇の機能について紹介しているが、そのなかで全体としてはそれほど分量を取っているとは思えないが、おそらくクローデルにとって重要だと思われたことへの言及がある。それは能の詞章についてである。この箇所をまず確認しておこう。

もし私に十分な日本語の知識があったなら、役者の朗詠や能の韻律全体を構成しているように思える、短い詩句が後に続くあの長い詩句について語るべきことが多くあるように感じている。この詩行は、語りに熟慮の性質を与えてくれるもので、それは未完の命題を先に出し、後から完成させるものであたかも言葉が、思考に前に進む時間を与えるために中断しているかのようだ。日本語はまた、あの文章の長い連なり、あるいはむしろあの語りの均質で区切れのない織物となることを容認している。つまり、そこでは同じ語が補語にも主語にも用いられ得るものであり、ひとつのものであるのだが、イメージと観念が二乗される襞を伴っているのである。(1)

クローデルは自分に日本語の知識がないことを嘆いているが、それでもクローデルは、その前半部分で、能の謡のリズムについて説明している。「短い詩句が後に続くあの長い詩句」が何かは、能に詳しくない筆者には正確には分からないが、クローデルはこの箇所に注を付し、ノエル・ペリの『能五番』(一九二一)からの一節を紹介して、能の詞章の詩型について、「音節に関する決まった数の代わりに、能の詩は、長短の拍子の連続が見られる」(2)と記している。ペリが能のリズムは「長短の拍子」から成り立っていることに着目していることに気をつけよう。クローデルの「短い詩句」と「長い詩句」は、この長短の「拍子」と関連付けられる。長短の拍子というのは、クローデルにとって強拍と弱拍の連続と考えることができ、そうであれば、ここからクローデルが、強拍と弱拍からなるイアンブに連想を働かせていったと考えることは可能だろう。いうまでもなくクローデルはイアンブに自身の韻律の基本を見出し、そこからヴェルセと呼ばれる独自の韻律法を編み出している。またクローデルは、このイアンブのリズムは、鼓動であるとしている。第二章でみたように、鼓動は時間を内在化したものであり、時間は運動を通じて「全的なもの」あるいは超越者とつながっているとクローデルが考えていたことを思い起こしてもよいだろう。クローデルが能の詞章にヴェルセに通底するものを見出し、「全的なもの」を認識する機能を持たせようとしているかのようだ。またこのリズムによって物語に「未完の命題を先に出し、後から完成させる」性質を与えているということからすると、『詩法』で見た楓の緑が松の差し出す調和の欠けた部分を補うことに関連づけられるようで興味深い。こう考えていくと、確かにこの点を掘りさげることは、クローデルの韻律法との関係で、クローデル文学に関わる発見ができるだろう。しかし、ここではこの能のリズムではなく、後半部分の記述に注目していきたい。「日本語はまた」で始まる文章である。ところが、この後半の文章は、一読しただけでは何を語っているのかはよく分からない。おそらく、クローデルもそのことを理解していたのだろう、この一節に注を附している。この注は、クローデルの言葉でなく、チェンバレンの『日本の古典詩』(一八八〇)からの引用である。

〈兼用言〉は、二つの意味作用を持っている語である。それは、二つの扉が動く一種の蝶番の役割を有しているものである。したがって、詩の文章の前半の部分は、論理的な終わりを持たず、後半の部分は論理的な始まりを持たない。この二つの意味作用は、相互浸透し、文章はひとつの構造を持つことができない。ヨーロッパの人間にとって、これは倒錯的なまでの技巧の極みである。しかし、現実にはこれらのアマルガム的な詩句によって生み出される印象は、甘美なものである。これらの詩句は、読者を前に、溶解する一連の絵画、茫洋とし、優雅で、示唆的な一連の絵画のようになる。(チェンバレン『日本の古典詩』[3])

われわれは、チェンバレンがここで語る「兼用言」も何のことか理解できないが、続く文章を読んでいくと、どうやら「兼用言」とは、掛詞のことを指しているのだということが分かってくる。クローデルが本文で語っていた表現技法は、掛詞のことであったのだ。クローデル限らず多くの西洋人にとっては、掛詞を正確に理解することはできなかったと思われるが、それでもクローデルは、おそらく直観的にこの掛詞に重要性を見出している。しかし彼は、このチェンバレンの引用だけではまだ十分ではないと判断したのだろう、藤田嗣治の挿絵の入った『朝日のなかの黒鳥』（一九二七）の初版本では、「補遺」として「能の韻律的織物」と題し、当時、大使館付駐在武官であったルノンドー大佐からのクローデル宛の書簡を掲載している。彼は、日本通として知られ、後に謡曲のフランス語訳や能論を書くことになる能楽愛好家でもあった。クローデルは、自分に代わって、この段階で、日本語を理解し能に精通していたルノンドーの言葉で掛詞を語らせようとしたのであろう。それほどまでに、この掛詞という日本語独特の修辞にクローデルは関心があったといってよい。言い換えれば、クローデルが掛詞に着目するのは、それが能に顕著に現れる技法である以上のものをそこに見て取っていたからと考えられる。

では、一体、クローデルは掛詞の何に引かれていたのだろうか。そのことを考えるためにも、まずはルノンドーの言葉に耳を傾けよう。ルノンドーは、謡曲『景清』の「上げ歌」を用いて、掛詞を説明している。そのことを手がかりにして、クローデルにとって掛詞とは何であったのかということを考えてみたい。ルノンドーの取り上げているのは、次のような上げ歌である。

相模　の 国 を　発ち出でて
誰　に　行方　を　とおとおみ
げに　遠き　江　に　旅舟の
三河　に　渡す　八つ橋の
雲居に　都いつ　か　さて
仮寝の　夢　に　慣れて　みん(4)

これに対するルノンドーの説明は次のようになっている。

相模の国を離れると、旅人が最初に通る国のひとつが遠江（とおとおみ）の国、文字どおりに理解すれば、遠いところにある川、入り江、入り海を表している（三行目の詩句「遠き」がそのことを指摘している）国である。さらに遠江という語の出だしの「とお」は、問いを締めくくるものとなっている。すなわち「誰に行方を問う」になっているのである。〔……〕川〔＝遠江の「江」〕が「舟」を喚起し、「舟」が今度は、もうひとつの言葉遊び「三つの河〔＝三河〕」を喚起し、「八つ橋」という村の名前に導いていくことを面白く見ることができるだろうか。最後の最も繊細な「兼用言」を明らかにするには、かなりの説明が必要だ。八つ橋は、運河が網の目のように張り巡らされているので有名だが、川の支流のその網の目（蜘蛛手）、そこから「八つ橋の雲（手）居……」と結びつく。文章は、「蜘蛛（手）」という一部が欠けた語のところで中断し、「手」に取って代わられた「居」という予想外の語末部分が、新しい文章を展開できるようにしているのである。(5)

掛詞の技法とは、いうまでもなく、「ひとつの語によって、上の言葉と下の言葉とを繋ぐ力を持つ」ものである。「さっきはあんな話しをしていたはずなのに、いつの間にかその話はどこかに消え、今は全く違う話に変わってしまっている」のは、この掛詞によるものだ。(6) ここでは、関東から関西へ行くなら、「相模国」から「伊豆国」「駿河国」を抜ければ「遠江」で、その先が「三河国」であり、この上げ歌全体が、相模から遠江を経て三河にいたることを暗示的に示している。ところが、話の主題はいつの間にか遠く離れた都への思いを述べるものに変容している。このうち掛詞は二箇所あり、ひとつは、「とおとおみ（遠江）」の「とお」で、もうひとつが「くもい（雲居）」の「くも」である。まず、「とおとおみ」の方をみてみると、ルノンドーが問題にしているのは「とおとおみ（遠江）」という地名の「とお」という音である。「とお」が「とおとおみ」の「遠」と「誰に行方を問う」の「問う」とにかかっている。音が通じることで、「問う」と「遠江」の「遠」がかけられていて、「問う」から遠江にイメージが飛躍し、さらにそこに「遠い」の意味が含まれていることから、都から「遠い」ところということが喚起される。「問う」という文章を閉じる動詞と「遠江」という文章をはじめる名詞の一部が「とお」の音に同居しているのである。掛詞では、音が問題になる。この「とお」という音には、次元の異なる品詞や意味（「問う」－動詞、「遠江」－名詞）が集合しているといえる。クローデルが「同じ語が補語にも主語にも用いられ得るもの」といっているのは、このことである。確かにチェンバレンが指摘するように、「文章の前半の部分は、論理的な終わりを持たず、後半の部分は論理的な始まりを持たない」ものであり、文法的にも意味的にも関係の在り方の異なるもの（「問う」「遠江」）がひとつの音のもとにゆるく集まっていて、前後の文章を繋いでいる。クローデルはそこに着目しているといってよいだろう。関係の異なるもの、いや、本来、関係のないものが「とお」という音のもとに集まっているのである。それぞれの意味は関係がないが、「とお」という音と関係を持っているということでは共通する。つまり、ある特定の音に、異なる意味や働きを持つ動詞や名詞や形容詞といった、本来はそれぞれが関係のない、さまざまな構造が集合しているのである。

　同じようなことは「くも」という音にも当てはまることをルノンドーは紹介している。ルノンドーは「運河が網の目のように張り巡らされているので有名」な土地としているが、いうまでもなくこれは『伊勢物語』の「東下り」で紹介されている、三河国の「水ゆく河の　蜘蛛手なれば　橋を八つわたせるによりて」[7]八橋という地名になった場所のことである。現在の愛知県知立市と推定され、この地を流れる逢妻川が、蜘蛛の足のように八つの支流に分かれ、それに八つの橋をかけたことが地名の由来とされている。この川が八つに分かれ入り組んで流れる様を「蜘蛛手」と表現し、この「蜘蛛」を「雲」と掛けている。ここで本来、網の目のように張り巡らされていることを表現するため、「くも」のあとに「で」が来て、「くもで」となるところを、「で」を「い」に置き換えることで、「雲居」すなわち宮中と重ねられ、宮中から遠く離れ、宮中を恋しく思っている意味にずらし込まれていく。ここでは名詞同士であるが、意味の異なるもの、本来は関係しないものが「くも」という音のもとにやはり集合しているといえる。

2　掛詞の謎

掛詞とは何かということについては、クローデルが滞在していた頃、まだ東京帝国大学の学生だった時枝誠記が、後の一九四一年（昭十六）に刊行した『国語学原論』の掛詞論が理解の助けになろう。ここから少なくともクローデルが日本に滞在した頃、掛詞はどのように考えられていたかということが明らかになるだろう。時枝は「懸詞とは、一語を以て二語に兼用し、或は前句後句を、一語によつて二の異つた語の意味に於て連鎖する修辞学上の名称[8]」とした上で、二首の短歌を例に挙げている。ひとつは、

花の色はうつりにけりな徒にわが身世にふるながめせしまに（古今集春下）

であり、もうひとつは、

梓弓はるの山辺を越えくれば道もさりあへず花ぞちりける（同春下）

である。いずれも傍線部が掛詞の箇所である。それぞれ、「フル」という音が「経る」と「降る」、「ハル」とい

う音が「張る」と「春」の二つの概念を喚起するものであると例示されている。この時、時枝は「『フル』という音声が同時に『経る』『降る』の二の概念を持つてゐることを意味するのではない[9]」と注意を促している。つまり、「フル」という音に「経る」と「降る」の意味があるということではないという、ある意味ではごく当たり前の、しかし重要な指摘をしている。それは、「フル」が「一語多義の機能[10]」を持っているものではないということである。そうではなくて、たとえば「梓弓はるの山辺を越えくれば……」の「『ハル』という音声が、『梓弓』に接しては『張る』の意味を喚起し、『の山辺』に対しては『春』の意味を喚起する」ということであり、「そこに二の語の存在を把握する」のが、掛詞である。「概念喚起の媒材が共通音」なだけであり、決してある一語が複数の意味を持っているわけではないと時枝は主張する。すなわち「音声は、それに聯合し得る概念を喚起する処の媒材たる機能しか持ち得ないもの」なのである[11]。音は、異なる関係の語を集合させる媒体なのである。これが掛詞であり、何らかの音に関係の異なる語を集合させたものにほかならない。そのため、そこに集まった語同士は、それまで相互に関係がなかったものとなっていることも多々あるのである。

クローデルは、この関係が異なり、本来音以外は共通項を何も持たず、相互に独立した語が集まった集合体である掛詞にどのような可能性を見出していたのだろうか。この掛詞はゆるい集合体で、ここに含まれる条件は、厳密なものではなく、統一項の音と関係があるということだけである。「とお」という統一項と音が通じるものは、その関係の在り方がどのようなものであれ、「とお」という統一項のもとに集合できる。言い方を換えれば、統一項がなければ、それぞれは無関係にバラバラに存在しているものなのである。「とお」という統一項を通して「問う」とは関係のない「遠江」の「遠」が関連づけられることをクローデルは、掛詞の機能と理解していたのだろう。

ところで、この統一項のもとに集合した語が関係するとは、どのようなことなのだろうか。実際、時枝も「同一音声によつて種々なる概念が喚起し得られる場合、これを一の方向に規定するものは、聴手の立場であり、特に文脈である」[12]とし、同音であるが、異なる語を同時に受け取っても何らかの統一的なイメージを形成することができるのは、掛詞を受動した側の文脈であるとしている。すなわち、掛詞は「文の論理的脈絡を遮断するところの働を持つもの」である一方、「論理的脈絡よりも更に直接的な観念の聯合を表現する」ことを可能にしている。時枝はやはり「梓弓はるの山辺を越えくれば道もさりあへず花ぞちりける」という歌を取り上げ、「梓弓はる」は、「はるの山辺云々に対しては如何なる論理的意味に於いても聯関を持たない」が、「この一首が、全体として統一された表現である」のは、掛詞によるものであり、「『ハル』といふ音声を契機として喚起せられる二の観念『張る』と『春』との間には、論理的関係を求めるのは困難」であるが、そこには「論理を超越した一の聯想関係によつて結ばれた統一的思想」が見られるとしている。[13]この分断されつつも、統一されている「観念の聯合」は、確かに日本語の母語話者の経験に裏打ちされたもので、だからこそ、異質でありながら統一された感覚があり、そこには感覚と認識の一定の様式がある。つまり、統一項のもとに集合させることのできる語は、無限に可能性があったとしても、日本人の経験とそこから得られる知識によって予めある程度決定されているといえる。しかし、日本語の母語話者ではなかったクローデルにとって、掛詞は、それが持つそれまでの文脈あるいは言語の論理を越えて、ひとつの音の塊からまったく新しい世界と印象が産出されることを可能なものにする修辞技法に見えたのかもしれない。掛詞について、クローデルは、説明されなければ分からなかったものかもしれないし、もしかすると説明されても十分には分からなかったかもしれない。それ故にあたかも何も無いところから新たな意味が創造されたように見えたのかもしれない。

しかし、この理解し難い技巧にクローデルは、ひとつの音のもとに在り方が異なる語、相互に関係のない語を集める機能を見出し、それが組み合わさることでそれまでにない新しい関係が産出されると読み換えた可能性がある。クローデルにとっては、掛詞はあたかもそれまで関係のなかったもの同士が結びつくことで新たな世界を生み出していくもののように思えたのかもしれないということだ。

このことをもう一度整理してみよう。統一項となる音は、相互に関係のない語を集合できる。たとえば「梓弓はる」の「張る」と「はるの山」の「春」は、互いに関連のない語であるが、ハルという統一項のものに集合している。このハルという統一項が「張る」と「春」とを架橋すると、一種の観念連合によって「張る」と「春」のいずれとも関係するが、それらとは異なるまったく新しい雰囲気が生まれるのである。このことは、「梓弓はる」という文脈に、それとは別の体系として在った「はるの山」が突如、接ぎ木され、現れたというよりも、「梓弓はる」の「張る」と「はるの山」の「春」とが関連づけられることによって、新たな意味空間が現前したということだ。それが、チェンバレンが「アマルガム的な詩句によって生み出される印象」と語っているものである。さらにそれを「溶解する一連の絵画」と形容しているように、本来、関係のないものが関係付けられ、混ざり合い甘美なほどのそれまでにない光景が生み出されるのである。それぞれ完結し、関係していなかった概念世界同士の接触によって、それまでになかったものが、突如生じ、「在る」ことになる。この接触が行われる場が、この場合は「ハル」という音であり、ここでの接触によってそれまでになかったものが現前するのである。

掛詞となる音をクローデルは「ひとつのものであるのだが、イメージと観念が二乗される襞を伴っているのである」としているが、マラルメ的な「襞」のイメージで語ることで、ひとつの音に本来相互には関係しない複数の世界、つまり語を幾重にも折り畳んで内在させ、それらが関係づけられることでそれまでになかったものが生まれることが可能となるとしているのである。

3　意味の産出と存在論

この統一項のもとにさまざまな語が集合するということを少し別の角度から眺めてみたい。統一項のもとに集合した語は、当初、相互に関係がなかったため、お互い、自分以外の語は存在していないものであったということである。「張る」の側にとって、「春」の文脈は「張る」から完全に独立しているので存在していなかったし、「春」の側に立った場合も事情は同じである。それが統一項の「ハル」の音によって両者が架橋され、相互に関係付けられると、それまで存在しなかったものが、そこに存在するようになり、新しい関係の世界が現れるのである。

この一方にとって全き無であったものが出現し、世界を再構築し新たなものとするという掛詞の関係は、概念世界と無との関係にパラフレーズすることができる。無の状態は、われわれから見ると、この世界から完全に独立しているため無であると意識すらできない状態であるが、クローデルはわれわれがそれを認識する形式を持たないだけであって無ですらないものも厳然と存在しているのではないかと考える。この概念世界と一切、関係のないものが何らかの媒体を通して概念世界に架橋され、関係あるものになると、無ですらなかったものが意識され、概念世界に変化をもたらす新しいものとして現前するのである。つまりそれまでわれわれと関係がなかったため、在るにもかかわらず無とすら表象されないものと概念世界とが、媒介するものを通して何らかの関係を構築したことによって、認識不可能なものでも概念世界の既存のものでもない新たなものが概念として生じるのである。

しかし、新しい概念として生じたものは、それまで無関係だったものを実在として把握したものではないということにも注意しよう。これまで関係がなかったものは、媒介するものを通して新たな概念として認識されるにすぎず、決して直接認識できるものではないのである。

それでも、存在しているものの無関係であるがゆえに認識されていなかったものと概念世界とが接触し、何かが生み出されるということは、一見したところ、無関係のものそのものを認識したように見える。だが、無関係であったものに直接アクセスはできない。そのような回路は決して創られないのである。なぜならわれわれと無関係に独立して存在しているものは、常に概念化から逃れ去り、概念把握されないのだから。これはわれわれと無関係に存在しているものそのものを認識するという視点に立った場合、挫折のように見える。しかし、直接のアクセスはできない代わりに、この概念世界に、それまでになかった新しいものを概念として現前させることはできるのである。掛詞でそれぞれ相互に関係のなかったものが接触することで、新しい雰囲気、世界が生じたように、関係のなかったものとの接触で、これまでになかった新しいものが生じるのである。ところで、概念世界と無関係であったものと概念世界との接触によって概念秩序のなかに新たな概念を生み出すことは、概念として新たに何かを認識するプロセスであり、それまでになかったものが生じるということから、世界に何らかの認識の変化をもたらすものだともいえるだろう。人は、われわれの世界と決定的に無関係な世界のものを直接、把握することはできないが、無は新しい概念を生み出し、世界との関係を変化させるのである。つまり、それまで全き無であったものが突如、出現するということは、新しい概念が生み出されるということなのである。

おそらく、クローデルの神秘体験も、それまで彼に無関係であった超越者と彼が接触することによって、新たなものとして生じ、世界に変化がもたらされたのである。実際、彼の家庭は無神論的環境にあったため、神が存在するのか否かという問いさえ成立しなかった。それが、彼が「神はいる」と感じたその瞬間、彼は神そのものは把握し損ねるが、超越者を概念化して認識し、同時に神はいるという新しい関係に世界を変化させる。この変化こそ、神という実体を直観した痕跡なのである。このことをクローデルがどう自身の文学行為に反映させたかを論じる前に、無関係なものとの接触が創造をもたらすという考えを導いたのが、皮肉にも掛詞や能と並んで仏教であったことを確認して置く必要があるだろう。

第九章　虚無から射かけられる矢——水墨画の神学

1　浮世絵から水墨画へ

無関係であったものが関連づけられることで、それまで世界に存在していなかった関係が現前する。それが掛詞にクローデルが見出したものといえよう。掛詞によって出現したアマルガム的な光景それ自体は、最終的には概念で把握されたものであるが、世界に変化をもたらすものでもある。クローデルの考えを敷衍すると、それまで人間と関係がなく、人間から完全に独立しているため、無であるとすら意識されないものとの接触によって、それまで存在しなかった新しい関係が生み出されるのである。ところで、日本での経験は、クローデルの超越者という自律した存在と接触するきわめてキリスト教的な体験を、仏教、とりわけ禅宗の影響を受けた水墨画や山水画などの絵画やさらには禅の思想に関連付けてくれる。

クローデルは一九二一年（大十）十一月の来日以来、日本の絵画に関する理解を深めていくが、第一章で述べたように、クローデルが日本の絵画と出会ったのは、十九世紀の後半、パリでジャポニスムが席巻していた頃である。そのため、クローデルにとって、最初に出会った日本の絵画は、当然のように浮世絵であり、葛飾北斎の『富嶽三十六景』や歌川広重の『東海道五十三次』であった。姉のカミーユが作曲家のクロード・ドビュッシーと共有していた『北斎漫画』の趣味に象徴されるように、ヨーロッパ人にとって日本の絵画といえば、まず北斎や広重の浮世絵を思い浮かべていた時代だった。浮世絵は、「その日々の光景の荒々しくも、華麗で、芝居がかり、色彩豊かで機知や精彩に富み、どこまでも多様で、生き生きとした」ものであり、クローデル自身もそれに対して「個人的には昔から熱狂していた」(1)と告白している。実際、ヨーロッパは、浮世絵の西洋絵画とは異なった遠近法、構図、色彩、そしてさらには、輪郭線に限取られた造形、陰影がないがゆえに立体感の欠如した平板さといったものを日本独特のものとして評価していた。

しかし、伝統的な、ある程度、知的な素養を持っている日本人にとって、評価すべき絵画とは浮世絵ではなかった。日本での浮世絵への評価は、むしろヨーロッパから逆輸入されて初めて始まったといってよい。そのことにヨーロッパは長い間気づかなかった。クローデルは実際、「私たちの好みは『浮世絵』派の版画や絵画の方にありました」と告白している。しかし、彼は日本人がそれをむしろ「頽廃期の証言とみなしていた」(2)ことを来日して知ることになるのである。浮世絵は、確かに江戸時代の庶民の生活を生き生きと描写してはいたが、それは一方で、非常に卑俗なものであり、庶民が大量消費する一種の複製文化の産物だったため、少なくともクローデルの接し得た日本の文化人や教養人は長い間積極的に評価していなかった。それに対して、日本人が伝統的に高い評価を与え、幾世代にもわたって受け継いできた絵画は、次のようなものだとクローデルはいう。

みなさんの好みは、これとは反対に、人はほとんど描かれないか、あるいはほぼ木や石といった不動のものに似た僧侶の姿によってしか表現されない古い時代の絵に向かっていきます。(3)

クローデルがここで述べているのは、主に「掛け物」や襖、屛風に描かれたような絵画のことであり、山水図や山水水墨画、あるいは水墨画による肖像を念頭に置いていると考えられる。しかし、こうした絵画は当時のヨーロッパ人にとって期待外れであったものが多かったようだ。おそらくクローデルも当初、こうした多くの外国人訪問者と同じ印象を抱いたと思われ、「運のよい所蔵家たちが数世紀も前の奥底から取り出してきて、われわれの前でうやうやしく拡げて見せてくれるあの高価な掛け物」に対する「私たちの最初の気持ちは、期待外れの感情のことが多い(4)」と書いている。

この「期待外れの感情」を引き起こしているのは、これらの絵画に浮世絵のような色鮮やかで日本固有の文化と感じられるものを見て取れなかったからかもしれない。さらに根本的には、おそらく日本と西洋の絵画鑑賞法の規範が異なっていたことが関係するだろう。実際、クローデルや日本にやってきた外国人が、家宝や寺宝といわれる秘蔵の絵画を見せられて、いささか戸惑いを覚えたのと全く逆のことが、江戸から明治初期、西洋の絵画に接した日本人に見られた。江戸時代、寛政期の絵師で蘭学者だった司馬江漢の次の言葉は、そのことをよく物語っているだろう。

西洋の画法は理を究めたれば、之を望み見る者、容易に見るべからず。望視るの法あり。故にや彼国皆額となして掛物とす。仮に望むといへど、画を正面に立置きて、画中に天地の界あり。是望む処の中心とし、すなわち五六尺を去りて看るべし。遠近前後を能分ちて、真を失なはず(5)。

肖像画にしても西洋画は「存生の状を写照」するものであり、「是を観るに其人に応対するが如し」であるのに対し、「和漢の画像は真を写すの法にあらざれば、聖像を図して顔面を画く者己が意に随ふ」ものである。ここにあるのは、画家の心象や精神性が反映される東洋の絵画に対して、西洋の遠近法と陰影法に基づいた写実的な絵画が、額装され、壁に掛けられて目の前に現れた時の司馬江漢の戸惑いである。言い換えれば、写実を専らとする西洋の絵画には、作者の内面的なものの表象を基本とする日本の絵画と異なった思想、鑑賞法があって、それを習得しなければ西洋絵画は見えてこないということの発見である。この司馬江漢の戸惑いと同じようなことが、クローデルにもあったと思われる。日本の絵画は、西洋の絵の見方では理解できないものであったのである。浮世絵は、ジャポニスムという流行に乗って西洋の絵画の秩序のなかにうまく組み込まれたが、大和絵や水墨画あるいは禅機画などが従っていたカノンはヨーロッパでは当初、理解されず、浮世絵に与えられたような高い評価をこれらの絵画が得られることはなかった。実際、フランスでは浮世絵が高く評価される一方、大和絵や水墨画などの評価は、一九二〇年（大九）頃までは定着しておらず、浮世絵に比べれば低いものであった。とりわけ、水墨画といったものに対して、「百年前の欧米では、西洋美術のカノン（遠近法、明暗法等）に当てはまらない造形を前にしての、その混迷は想像に難くない」状況にあり、水墨画は、「色彩のないラフスケッチのような、時には画讃による説明がなければ成立しないような」ものと思われ、「絵画としての自立性に乏しい」ものと見なされていた。あるいはまた、「現実の風景や人体に基づかずに中国の手本を模倣しているだけ[6]」の絵画と思われていた。確かに日本の山水画にしろ、水墨画による肖像画にしろ、中国の絵画を範としていた。日本の画僧は、瀟湘八景のように実際には日本人の見たことのない風景を中国で描かれた絵画をもとに再構築しており、そうすることが主流であった（もちろん雪舟の『天橋立図』など現実の風景を描いたものもあるが、それも西洋の写実とは異なるものであることはいうまでもない）。その中国の水墨画は、西洋の正遠近法や陰影法とはまったく異なる、たとえば「山のすべてをえがき込まねば完璧でないという『総合性』の主張の具体的な表現である[7]」高遠、深遠、平遠の「三遠」と呼ばれる三つの視点を取り入れた手法がある。これは、西洋の一点に消失する視点を設ける絵画と異なり、複数の視点から風景を描き出すものであった。そのため、西洋の絵画からすると歪んだものに見えた。また、一枚の絵のなかに春夏秋冬が描き込まれているのも、西洋の絵画とは大きく異なる思想によるものであった。この中国の技法を日本の水墨画も継承していた。これが西洋人の目からすると、理解不能なもの、あるいは稚拙なものに見えたのである。西洋の人間にとって、当初、西洋の遠近法などに基づかない絵画技法は未成熟な印象をもたらし、違和感のあるものだったに違いない。日本人がうやうやしく披露してくれた絵が子どもが描いたような、まるで絵画というにはほど遠いものに思え、なぜこれを日本人はありがたがるのか理解できないというのが西洋人の正直な反応であったといえるだろう。クローデルの一節は、日本人がまるで儀式のような振る舞いで見せてくれる掛け物に拍子抜けしたという西洋人の気持ちをまさに代弁している。

しかし、一方で、ヨーロッパでもジャポニスムという檜舞台で高く評価されていた浮世絵の陰で、水墨画や大和絵の評価も徐々に進んでいったこともまた確かである。実は、大和絵も水墨画も、一八八〇年代にはすでにヨーロッパに知られてはいた。しかし、この段階ではこれらの絵画の紹介が中心であった。これを第一期とすれば、一九〇〇年（明三十三）のパリ万国博覧会の際に日本政府が刊行した挿絵をふんだんに盛り込んだフランス語の『帝国美術略史』や英語版の『国華』、『真美大観』など、日本側から積極的な情報発信がなされた結果、ヨーロッパで大和絵や水墨画の情報が増大していったこの時期を第二期とすることができるだろう。こうした情報量の増大を受けて、水墨画や大和絵を西洋の絵画のカノンから切り離し、その独特の精神性を評価するようになり始める一九一〇年代が、第三期といえる(8)。

実際、クローデルが来日する前に刊行されたラファエル・ペトリュッチの『極東の美術における自然哲学』では、水墨画に関して、日本では、宋代の哲学、すなわち禅宗の影響のもと、「万物の生々流転のうちに、普遍的な原理の多様で仮初めの形態を見出す」ようになったと説明されている。さらに「外面的な姿を通じて把握される精神の表現が、国民芸術の到達すべき最も高度で意識すべき努力となった」と、水墨画は浮世絵と異なり、描かれた事物や風景を通して普遍的なもの、精神的なものを見出すきわめて象徴性の高い絵画と理解され、それがひとつの規範となっていたことを明らかにしている。ペトリュッチは、水墨画が室町期に発展したことを指摘した上で、禅との関わりを仄めかし、「その絵画はもはや事物の描写ではない。それは〈世界〉の特権的な注解なのである」[9]としている。水墨画で表現されているものは、自然を写実したものではなく、自然の事物を通して、そこには見えない普遍的な原理を読み解くことだということが強調されている。このペトリュッチの影響を受けた一人が、仏教美術東漸説を唱えたアンリ・フォションである。彼も水墨画について、「自然の無機質的な見本の一覧ではなく、普遍的な生を暗示するものである」[10]と述べ、やはり水墨画が「自然の無機質的な見本の一覧」である写実の原理に基づいたのではなく、暗示の原理に基づいて、本来は表象不可能な「普遍的な生」、万物に共通して在るものを表象を通して認識するものだと指摘している。クローデルは、前述のように、来日前に出版されたばかりのフォションの『仏教美術』（一九二一）を読んでいるので、こうした水墨画の哲学の発見を来日時にはすでに知っていたと思われる。もっとも、ペトリュッチにしろ、フォションにしろ、クローデルにしろ、水墨画に大きな影響を与えたと考えていた禅宗の思想を正確に理解していたかは別問題であるが、ここではそのことを取り立てて論じる必要はないだろう。問題は、水墨画が写実芸術ではなく、象徴の芸術であり、絵画表象を通じて普遍的なものと関係するということの発見にある。クローデルはちょうど、水墨画などの日本の絵画の哲学性・象徴性が理解され、評価され始めた転換期に、日本に来ているのである。そのためクローデルの日本での絵画体験は、この日本絵画の象徴性の確認であったといってよいだろう。

そのこともあってか、クローデルは、外国人が「いつも何か驚かしてくれたり、面白がらせてくれるもの」、珍奇なもの、エキゾチックな非西洋的なものから常に刺激を求めていると指摘し、こうした刺激を求める外国人の嗜好を「魂のうるおいが欠けている」態度と自戒を込めて表現している。[11]

しかし、クローデルは、ペトリュッチやフォションといった欧米の東洋美術や日本美術の第一人者でさえかなり制限された形でしか浮世絵以外の日本絵画に接することができなかったことに較べると、圧倒的に多くの日本や中国の絵画に接する機会に恵まれた人物である。しかも、大使という立場もあって、当時の日本人でも眼にすることのできなかった絵画をも鑑賞している。クローデルは狩野派の絵画や土佐派の絵画、あるいは中国の牧谿の作品など、名家や寺院が所蔵していた名品にじかに接することができたのである。クローデルは、同時代のヨーロッパの識者とはくらべものにならないほどの情報を持っていたのである。こうしたクローデルを取り巻いていた環境が、やがて彼に水墨画、山水画、障壁画などから独自の思想を抽出することを可能にしたのである。

図 9-1　竹内栖鳳『蘇州の雨』, 1922 年, フランス国立ギメ美術館蔵

自分たちヨーロッパ人には「魂のうるおい」が欠けていると謙遜した物言いをするクローデルであるが、彼と親交のあった日本画家の竹内栖鳳は、クローデルが「兎に角水墨画と云ふものをなかなかよく見てゐられると思つた」[12]と、クローデルの水墨画に対する審美眼を高く評価している。このことは、クローデルがいち早く日本の絵画のカノンを習得しただけでなく、独自の視点で日本画を見ていたことを表しているといえるだろう。

竹内栖鳳は、四条派の写実から始まり、西洋の写実技法を日本画に導入した日本画家であることはよく知られていることであり、いわゆる写実を重視した画家であるとするのが一般的な評価である。ところが、栖鳳は大正末期から水墨画による風景画を積極的に描くようになっている。クローデルが奔走してフランスへの寄贈を実現した『蘇州の雨』（**図 9-1**）もこうした栖鳳晩年の試みの嚆矢であったといえるだろう。この作品はフランスの日仏交換美術展に出品されたものであり、美術展終了後、日本に戻ってきたが最終的にはフランスのリュクサンブール美術館への寄贈ということで再びフランスに向けて送り出されることになる。この寄贈の手続きにクローデルは関わっている。おそらくこれが栖鳳との交流のきっかけになったと考えられる。この絵は現在、国立ギメ美術館に展示されているが、この作品に栖鳳が取り入れている技法は、「潑墨」（当時の日本では「破墨」といわれていたが）といわれるものであった。「潑墨」とは、「『潑《そそ》ぐ』という文字の通り、墨を注いで一気に対象の形全体を描くとともに、その濃淡によって対象の立体感や空間を表すという特徴がある[13]」ものである。つまり、写実とは異なり、墨をたらしてできる偶然の滲みをもとに形象を描き出すというものであった。この技法は栖鳳の水墨画作品を見ればすぐに分かるが、墨の滲みをもとに樹木や林などが表現され、なるほど確かに蘇州や彼の好んだ茨城県の潮来の風景を彷彿とさせるものの、それは写実ではなく、一種、象徴的な絵画になっている。またこの「潑墨」の技法の特徴は、その周囲に余白が大きく取られていることである。潑墨技法によって描かれた対象を効果的に浮かび上がらせているのが、余白なのである。この余白と潑墨技法とが相俟って栖鳳の水墨画は「写実探究を越えた先にある心象表現への昇華として解釈できる[14]」ものになっているのである。こうしたこの時期の栖鳳の試みを考えると、彼がクローデルに対して水墨画をよく理解していると語るのは、通り一遍の評価なのではなく、実作者として感想であったといえる。

　では、クローデルは日本の絵画、とりわけ山水墨画に何を見出していたのだろうか。クローデルは、水墨画などの日本の絵画に対してヨーロッパの絵画を次のようなものだと説明する。「われわれの思考はすべてを語ることであり、すべてを表現すること」であり、「絵の枠のなかは、完全に満たされ、美とは、この枠のなかを満たしているさまざまな事物の間にわれわれが打ち立てる秩序、線と色彩の複合から引き出されるのだ」としている。[15]要するにヨーロッパの絵画は語り尽くすこと、表現し尽くすこと、意味と概念で画布を充満させることを目指すものであり、画面には、何も語らない部分は存在しないのである。こうした色彩と線で画布を埋め尽くすことを写実と呼ぶなら、ヨーロッパは写実の芸術を追求してきた側面が少なからずあったといえる。もちろん、東洋の絵画であっても、西洋の写実とは異なる思想と手法ですべての季節や時間をリアルに画面に取り入れようとしている点で写実に近接するのだが、クローデルはこの点には力点を置かず、このすべてを語り尽くすヨーロッパの絵画と対照的なものとして日本の絵画を捉えている。それは次のようなものだ。

> 日本では〔……〕、書かれたものであれ、描かれたものであれ、その紙葉で最も重要な部分は常に余白のままにしてあります。〔……〕画家の探幽は、冬の日を表現しようとした時、真っ黒な墨の線で、一艘の小舟、一軒の寺院、いくつかの岩、その向こうに三つの屋根、雪に埋もれた松の列を描くに留め、美しい銀白色の画面の残りはすべて、冬に不可欠なもの〔＝雪〕の広大無辺な落下を示すために残されているのです。[16]

ここで、クローデルが描写している狩野探幽の絵が何を指すのかは分からない。しかし、クローデルは、滞日中、狩野探幽の絵画をよく見ていることは確かだ。二条城二の丸御殿、名古屋城本丸の上洛殿、大徳寺……。ここでクローデルが描写しているものは、特定の探幽の絵画でないかもしれないが、実際に見たであろう大徳寺本坊の方丈の襖を飾っている探幽の山水図のような絵を念頭に描き出しているのだろう。もちろん、ここで問題なのはクローデルの語っている探幽の絵を特定することではない。クローデルが何に着目しているかである。

　この引用からは、クローデルが狩野探幽の絵画の特徴を余白に見ていることが分かる。この場合、余白とは紙地の白さを利用した無地のこととしよう。探幽は祖父の狩野永徳によって完成された狩野派の画風を一変させた転換点に位置する絵師であり、『本朝画史』（一六九三）でも、探幽の「筆墨飄逸、傅彩《ふさい》簡易、而して自然に狩野氏を一変し、自ら一家を成す（筆墨は世間ばなれがした穏やかな様であり、彩色も簡潔なもので、おのずから狩野派の画風を一変することになり、以て独自の一家を形成した）[17]」と評価されている。実は、この後の狩野派の画風を方向付けたともいえる探幽の特徴のひとつが、余白なのである。南画系の中林竹洞の『竹洞画論』（一八〇二年成立）には「狩野氏も又探幽斎にいたりて一変す、思ふに守信（＝探幽）、狩野氏の画体卑俗なるをきらひて大に筆格をはぶき、淡墨にて韻をとらむとす[18]」と、彼が筆数を減らし、さまざまなものを書き込まず事物を象徴的に表現をする減筆体を用い（「大に筆格をはぶき」）、淡墨で表現したことが特徴であると記されている。余計なものを書き込まないということは、相対的に余白が大きく残ることになる。竹洞は、淡墨減筆法によって探幽が謝赫のいう気韻生動の効果（「韻をとらむとす」）を上げていると指摘しているが、それにはこの大きく取られた余白が関わっている。つまり、減筆法と余白が一対となって探幽の特徴を形作っているのである。探幽が好んで大きな余白を取るのは、「背景を無地と化することで描写対象を明晰にあらわそうとする意図がひそめられている[19]」と考えられ、探幽は余白を設けることで、対象を浮かび上がらせ、品格や情趣を高める、すなわち気韻生動の効果を高めようとしたのである。たとえば、名古屋城本丸に建造された上洛殿に描かれた探幽の『雪中梅竹遊禽図襖』（図９－２）も、「うす墨と金泥の外隈により紙地の白さをそのまま雪の白さと示す手法は、濃墨を主体とした梅や竹の実体への明晰な筆致によって、実に効果的に真価を発揮している[20]」ものなのである。探幽は雪のなかの梅や竹を効果的に表現するために、白い「紙地」で「雪の白さ」を表現しているのである。余白によって雪の白さを表現しているといってよいだろう。その結果、主題である梅と竹が際立つのである。そしてこうした紙地の白さ、すなわち余白の効果とは、「背地に支えられた景や景物といった諸対象を生かすという点で、探幽が墨画における新機軸を示したものとなった[21]」のである。これは墨画に限らず、金碧障壁画にも共通する探幽独自の技法である。強調しておきたいのは、この狩野派の画風を一変させた「筆墨の簡略化」と余白の多用は、「個々のモティーフを鮮明に印象づけるためにこそ役立てられている[22]」ものであり、あくまで描写物を効果的に浮かび上がらせる技法であったということである。

クローデルは、探幽の特徴をなすこの余白を敏感に感じ取っていたといえる。しかし、興味深い点は、クローデルは探幽の余白を描写対象を浮かび上がらせる技法として捉えていたのではなかったということである。引用

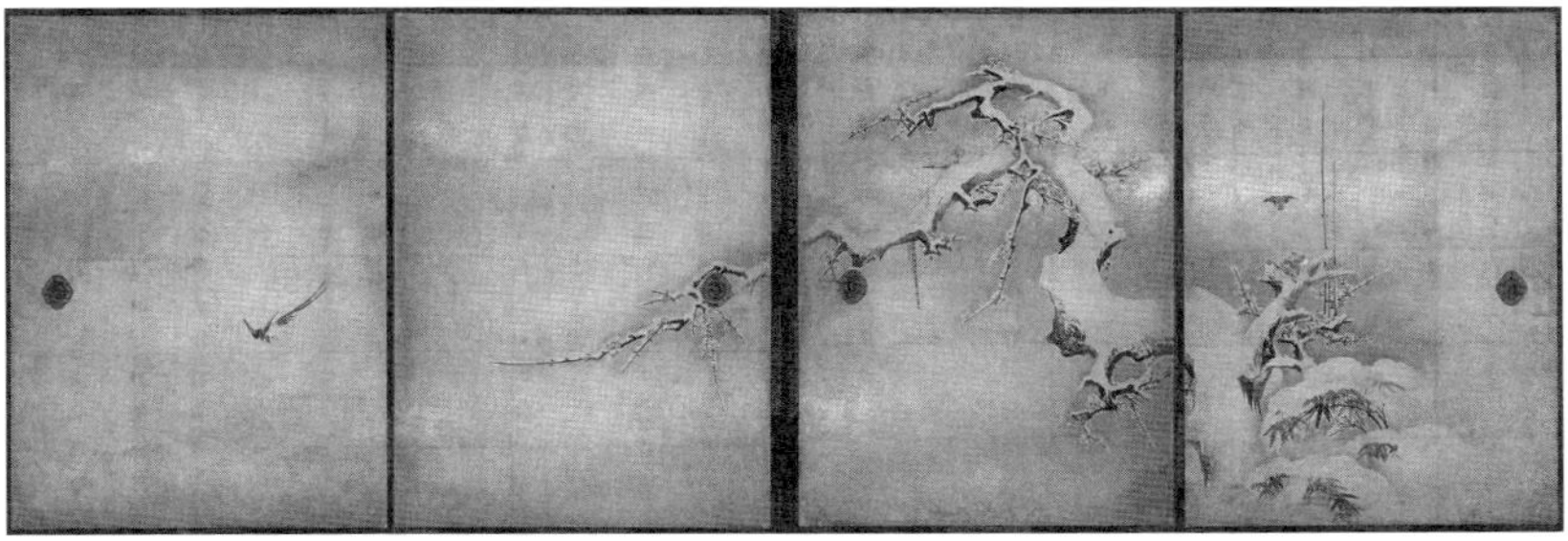

図 9-2　狩野探幽『雪中梅竹遊禽図襖』，1634 年，名古屋城総合事務所蔵

にあるように、クローデルは狩野探幽が冬の雪景色を描くのにわずかな情景のほかは何も描かず、余白にしていたとしているが、彼は余白があるのは、そこに描かれた樹木や家屋や寺院や小舟を効果的に浮かび上がらせ、生き生きと際立たせるためではないと考えている。クローデルにとって、何も描かれていない余白は、無としか表現できないものを表わしているのである。探幽によって描かれたものは、この余白を概念世界の側にいるわれわれと関連づけて、そこに描くことのできないもの、「冬に不可欠なもの〔＝雪〕の広大無辺な落下」、さらにこういってよければ、雪の本質を現前させるのである。

余白がそこに描かれている事物を媒介にして概念世界と接触すると、雪の落下がありありと浮かび上がり、雪の本質が余白を受動した精神のうちに現前する。つまり、クローデルにとって余白は、探幽が試みたような描写された景物を効果的に浮かび上がらせるものなのではない。むしろ、逆に、描写された景物が観るものに無としか表現できないものをこの概念世界と関係付けて、現前させるものなのである。

クローデルが見出したこの日本の絵画芸術の特徴をなす余白は、確かにヨーロッパの絵画芸術とは対照的である。近代の写実芸術が目に見える対象をいかに忠実に再現するかということに関わっているとすれば、そこに目に見えないものが存在する余地はなくなる。近代の写実主義にいささか懐疑的であったクローデルは、日本画とは無としか表現できないものを浮かび上がらせる非写実的絵画であると見なせるものであった。クローデルにとって、日本の絵画の何も描かれていない空白は、表象され得ない「無であるもの」を象徴的に表したものなのである。クローデルが余白を活用した探幽や潑墨技法を取り入れた竹内栖鳳を評価したのは、表象しえない無を認識させる作用を彼らの作品に認めたからといえるだろう。

こうして、クローデルは、ヨーロッパの写実を追求した絵画芸術の対極に日本の絵画を位置づける。余白は、画面に描かれたものを媒介にして、それまで表象しえなかった無を人間の精神に概念として喚起させるものとなる。この余白の働きをクローデルは、京都画壇の画家たちの創作活動や寺院などに残された襖絵や掛け物から見出したのである。この点を竹内栖鳳の回想から、もう少し見ておこう。

竹内栖鳳は、おそらく一九二六年（大十五）十二月七日、離日前のクローデルと最後に会った時、自分が描いた樹木を主題にした水墨画を彼に見せ、「此の空間が面白いと思ふが、然しこのまゝではどうも少し樹の形が力弱い気がする。モ少し何とかすれば樹の形はよくなりさうにも思ふが、さうすると空間の味をこわしてしまひさうだから、此位にして置いた[23]」と自分の絵を説明する。ここで栖鳳が語っている「空間」は文脈からすると、「余白」のことだ。この栖鳳の余白の説明自体は、技巧上の問題であって、単に美的バランスのことであったと考えられる。つまり、描かれた景物を効果的に浮かび上がらせるものとしての余白を語っている。しかし、クローデルはそこに、それ以上のものを見出している。栖鳳は、クローデルが「そんな事より、此隙間に蝶の形が三つある所がいい[24]」と語ったと記憶している。もちろん、クローデルも何気なく思ったことを語っただけなのかもしれないが、ここからもクローデルが描かれているものではなく、むしろ「隙間」すなわち余白の方に注目していることがうかがわれる。このクローデルの言葉に対し、栖鳳は「空間を単なる空間としてのみ見ないで実体以上に見てゐるのだ」と評価している[25]。クローデルは、余白を余白以上のものと見ているというのだ。クローデルにとって余白は単なる何もない空間なのではなく、それ以上のものなのである。

クローデルは描かれた樹木を媒介にして、余白に「蝶の形」を三つ見出すが、これは描かれた樹木が、何も描かれていない余白を媒介して関係付け、クローデルの精神のうちに「蝶」を現前させたということだろう。いささかうがった見方をすれば、蝶はギリシア語でプシュケーであるが、この語が魂をも意味し、魂が現前したと考えることもできよう。しかし、この栖鳳のエピソードは、クローデルが探幽の絵を例に、余白が描かれているものを媒介にして、雪の本質を現前させるということ以上のものを語っている。探幽の冬景色の絵からは、余白に雪の本質が現前する。探幽の冬景色の山水図では、雪の本質と描かれた冬景色との関係は、比較的明確であった。描かれた雪景色を媒介にして、表象できないが確かに存在する雪の本質が現前するのである。しかし、栖鳳の伝えるエピソードでは、媒介である描かれたものと余白から現前するものとの関係は明示的ではない。ここでは描かれた樹木と余白の関係は、樹木と樹木の本質の現前のような関係になっていない。クローデルの前に、栖鳳によって描かれた事物から樹木とは異なる、それまでなかったもの、すなわち蝶が新たに出現したのである。このことはまた、余白が何であるかを概念として認識するのは、媒介を通して余白を受容した側の文脈に依存していることを教えてくれる。クローデルが余白に「蝶」を見出したのは、余白が「蝶」の本質と関わっていたからではなく、余白と関係が結ばれることで後からクローデルの意識が生み出したものなのである。余白は何ものでもないが、何ものでもあり得るもので、受容する側の文脈に応じて様々な表象の形を取る。クローデルにとって、この蝶の出現はこれまで関係がなかったがゆえに存在していなかった無と関係することで、樹木の絵に新たな事物が現前することなのである。栖鳳が、このクローデルとの対話から引き出している「日本だと余韻を見ると云ふ所だが、詩人の考へ方では、空間は正しく実在でなければならぬ」[26]は、クローデルの思想の根幹に関わっているだろう。日本人や日本人の画家にとっては、余白は何もない空間であり、そこに描写対象を際立たせる「余韻」を見出すのだが、クローデルにとっては、それは人間の認識から独立し、無関係であったため、言葉や概念で描き出したり、表象したりしようとすら考えなかったものの姿なのだ。この余白という何も描かれていない空間が媒介するものを通して概念世界と結びつくと、事物が突如、産出されるのである。

こうした描かれたものを媒介にして、余白を世界と関連づけることで新たなものを出現させる機能をクローデルは、ことあるごとに述べ、日本の絵画の特質と考えている。たとえば、「日本文学散歩」（一九二五）では、「あの小鳥、あの木の枝、あの魚は、不在であるものに飾りを施し、局限することしかしていないのです〔……〕」と表現している。描かれたものは、「不在であるもの」を概念と結びつけ、限定することで、新たに世界に何かを存在させるのである。[27]

何もないところにそれまでになかったものが新しい事物として現前する、この日本絵画での経験をクローデルは形而上学に昇華させようとする。すると、これが今まで存在すら考えていなかった超越者が突如、現前したというクローデルの神秘体験を説明可能なものにしてくれるはずである。この認識に、日本の山水墨画と深い関係にあった禅の思想が関わってくる。

2　クローデルと禅宗寺院

クローデルにとって、日本の絵画、とりわけ山水水墨画と密接に関わっているのが禅宗の思想であり、京都というトポスであった。京都は仏教文化を花開かせた土地であり、かつてクローデルが無の信仰が支配していた都市と見たであろう場所である。すでに見たように一八九八年（明三十一）に京都を訪れた際にクローデルが残した言説からは、訪れた寺院に関して積極的な評価を見出すことは難しい。さらにこの京都探訪から得られた作品「そこここに」（一九〇〇）は、仏教を無の信仰であるとして批判する色彩が強いこともすでに見てきた通りだ。しかし皮肉なことに、クローデルが、それまでわれわれと無関係で独立している〈何か〉が概念世界と接触することで世界に新たに現前するという考えを結実させるには、おそらく長い間仏教都市であった京都が不可欠だったのである。実は、一九二一年（大十）からの滞日でクローデルが、日光に次いで足を運んだ回数が多い地は京都である。実際、駐日フランス大使クローデルは、この京都に対して一八九八年（明三十一）の時のような消極的な評価を加えることはなく、「京都は知的伝統、すなわち芸術、文学、歴史の宝庫」（一九二六年十月十四日付首相兼外相宛）(28)と、むしろ東京よりも高い評価を与え、当時、日本に滞在していたフランシス・リュエランの提言を受け入れて、京都に関西日仏学館を建設することを決める。これには京都が日本絵画の宝庫であり、日本絵画の伝統を継承するいわゆる京都画壇の画家たち――とりわけ冨田溪仙、竹内栖鳳、山元春挙といったクローデルと親交のあった画家たち――がそこで活躍し、また一方で中世、とりわけ室町期に時の権力者から保護され、隆盛を極めた禅宗寺院が現存していたことと関係しているだろう。そして、これらを説明してくれる日本人が彼の周りにいたことも重要である。確かに大使館付きの通訳がいたであろうが、日本語を解さないクローデルにとって、京都画壇の画家たちとの交流にしても、禅宗の教えにしても、それを理解するには日本語という大きな障壁が立ちふさがる。これを乗り越えるには有能な水先案内人が必要だった。クローデルの最も有能な水先案内人だったのは「我が国の国語を完璧に話す知性あふれる青年」(29)とクローデルから絶賛された山内義雄であったが、京都にはもう一人、その働きをした人物がいた。古美術商の喜多虎之助という人物である。喜多虎之助は、一九四五年（昭二十）八月、日本の敗戦の報を受けてクローデルが『フィガロ』紙に発表した「さらば、日本！」で唯一名前が挙げられている日本人である。(30)この作品で「喜多氏」と言及されている喜多虎之助とクローデルが最初に出会うのは、彼が駐日フランス大使として着任後、初めて京都を訪れた一九二二年（大十一）二月である。第七章で述べたように、この時、クローデルは来日していたジョッフル元帥に随行して、関西を訪れている。ジョッフル元帥を神戸から送り出すと、クローデルはその足で京都に戻っている。クローデルには、京都府庁、京都市役所、京都帝国大学を表敬訪問するという公務があったが、それに先立つ二月十七日に、三条小橋東にあった喜多虎之助の店「蓬萊堂」を訪ねている（**図9-3**）。クローデルがどういう経緯で虎之助の店を知ったのかは分からないが、虎之助は外国人の間ではよく知られていた名前であったと推測されることから、クローデルは、

図 9-3　蓬萊堂，個人蔵

虎之助の店に大使館員あるいは神戸の領事館員に案内されたか、外交官仲間から紹介を受けたのであろう。いずれにしてこの日からクローデルと虎之助との交友が始まる[31]（**図9-4**）。この日、虎之助は早速、クローデルを臨済宗の大本山のひとつである大徳寺に案内している。クローデルは一八九八年（明三十一）、京都を初めて訪れた時も大徳寺を訪れているが、その時は「非常に美しい障壁画」というメモしか残していない。しかし今回は、喜多虎之助の案内で、大徳寺の本坊、塔頭の孤篷庵と真珠庵を訪ねている。

大徳寺の本坊は、勅使門、三門、仏殿、法殿と一直線上に伽藍が配置されたその北側にある建物である。他の禅宗寺院や大徳寺の塔頭と同様に、建物には庫裏から入り、庫裏は方丈へと繋がっている。クローデルはこの本坊での印象を日記には記していないが、同寺所蔵の牧谿の作とされる『紙本墨画芙蓉図』を見たことが日記から分かる。「牧谿の植物。青色のように見える墨。樹液を注がれ極端に黒い新芽[32]」と日記には記されている。また、おそらく方丈の襖を飾る八十四面の狩野探幽の山水図にも圧倒されたことであろう。彼はこの大徳寺の本坊を後にすると、その後、孤篷庵と真珠庵を訪ねている。

孤篷庵は、大徳寺本坊からやや離れところに位置している。この庵は、大徳寺の他の多くの塔頭とは造りが異なり、建物と建物を渡り廊下でつないでいく古い形式ではなく、建物がすべて雁行して棟続きとなっている近世的な構造を持っている。南面して方丈があり、南側と西側には庭園が広がる。方丈の西側の庭は近江八景を模したものであり、小堀遠州が造園したことで有名である。クローデルは、それをあの有名な茶席、忘筌席から眺めたのだろうか。日記には次のように記されている。「金地にすばらしい絵。鮮やかな緑の竹。相変わらず木の頂部は隠されていて、幹しか見えない。〔……〕二つの『異なる』時間。同様にこの寺院の廊下からは、山の稜線と中ほどには樹木しか見えない」[33]。前半部分はおそらく孤篷庵の西の間の襖を飾る探幽の孫の狩野探信の金碧を背景に描かれた青竹と梅の絵の説明である。樹木の頂部を描かないという印象派にも影響を及ぼした日本絵画独特の構図にクローデルはここで関心を示している。この日記の記述の後半部分は、孤篷庵からの庭の眺めであるが、おそらく方丈南面の庭のことではないかと考えられる。クローデルは「山の稜線」と書いているが、これは今では樹木に遮られて見ることはできないが、クローデルが訪れた時にはまだ見られたであろう船岡山のことと考えるのが自然である。実際、方丈南面の庭園は、船岡山を借景にして作庭されたものだ。それに続く「中ほどには樹木しか見えない」は、方丈の庭の先にある生け垣を指しているのではないかと想像される。

図 9-4　喜多虎之助と娘寿子，撮影年不明，個人蔵

ところで、孤篷庵でクローデルは、同寺に伝わる雪舟の「一円相」図を見ている。日記には「雪舟の円」とある。雪舟が描き出す墨の円は完璧な円を構成しており、クローデルは、この絵がよほど印象深かったとみえて、『繻子の靴』（一九二四）の四日目第二場で「雪舟が京都の寺の壁に、あの円を、永遠に完璧なものであり続けるものを描いた[34]」と主人公ロドリッグに語らせている。

孤篷庵の後に訪れた真珠庵は、大徳寺本坊の裏手にあり、一休宗純を開祖として創建されたことで知られる塔頭である。二〇一八年（平三十）には、方丈の襖絵を現代画家やイラストレーター、漫画家に依頼して制作したことで話題になったが、クローデルが訪ねた時は、曽我蛇足、長谷川等伯の襖絵がそれぞれの部屋を飾っていた。日記には次のように記されている。「真珠庵の襖。襖には、小さな寺、凝固したかのような靄に包まれ、ところどころに生えている何本かの木しか描かれていない。一

図 9-5　曽我蛇足『四季山水図』（部分），大徳寺真珠庵蔵

方、上の方には山、下の方には階《きざはし》を上ったところにある水車小屋と遊子」[35]。この描写は、方丈の礼の間を飾る曽我蛇足の『四季山水図』のことと推測できる（**図９－５**）。この時の経験は、クローデルのなかで禅の思想と山水画、水墨画とが密接に関わっていることを知る契機になったことであろうことが推測される。

　この来日間もない頃の大徳寺の訪問は、クローデルに浮世絵とは異なる日本絵画の存在を印象づけた可能性が高い。さらにこうした日本絵画を鑑賞する経験を積み重ねていくことで、クローデルは、これらの絵画が禅宗の思想に支えられていることを発見したと考えられる。

３　「不立文字」と超越

　クローデルが訪れている禅宗の寺院は、大徳寺のほかに龍安寺《りょうあんじ》、西芳寺、鹿苑寺、慈照寺などがある。記録には残っていないが、南禅寺の旧寺域内には、外交官クローデルの関西最大の理解者であった稲畑勝太郎の別荘和楽庵があり、クローデルはたびたび訪れているので、近所の南禅寺にも足を運んだことは想像に難くない。このうち、龍安寺、西芳寺にはやはり、喜多虎之助がクローデルを案内していることが分かっている。この二寺をクローデルが訪れたのは、竹内栖鳳にレジオン・ドヌール勲章を渡す一九二五年（大十四）一月十日のことである（**図９－６**）。クローデルは九日に、私的な旅行のように東京駅から夜行列車に乗って、京都に赴いている。翌朝、京都に着くと喜多虎之助の案内で、午前中に龍安寺、西芳寺を訪れている。

興味深いことに、虎之助が案内した大徳寺、龍安寺、西芳寺は今日では、京都観光を代表する寺院であるが、この当時はあまり知れていない寺院だった。当時の外国人向けのガイドブックには、この三寺院については言及すらされていないことがほとんどであった。かつて一八九八年（明三十一）の日本旅行の際にクローデルが携えていたチェンバレンのガイドブックにも、大徳寺については記述があるが、龍安寺、西芳寺に関しては記述がない。これらの寺院が有名になるのは、ずっと後のことである。「敷き詰められた白砂の中に大小一五の石が置かれた龍安寺石庭をめぐって様々な解釈が知られるようになった」のは、「昭和になってから」であり、「現在のように人気となるのも昭和も戦後となってから」である。さらに「江戸時代や明治時代の日本人による旅行案内書をいくつか見ても、龍安寺に関して同じ境内にある池泉式庭園は紹介していても、石庭の方はまったくふれていない」[36]のである。確かに、江戸期に刊行された『都名所図会』（一七八〇）を繙いてみても、龍安寺の記述は、境内にある鏡容池のことが中心で、石庭については具体的なことは記されていない[37]。しかし、そうした当時、あまり知られていない寺院に喜多虎之助はクローデルを案内している。

図 9-6　竹内栖鳳邸にて。左端竹内栖鳳，前列右から二人目がクローデル，後列右から二人目が喜多虎之助，1925 年，個人蔵

ところで、この日の龍安寺の訪問はクローデルの印象に残り、竹内栖鳳への献辞のある「自然と道徳」（一九二五）のなかで、彼は龍安寺を描写している。同時にこの作品は、禅の根幹をなす思想のひとつである「不立文字、教外別伝」に関するクローデル流の思索といってもよいものになっている。この作品は次のように書き出されている。

禅宗の根本原理のひとつに偉大な〈真理〉は言葉で言い表すことができないというものがある。真理は教えることができず、一種の伝染によって魂に伝わるのである。[38]

クローデルが「禅宗の根本原理」として簡潔に紹介しているこの文章は、「不立文字、教外別伝、直指人心、見性成仏」を説明していると考えて間違いないだろう。周知のように、不立文字にしても、教外別伝にしても、真理である悟りは言語を超えたものであるので、言葉や文字による概念知から解放されて初めて会得できることを示している。クローデルがこの禅の「根本原理」に強い関心を示していることが分かるのは、「自然と道徳」の一節とほぼ同様の記述が、彼の書き残したものに散見されるからだ。たとえば、「自然と道徳」に一年ほど先立つ一九二四年（大十三）二月二十九日の日記には「禅の哲学はいう、至高なる真実は教えられるものではなく、伝心するものであると」と書かれている。あるいは『繻子の靴』の登場人物、日本人ダイブツに「大いなる真理は沈黙によってのみ伝えられると書かれています」と語らせている。[39] こうしたことは、クローデルのこの「言葉で言い表すことのできない」「根本原理」のへ関心の高さを示している。

クローデルにとって、真理とはこれまで見てきたように概念で認識できず、言葉で語ることができないもので、われわれの認識の世界とは無関係に存在しているものである。認識できないため、真理は、どのような形であれ、この世界には存在せず、そもそも在ることすら意識されない。そのため無という意識すら生み出さない。ちょうどクローデルが神秘体験をするまでは、神が在る、あるいは、ないという問題以前に、そのような問いさえ思い浮かばなかったのと同様である。神秘体験以前のクローデルにとって、神は彼と無関係に存在していたので、彼はそれを問題にすることすら思いつかなかったのである。この「言葉で言い表すことができないもの」が、「一種の伝染」によって言葉を介さずに突如、出現するのである。つまり、クローデルにとってこの引用は、人間の概念知とは無関係に存在していたもの、概念世界から完全に自律したもの――クローデルの言葉でいえば真理や神など――が突如、出現することを表しているのである。

ここからクローデルの誤読を読み取ることはそう難しくない。繰り返しになるが、禅を含め仏教は実際にはいかなるものにも依存せず、それだけで自律するもの＝自性するものを否定する無自性の考えが基本なので、超越的なものを一切、想定しないのが根本的な考え方である。確かに、概念から完全に切り離された世界を目指すことを前提にしているという点では、禅はクローデルの志向するものと共通点があるが、求めているものは全く異なる。クローデルは、いかなるものにも依存することなく完全に自律し、人間とは無関係に存在しているものを求めている。クローデルは、概念化されて存在している世界とは別に無でしかない体系があり、それと接触することを目指しているのである。それに対し、禅あるいは仏教では、ヨーロッパで考えられていたような本質や存在など自性するように見えるものも、そもそも実体としてはなく、そうしたもののいずれも概念か感覚の集合したものに過ぎないとして徹底的に解体していく。つまり、仏教では、事物を成り立たせるのはさまざまな意味や感覚が束になった集合体で、存在の第一原因となる自律しているものが、事物の中核にあるとは考えていないのである。たとえば、馬は馬の本質を有しているから馬なのではなく、馬を成り立たせるさまざまな意味や感覚を馬という概念のもとに関係づけられて馬が成立するのである。仏教ではすべてが概念から成り立っているのが、この世界であり、世界を覆っている概念から解放されること自体が到達すべき目的なのである。だからクローデルは、認識できない超越者を認めている点で、禅の思想を読み違えているといえ、そこには乗り越えがたい大きな隔絶がある。もっとも、これまで見てきた通り、こうした一種のクローデルの飛躍や読み換えをことさら強調して批判する必要はないだろう。むしろ禅の言説を彼がどのように読み換えているかを考えるべきであろう。すなわち、クローデルにとっての禅の根本原理は、さまざまな関係が組み合わされて成り立っている概念に覆われた世界と、これまでこの世界と関係してこなかった認識できない真理の世界との遭遇であると理解できる。

真理なるものは、概念世界とは関係ない形で存在している。しかし、概念に囚われていない真理は、あらゆるものを概念で秩序づけるわれわれからすると、存在せず、当然そこにアクセスすることもできない。そのため、もし、この真理を把握しようとすれば、この概念から解放される必要がある。概念から解放されると、概念に囚われず、無でしかないものを認識できる可能性があるが、実は、そのようなアクセスは不可能である。なぜなら認識は最終的には概念によるものだからである。ではこの無との接触は不可能なままなのだろうか。クローデルは、「自然と道徳」で、龍安寺境内、とりわけ鏡容池を描写した後、話題を変えて、水墨画について語り始める。

昔の日本の絵師たち（ほぼいつでも僧侶だったが）の芸術はすべて、彼らにとって、目に見える世界とは〈知恵〉への絶えざる暗示であったということが分かれば、よく理解できる。(40)

この一節は、如拙や雪舟などの禅宗の画僧の絵を前提にしているといってよく、そう考えると、クローデルがペトリュッチやフォシヨン同様、禅宗と水墨山水画を結びつけて考えていたとすることをここで改めて確認することができるだろう。クローデルは、この一節で〈知恵〉と語っているが、これは「自然と道徳」の冒頭で語った「真理」とほぼ同義のものと考えてよく、この「〈知恵〉が通りの角や学校や裁判所の四つ辻といった思いもしない場所でわれわれを待ち構えている」くらいなら、「日の出の太陽や畝に半ば打ち込まれた鋤の近くや雪とガラスのように輝く氷に飾られて震えている木の下にいても不自然なことはないだろう(41)」と、知恵＝真理がこの世界に遍在するということを語っている。もちろん、この一節がこれまで何度も言及してきた一八八六年（明治十九）十二月二十五日の神秘体験後に読んだ旧約聖書「箴言」第八章の一節と呼応していることはいうまでもない。そのため、ここでの「真理」は、「箴言」の「知恵」、すなわち聖書の超越者と二重写しになり、ここでも「真理」は臨在するが、概念世界の認識形式とは関係のない形で存在するので、認識できないものであるということをクローデルが語っていることになる。つまり、真理であり、知恵であり、神であるものは、人間の知性や概念によって作り上げた「目に見える世界」の体系とは全く別の、人間には到達し得ない体系のなかに存在するため、人間の傍らにいるにもかかわらず、認識できないのである。その関係のなかったものが、前節で見た蝶のように、媒介するものを通して概念世界と接触すると、概念世界の体系に関係付けられて、突如、出現するのである。この媒介の作用が、ここでは「暗示」という表現となっている。暗示は、それまで関係がなかったゆえに認識できず、文字どおり何も無かった「真理」＝〈知恵〉を直接表象するのではなく、媒介を通してそれを受動したものの内面で現前させるようにすることである。これが伝染であり、伝心である。

この作用の媒介になるものをクローデルは次のように描き出す。

朝鮮伝来の板の上で黒い動物と混じり合っている金粉のように、われわれの自然のもっとも物質的な部分であってさえも、内部で真理と混ざり合っている何かがある。何らかの光景は、われわれが直接視線を投げかけても、生彩のない不明瞭な表層しか示さないが、われわれの背後にその隠された意味を粉々にして散りばめ、最も鋭い矢で傍らからわれわれを射かけようとわれわれが顔を巡らすのを待っているのと同様に、画家も花や小舟や小鳥を示しながら、不在というよりもむしろ宙づりになった世界、すなわち有為転変する世界に併置されたもう一つの世界と関わるのである。そしてそこに住むのもわれわれに他ならない世界なのである。小刀で木の幹に目印をつけ、隠し場所を示しておいてくれる猟師のように、もっとも繊細な絵筆の先で描かれた翡翠《かわせみ》のあの足、ただそれだけでなんと鋭利で精緻な線によってわれわれを射ぬくことだろうか。(42)

ここで語られていることは、先ほどと同じようなことで、描かれたものを通して存在していなかったものと接触する瞬間のプロセスである。クローデルは「自然のもっとも物質的な部分であってさえも」、そこに真理があるとしている。しかし、それはわれわれの概念や知覚から独立した関係のない形で混じり合っているので、認識できず、自然は真理が便乗しているにもかかわらず、「われわれが直接視線を投げかけても、生彩のない不明瞭な表層しか示さない」ものにすぎず、日常的には、それを見ることも意識することもない。しかし、真理は無であるが、間違いなく、被造物の世界である「われわれの背後にその隠された意味を粉々にして散りばめ」て、存在しているのである。

一方で、真理は、人間が意識できないということとは関係なく、自らを無のまま、関係のないままにしておくこともない。真理の側からすれば、真理は「最も鋭い矢で傍らから」人間を「射かけようと」人間が「顔を巡らすのを待っている」のである。この矢に射かけられ、射抜かれると、人はそれまで存在していなかったものが現前し、それが在ることを認識できるのである。そしてクローデルはこの「矢」が、「もっとも繊細な絵筆の先で描かれた翡翠《かわせみ》のあの足」など、日本の絵師や画僧によって描かれたものであるとしている。こうしてみると、「矢」は無を媒介するものの比喩的表現であることが分かるであろう。ところで、クローデルがここで「矢」という語を用いていることが、実は密かに彼の神秘体験に関わってくる。このことを論じるには、十六世紀のスペインで神秘体験をしたアビラのテレサに登場してもらう必要がある。

クローデルは、自身と同じように神秘体験をしたアビラのテレサに強い関心を示し、一九一五年（大四）にはアビラのテレサの自叙伝を読み、その年、アビラのテレサを題材にした長詩『聖女テレサ』も作っている。また一九二五年（大十四）賜暇でフランスに一時帰国したクローデルは、スペインを旅し、その際、アビラを訪れている。[43] そのテレサの自叙伝の神秘体験を描いた有名な場面は以下のように描写されている。

> 私は天使が長い矢を手にしているのを見ました。その先には少し火が燃えているように思えました。彼は時々、何度もそれを私の心臓に突き立て、私の臓腑にまで達するように思われました。彼が矢を引き抜くと、

私の臓腑を持ち去ってしまったかのようで、神の愛で恍惚となってしまったのです。(44)

神秘体験における法悦を描写した一節であるが、この神の愛を認識し、法悦に達する瞬間を語る時にテレサが用いた「矢〔dardo〕」とは、ベルニーニの有名な「聖テレサの法悦」の彫刻で、天使が手にしているあの矢のことだ。クローデルは、このスペイン語の「矢〔dardo〕」に相当するフランス語の「矢〔dard〕」という語をここで用いている。この矢に射抜かれると、神の愛が突如として彼女を包み、法悦に至るのである。矢は、神を出現させるものなのである。そのことを考えると、「もっとも繊細な絵筆の先で描かれた翡翠《かわせみ》のあの足」が人を射抜いて、現前させるのは、無であった形而上的存在、超越者、すなわち神であるといえよう。

クローデルにとってみると、描かれたものを通して、これまで知覚することも認識することもなく、在ることさえ意識されていなかったもの、つまり無であった超越者を認識できるのである。それは、人間の認識から完全に独立して最初からそこにいた超越者あるいは「真理」が、描かれたものを「矢」として人を射ぬくことで、最後に無から立ち現れるのであるということもできる。この時、人は射抜かれた後で初めて、超越者が最初から在ったものであったと理解する。最初からそこに在った超越者は「不在」なのではなく、実際には、「宙づり」になっているのである。われわれの概念で覆われた世界からすれば、超越者はわれわれと関係しないので、存在しないことになっているが、まったくの無や不在なのではなく、人間が決定的に認識できないだけで、常に臨在している。そのため、それは無でもなく、概念でもなく、その間に人知れず宙吊りになっているのである。

ところで、それまで無関係だった世界が、描かれたものを通して概念世界と関係して現前するということは、新しい概念が生み出されるということであって、概念を伴わないまま現前するのではなく、概念化されて現前することになる。このわれわれの世界と無関係なまま存在していたものは、人間の概念から解放されてあるもの、いかなる概念でも体系化できないものであるが、これが媒介するものを介して姿を見せるということは、それがいかに唐突な出現であっても、人間の知性で把握できるものに変換されたものである。そのため、われわれは、無であったものが現前して、「在る」ということを感じ取った瞬間、無であったものを概念把握していることになり、今まで無であったものそのものを把握したわけではない。われわれが認識できるのは、この世界にさまざまに位置づけられて概念化されたものだけなのである。

ここまで見て分かるように、「矢」で射抜かれて、無であるものが現前し、概念世界に位置づけられて認識されるということは、無であるものをそれそのものとして把握するという観点からすると、それそのものは決して把握できず、アクセスもできないので、無を捉え損なうという挫折のようにしか見えない。一八八六年（明十九）十二月二十五日の夜に、クローデルが「神は在る」と直観した瞬間、実は神は概念把握されてしまっているので、神自体は捉え損なっている。しかし、その時「神は存在する」というクローデルにとって、それまでまったく存在しなかった世界との関係が新たに作り上げられるのである。あるいは一九二六年（大十五）十二月、竹内栖鳳の描いた樹木の水墨画の余白に蝶を見出した瞬間、クローデルは余白でしかない無そのものを捉え損なってしまっている。しかし、そこに蝶を見出すことで、クローデルの内に世界との何らかの新しい関係が生じる。それまで無かったものが突如として現前するということは、無であったものそのものを把握することではなく、それまで無かったものを概念として認識することなのである。これは、挫折なのではなく、無であるものが在ることを概念化して認識することで、世界との関係を新たに組み直す、あるいは新しい関係を世界に附け加えることなのである。

4　石庭という媒介

クローデルは、この媒介の機能を描いた後で、龍安寺の石庭について語り出す。龍安寺の方丈で目にした七五三の庭とも呼ばれる十五の石と白砂からなる石庭について語るクローデルの言葉は、あらゆる事物が媒介の機能を持つ可能性を説明している。

そして今、われわれの前で広げられるまばゆいばかりのこの絵巻を見てみたまえ。それは島々のあいだにある海だ。おお、モラリストたちよ、われわれのうちで、ゴミとサファイアとが相容れないものだと直ぐに分かれば、多くの説明や理論や脅し文句が何の役に立とうか。色と香りはわれわれの感覚を服従させる代わりに解放するのだ！　薔薇の香りを理解できるのは純化された魂しかないのだ。(45)

クローデルが「まばゆいばかりの絵巻」と表現しているものは、石庭そのもののことだ。彼はさらにこの石庭を前にして、「ゴミとサファイア」とは相容れないと語っている。これは、同じ石であっても、この石があの「射かけてくる矢」に変容し、通常とはまったく異なる機能を有するものになることを表している。多くの人にとっては、たとえ石庭の石であっても、それは単なる石でしかないが、石はそれまで存在していなかった世界とを架橋する媒介となるのである。すると同じ石が、まったく無関係だった領域の通路となることで、それまで存在しなかったものが生まれるのである。この時、何でもない石が媒介の機能を持つ「サファイア」に変容するのである。そうなった時、十五個の石と白砂は、「最も鋭い矢」となる。「多くの説明や理論や脅し文句」などは必要とせず、無であるものをわれわれに関係付けて、現前させてくれ、概念で捉えられていなかった「真理」であり「知恵」であるものが絵巻のようにわれわれの意識のなかに広がっていくのだ。石庭の石同様、「色や香り」も、分節化され、限定されたものであり、感覚と概念の網の目に秩序づけられたものであるが、それが認識できないわれわれから独立した世界からの「矢」となり、これで射抜かれた瞬間、概念の網の目に覆われた世界にそれまで存在していなかったものが生み出される。そうした意味で、分節化された「色や香り」は、概念で覆われた世界にわれわれを従属させるものではなく、そこから解放し、新しい世界に導いてくれるものなのである。

クローデルが述べていた「最も鋭い矢」に射抜かれる経験は、これまでの経験で処理することのできなかったもの、つまり、既存の概念の秩序のなかに当てはめ、概念化することができなかったものを受容することである。言い換えれば、これまでわれわれとは全く無関係に存在していた世界が、突如、この世界に闖入してくることである。しかし、闖入であるにしろ、人間は、何かを受容し、それが在ると分かってしまった場合、瞬時に概念化を行う。この時、行われているのは、これまでわれわれと無関係に存在していた世界を概念世界に取り込むことである。それでこれまでになかったものが新たに生じるのである。クローデルにとって、無が、世界と新たに関係を作り出すことで、世界に出現することが重要なのである。こうして創出され「まばゆいばかりの〔……〕絵巻」となって繰り広げられることが、無である〈何か〉を感じ取った名残、痕跡となる。クローデルは、栖鳳の描いた樹木の絵を媒介にして、余白である〈何か〉を知覚したと同時に蝶という概念をそこから新たに生み出したのである。同じように、「翡翠《かわせみ》の足」を媒介にして無でしかなかったものを新しいものとして認識できるようになる。石庭の石という「矢」は世界との新しい関係を構築するものだといえる。このように考えると、媒介、すなわち矢は、これまでなかった概念関係を創造するものでもあるということになろう。

クローデルは、ここでは日本文化を、概念の網の目によって世界は覆われているが、この概念世界から独立して概念化を免れている無であるものがあり、それとの接触によってそれまでなかったものを生み出すシステムと捉えている。それは、在ることは分かっているが認識できないものを把握するというよりも、それまで無とすら認識されなかったものが事物を媒介して新たに生み出されることであった。この契機となるのが、現実世界に存在する事物だ。概念世界から独立し、概念化を免れているもうひとつの体系世界は媒介するものを通して、概念世界と接触することで新たな関係を生み出すのである。クローデルはこの媒介を通じての出現ということを自分の文学行為で実践していく。その時、文学は、この経験世界を描写するものではなく、唯物論的思考では認識できないものを認識させる「鋭い矢」となるのである。

第十章　アリストテレスと唐辛子――新たなクラテュロス主義

1　クローデルと俳諧

クローデルが、掛詞や水墨画の余白や禅の思想に見出し、読み換えたものは、人が「鋭い矢」に射抜かれると、それまで無かったものが新しいものとして生み出され、概念把握できるようになることだ。そのことをクローデルは、自分の文学活動に反映させる。その無を媒介するものとしての文学実践のひとつが、クローデルが日本滞在の末期に俳諧をモデルにして試みた短詩群である。そのことを最後に見ていきたい。

クローデルと俳諧の組み合わせ。それは一見すると奇妙なように思われる。クローデルの代表作といえる韻文詩は『五大讃歌』（一九一〇）にしろ、『彼方のミサ』（一九一九）にしろ、いずれも長詩といってよく、短詩への志向はほとんど見出せない。こういってよければ、クローデルの詩作行為の歴史のなかで、短詩の試みというのは、一部の例外を除けば日本滞在中に集中しており、この時期だけに孤立しているといってよい。これらの短詩の試みは、これまでも指摘されていることであるが、俳諧に関連し、俳諧が彼の詩作に影響を与えている。そのクローデルが俳諧に着想を得て作った最初期の例は、『朝日のなかの黒鳥』（一九二七）所収の関東大震災の時の体験を読み込んだ「俳諧」という作品である。[1] 確かにそれはそれまでのクローデルの詩に比べればはるかに短いが、しかし、それはわれわれが考える俳諧、すなわち俳句とはいささか異なるものである。

俳諧

東京と横浜のあいだで、一九二三年九月一日の夜

私の右にも左にも焼けただれた街ばかり　だが雲間の月は七人の白衣の女性のよう
レールに頭　私の体は震える大地の体と混ざり合い　今年最後の蟬の音を聴く
海には光の七音節　乳の一滴[2]

この詩篇を一読すればすぐに分かるように、五七五の十七音の詩型を知っているわれわれからすると、俳諧のクローデル流の試みは長く説明的と感じてしまうはずである。ただ、われわれには俳諧とは思えないこの詩にしても、当時、たとえばポール＝ルイ・クーシューが、俳諧とはヨーロッパの伝統的な詩型である三行詩《テルセ》にあたるものとして紹介していたことを思い起こせば、確かに三行詩《テルセ》の形態を取っており、ヨーロッパの理解していた俳諧の形式に則っていたといえなくはない。また作品中の「蟬の音」が季語にあたるということもできるかもしれない。しかし、俳諧の短さやこうした形式的な面に拘泥すると、クローデルと俳諧の問題の本質を見誤ってしまうだろう。

ヨーロッパと俳諧の接点を考えた場合、まず想起されるのは松尾芭蕉と俳諧を西洋に紹介したバジル・ホール・チェンバレンやフランスに与謝蕪村を紹介し、自らも俳諧を実践したポール＝ルイ・クーシューの著作であろう。むろん、クローデルにも彼らの影響があったことは否定できないが、クローデルへの影響関係をいう時、彼が日本文学に言及する際に常に参照していたミシェル・ルヴォンのアンソロジー『日本文学撰』[3]（一九一〇）を挙げるのが自然であろう。このアンソロジーを繙いてみると、俳諧の草創期の作品から幕末までの作品が収録されていることが分かる。クローデルが、この文学撰を蔵書していたことはすでに確認されており、日本文学に関する座右の書としていたことから、彼がここに収録された俳諧作品を読み、何らかの影響を受けた可能性は高い。しかし、たとえば、ルヴォンの選集を読んで彼がクーシューのように俳諧を実作したり、五七五という形式を翻案し、何らかの形で日本の詩形を自分の詩作に取り入れたりしたといった直接的な痕跡は見あたらない。それにもかかわらず、クローデルの文学行為に俳諧が何らかの影響を及ぼしたといえるのは、滞日末期に作った短詩を基に編んだ『百扇帖』（一九二七）を、後にクローデルが、「厚かましくも俳諧というしきたりに則った詩群に付け加えようと試みた[4]」ものであると述べ、『百扇帖』の短詩群を俳諧に通じるものと見做しているからである。

では、問題になるのは何かといえば、クローデルが俳諧から何を得て、どのように自分の文学活動に反映させたのかという点である。そのことを論じるためにも、まずはクローデルが俳諧をどのように理解したかということから考えるべきだろう。クローデルの俳諧に関する理解は、彼が一九二五年（大十四）、日本からフランスに一時帰国した折に、マドリッドで行った講演「日本文学散歩[5]」から読み取れる。これは、日本の文学史を概観した講演で、ここで引用されている作品のフランス語訳は、『古事記』を除いて、すべて前述のミシェル・ルヴォンの『日本文学撰』に負っている。そして、この講演の特徴は、全体として俳諧と俳文の占める割合が大きい点にあるとあらかじめいっておこう。ところで、クローデルがこの講演で取り上げている日本文学の作品を分析してみると、ある傾向が読み取れる。クローデルは、マラルメとヴェルレーヌの詩を引用した後で、『古事記』から日本文学の紹介を始める。クローデルが取り上げているのは、記紀に記載されている天の岩戸神話であるが、ここで引用されているのは、クローデルが一九〇二年（明三十五）に作った散文詩「アマテラスの解放」である。[6]次いで『枕草子』『方丈記』『徒然草』といった随筆文学が紹介され、それぞれルヴォンの翻訳の引用が見られる。しかしその一方、『伊勢物語』『源氏物語』などの物語、『今昔物語』『宇治拾遺物語』などの説話物、『平家物語』『太平記』といった軍記物にはまったく言及していない。つまり中古・中世の物語作品にはまったくといってよいほど触れていないのである。これら作品はいずれも、ルヴォンの『日本文学撰』に部分訳ではあるが収録されており、『源氏物語』については、後世、有名になるアーサー・ウェイリー訳もすでに出版されていたので、クローデルがこれらの日本の物語作品を知らなかったわけではなく、むしろ意図的に言及していないと考えた方がよいだろう。そう考えると、随筆文学と物語文学ではクローデルの扱い方は、きわめて対照的であることが分かる。しかし、現在、中古の物語文学、とりわけ『源氏物語』は、日本文学の黄金期の傑作のひとつと考えられているだけに、クローデルが物語文学に言及していないことにわれわれは違和感を覚えるはずだ。[7]

一方、短歌に関しては、物語文学などには一切言及しないという態度とは異なり、クローデルは『古今和歌集』から筆を起こしている。しかし、クローデルは「仮名序」を引用しているものの、『古今和歌集』に収録されている短歌は一首も引用していない。短歌は日本の詩歌で最も正統的な詩型であり、『古今和歌集』はそうした短歌集の内でも最高傑作のひとつであるという認識のあるわれわれにとって、その作品をひとつも引用していないことは、やはり、やや不可思議な印象を抱かせる。また、この当時すでに評価の高かった『万葉集』や『古今和歌集』以降の勅撰和歌集、とりわけ『新古今和歌集』に言及がないのも、われわれにとっては、違和感を感じさせるだろう。

同じように、クローデルに大きな影響を及ぼした古典芸能に関しても、クローデルはたとえば「能はあまりにも壮大で、あまりにも奥深いものなので、この駆け足の散歩ではそれにふさわしい形で十分に語りつくせない」[8]として簡単な説明で終わりにし、クローデル自身、高く評価していた歌舞伎も詳しい解説はしていない。文楽に至っては歌舞伎と同時期に生まれたとしか言及されていない。能にしても歌舞伎にしても文楽にしても、秀逸な散文をクローデル自身が残し、またそれらから影響を受けていることを考えると、その扱いが淡泊であるという印象は拭いきれない。

こうした物語文学、短歌、芸能に比して、クローデルは随筆文学と並んで、俳諧に多くの紙幅を割き、具体的な作品も引用して説明している。このことは、この論全体を見渡した時、かなり際立って見える。俳文という現代の文学史ではあまり注目されない分野にまで言及し、作品を引用している点は、短歌と比較しても対照的である。こうしたやや偏った日本文学の紹介から浮かび上がってくることは、クローデルは日本文学の主流を中古・中世の随筆文学と見なし、そこからそれを引き継いだ近世の俳諧・俳文があるという、彼なりの文学史の流れである。そうした意味では、クローデルにとって俳諧は、能、文楽、歌舞伎とは別の意味で特権的なものだったと考えられる。

2 俳諧の可能性

では、クローデルは、「日本文学散歩」で多くの紙幅を割いた俳諧を具体的にどのように扱っているのだろうか。実は、ここで取り上げられている俳諧師についても特徴がある。クローデルは、俳諧の説明にあたって、松尾芭蕉までの作品しか取り上げず、小林一茶や与謝蕪村は取り上げていない。芭蕉以外に挙げられている人物は、山崎宗鑑、荒木田守武、松永貞徳、安原貞室、西山宗因であり、これらの人物はいずれも芭蕉以前の俳諧師である。

さらにクローデルの芭蕉の句の選択も特徴的だ。クローデルが紹介しているのは、次の二句である。

唐辛子はねをつけたら赤とんぼ
古池や蛙飛び込む水の音(9)

クローデルが参照したルヴォンの『日本文学撰』には右の句を含む芭蕉の句、二十一句が翻訳されて掲出されているので、この二句を選んだことには、クローデルの意志が働いていたに違いなく、そこにはおそらくクローデルの文学観が関係しているものと考えられる。(10)しかし、われわれはクローデルが「古池や」の句を選んだことには、なるほどもっともなことだと納得できるにしても、「唐辛子」の句を選んだことには、いささか戸惑いを覚えてしまうのではないだろうか。ところが、この句は実は、ルヴォンが紹介する次のようなエピソードとともに、当時、欧米ではよく知られていた句であったのである。

芭蕉と彼の忠実な弟子其角が田舎道を歩いていると、其角が赤とんぼを見つけ、即興で次のような詩〔＝俳諧〕を作った。

赤とんぼはねをとつたら唐辛子

師はこの素晴らしい着想を認めず、逆に残酷だとして、それを添削し、見事に語を入れ替えた。

赤とんぼはねをとつたら唐辛子
唐辛子はねをつけたら赤とんぼ(11)

このエピソードを最初に欧米に紹介したのは、チェンバレンだとされている。それ以来、欧米ではこの句は芭蕉を代表するものと考えられていたようである。実際、ルヴォン以外にも、フランスに俳諧を本格的に紹介したクーシューもこのエピソードを紹介している。[12] こうしたことを考えれば、欧米ではこの「唐辛子」の句は、芭蕉を代表するもので、かつ俳諧の本質を伝えるものと考えられていたといってもあながち間違いではないといえる。しかし、現在、芭蕉の全句を探してみても、この句は存在しない。また其角の作品を探してみても、やはりこの句は存在しない。この句は芭蕉のものでも其角のものでもないのである。[13] 欧米では「唐辛子」の句は芭蕉の句として紹介されていたが、実際には芭蕉の作ではない。それにもかかわらず、チェンバレンをはじめとして、クーシューもルヴォンもこのエピソードは芭蕉の教えを伝えるものとして紹介していたのである。しかし、現代人の目からすると、いささか怪しげなこの句をクローデルが選択したことを非難するのは、問題の本質をはき違えることになるだろう。むしろ、乾昌幸が「日本人から見ればつまらない雑俳のように思われる」「唐辛子」の句を「何人かの西洋人が紹介したのは、チェンバレンの誤りを受け継いだということだけでなく、ここになんらかの魅力を感じたからではないだろうか[14]」と指摘をしているように、「唐辛子」の句にクローデルも、自身の文学的な探求に通底する何かを見出したから選んだと考えた方がよいだろうし、ここでもこの「唐辛子」の句からそのことについて考えてみたいのである。

この「唐辛子はねをつけたら赤とんぼ」の句は、赤唐辛子に羽をつけたらと想像してみると赤とんぼに思えたということである。ここに見られるのは、あるものを別のものになぞらえて表現する技法だ。しかし、ここではこれを何らかの運動を受容すると、Aのものから、それまでそこになかったBのものが生じるということだと一般化してみよう。すると、クローデルは、この技法を通じて、あるものから何か別のものが生まれることに関心を示しているのではないかと考えられるのである。

ここからクローデルは、AからそれまでになかったBが思いがけず生じるのを楽しむのが俳諧の本質であると考えていたと推測することができよう。そのことを裏付けてくれるのは、俳諧の記述の後に続く横井也有の俳文「袋賛」のクローデルによる解説と原文のフランス語訳の引用である。「袋賛」の原文は以下の通りである。

器は入るゝ物をして己が方円に従へむとし、袋は入るゝ物に随ひて己が方円を必《ひつ》とせず。実《じつ》なる時は方に余り、虚《きよ》なる時はたゝみて懐に隠る。虚実の自在をしる布の一袋、壺中《こちゆう》の天地を笑ふべし。

月花の袋や形は定まらず。(15)

ここで也有が「器」と記しているものをルヴォンもクローデルも壺と理解し、クローデルはこの俳文を次のように解釈している。

壺は堅固な形をした容器で、自分の形を相手に押しつけるという条件でしか何ものも受け付けません。〔……〕袋は逆に何ものをも受け入れることができます。袋万歳(16)!

クローデルは、壺は自分が受け入れられるものしか受け付けないが、袋はそこに入るものに合わせて形を自在に変化させることができると考えている。袋は、そこにものが入ると、それに合わせて自身の形を変化させるということである。すると、それまでになかった形が生じるのである。この点が唐辛子の句に通底することになる。袋は何にでもなれる可能性を秘めていて、なかに何かを入れるという行為を受けると、潜在していた可能性から、なかに入れられた物の形にあわせて、変化するように、赤唐辛子もさまざまなものになれる可能性を秘めていて、羽をつけるという行為を受けると、潜在していた可能性のひとつである赤とんぼに変化するのである。

3　唐辛子の可能態

クローデルが見出したこの袋の可変性には、アリストテレスに通じるものがある。すなわち、アリストテレスの現実態と可能態との関係をクローデルは、ここに見てとっている可能性があるのだ。現実態と可能態の関係は、第二章の『詩法』（一九〇七）の箇所ですでに触れたことであるが、事物には可能的なものが潜在し、その可能的なものが、何らかの作用や外的な影響を受けて現実のものへと発展し、現実態として顕現するというものである。われわれに理解しやすい例としてよく用いられるのは、種という現実態には芽が可能態として内包されているが、それが展開して芽という現実態になり、すると今度はそこに葉が可能態として内包され、それが展開して現実態になると、今度は花の可能態が……といったものである。アリストテレスは、すべての現実態には可能態が潜在していて、それが外部からの作用や影響を受けると、新たな現実態として顕現するとしている。何も入っていない袋は可能態で、そこに皿が入るという作用を受けると、袋は皿の形を取り、皿の形という現実態となるのである。

クローデルは、この関係を「唐辛子」の句にも見出している。唐辛子という現実態には可能態として赤とんぼが潜在していて、それにはねをつけるという外的な作用を受けると、唐辛子から赤とんぼという現実態が生じると考えたと理解できるのである。急いでいっておかねばならないのは、もちろん、「唐辛子」の句の作者にしても、クローデルにしても現実の唐辛子のなかに赤とんぼの可能態が内在していて、何らかの外的な作用を受けることによってその可能態から赤とんぼという現実態になるなどとは真面目には考えていないだろう。確かに種という現実態には、芽という可能態が含まれているというアリストテレスの主張はわれわれの経験から合理的であるといえるが、唐辛子に赤とんぼという可能態があるというのは合理的ではないと直観的に感じる。それは可能態から現実態への連鎖のあり方が、基本的にはわれわれの経験知、すなわち自然の斉一性に基づいていると考えられるからだ。つまり種には、芽の基体が可能性として潜在しているとわれわれは経験から考えることができるので、種から芽が出ることへの違和感はない。しかし、唐辛子に赤とんぼの基体が可能態として含まれているとは経験知から推測することはできない。アリストテレスに従えば、可能態は内在する本来の目的に従って現実態になるのだが、唐辛子が赤とんぼになる目的因を見出すのはおそらく難しい。だとすれば、「唐辛子」に赤とんぼの可能態を見出すのは、無理なのではないだろうか。

ところが、アリストテレスの『形而上学』には一見したところもっともなのだが、少し考えてみると現代人にとっては合理的とはいえない、いささか不思議な可能態に関する説明がある。

可能態にあるとわれわれがいうのは、たとえば木材のなかにヘルメス像があるといったような場合や、そこから取り出すことができるので、完全な線のなかに半分の線があるといったような場合である。さらにはわれわれは今は研究していないが、研究しさえすることができるのであれば、研究者と呼ぶこともできる。(17)

われわれは、種に対する芽の関係のように可能態をまだ実現されていないものの基体として考えて、経験的な因果関係を見出すことは先に述べた。しかしここで挙げられている木材とヘルメス像の関係は、そうしたものではない。実際には、その木材からヘルメス像は彫り出されないかもしれないし、そもそも、われわれの経験知から木材にヘルメス像の可能態を想定することはできない。しかし、アリストテレスは、木材とヘルメス像の関係も現実態と可能態の関係だといっている。アリストテレスはどうやらそうなりうる条件を備えたものを可能態と呼んでいるようである。(18)しかし、クローデルの時代では、可能態といった時、種と芽の関係のように、これから顕現するであろうものの基体、経験知から合理的に考えられるものをそこに認めがちであり、おそらくわれわれもそう考える。そのために木材からヘルメス像が掘り出されれば、誰もが想像しなかったものが突如、現実態になると見えたといえるだろう。もし木材からヘルメス像が彫り出されれば、それまで誰も経験知から合理的には想定していなかったものが新たに生じることになる。この場合、ヘルメス像が可能態であったことは、後から認識されるといえる。

近代に至って、自然の斉一性に基づく合理的あるいは経験主義的な思考が主流になったが、ヒュームが主張するように、こうした経験主義的思考の基盤をなす自然の斉一性は人間が慣習的に作り上げたものであって、現象そのものには因果関係はなく、そのため可能態と現実態の関係も自然の斉一性に基づく因果関係に縛られる必要はないと考えることも可能である。もし自然の斉一性という因果関係は人間が作り上げた慣習であり、自然界には真の因果関係がないのであれば、経験知に基づく因果関係を超えたもの、すなわちわれわれの世界と無関係に存在する要素が可能態として考えられ、そこから何かが生じても不思議ではない。この経験知を超えたもの、因果関係を超えたものが生まれる可能性をクローデルは「唐辛子」の句に見ている。こうした合理的思考と自然の斉一性の裏をかき、新たなものを出現させるのがクローデルにとっての俳諧だったのである。「唐辛子」の句は、経験主義的にはありえないものが生じる一種の飛躍がある。その日常の経験からはありえないものが可能態から現実態になって顕現してくるところが、おかしみになっているのである。そして、クローデルが俳諧を紹介するにあたって、「唐辛子」の句を取り上げたのは、この飛躍が彼の文学に関わっているからだといえるだろう。

4　クローデルのクラテュロス主義

クローデルは、これまでの経験知からははかりしれないものが生まれるということを「唐辛子」の句以外に、実は語や文字にも認めている。それが如実に表れているのが、離日が決まった後の一九二六年（大十五）十月二十三日に日仏会館で行った「表意文字」という講演とそれに先だって書かれた「西洋の表意文字」である。「表意文字」も「西洋の表意文字」もいわゆるクラテュロス主義が問題になっている。クラテュロス主義は、いうまでもなくプラトンの『クラテュロス』に起源があり、そこではいわば名は体を表すことが問題になっていたが、時代が下るにつれ、語を構成する最小要素の音素は事物や何らかの観念を忠実に模倣したものなので、音と物・観念は必然的で純粋な一対一の対応関係があるという主張に変容していく。クローデルはこのクラテュロス主義に早い段階から関心を示し、たとえば『詩法』（一九〇七）では次のように表現している。

すべての語は、外界の事物への注意によって引き起こされる心理的な状態を表現したものである。それは語の最小の構成要素、つまり文字に分解されうるひとつの身振りである。文字、あるいはもっと正確にいえば、「子音」は、それが模倣する生成的な観念によって引き起こされた音による態度であり、それが感情や語になるのである。たとえばSが分裂の観念を示すように、Nは舌の先端を口蓋に着けることで声をくぐもらせて発音するが、そのことで内側に到達した段階の観念、無声であることを表す観念、眼には見えない充溢を拒絶する観念を仄めかす。[19]

引用を読むと、たとえばSは分裂の観念に対応していることが分かり、それを必然的に象徴するので、分裂を表す語にはSの音が含まれ、Nは内にある、聞き取れないなどを表す語に必然的に含まれているといったものである。クローデルのこのクラテュロス主義的傾向は、ジェラール・ジュネットの『ミモロジック』[20]（一九七六）での指摘を俟つまでもなく、彼自身、そのことを十分意識していたといってよい。「表意文字」の講演でも、クローデルは、マラルメに仮託して次のように語っている。

詩人STÉPHANE MALLARMÉは一八七八年に著はした"LES MOTS ANGLAIS"（英吉利文字）なる著書の中で、英語の子音の各々に関する種々な感情の配列を試みた。が、それは全く真面目な問題として迎へられることなく、単に一種の気まぐれと独断とに過ぎないといふ世評を受けたに過ぎなかつた。が考へてみるところ、たとひそれが何処の国の詩人であらうと、その詩人の頭から、文字の音とその意味との間に一種密接な関係のあるといふやうな考へを全然除き去つてしまふことが出来るであらうか。かうした一見間違つた考へ、それでゐながら実は間違つてゐないであらうさうした考へこそ、凡ゆる詩歌の基礎をなしてゐるものではあるまいか。[21]

クローデルは、ここではっきりと「文字の音とその意味との間に一種密接な関係」があるということを認め、それを肯定し、自らをクラテュロス主義の系譜に位置づけているといえるだろう。自身がクラテュロス主義者であることを認めた上で、クローデルがこの「表意文字」で試みようとしていることは、実は次のようなことである。

ところで今日諸君の前で試みようと思ふところのことは、右に較べて更に一段と大胆であり、更に一層物議を醸すべく思はれるところのことである。私の試みようとするのは、単に文字の音とその意味との関係だけに止まらない。更に進んでわれわれの国のアルファベットの、その文字としてあらはれた形そのものについて、或る解釈を下して見ようと言ふのである。〔……〕丁度時計屋がその小さなピンセットの先に時計の歯車を摘《つま》み出すとでも云つたやうに、言葉のうちから文字を摘《つま》み上げて、それに色々な哲学的性質を当嵌めて説明するといふやうなことを試《や》ってみるものだ。(22)

この一節からは、クローデルが、従来のクラテュロス主義よりさらに踏み込んで、「単に文字の音とその意味との関係」だけで満足するのではなく、「われわれの国のアルファベットの、その文字としてあらはれた形そのものについて、或る解釈を下して見ようと言ふのである」と述べている。ここにクローデルの試みの特徴が現れている。クローデルは、ヨーロッパのクラテュロス主義のみならず、かつての言語に関する考察、文法学から近代に成立する言語学までが暗黙の内に前提としていた文字に対する音の優位性という考えを一旦、括弧にいれて、母音や子音の音素ではなく文字の形態を分析対象にすると語っているのである。そして、フランス語の「言葉のうちから文字を摘み上げて、それに色々な哲学的性質を当嵌めて説明するといふやうなことを試ってみる」というのである。では、実際にクローデルはどのような分析をしているのだろうか。「表意文字」よりも解説が詳しい「西洋の表意文字」では、たとえば次のような記述にわれわれは出会うことになる。

toit〔屋根〕
ここに家の完全な表象を見ることができないだろうか。二つの煙突が見えはしないだろうか。両性の本質的な違い、すなわち維持と力からOは女性であり、Iは男性である。iの点は暖炉の煙、あるいはお好みならば、取り囲まれた精神と全体の親密な生活である。(23)

Locomotive〔機関車〕

まさに子ども向けの絵。何よりもこの語の細長さは、動物のそれのイメージである。Lは煙突、Oは車輪あるいは汽缶、mはピストン、tは自動車同様、電信柱のようにスピードを示すものあるいは連接棒、vはレバー、iは汽笛、eは連結器、下線はレールだ！[24]

クローデルは、こうした分析を六十五個ほどのフランス語、英語、記号について行っている。この分析では、たとえば機関車を横から見た形を連想させるLocomotiveというフランス語は、その文字の形からLは煙突、oは車輪、mはピストンなどのようにそれぞれの文字の形を実際の機関車の構成要素と結び付けている。確かにこれは子どもの遊びのようであり、洗練されているとはいえない。これよりやや抽象度が高いのがtoitの分析だ。これは煙突が二つある屋根の形を単語自体が表していると考えられ、その外郭を構成しているのは、二つのtの文字である。IとOは男女を表し、Iは力を、Oは維持を象徴しているとクローデルは書いているが、それぞれ性器を形象化したと考えられ、屋根の下の一組の男女、すなわち家庭を示すと彼が考えていたと推測できる。「西洋の表意文字」ではこうした分析が延々と続く。もちろん、こうしたクローデルの語の分析から受ける印象は、全体としてこじつけといった印象をぬぐえないものである。あるいは悪ふざけといったものである。しかし、クローデルは、こじつけや悪ふざけでこうしたことを主張しているのではなく、いたって真面目なのである。

このLocomotiveとtoitの分析だけを見ても明らかなクローデルの態度は、彼の言葉通り、単語を構成する文字の意味を音素ではなく、形と結びつけ、文字の形から何らかの意味を見出しているということである。この個々の文字の形に意味を付与する契機となっているのが、語そのものが有している意味であると考えられる。Lの文字が煙突の意味を有するのは、その文字の形と機関車という単語の中に含まれるからであり、Oの文字が女性の意味を有するのは、やはりその文字の形と屋根という家庭を連想させる単語に含まれているからなのである。

従来のクラテュロス主義のように、もともとLに煙突の観念、Oに女性の観念が語の意味に先立って存在していたから、それらが反映されて語が形成されたのではないのである。つまり、原初の観念を有する文字が発展して語が形成されたのではなく、現行の語とその文字の形から文字の意味が後から出現するのである。これがクローデルのクラテュロス主義の特徴である。

5　クローデルと漢字

語を構成する個々の文字、すなわちアルファベットの形に何らかの意味を見出すという発想は、クローデルが中国と日本という非西洋圏の文化に直接触れ、とりわけ漢字というヨーロッパの言語体系とはまったく異質な言語と出会ったことから生まれたといえる。実際、クローデルのクラテュロス主義を子細に見てみると、その態度が微妙に変化しているのが分かる。『詩法』を書いた時のクローデルは、「西洋の表意文字」や「表意文字」と異なり、文字の音素を問題にしており、文字の形は問題にしていなかった。それが文字の形へと関心が移ったのは、漢字という言語体系とその文化の理解が深化したからだろう。そして、そのことがクローデルの言語観に大きな影響をもたらし、文字の形を分析するという独自の視点をもたらすことになる。クローデルは「表意文字」で漢字について次のように語っている。

> 支那或は日本に於けるやうに、つまり文字が一つの物の表象となつてゐる国に於ては、その文字と物との間に或る関係を求めることは至つて当然過ぎることに思はれよう。だが欧州の各国語にあつては、文字は一つの語ではなく只語を作るための一つの要素に外ならない。(25)

ここでクローデルは、漢字が事物の形象を抽象化してできたものだということを前提に、文字と事物とのあいだには必然的な関係があることを述べている。こうした漢字の知識をクローデルは主としてヴィジェ神父の『中国の表意文字』（一八九九）から得ている。[26] この本は、漢字に関する解説を付した一種の漢字辞典になっているものだ。ところで、このクローデルの引用で語られていることは、象形、指示、会意、形声といった漢字本来の意味、すなわち本義を導き出す方法のうち、象形のことと考えられる。いうまでもなく象形は「『形《かたち》に象《かた》どる』、つまりある物の形の特徴をとらえて、それをうつしとったもの[27]」である。クローデルが「西洋の表意文字」で「人という字は、一組の足であり、木は根と枝を持った一種の人間なのである。／東は木の背後から登る日であり、子は、足のない頭、手、胴である等々[28]」と漢字の語の成り立ちを説明している部分は、象形の具体例を挙げたものである。こうした漢字の例から、クローデルは、ヨーロッパの伝統のように音素に根源的なものを見出すのではなく、語－文字の形に根源的なものを見出す可能性を導き出しているのである。

語－文字の形が事物を写し取ったもので、それが意味するものと直接結びつく可能性をクローデルは漢字に見出していくが、さらに漢字を構成する要素、縦画や横画にも意味を認めていく。ヴィジェ神父の『中国の表意文字』のなかで、クローデルは「王」という漢字の本義に関心を持ったようで、一九二六年（大十五）六月の日記には、ヴィジェ神父の記述に基づいたと考えられる次のような記述が見られる。

> 中国の皇帝である漢字の「王」は、天人地を表す三本の平行線をひとつに貫く縦の線から成るものである。[29]

この一節のもとになった記述は、ヴィジェ神父の『中国の表意文字』のなかに見出せる。

王　王 Wâng. 王。古之造文者、三画而連其中、謂之王。三者、天地人也、而参通之者、王也。孔子曰、

一貫三為王。古代人の考えでは、「王」とは貫くもの、三つの力、天、地、人を貫き一つにする人物のことである。[30]

ヴィジェ神父の記述では、「王」という漢字の三本の横画は、それぞれ天、地、人を表し、それを縦画が貫いているとしている。この貫くことが支配をあらわし、天と地と人を支配するものが「王」であると説明されている。気をつけてみると、このヴィジェ神父の記述の直前には漢文が書かれている。この漢文がヴィジェ神父の記述の基になっているが、これは後漢時代の許慎が著した中国最古の文字学書である『説文解字《せつもんかいじ》』に見られる記述である。[31]この『説文解字』は、現代とは異なる思想に基づいて、五百四十の部首を立て、九千数百語を収録し、「文字の形・音・義全般にわたって考察を加えた[32]」ものであり、多くは「各文字の本義と成り立ち[33]」を解説している。一九二八年（昭三）になって殷墟の発見と発掘で、大量の甲骨文字が見つけ出されて以来、中国の古代文字の研究が進み、許慎の説の多くは否定されることになってしまい、実際、現在「王」は、甲骨文字から王位の象徴であった鉞《まさかり》を形象化した象形であるとされている。[34]それに対し、後漢時代の許慎は、古代中国の世界観に立脚した説に基づいてこの字を解釈していた。すなわち「人間社会をとりまく宇宙は天・地・人の三域」に分けられ、「三」という語の三本の横画は「その天・地・人を意味する字」であるというものであった。そのため「その天・地・人を縦に貫く存在が『王』である[35]」と許慎は解釈していたのである。クローデルは、確かに象形による本義解釈に興味を示しているが、この許慎＝ヴィジェ神父の唱える「王」のタイプのような本義の解釈の方にむしろ関心があったのではないかと考えられる。

この「王」の解釈は、起源に具体物がある象形とは異なり、語を構成しているそれぞれの画の意味が総合されて語全体の意味が導き出されるという点に特徴がある。クローデルが「中国の表意文字は総合的（合成的）である[36]」と語っているのは、意味を有している偏や旁、あるいは横画や縦画の持つ意味が総合されて一つの語となっていると考えたからであろう。そのことは漢字を扱った散文詩「記号の宗教」（一八九七）にすでに見られ、「水平の線は、たとえば、形質を示し、鉛直の線は個物を示し、斜めの線は多様に変化するが、すべてのものに〈意味〉を与える属性とエネルギーの総体を示している[37]」と漢字を構成する画の観念を示すことを試みている。

ところで、許慎は、「王」の三つの並行する横画がそれぞれ天地人を表すと説明している。しかし、この三本の横画自体に、天や地や人といった特定の意味が本来的にあるわけではない。言い換えれば、「王」の一画目の横画が、もともとは天などの具体的な形を抽象化した象形であったとは考えられない。要するにこの横画は単なる記号なのである。しかし、この記号に許慎は意味を見出している。ここから考えてみなければならないのは、それぞれの横画には必然的な意味、あるいはこういってよいならクラテュロス主義的な唯一の絶対的で根源的な意味があらかじめ内在しているのだろうかということだ。「王」の漢字の構成要素に限っても、三つの同じような横画には天の意味や地の意味や人の意味があることになる。このことは、実際には横画は、天でも人でも地でもあり、あらゆる意味、観念に対応するものであるということを意味している。こういってよければ、横画は、あらゆる意味を包摂しているのである。しかし、それらの意味を全て包括した横画自体の意味だけはないのである。横画から横画が象徴している個々の意味をひとつひとつということはできるが、唯一いえないのが、横画そのものの意味であるともいえる。つまり、横画には本来的で、起源となるような観念や意味があらかじめ存在しているようなことはないのである。ここから、「王」の三つの横画が、「王」という漢字に先行して、それぞれ天地人の意味を隠し持っているのではなく、「王」という漢字が持つ意味から事後的に横画のそれぞれに天地人の概念が生じたと考えるべきだろう。この三本の横画の天地人の意味は、ヘルメス像のように後から見出されたものなのである。

漢字に対するクローデルの関心は、横画や縦画のように本来、意味のない構成要素が後から意味を産出することに向かっている。そして、漢字の「王」の分析から得た発想をクローデルは、ヨーロッパの言語のアルファベットに当てはめたのである。「西洋の表意文字」「表意文字」に戻ってみると、フランス語の単語は、複数の文字から成るものなので、クローデルは語を構成している個々の文字を漢字の横画などに見立て、それらの文字に意味を割り振って説明したのである。それがLは煙突の意であるとか、Oは車輪と汽缶の意であるといった説明だった。その時、Lに煙突の意味を割り当てたのは、前述のように、Lという文字の形とその文字を含む語の意味からの類推である。この類推が成り立つと、あたかも煙突の意味、あるいは煙突につながるもっと抽象的な観念がLという文字に先立って存在しているかのような印象が生じる。しかし、漢字の横画や縦画と同様、フランス語の単語を構成する文字も、それ自体には意味はない。実際には「王」の横画に天地人の意味がないのと同じように、Lに煙突の、Oに車輪や汽缶の意味は語に先立って存在することはないのである。そうでなければ、Locomotive ではOは車輪や汽缶であると説明しているのに、toit ではOが女性の意味であることが説明できなくなってしまう。アルファベットの個々の文字それ自体には最初から意味があるわけではなく、単語の意味とその文字の形から、後からそれぞれの文字に意味が生み出されてくるのだ。Lが煙突の意味を持つのは、Locomotive という語の有する意味とLの文字の形態が煙突に類似することから、Lに対して、後から煙突の意味が生じるのである。しかし、文字の意味が形成されると、あたかもクラテュロス主義の言説に適応するかのように、その意味は初めから隠されていたもののような姿を取ってくる。ここでクローデルが試みようとしていることは、クラテュロス主義的な発想を文字の音素ではなく文字の形態にあてはめ、文字に隠されている意味や観念を明らかにすることではない。そうではなく、何の意味も観念も有さない文字の形に、後から新たに意味を生じさせることである。語の意味を受け取ることで、それを構成する文字の形が後から思いもよらぬもの、あるいは新しいものを生じさせるという関係がここで見出せる。

こうしてみると、「唐辛子」の句と「王」の横画と Locomotive のLと toit のOとに通底しているものがあることが分かるだろう。これらに共通するのは、そこに内在しているはずのないもの、あるいは無いものが、何らかの外的な影響を受けて後から生じるということである。「王」の横画も後から天地人の意味が生じ、Locomotive のLも後から煙突の意味が生じ、toit のOも後から女性の意味が生じているのである。事物や記号を通じ、後からそれまで存在していなかったものが新たに生じることがクローデルにとって問題なのである。こうしたことをクローデルは、俳諧に見出したのである。唐辛子は唐辛子以外の何ものでもないが、それ以外の可能性がないのではなく、こういってよければ、それまで誰も知らず、後から認められる可能態から赤とんぼが生じてきたのである。これは一種の無からの創造といえるだろう。もちろんこの無からの創造は、実際に事物を生み出すことなどと考える必要はない。唐辛子から赤とんぼが生じることは現実に起こることはないのだから。そうではなく、事物や記号を通して、世界とのそれまでになかった新たな関係が生み出されるものと考えるべきだろう。クローデルにとって、俳諧はこの世界との新たな関係を生み出す文学的実践の側面があったのである。

そう考えると、クローデルが日本滞在の最後の頃に集中的に取り組んだ『四風帖』(一九二六)『雉橋集』(同)『百扇帖』の短詩群の試みも無であったものが、後から限定され新たなものとして浮かび上がってくることに関わっている側面があったため、クローデルはこの短詩群を俳諧だとしたと推測ができるのである。では、それはどのようなものなのだろうか。

6 『四風帖』

クローデルは、賜暇から日本に戻った一九二六年(大十五)に、やがて『百扇帖』に収録されることになる短詩を集中的に作成している。それらは『四風帖』『雉橋集』『百扇帖』[38]という形で発表されていくが、これらの詩集はいずれも特異な形態を持っている。『四風帖』は、四枚の扇面にクローデルが自作の短詩を墨書し、そこに京都の画家冨田溪仙が絵を寄せたものだ。この『四風帖』を編んだ際に使用されなかったクローデルの短詩が墨書された十六枚の扇面と溪仙が描いた十六枚の扇面、それに『四風帖』の四枚の扇面を合わせた三十六枚の扇面から成るのが『雉橋集』だ。さらにそれらを含めてこの時期、クローデルが作成した短詩群を三巻の経巻折本仕立にしたものが『百扇帖』(**図10－1**)である。『百扇帖』には冨田溪仙は関わらず、有島生馬がクローデルのそれぞれの短詩の主題を二字の漢字で墨書している。この特異な形態を持つ三つの詩集のうち、ここでは『四風帖』に収録された奈良の長谷寺を主題にした短詩を取り上げてみたい。まずは、クローデルの詩と溪仙の画が描かれた扇面を確認しよう。**図10－2**がそれである。

このクローデルの詩には、山内義雄の名訳がある。

太しく、浄らな一基の柱 たちまち漆黒の暗に姿をかくし 初瀬寺の観世音 金色の御足のみぞほの見ゆる(39)

この短詩は、クローデルが一九二六年(大十五)五月六日に奈良の長谷寺を訪れた時の印象をもとにしている。長谷寺に残されている日誌には、「仏国大使クローデル、嬢レイヌ様と他に付き添い二人、当山へ来山内陣方丈拝観後退山(40)」とあり、そこには「内陣」と記されているので、クローデルは、通常では一般の参詣者が立ち入ることのできない本堂内陣にまで足を踏み入れ、間近に日本最大の木造の仏像を拝したと思われる。長谷寺の十一面観世音菩薩は拝所から拝むのが通常であるが、現在では春秋の特別拝観の時期には、内陣まで入室でき、その際、観音像の足に直接触れ、祈願することができる。こうしたことを踏まえれば、クローデルの短詩で描かれている観音像の足は長谷寺の観音信仰と直接結びついたものであるといえよう。おそらくクローデルも薄暗い本堂内陣に入り、寺院側から観音像の足に触れて祈るということの説明を受け、この観音像を拝したと思われるが、巨大な足元しか見えず、上体は暗がりでよく見えなかったことがこの短詩から想像できる。詩の主題は、難解なものではなく、俳諧のように即興的なものを感じさせるが、この詩が読者にいささか異様な印象を与えている

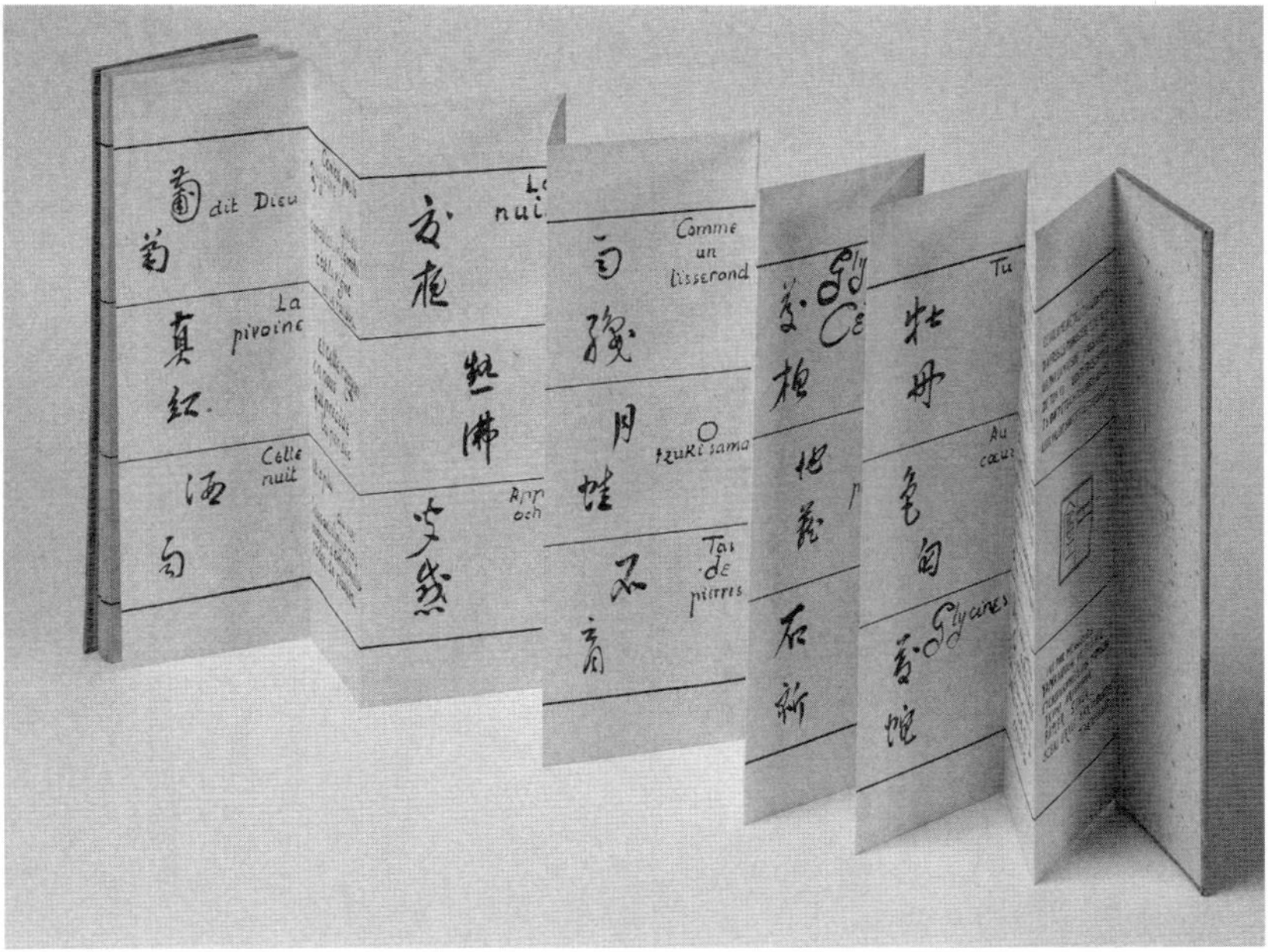

図 10-1　クローデル『百扇帖』，コシバ社，1927 年

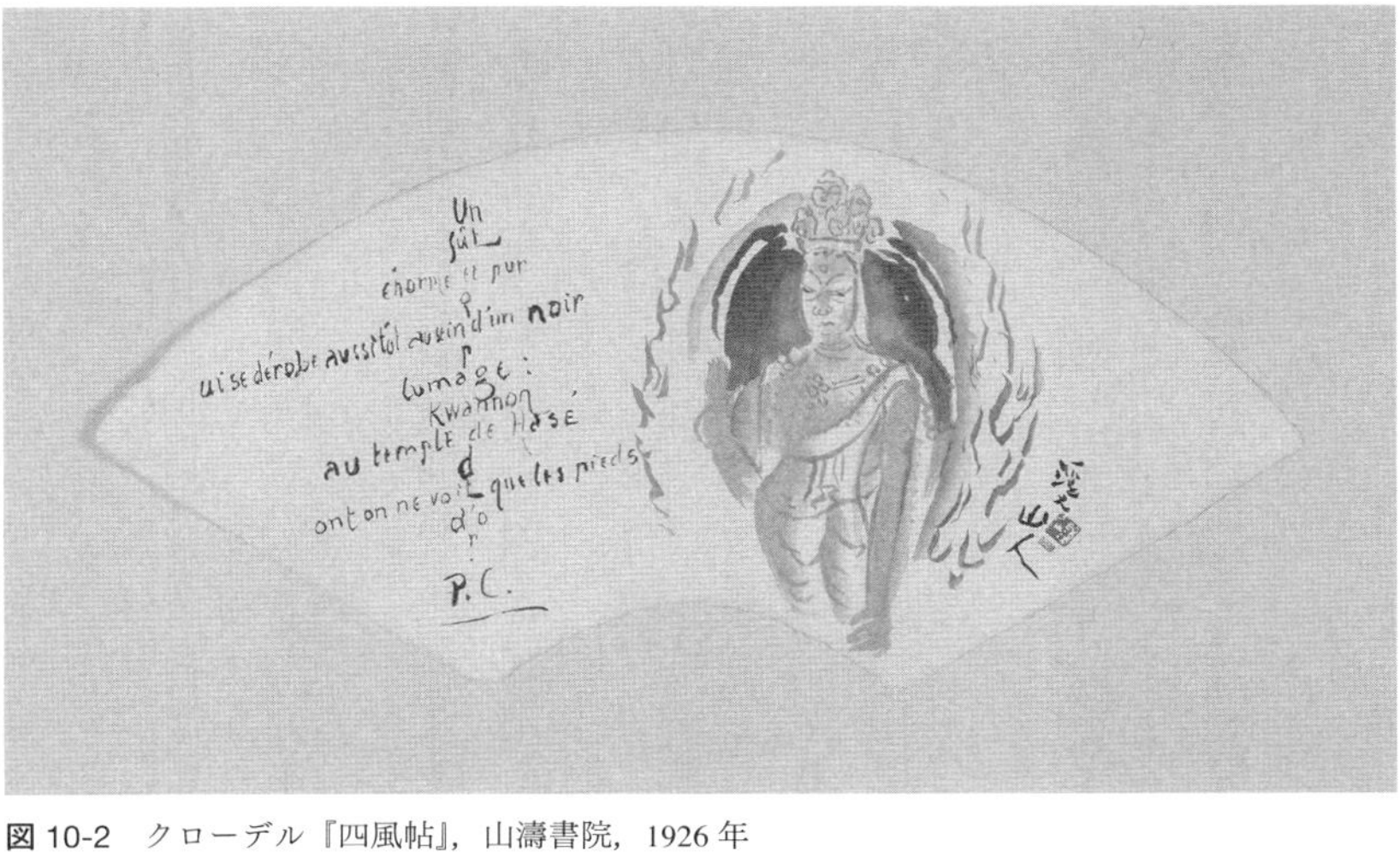

図 10-2　クローデル『四風帖』，山濤書院，1926 年

Un

fût

énorme et pur

q

ui se dérobe aussitôt au sein d'un noir

p

lumage :

Kwannon

au temple de Hasé

d

ont on ne voit que les pieds

d'o

r

.

P.C.

図 10-3　図 10-2 の詩を活字にしたもの

とすれば、それはこの詩の表記の仕方による。掲出した写真からも確認できるが、そこにはフランス語の表記法から逸脱する分綴法が散見される。分かりやすいようにこのクローデルの詩の部分を活字にすると**図10-3**のようになる。

全体として観音像を文字で描き出したような印象の縦一列の文字の配列が特徴であるが、その背骨のような縦の線を形成している主要なものは、分かち書きされ、あたかも独立した語のように扱われているdとpとqとrの文字群である。これは明らかにフランス語の分綴法から逸脱する方法で語から切り分けられている。このクローデル独自ともいえる不可思議な分綴法については、一九二五年（大十四）に書かれた『フランス詩についての省察と提言』が手がかりを与えてくれる。

同様に、印刷上の遊びで、最近、『峨眉山上の老人』の作者がしたように、正しい音節の切れ目のところとは別のところで語を切ってみる、するとその結果、そこに内包されている意味の一種の出血が生じる。たとえば、Clo-che と書く代わりに、C-loche と書いてみる。同じ理由からその作者は、自分の詩をいくつかに分類し、その断片を散りばめたのである。(41)

クローデルは、鐘を表すフランス語、Cloche を取り上げ、Clo-che と通常の分綴をする代わりに、「C-loche と書いてみる」としている。彼は「語を切ってみる」と語り、通常とは異なる分綴法で単語を二つに分けることで「意味の出血」が起こるとしている。クローデルはこの通常ではない音節の切り方をすることで「意味の出血」が起こることを述べているように見えるが、実は語のなかの一文字を切り離すものであることが、クローデルの詩の実践から分かる。こうした特異な文綴法が顕著に現れているのが、『百扇帖』である。この詩集に収められた一七三篇の詩篇のうち、約九十箇所でこのような分綴がみられるが、ほとんどすべてが一文字を語から切り離して強調するものである[42]。つまりクローデルが「語を切ってみる」といっていることは、単語のなかから一文字を切り離して、際立たせることなのである。こうして切り離された一文字から「意味の出血」が起こるのである。

ところで、これまでわれわれが見てきたものは、「王」の横画にしても、Locomotive のLにしても、それそのものに意味があるものではないということであった。意味は、横画や文字の後から生じるものだった。同じようなことが、このCloche からCの文字をあたかも何かの物質のように切り離して際立たせることでも生じる。つまり、Cを切り離すということを受けて、意味が顕在してくるのである。しかし、Cloche から切り離されたCという文字に意味があらかじめ含まれているわけではない。切り離され、強調されることで意味が生じるのである。おそらくその意味を決定するのはCloche という語の持つ意味とCという文字の形である。クローデルはここでCからどのような意味が出血するのかは明らかにしていないが、鐘という語の意味とCという文字の形から鐘に関わる意味が生じることを期待していたのではないかと推測できる。想像すれば、Cの形は聖堂の鐘であり、それが大きく揺れて音を鳴り響かせている様であるかもしれないとすれば、「鐘の音」という意味がそこに出現するかもしれない。もちろんこの時、Cを受容した人間が必ず鐘の音を想起する必要は無い。cloche の持つ意味とCの形から「鐘」「カリヨン」「鐘の音」……などCを受け取った側に依存して、事後的に思い浮かんだ意味で問題ないのである。クローデルは、この時生じる意味の決定はCを受容した読者の感性と意識に委ねているのであって、誰もが共通して思い浮かべる普遍的な意味が必然的に生じるとは考えていない。その生じた意味をクローデルは「内包されている意味」といっているが、実際には、そこにあらかじめ意味は内包されてはいない。後から意味が生じ、そうすると、あたかも初めから意味が内在しているように見えてくるのである。在るとすれば、それは何ものにもなり得る可能性であり、この可能性は限定されておらず、意味を成していないものである。Ｃを切り離すことで、「王」の横画が天地人の意味を後から獲得したのと同じようなことが生じているのである。

同様のことは、長谷寺の短詩にも当てはまるのではないだろうか。ｄ、ｐ、ｑ、ｒという文字にあらかじめ意味が内包されているわけではない。ところがこれが切り離され、詩行のなかに位置づけられると、そこに後から意味が生じてくる。この長谷寺の観音の短詩がLocomotiveやtoitやclocheと異なる点があるとすれば、それは個々の語の意味からではなく、詩の主題とその切り離された文字の形から意味が産出されると考えられることである。そう考えると、長谷寺の短詩は、前述のように暗がりのなかに立つ観音像の金の足しか見えなかったということを描いたもので、信仰の対象でもある観音像の足が主題になっている。そのことを考えると、おそらくクローデルはｄ、ｐ、ｑ、ｒの文字を切り離すことで、これらの文字群が詩の主題と相俟って足の形を想起させると考えていたと想像することができる。そしてその文字の形から「足」「脚」「踵」「踝」……などの意味をこの文字群に獲得させようとしていると考えられる。ちなみにクローデル自身は、「表意文字」では、pied（足）の説明で、「ｐとｄ。二つの足跡。一つは指に力が入り、一つは踵に力が入つてゐる[43]」と記述し、「西洋の表意文字」でもｐとｄを暗示して「一方は指をもう一方は踵を強調した二つの足跡[44]」と記述していることから、ｐやｄの形から「足」の観念を出血させようとしていることがうかがわれる。もちろん、繰り返しになるがクローデルの詩を受容した個々の読者の精神、知性、感性が、特異な分綴に対する違和感から、意味を生み出すことが重要であり、それが何かひとつの限定された真実の意味なるものに収斂する必要はない。われわれは作者の意図に囚われる必要はなく、意味を出血させることが文学的な実践として重要なのである。

こうした試みが子どもっぽいものであるとか、牽強付会な解釈だといって一笑に附すことは簡単だ。しかし、これが伝統的なクラテュロス主義への批判、さらには起源を前提とする還元主義的な思考への批判になっていることは見のがしてはならない。クラテュロス主義は原初、音と観念が一対一の関係にあって、音は原初の観念そのものの純粋な表象であるという暗黙の前提があったが、クローデルは、文字あるいは記号には何も隠されたものはなく、その文字あるいは記号の後から意味あるいは観念が生じると考えている。そして、それは文字や記号に隠された原初の観念に還元し、そこにすべてを収斂させようとする思考の運動そのものに疑問を投げかけるものでもある。事物も現象も何らかの起源に還元されるのではなく、強いていえば、起源にあるものは限定されていない無でしかないものである。文字は起源の意味に向かって還元され、収斂されていくのではなく、意味を後から限定して生み出し、意味の増殖を繰り返していくことになり、世界との新たな関係をその都度、構築していくことになるのである。こう考えると、たとえば『百扇帖』の序文には「Oは〔……〕太陽、月、車輪、滑車、開いた口、湖、穴、島、零」であり、「Mは海、山、手、大きさ、魂、同一性(45)」であるといったクラテュロス主義的な言説が見られるが、これらの文字は必然的な意味や原初の観念をあらかじめ隠し持っているのではなく、こうした意味や観念は後から生じたものなのである。文字の形はクローデルにとって、「一種の意味を生み出す道具なのである(46)」。想像力や語の意味や詩の主題などさまざまな外部からの影響を受けて、文字や記号は思いもかけない意味を生み出す。クローデルが『百扇帖』の短詩群を「俳諧」と通底させたのは、それが単に短いというだけでなく、「唐辛子」から「赤とんぼ」が後から産出され、世界との新たな関係を結ぶように、意味の産出、無からの創造とそれによっていかなる概念化も免れているもの――無であるということすら意識されずにあるもの――を認識できる可能性をそこに見出したからなのである。

この後から文字の意味を生じさせる文学実践の背景には、これまで見てきたのと同じような相互に関係がない世界が並立している世界観がある。文字や横画や縦画には、それが語や詩などの文脈や体系に位置づけられて、意味が出現する。それはこういえるだろう。文字や画の背後には、われわれとこれまで関係なく、われわれから独立した、言語や概念で限定されていない無でしかないものがある。それが文字や画といった形態を通してわれわれの概念世界と接触すると、この世界の体系のなかに位置づけられて、意味を出現させる。意味を決定するのは、それを受動した側の文脈に依存するので、個々の文脈に位置づけられると無はその都度、多様な意味となって現れる。この無であるものが何らかの媒介を通じてわれわれと接触すると、われわれの意識のなかに新たな意味を生じさせ、無から有を生み出していくのである。いうまでもなく、このプロセスの祖型は、クローデルが二十歳の青年だったときに経験した神秘体験——それまで存在していなかった神が突如出現した経験——であり、それを追体験するものがこれにほかならない。われわれから完全に独立し、関係がないゆえに無であることさえ問われない全き無を、媒介するものを介して概念化することで世界との新しい関係を結ぶ。その時、新しい存在・現象が概念として現れ、それを認識することになるだろう。そして、この新しく、生き生きとした関係を生み出す契機となり、またその媒介となるものが、世界に存在する個々の事物や記号などである。ここにクローデルは詩の働きを求めている。詩はわれわれから独立しているゆえに関係のない世界を媒介して、世界に新しい関係を持ち込むのである。『四風帖』の長谷寺の詩は、その実践であるといえるだろう。彼にとって文学はそれまで無でしかないものを媒介し、それまでになかった意味、あるいは関係を生み出すのである。これが、クローデルが俳諧から見出したものなのである。

終章　「東洋という偉大な書物」

1　〈しるし〉の帝国

クローデルは、一九二一年（大十）一月、駐日フランス大使に任命されると、その日の日記に次のように記している。

一月十日。――駐日大使に任命される。〔……〕

つまり、私はもう一度、あれを開くことになるのだ、あの東洋という偉大な書物を。(1)

クローデルは日本を「東洋という偉大な書物」と表現することで、聖書に通底させようとしているかのようだ。彼は一九二一年（大十）十一月から一九二七年（昭和二）まで日本に滞在したが、やがて晩年に至り、先人にならって聖書を注解していくことをまるで先取りし、暗示するかのように日本という書物を注解するのである。

クローデルが日本を読み解くのに必要だったもの、あるいは日本を読み解いた結果、発見したもの、それは一言でいえば、〈しるし〉であるといえるだろう。この〈しるし〉という概念は、極めてヨーロッパ的であり、そしてまたスコラ学的であるといえるだろう。聖書が神の意志を媒介する〈しるし〉であるように、クローデルにとって日本という書物もまた形而上を媒介する〈しるし〉であったのである。

ところで、〈しるし〔signatura〕〉は、ジョルジョ・アガンベンの指摘を俟つまでもなく、「しるしづけるもの」と「しるしづけられるもの」という記号学的な関係に基づいており、記号の概念と重なり合う部分があることはいうまでもない。しかし、同時に必ずしも記号と同一のものではないこともまた確かだ。というのも記号の「しるしづけるもの」と「しるしづけられるもの」との関係は、どちらかといえば安定した静態的なものといえるのに対し、〈しるし〉の理論では、アガンベンが指摘するように、「しるしは、たんに〈しるしづけるもの〉と〈しるしづけられるもの〉との記号学的な関係を表現しているわけではない」からだ。「むしろしるしは、この関係に根ざしているが、一致してはおらず、この関係を別の領域へとずらし、動かして、実践的にして解釈学的な新しい関係の網目に差し入れる(2)」ものなのである。アガンベンはまず、パラケルススの『事物のしるしについて』の例を挙げて、記号の機能を説明している。すなわち彼は「ヘブライ人が衣服や外套に縫いつけている『黄色い小さな布きれ（ein Gelbs Flecklin）』」を取り上げ、「これは、ヘブライ人として見分けられるようにする記号でないとすれば、いったいなんだというのだろうか」というパラケルススの言葉を引用している。同じように『事物のしるしについて』から「『お巡りや警官』を見分けられるようにする記号がある。また、伝令は外套に記章を縫いつけるが、その記章が伝令に伝令としての資格を与え、どこから来たのか、だれが送ったのか、どう扱うべきなのかを示す。同じく戦場でも、兵士は色のついた記号と肩帯を身に帯びて、敵味方を見分けられるようにする(3)」と同様の例を挙げている。

しかし、アガンベンは、「ヘブライ人の外套の黄色い布切れも、お巡りや伝令の外套の色つきの記章も、たんに『ヘブライ人』『お巡り』『伝令』というシニフィエへと送り返す中立的なシニフィアンなのではない。これはむしろ、シニフィアン／シニフィエ関係を実践的・政治的な関係に移すことで、ヘブライ人、お巡り、伝令にたいして取るべき行動を（また彼らに期待される行動を）表現している[4]」ものなのであるとしている。ここでアガンベンがパラケルススを用いて語っていることは、〈しるし〉とは、記号が記号としての機能を果たしながらも、記号には本来含まれていない別の意味領域へ移行し、それをも包摂するということである。

アガンベンの指摘するパラケルススのこうした〈しるし〉の理論は、いうまでもなくパラケルススだけのものではなく、ある意味ではそれ以前のスコラ学から続くものである。たとえば、ペトルス・ロンバルドゥスが、アウグスティヌスの「すべて教えは、〈もの〉についてか、〈しるし〉についてである」という一節を引用した上で述べているように、〈しるし〉とは「『造られたものを通して』、すなわち目に見える被造物や目に見えない被造物を通して」「神の『見えない性質』を見られるようにする[5]」ものである。これは、アガンベンの説明と合致する。この〈しるし〉の理論についてトマス・アクィナスも同様に述べている。トマス・アクィナスは、『神学大全』の第三部で「徴しは、本来的にいって、知られたことを通じて未知のことに行きつく[6]」ものとしている。それは次のようなことでもある。

可知的な結果は、他のもの、つまり或る可感的なものを通じて顕示されるのでなかったら、他のものの認識へと導く、といった働きを為しえない。そして、このことからして第一に、そして主要的に、感覚にたいして提示されるところのものが「徴し・記号」と呼ばれるのである。そのことはアウグスティヌスが『キリスト教の教え』第一章において「徴し・記号とは、それが感覚へともたらす形象を超えて、何か他のことの認識を生じせしめるところのものである」と述べているごとくである。[7]

ここで語られていることは、アガンベンが指摘していたことと重なるように思われる。すなわち、〈しるし〉は本来の記号が有している意味作用とは別のものを認識させるものであるということである。アガンベンと異なる点は、アウグスティヌスやトマスでは、その記号の有している本来の意味作用から横滑りしたものが、形而上に関わっているという点である。トマスが語る「可知的なもの」とは、在ることは分かっているが、どのようなものかは経験的には把握できないもののことである。これはジルソンであれば、「表象の不可知論」と呼ぶべきものであり、魂や存在や神といった、表象しえないものである。こうした経験主義的に把握することのできないが、在ると考えざるを得ないものを認識させるべく、何らかのものを表す記号を用いつつ、その意味内容を横滑りさせているのである。クローデルはこの〈しるし〉を日本人が、ヨーロッパの人間ならふだん気にすることのないような樹木や岩や小動物に見出していることに気づく。

クローデルは、西洋にとってこうしたものは記号にすぎないことを指摘し、「日本人の魂への眼差し」（一九二七）で、「今日のヨーロッパ人は自分を取り巻いている事物に自分の楽しみや利益のための領分しか見ようとしない」(8)と書いている。たとえば「この木はアメリカやヨーロッパの人間にとって、沢山の板を取れるものか、風景のなかの端役程度のどうでもよいもの」にすぎないとしている。ヨーロッパ人にとって樹木は「沢山の板を取れるもの」という記号であり、単に功利的なものを表すものでしかないことを暗にクローデルは示している。それに対して日本人は、自然の景物は単なる記号ではないと考えているという。彼は「伝統的な日本人にとって、『被造物』は何よりも神の作品であり、今なお、神の力が浸透したものなのです」と書き、樹木や岩は「神の力」を認識させる〈しるし〉であるとしている。クローデルは京都の庭園で見かけた「大切そうに添えられた一種の巨大な松葉杖によって支えられた」倒れかけた松の老木や「並外れたレベルの木や、独特の形をした岩」、「家族同様に可愛がっていた動物」、殺してしまった「鼠」や「古い筆」、版木の材料の「桜の木」などは西洋が考えるような単なる記号ではなく、神性あるいは形而上の領域に横滑りしていく〈しるし〉なのである。[9]

クローデルはこの〈しるし〉の機能を能の前シテや、文楽の三味線方の呻き声や楽音にも見出したといえ、これをクローデル的に表現したものが、『女と影』(一九二二)であったといえるだろう。実際、シテという〈しるし〉は知覚できないが存在する霊魂を媒介し、経験世界とは異なる領域に人をずらし込み、目に見えない霊魂を認識させるのである。また文楽の三味線の音色は、さまざまな感情という形で事物の本質があることを認識させる。これらは知覚できる事物を通じ、それが従来有していた内容とは別の領域に横滑りさせて、認識できるようにするものである。ここから霊魂や「ああ性」といった無限定であるが故に表象できないものが〈しるし〉を経ることで何ものであるかを概念把握できるようになる文化様式をクローデルは日本に見たのである。クローデルが、「さらば、日本!」で次のように書く時、クローデルは日本の文芸や芸術は、この〈しるし〉の芸術を洗練させたと考えていることをうかがい知れる。

日本の美術や詩歌は、その洗練された優雅さ、すなわちその核心にあるものを「示す」技という点で、人類の思考に計り知れないほどの貴重な貢献をもたらしてきたことは、否定できない。[10]

クローデルは、日本の美術や文芸にまさに「『示す』技」、すなわち〈しるし〉を通して、核心にある無限定の無を知覚・認識させる技を認めているのである。

2 無関係な世界

中世に生きたトマスは、〈しるし〉とは、在ることは分かっているがどのようなものかは分からないものを把握させるものと考えていたが、近代の、しかも東洋の存在論にも触れたクローデルは、トマスの考えに基づきながらも、いささか異なる存在に関する思想を抱いている。これまで確認したように、在ることは分かっているがそれがどのようなものか分からないものを〈しるし〉を媒介にして知覚し、概念として認識するというのが、ヨーロッパの形而上学とキリスト教神学の伝統であった。しかし、近代とは、概念把握することができないものは存在しない世界なのである。言い換えれば、今、この世界に存在しているものはすべて概念で把握できるのである。そういう意味で、近代とは世界に存在するすべてに表象可能となる概念が与えられている世界なのだ。それを指摘したのが、カントである。カントの基本的な考え方によれば、われわれにとって、存在するものは、われわれが習得している認識の形式によって決定されるものであり、われわれの認識の形式から独立してあるものがどのようなものかは分からないのである。そのため、われわれが知覚し、把握している世界は、われわれの認識の形式を通じて現れる現象に過ぎない。このカントの認識は、近代の事物の在り方を端的に表している。われわれは概念を伴わないものを認識できない。だから、われわれは〈何か〉を知覚した途端、それを概念の網の目で絡め取り、対象化して概念を伴った事物、事象にするのである。こうして、事物は世界に存在することができるようになる。しかし、認識の形式から独立しているものは認識することができず、そもそもそのようなものが在るのかも考えられない。

一方、クローデルは人間の認識から独立したものがあると確信している文学者である。つまり、われわれと全く無関係にあるものが存在すると考えていたのだ。その点で、クローデルは反近代的な思考の持ち主といえよう。そして、だからこそ、認識から独立したものがあるかどうかは分からないと答えるカントに反発し、彼のことを思わずルター、ゲーテと並ぶ「三大疫病神」とまでいってしまうのだ。認識から独立したものがどのようなものか分からないし、そうしたものを意識することはないが、そうした無としても意識されないものが、この世界とは関係なく存在する――この反近代的な思考に、東洋思想が関与してくる。仏教にしても、老荘思想にしても、概念では把握できないものが真理であり、たとえば、仏教では、「真理はことばを超えた領域にある」と考えており、「ことばや概念のおよばない地平」[11]を求めている。こうした概念知を超えたもの、認識の形式の彼方にあるものにクローデルが関心を寄せていたことは、すでに「自然と道徳」（一九二五）で考察した通りである。もちろん、ここにはクローデルの仏教に対するある種の誤解と誤読、仏教と老荘思想の混淆が見られる。仏教では、すべてが関係によって成り立っていて、そこから自律した実体は存在しないという縁起論が基本的原理のひとつにあり、この関係の網の目、概念から解放されることが解脱であり悟りであるが、クローデルは関係の網の目の彼方に、老荘思想の道《タオ》あるいは母のような、それだけで自律している無限定・無規定のもの、人間の知性では把握できず、言語化できないものが存在すると考えている。この誤読によって、クローデルは世界のすべては概念によって把握され、概念によって把握されないものは存在しないという前提に立つ近代的思考に対して、非概念的であるものが存在していると確信できるようになったのである。しかしそれは、概念知を超えており、それがどのようなものかは分からないし、そもそも意識のなかに浮かび上がってこない。なにしろ、こうした非概念的なものはわれわれと無関係であるのだから。クローデルはこの世界観を平田篤胤に見ている可能性が高い。だから平田篤胤的なコスモロジーにクローデルは惹かれていったのである。思い出そう、篤胤の基本的な死生観は、死者の魂の世界と生者の世界は同じ空間に、基本的には関係することなく存在しているというものだったことを。死者の世界は、同じ空間に存在しているにもかかわらず、日常的には直接関わることはなく、無関係なまま存在する世界であるがゆえに生者にとって基本的には無なのである（もちろん儀礼を介して接することはあるが、ここではそれは一旦、除外して考えよう）。実際、生者からは、死者の魂の世界は目に見えないので、どこに魂がいるのか分からないと平田篤胤は語る。しかし、魂の世界は厳然として存在するのである。魂の世界は生者にとって、無であり、生者の世界とは関係を持つことなく、生者の世界から独立して別個に存在しているのである。

関係がない、無関係であるというこの事実こそが重要である。繰り返しになるが、近代社会は、すべての事物を分解し、分解し尽くした最小の単位ですらあってもそれは人間によって記述可能な物質であるという前提に立っている。つまり、すべては人間が読解しうる概念的物質であって、そうでないものは存在しないとするのが、近代社会なのである。世界は原子や中性子など、知覚できなくとも人間の認識できる物質からすべて成っていて、そこに非概念的なものは存在する余地がない。こうした近代社会にあって、非概念的なものが存在することができるとすれば、それは、この非概念的なものが、この物質世界とは決定的に無関係に、人間の論理とは全く関係なく存在していると考えるほかないだろう。まったく無関係に存在しているがゆえに、基本的にはわれわれに影響することはなく、また意識されることもなく、人間の側からすれば、そのような世界は存在せず、文字通り無でしかない。しかし、こうした非概念的なものが、われわれに隣接して存在しているとクローデルは考える。彼は、非概念的なものが唯物論的な世界と無関係に存在するとみなし、非物質的・非概念的なものの存在を保証できるようにしたのである。

ところで、この人間とは無関係なものが厳然として存在するという発想の萌芽は、実は篤胤的なコスモロジーと接する以前からクローデルが抱いていた可能性がある。すでに見たことであるが、そのことは『詩法』（一九〇七）の一節に現れている。思い出そう、クローデルが、いささか不可思議な思考実験をしていたことを。ワーテルローでナポレオン戦争時の地図を見て、ウェリントンとブリュッヘルについての説明を受ければ、そこに点在するものが、ひとつの体系となって、全体を概念把握できるようになる。しかし、彼はワーテルローを眺めているまさにその時、インド洋に浮かぶ筏船の近くの水面に突如、真珠取りが顔を出すのをも見ているとしている。この二つが、何らかの因果関係、あるいはひとつの合理的な体系に組み込まれるか、と問われれば一般的には関係がないと答えるほかない。このことをわれわれは計り知れない全体と部分の関係で見たが、同時にこのことは相互に関係のない世界が存在することの説明にもなっている。ワーテルローの戦いの説明を聞いている私にとって、インド洋の真珠取りは存在せず、インド洋の真珠取りを眺めている私には、ワーテルローは存在していない。つまり関係がないのである。しかし、ではワーテルローを眺めているクローデルに対して、インド洋の真珠取りは感覚的には存在しないが、では実在しないかといえば、そうではない、あるいは逆に、インド洋の真珠取りを見ているクローデルには、ワーテルローは存在しないかといえば、そうではない。それらは無関係なだけであって、厳然と存在するのである。クローデルは、この無関係であるがゆえに無であるものがこの世界に並立しているこのことに、非物質的なものを排除して成立している唯物論的社会で形而上が存在する余地を見出している。

だが、その世界は何らかの形でわれわれと接触を持つ可能性を有している。つまり、この無関係であるがゆえに無であるものが何らかの〈しるし〉を通してわれわれの概念体系のなかに出現し、認識できるようになるのである。われわれから見れば無関係であった世界が概念世界のなかに組み込まれると、突如、新たなものとして現前するように見える。このことが、クローデルの神秘体験の核心である。改めて確認しておきたいのは、神秘体験の時点でのクローデルにとって、トマスや中世のスコラ学者と異なり、神がいることは自明のことではなかったのである。クローデルが「わが回心」(一九一三)で繰り返し語るのは、自分は無神論の教育を受けて、無神論的傾向を持っていたことであり、家庭も学校も無神論的環境であったということである。つまり、神がいることが自明であるどころか、そもそも神がいるかいないかなどということを考えない環境にいたのである。これは、クローデルにとって、神すなわち超越者の世界は自分とはまったく無関係であったということに等しい。クローデルの存在している世界と神の世界は相互に無関係であったにもかかわらず、彼はノートルダム大聖堂での降誕祭で神を知るのである。それはどういうことを意味するのだろうか。この時のクローデルにとって、神は存在することは分かっているが表象不可能なものなのではなく、存在すら問われないものであったものが、突如として出現したのである。これは、クローデルに無関係であった世界が〈しるし〉を媒介にして、関連付けられ、新たな体系として、クローデルの存在する世界に位置づけられたということになる。この神秘体験の〈しるし〉

について、クローデルは明確に語っていないが、おそらくそれはこの体験の時にクローデルの背後で流れていた「聖母讃歌《マニフィカト》」であろう。つまり、詩、文学が〈しるし〉となって、それまでに関係のなかった世界を関連づけ、新しい体系を作り出したのである。

この形而上の実在論は、見ようによっては、古めかしく、時代錯誤的なもののようにも見える。ここに現代性があるとするならば、われわれと関係のない世界との接触によって、世界との新たな関係が出現するということであろう。『詩法』でクローデルが述べていた次のような例もそのことをすでに仄めかしていただろう。クローデルは、「私が植物や昆虫の器官をすべて解体してみせても、まだすべてを知ることにはならない(12)」と書いている。あるいは「サクランボとニシンが自身の種のためだけにあれほどまでに多産なのではなく、それらが養うことになる強奪者の一団のためにでもあるのだ(13)」とも書いている。人間が認識しうる植物や昆虫の器官をどんなに分析しても、すべてを把握することはできない。われわれが関与しない、たとえば薔薇とミツバチだけが関係するものにわれわれはアクセスすることが決してできないので、われわれにとってこの関係は存在しない。しかしそうしたわれわれに関係しないものは存在しないのかといえば、そうではない。われわれと関係を持たない関係はおそらく無数に存在するだろう。サクランボやニシンにしても同様で、われわれが知りうる関係をすべて知り尽くしたとしてもなお、われわれが本質的には知り得ない関係がそこに潜在している。ニシンが多産で、サクランボが無数の実をつけるのは種の保存のためと人間は考えるが、そうではなく、もしかすると自らを犠牲にして他の生物を養うというわれわれの知り得ない関係があるかもしれない。しかし、それはわれわれには分からない関係なのである。つまり、われわれが概念把握できるニシンやサクランボといった事物にも、われわれの知ることができず、われわれと無関係にあるものが無数にある。そうした独立した世界が、われわれに理解できるものに変換されて概念世界に関係付けられると、それまでなかった領域が現前する。そこに介在するのが〈しるし〉なのである。〈しるし〉はある領域から別の領域にずらし込む、すなわちそれまで存在していなかった領域を概念世界に架橋するのである。このしるしを介して無から創造を引き起こすことが、クローデルの現代性といえるだろう。

　こうして考えてみると、クローデルが滞日中に完成させた『繻子の靴』（一九二四）は、相互に無関係であった世界が、〈しるし〉を媒介にして接触し、新たな関係を生み出す物語であるといえるだろう。実際、交わらない複数の世界が存在しているのが、『繻子の靴』である。ここでは詳しく論じることはできないが、この十六世紀スペインと新大陸を舞台にした悲恋物語の二人の主人公、ドン・ロドリッグの世界とドニャ・プルエーズの世界は基本的には交わらず、相互に関係することなく話が進んでいく。同様に、守護天使とドニャ・プルエーズの関係も、相互に関係せず、守護天使の姿は彼女からは直接は見えない。あるいは、ドニャ・ミュジークはドン・ロドリッグとは交わらず、ドニャ・プルエーズとは第一日で旅籠で同宿して以降は、相互に関係することはない。こうした交わらない世界の物語の主軸をなしていたロドリッグとプルエーズが、お互いに関係する契機になるのは、プルエーズが出し、十年以上世界をさまよっていたロドリッグ宛ての手紙である。この手紙がロドリッグに届くことで、交わらない二人が接触を持つことになるのである。つまり、プルエーズが出したロドリッグ宛ての書簡が、〈しるし〉となって、それまで無関係だったものが関係するようになるのである。三日目の最後で、プルエーズは死を決意してロドリッグと会う。すると無関係だった二人が関係付けられ、そこで新しいものが現前する。その物語が四日目なのである。四日目は、笑劇、あるいは不条理劇のような様相を呈しているが、ここではロドリッグが引き取ったプルエーズの遺児セテペ姫がある意味で物語の中心になる。セテペ姫はいわば、ロドリッグとプルエーズが関係付けられて現前したそれまでになかった存在である。このセテペ姫の物語が、没落したロドリッグの物語と並行して展開され、彼女はポーランド王に嫁いだドニャ・ミュジークの嫡男に恋をし、最終的には彼と結ばれることになる。こうして、ロドリッグとプルエーズはかなえることができなかった地上での愛をセテペ姫は成就し、ロドリッグとプルエーズのあり得たかもしれないもうひとつの世界を生み出している。

こうしてロドリッグ宛ての手紙が媒介となって、無関係であったものが次々と関係付けられて、それまでになかった世界が出現するようになるのである。

われわれの世界とは無関係の世界がわれわれの世界とは別に複数、存在し、それが〈しるし〉を媒介にして接触し、関連づけられた時、それまでにない新しい体系がわれわれの世界に存立することができるようになる。こうしてみると、クローデルは在ることは分かっているが無規定・無限定であるのでどのようなものか認識できないものであれ、それまで存在すら問われず無ですらなかったものであれ、概念世界と無関係に在ったものを〈しるし〉を媒介にしてこの世界に結びつけ、概念把握できる何かとして生み出すことを日本を通して考えていたといえる。

3 さらば、日本

最後にもう一度、クローデルと日本の話に戻ろう。日本がクローデルにもたらした最大のものは、〈しるし〉を通して無としか表現できなかったもの、あるいはそれまでなかったものを概念化することであり、それは本来、この概念世界とは無関係な世界を人に関連づけることである。その〈しるし〉となるものが、日本の水墨画であり、能であり、書であり、俳諧であり、自然であった。そして最後に、クローデルにとって日本そのものがひとつの〈しるし〉となっていくのである。

クローデルは、一九二六年（大十五）十月に駐米フランス大使の内示を受け、年内には日本を離れる予定であった。しかし、大正天皇が十二月に崩御すると、その大喪儀にフランスの全権使節として参列することになり、滞在が延長された。クローデルは、一九二七年（昭二）二月七日の大喪儀に参列すると、その十日後の二月十七日に日本を離れた。その日、クローデルの日本での水先案内人であった山内義雄、喜多虎之助、そしてクローデルのよき協力者であった冨田溪仙らが横浜港まで見送りに駆けつけ、名残を惜しんだ。彼らはこれ以降、二度と直接会うことはなかった。こうしてクローデルは静かに日本という書物を閉じたのであった。

クローデルは、その翌年の一九二八年（昭三）に刊行されたフランソワ・ド・テッサンの日本論に序文を寄せる。

そして今や、日本は私にとって、ひとつの名、地図上の何かの絵にすぎないものになってしまいました。その関係、その質料も形相もひとつひとつ消えていき、残ったのは可知的なものだけです。個々の感情に普遍の評価が取って代わってきたのです。日本を理解するため、いやむしろ評価するために、私はその地から離れねばならなかったのです。(14)

すでに日本を離れて時が経っていることもあって、クローデルにとって、日本はすでに具体的な体験を伴った記憶ではなく、「ひとつの名、地図上の何かの絵」、すなわち、〈しるし〉になっていたのである。「日本」とクローデルの関係も具体的な事物や現象もすべて捨像され、個別性を欠いたものになったのである。この時、「日本」という〈しるし〉は、無限定であるものを限定し、あるいはそれまで無関係であった世界を媒介し、関連づけ、新しい体系を後から生み出すものになったのである。すなわち日本が〈しるし〉と化すことで、クローデルに日本自体を認識させ、さらには誰も知ることのなかった日本を生み出させることになったのである。

注

＊　以下の書者から引用する場合には、次の略号と頁数のみを記した。

Pr. : Paul Claudel, *Œuvres en prose*, préface par Gaëtan Picon, édition établie et annotée par Jacques Petit et Charles Galpérine, Paris, Gallimard, 1965, coll. « Bibliothèque de la Pléiade ».

Po. : Paul Claudel, *Œuvre poétique*, introduction par Stanislas Fumet, textes établis et annotés par Jacques Petit, Paris, Gallimard, 1967, coll. « Bibliothèque de la Pléiade ».

Th. I-II (2011). : Paul Claudel, *Théâtre I - II*, édition publiée sous la direction de Didier Alexandre et de Michel Autrand, Paris, Gallimard, 2011, coll. « Bibliothèque de la Pléiade ».

Th. I-II (1965, 1967). : Paul Claudel, *Théâtre I - II*, édition revue et augmentée textes et notices établis par Jacques Madaule et Jacques Petit, Paris, Gallimard, 1965-1967, coll. « Bibliothèque de la Pléiade ».

J. I-II. : Paul Claudel, *Journal I - II*, introduction par François Varillon, texte établi et annoté par François Varillon et Jacques Petit, Paris, Gallimard, 1968-1969, coll. « Bibliothèque de la Pléiade ».

AC. : Paul Claudel, *Les Agendas de Chine*, texte établi, présenté et annoté par Jacques Houriez, Lausanne, L'Age d'homme, 1991.

S.O.C. I-IV : Paul Claudel, *Supplément aux œuvres complètes, I-IV*. Lausanne, L'Age d'homme, 1990-1997.

Mallarmé O.C. I-II : Stéphane Mallarmé, *Œuvres complètes I-II*, édition présentée, établie et annotée par Bertrand Marchal, Paris, Gallimard,

1998-2003, coll. « Bibliothèque de la Pléiade ».
Rimbaud, O.C. : Arthur Rimbaud, *Œuvres complètes*, édition établie par André Guyaux, avec la collaboration d'Aurélia Cervoni, Paris, Gallimard, 2005, coll. « Bibliothèque de la Pléiade ».
Aristotelis Opera. : Aristotelis, *Opera omnia quae extant I-IV*, Pariis, Lethielleux, 1885-1886.
S.T. : Sancti Thomae Aquinatis Doctoris Angelici, *Summae theologiae*, *Opera Omnia Iussu Impensaque Leonis XIII P. Edita*, Romae : Ex Typographia Polyglotta S. C. de Propaganda Fide, 1888.
『神学大全』一―四五：トマス・アクィナス『神学大全』第一冊―第四五冊（高田三郎ほか訳）、創文社、一九六〇―二〇一二年。
山田『神学大全』I―II：トマス・アクィナス『神学大全』I―II（山田晶訳）、中央公論新社（中公クラシックス）、二〇一四年。

序章　クローデルからマラルメへ

（1）　Claudel, « Ma conversion », *Pr.* p. 1009.

（2）　Rimbaud, *O.C.*, p. 340.

（3）　*J. I*, p. 644.

（4）　たとえばクローデルは「マラルメについてのノート」で、「マラルメは完全に過去の人だが、彼がわれわれに教えてくれたあの偉大な原則によって未来の人でもある。すなわち、事物を前にして、これは何を意味するのかと自問すること」（Claudel, « Notes sur Mallarmé », *Pr.* p. 514）と述べている。あるいは、フレデリック・ルフェーヴルによるインタビューでは次のように語っている。「マラルメは、その教師の本能で描写のための描写という彼の時代の作家の流儀に抵抗していました。彼は自然を前に、あるいはそれ以上に、しばしば家具や装飾小物を前に自らを置いて、次のような問いかけをしたものです。『これは何を意味するのか』。この何でもない問いかけがフランス文学全体を変えてしまい、今なおその効力は失われていないのです」（Claudel, « Interview par Frédéric Lefèvre sur le Nô », *S.O.C. II*, p. 129）。

(5) Mallarmé, « Ballets », *O.C. II*, p. 174. なお、クローデルは Qu'est-ce que ça veut dire ? とマラルメの言葉を記述しているが、「バレエ」で用いられている表現は、Que peut signifier ceci ? となっており、若干異なっている。渡邊守章は、「クローデルがマラルメから得た最も重要な〈教え《ルソン》〉として強調してやまない『万物を前にして、丁度テクストを前にしたときのように、これは何を言わんとするかを問う態度』は、火曜会の座談の中から得られたものと思われる」(『マラルメ全集II　別冊解題・註解』筑摩書房、一九八八年、九三頁)と指摘している。
(6) Mallarmé, « Crise de vers », *O.C. II*, p. 213.
(7) *Ibid.*, p. 212.
(8) *Ibid.*
(9) Claudel, « La catastrophe d'*Igitur* », *Pr.*, p. 510.
(10) *Ibid.*, p. 509.
(11) *Ibid.*, p. 511.
(12) *Ibid.*, pp. 509-510.
(13) *Ibid.*, p. 511.
(14) *Ibid.*
(15) *Ibid.*, p. 512.
(16) *Ibid.*, p. 511.
(17) *Ibid.*
(18) *Ibid.*, p. 512.
(19) *Ibid.*
(20) *Ibid.*, p. 512.
(21) *Ibid.*, p. 513.

第一章　形而上への扉、日本への扉

(1) Claudel, « Ma conversion », *Pr.* pp. 1008-1009.
(2) *Ibid.*, p. 1009

(3) *Ibid.*
(4) *Ibid.*
(5) *Ibid.*
(6) Romain Rolland, *Mémoires*, Paris, Albin Michel, 1956, p. 21.
(7) 十九世紀におけるオカルトや超自然的現象の分析としては、Philippe Muray, *Le 19e siècle à travers les âges*, Paris, Denoël, 1984を参照。邦文の文献では、大野英士『ユイスマンスとオカルティズム』（新評論、二〇一〇年）、『オカルティズム――非理性のヨーロッパ』（講談社（講談社選書メチエ）、二〇一八年）で、十九世紀のオカルトと神秘体験について論じられている。一方、十九世紀で最も有名といってもよい神秘体験は、ルルドの泉を発見したベルナデットの体験だが、これについては、小倉孝誠『19世紀フランス　愛・恐怖・群衆――挿絵入新聞『イリュストラシオン』にたどる』（人文書院、一九九七年）、第六章「聖母マリアを見た少女」に詳しい。
(8) Claudel, « Ma conversion », *op. cit.*, p. 1009.
(9) 小倉孝誠は次のようなエピソードを紹介している。「死が迫りくる錯乱状態の中で、ユゴーは次のような言葉をつぶやいたという。／これは夜と昼の闘いだ！（C'est ici le combat du jour et de la nuit !）／原文のフランス語を読んでいただければ分かるように、この言葉は一二音節からなる詩句（アレクサンドラン）になっている。ユゴーは死期が近づいた苦しみの最中にあってさえ、詩を詠んだのである。しかもその詩句を構成する『昼』と『夜』――それは『光』と『闇』と訳すこともできよう――の対照法、『闘い』という語が示唆するダイナミックな雰囲気などは、きわめてユゴー的なレトリックである。まことに彼は、死の瞬間まで詩人であった」（小倉前掲書、一六〇―一六一頁）。
(10) Maurice Barrès, *Les Déracinés*, *L'Œuvre de Maurice Barrès* t.III, annotée par Philippe Barrès, préface de André Maurois, Paris, Au Club de l'Honnête Homme, 1965, p. 342.
(11) Claudel, « Ma conversion », *op. cit.*, p. 1009.
(12) Mallarmé, « Crise de vers », *O.C. II*, p. 205.
(13) Claudel, « Ma conversion », *op. cit.*, p. 1009.
(14) Rimbaud, *O.C.*, p. 340.
(15) *Ibid.*, p. 344.
(16) この点に関しては、中地義和『ランボー――精霊と道化のあいだ』（青土社、一九九六年）の「『狂気』のしるしのもとに」も参照。

(17) Claudel, « Préface », *Pr*. p. 515.

(18) *Ibid*.

(19) *Ibid*., p. 514.

(20) Claudel, « Ma conversion », *op. cit*., pp. 1009-1010.

(21) Claudel, « Pour la Messe des hommes Dernier sacrifice d'amour ! », *Po*, pp. 5-6.

(22) Claudel, « Ma conversion », *op. cit*., p. 1010.

(23) *Ibid*.

(24) *Ibid*.

(25) *Ibid*.

(26) *Ibid*.

(27) 一九四五年二月の日記には次のように記されている。「八六年十二月二十五日、家に戻って、ヴィッツレーベン嬢の聖書をあけて見出した二つの節は意味のあるものだった。ひとつはエマオの話で、私の聖書解釈（イエスの御変容）の情熱に関わるもので、もうひとつは箴言第八章で、あの〈知恵〉の姿を授けてくれたのだ。それは私の作品に登場する女性すべてに見出せるものだ」(*J. II*, p. 511)。

(28) 「箴言」八、『聖書　新共同訳――旧約聖書続編つき』（共同訳聖書実行委員会訳、日本聖書協会、一九九四年）、一―三頁。

(29) 土橋茂樹によれば、「旧約第二正典に属する『知恵の書』が前一世紀にアレクサンドリアのユダヤ人によって初めからギリシア語で書かれた。そこで説かれた『知恵』とは、『神の力の息吹であり、全能者の栄光の純粋な発出』であり、『永遠の光の輝きであり、神の働きを映す曇りのない鏡であり、神の善性の像である』。〔……〕こうした神の像としての『知恵』がフィロンのロゴス概念に繋がり、さらに〔……〕アレクサンドリアのオリゲネスにおいて、それ自身に固有の実在性をもつものとしての『知恵』がキリスト教における神の子イエスの実在へと繋がっていく」（土橋茂樹「東方教父の伝統」、『世界哲学史2――古代II　世界哲学の成立と展開』伊藤邦武・山内志朗・中島隆博・納富信留責任編集、筑摩書房（ちくま新書）、二〇二〇年、二一五―二一六頁）とあり、神と一致するものが神の像である「知恵」ということになる。

(30) 「ルカによる福音書」第二十四章、『聖書』前掲書、一六〇―一六一頁。

(31) *J. I*., p. 644.

(32) Claudel, « Ma conversion », *op. cit.*, p. 1012.

(33) 「私はたまたまアリストテレスの『形而上学』を見つけるという幸運に恵まれたのです。それからほどなくして、ある司祭が私に聖トマスを読んだらと勧めてくれたのです〔……〕。私は二つの『大全』を持って中国に向かったのです。／読み始めると、得るものが少なく難しいものでした。お分かりでしょうが、あの規律、あの未知の考え方に従わなければならなかったのです。しかし百ページも読むと、私のうちで……。私は聖トマスを読むのに五年かかりました。その後、私は聖書を日々の糧としました」(Paul Claudel, « Interview par Yvan Lenain sur le thomisme et sur le Nô », *S.O.C.III*, pp. 99-100) と一九二五年に回想している。なお、クローデルの所蔵していた二つの『神学大全』のうち、ひとつは *Summa theologica*, éd. X. Faucher, Paris, P. Lethielleux, 5 vol., 1887-1889 と推測される。本論では、クローデルの所蔵していたと考えられるこの版を底本として用いる。なお、これらは一九二三年九月一日の関東大震災で焼失した。

クローデルへのトマス・アクィナスの影響については、Dominique Millet-Gérard, *Claudel thomiste ?*, Paris, Honoré Champion, 1999, Bostjan Marko Turk, *Paul Claudel et l'actualité de l'être, l'inspiration thomiste dans l'œuvre claudélienne*, Paris, Pierre Téqui, 2011 を参照。

(34) 古舘恵介『トマス・アクィナスの形而上学——経験の根源』知泉書館、二〇二〇年、八頁。

(35) 同書、一七頁。実際には、以下で詳しく論じられている。Étienne Gilson, *Le Thomisme : Introduction à la philosophie de saint Thomas d'Aquin*, Paris, Vrin, 1989, pp. 153-189 (« La réforme thomiste »). なお、トマスの存在論については長倉久子『トマス・アクィナスのエッセ研究』知泉書館、二〇〇九年も参照。

(36) Claudel, « Sur la Somme théologique : une lettre de Claudel », *S.O.C.I.*, p. 299.

(37) Michel Butor, *Le Japon depuis la France : un rêve à l'ancre*, Paris, Hatier, 1995, p. 118.

(38) *Ibid.*

(39) *Ibid.*, p. 119.

(40) 宮崎克己『ジャポニスム——流行としての「日本」』講談社（講談社現代新書）、二〇一八年。

(41) 同書、一三七頁。

(42) Edmond et Jules de Goncourt, *Journal, mémoires de la vie littéraire 1887-1896*, texte intégral établi et annoté par Robert Ricatte, Paris, Robert Lafont, 2004, p. 929.

(43) Jules Renard, *Journal 1887-1910*, texte établi par Léon Guichard et Gilbert Sigaux, préface, chronologie, notes et index par Girbert Sigaux, Paris, Gallimard, 1965, coll. « Bibliothèque de la Pléiade », p. 273. なお、この引用に続いて、ルナールは、カミーユと一緒にい

あわせたある日本人がカミーユのコレクションを見て、「衰退期の粗悪品のできの悪い写しだ」と教えたと皮肉をこめて日記に記している。

(44) Claudel, « Ma Sœur Camille », *Pr.*, 280.

(45) Claudel, *Mémoires improvisés, quarante et un entretiens avec Jean Amrouche*, texte établi par Louis Fournier et indexé par Anne Egger, Paris, Gallimard, 2000, coll. « Cahiers de Paul Claudel 15 », pp. 135-136.

(46) 中條忍『ポール・クローデルの日本――〈詩人大使〉が見た大正』法政大学出版局、二〇一九年、一六―一七頁。

(47) Claudel, *Mémoires*, *op. cit.*, p. 81.

(48) *Ibid.*, p. 136.

(49) 船曳建夫『「日本人論」再考』講談社（講談社学術文庫）、二〇一〇年、九二頁。

(50) *Correspondance diplomatique Tokyo 1921-1927*, textes choisis, présentés et annotés par Lucile Garbagnati, Paris, Gallimard, 1995, coll. « Cahiers de Paul Claudel 14 », p. 191.

(51) *Ibid.*, p. 270. 同様のことは一九二三年十月二十五日のA・レジェ宛の私信にも記されている（*ibid.*, p. 209）。しかしこの点に関しては、注意が必要かもしれない。日英同盟に関しては、「ワシントン会議が開幕した時点で、すでに日英ともに同盟を継続する積極的な意思を持ち合わせていなかった。〔……〕とくに日本側は、同盟廃棄を望む英国側の意向を大体において理解していた。それに対し英国側は、日本が同盟継続を強く望んでいると誤解し」（中谷直司「ワシントン会議――海軍軍縮条約と日英同盟廃棄」、『大正史講義』筒井清忠編、筑摩書房（ちくま新書）、二〇二一年、二四四頁）ていた状況であり、ワシントン会議についても、「海軍の一部に不満が残ったが、日本はそれほど譲歩したわけではなく、大きく不利なものではなかった」のであり、「とくに中国問題に対して米英は協力的であった」（筒井清忠『満州事変はなぜ起きたのか』中央公論新社（中公選書）、二〇一五年、七二頁）のである。確かにこの後、国際社会から日本は孤立化していくが、ワシントン会議の時点で日本が日英同盟の継続を強く希望しているというのは、日本以外の参加国の思い込みであった可能性が高く、この思い込みに基づいて、クローデルは日仏接近の可能性を描き出したものであったといえるかもしれない。

(52) 小山聡子『もののけの日本史――死霊、幽霊、妖怪の1000年』中央公論新社（中公新書）、二〇二〇年、一九七頁。

(53) 同書、二〇五頁。

(54) 同書、二〇六頁。

第二章　比喩と論理学――クローデルの日光体験

(1)　Claudel, « L'Arche d'or dans la forêt », *Po.*, p. 81.

(2)　*Ibid.*

(3)　*AC.*, p. 184.

(4)　金谷ホテルは一八七三（明六）年に日光山内近くの四軒町（現在の本町）で金谷カッテージ・インとして開業したが、一八九三（明二十六）年、建設途中で放置されていた鉢石町のミカド・ホテルを買収して金谷ホテルとしたものであり、クローデルが訪れた時は、開業してからそれほど時間の経っていない新しいホテルであった（内田宗治『外国人が見た日本――「誤解」と「再発見」の観光150年史』中央公論新社（中公新書）、二〇一八年、八二―八三頁）。

(5)　*AC.*, p. 185.「風呂桶から首だけ出している日本人」という一節は、外国との文化ギャップを表している。江戸時代末期から明治にかけて日本を訪れる外国人が驚愕したもののひとつに、縁先や軒先に風呂桶や盥を出し、そこで人目も憚らず行水する光景があった（渡辺京二『逝きし世の面影』平凡社（平凡社ライブラリー）、二〇〇五年、三〇五―三〇八頁）。クローデルもこの珍奇な光景を目にして、記録し、その姿をスケッチしたのであろう。

(6)　Basil Hall Chamberlain and W.B. Mason, *Handbook for Travellers in Japan*, London, John Murray, 1891, p. 154. 一八九一年（明二十四）の版では例大祭に関する記述は簡単であったが、一八九九年（明三十二）の版では引用した箇所に引き続き、「神を象徴するものを収めた聖なる駕籠（神輿）が行列とともに運ばれていく。この時古い装束、仮面、鎧を村人が纏っている。老いも若きもこの祭礼に参加している」（一九四頁）と詳細に祭の様子が描かれている。残念ながら、クローデルが旅行した一八九八年の時、所持していた版は未確認だが、一八九九年の版と同一の記述ではないかと考えられる。

なおバジル・ホール・チェンバレン（一八五〇―一九三五）は、御雇い外国人として東京帝国大学で言語学を講じる一方、琉球語やアイヌ語の収集に努めたことでも知られる人物である。彼は海外への日本紹介者でもあり、『古事記』や松尾芭蕉を翻訳し、ヨーロッパに紹介している。また彼の現した『日本事物誌』は何度も版を重ね、日本文化の小事典として知られていた。『日本旅行者のためのハンドブック』は、もともとアーネスト・サトウが編んだものであるが、サトウがイギリスに帰国した後、チェンバレンとウィリアム・ベンジャミン・メーソンが引き継いだものである。二人は改訂を重ね、一九一三年（大二）までこの本を刊行し続けた。この本の出版社マレー社は、世界各地のガイドブックを発行する最大手の出版社として知られていた。そのガイドブックは歴史、文化、地理学などの情報をふんだんに含んだ、各国の地理書のような趣があるもので、当時は非常に定評のあるものだった。この日本のガイドブックも当時、日本を訪れる欧米の旅行者には必携の本となっていた（内田前掲書）。

（7）井戸桂子「ポール・クローデル　日本の旅人」、『ポール・クローデル　日本への眼差し』大出敦・中條忍・三浦信孝編、水声社、二〇二一年、九一頁。

（8）*AC.*, p. 185.

（9）Claudel, « L'Arche d'or », *op. cit.*, p. 82.

（10）クローデルの描き出す東照宮は、実際の東照宮の建造物とは異なる記述となっている。たとえばクローデルは「緋色の鳥居」と書いているが、東照宮には丹塗りの鳥居はなく、表門（仁王門）の前の鳥居は、石造であり、陽明門の前の鳥居は青銅製である。「緋色の鳥居」といっているのは、丹塗りの表門のことだろうか。また「青銅の甕」が何を指しているかも分からない。しかし直後に口を清めている記述があるので、これは御水舎のことを描写している可能性が高い。しかし御水舎の水盤は、青銅製ではなく、花崗岩でできたものである。だが、この記述を御水舎と考えると「青銅の甕」を覆っている「月のはめ込まれた屋根」も三葉葵の徳川家の家紋が刻まれ、金箔が押された御水舎の軒丸瓦のことを指している可能性が高い。これらの記述の誤りをクローデルの記憶違いといってしまうこともできようが、実はクローデルは半ば意図的に事実とは異なった記述に改変し、文学的な創造をする癖があるので、ここでもその可能性を否定できない。

（11）Claudel, « L'Arche d'or », *op. cit.*, p. 82.

（12）*Ibid.*, p. 84.

（13）*AC.*, p. 185.

（14）夕立に見舞われ、ずぶ濡れになって金谷ホテルに戻ったクローデルは、自分の濡れ鼠になった容姿を、自虐的にこう描いている。「雨降るなか、六時間も歩いて、ようやく優雅なホテルの玄関先に辿り着いた時には、難破したあとのヴィルジニーもかくありなんといったあり様で、服は体にはりつき、フェルトの帽子は濃厚なシロップがたっぷり染みこんだようであり、私が歩くたびに短靴はひゅうひゅう鳴き、黒い液体を吐き出す。この上もなく慎み深い婦人や礼儀正しい紳士も私が彼らに抱かせた感情を隠すことはできなかった」（Claudel, « La Vie d'hôtel au Japon », *Œuvres complètes*, tome vingt-neuvième, Paris, Gallimard, 1986, p. 20）。この記事は、デュモレ（Dumollet）という筆名で発表され、金谷ホテルとは明記されていないが、前後の文脈からこの日の中禅寺散策時の夕立の後のことと考えられる。

（15）Claudel, « Le promeneur », *Po.*, p. 84.

（16）*Ibid.*, pp. 84-85.

（17）　この点については、イヴァン・ルナンとのインタビューで次のようなクローデルの証言が残されている。「『詩法』を書いている時、あなたはスコラ哲学に深く傾倒していたのではないですか。／――確かにその通りです。私はこの時期、文学的な危機に陥っていたのです。私の詩的才能が干上がってしまっていた時期だったのです。私は熟考し、無我夢中で書き始め、哲学に仕立てあげたのです」（Claudel, « Interview par Yvan Lenain sur le thomisme et sur le Nô », *S.O.C.III*, p. 100）。

（18）　Pierre Lasserre, *Les Chapelles littéraires*, Paris, Librairie Garnier Frères, 1920, p. 20.

（19）　Claudel, « Interview par Yvan Lenain », *op. cit.*, p. 100.

（20）　Claudel, *Art poétique*, *Po.*, p. 127.

（21）　*Ibid.*, p. 128. アリストテレスは、世界のあらゆるものは、「いずれもそれ自らのうちに運動変化と静止の原理（始原）を持っている」（*Aristotelis Opera*. III, p. 33、訳文は、アリストテレス『自然学』内山勝利訳、『アリストテレス全集４』岩波書店、二〇一七年、七〇頁による）としていて、生成変化の内的な原因が事物に内在しているとしている。アリストテレスの四原因説は、この内的な原因を説明したものである。なお、クローデルが所蔵していたアリストテレスの著作は、クローデル旧蔵書のリストにある、かなり使い込んだと思われる Aristotelis, *Opera omnia quae extant* tome I-IV, illustrata A. Silvestro, Parisiis, P. Lethielleux, 1885-1886 と考えられる（*Catalogue de la bibliothèque de Paul Claudel*, Paris, Les Belles Lettres, 1970）。本論ではこの版の頁数を記し、訳文を附す。

（22）　Claudel, *Art poétique*, *op. cit.*, p. 131.

（23）　*Ibid.*, p. 130.

（24）　*Ibid.*, p. 128.

（25）　*Ibid.*, p. 136.

（26）　*Ibid.*, p. 135.

（27）　*Aristotelis Opera*. IV, pp. 551-552. 訳文はアリストテレス『形而上学』田中美知太郎訳、『世界の名著８　アリストテレス』中央公論社、一九七九年、四八二頁により、以下も参照した。Aristote, *Métaphysique*, *Œuvres*, édition publiée sous la direction de Richard Bodéüs, Paris, Gallimard, coll. « Bibliothèque de la Pléiade », 2014, p. 1147.

（28）　クローデルは、トマス・アクィナスをはじめとするスコラ学の神学者・哲学者に従っているため、当然のようにこの「不動の動者」をユダヤ＝キリスト教的な神と考えている。トマスは、「ところでその動かしている他者そのものが動いている場合には、その他者はまた別の他者によって動かされているはずであり、その別の他者もそれとは別の他者によって動かされているはずである。しかしこの系列を追って無限にすすむことはできない。なぜならその場合には、何か第一の動者は存在しないことになり、したがってまた他のいかなる動者も存在しないことになるからである。じっさい第二次的な諸動者は第一の動者によって動かされるかぎりにおいてのみ動かすのである。〔……〕それゆえ、何ものによっても動かされることにない何か第一の動者にまで到ることは必然である。これをすべての人々は神と解する」（*S.T.* I., q. 2, a.3、山田『神学大全』I、九五頁）と書いている。しかし、いうまでもないが、アリストテレス自身は必ずしも唯一神を前提にはしておらず、アリストテレスのトマスによる読み換えが見られる。

（29） Claudel, *Art poétique*, *op. cit.*, p. 141.

（30） クローデルにとって、この鼓動は、詩の基本的なリズムでもある。実際、一九二五年の「フランス詩についての省察と提言」では、次のように語って、鼓動が詩の根源的なリズム＝イアンブであるとしている。「音の表現は時間／拍〔temps〕の中で展開される。その結果、拍子を取る道具、計算器の統制下に置かれる。この道具こそ、私たちの胸のなかにある内なるメトロノームであり、私たちの生命ポンプの拍動音、果てしなく語りかける心臓である。〔……〕基本となるイアンブとは、弱拍〔*temps faible*〕＋強拍〔*temps fort*〕である」(Paul Claudel, « Réflexions et propositions sur le vers français », *Pr.* p. 5)。ここで展開されている論は、『詩法』で語られていることの延長線上にあることはいうまでもないことだろう。クローデルにとって、詩の基本はイアンブであり、それは鼓動であり、鼓動は神を分有していることを意識することであるので、結果として、詩は神を意識するものであるということになるだろう。なおイアンブに関しては、安川智子「クローデル／ゲオルグの《火刑台上のジャンヌ・ダルク》」、『クローデルとその時代』大出敦編、水声社、二〇二三年、二一九―二四七頁を参照のこと。

（31） Claudel, *Art poétique*, *op. cit.*, p. 142.

（32） *Ibid.*, p. 143.

（33） *Ibid.*

（34） *Ibid.*

（35） *Aristotelis Opera*. I, p. 875. 訳文はアリストテレス『詩学』朴一功訳、『アリストテレス全集18』岩波書店、二〇一七年、五四八頁により、以下も参照した。Aristote, *Poétique*, *Œuvres*, édition publiée sous la direction de Richard Bodéüs, Paris, Gallimard, « Bibliothèque de la Pléiade », 2014, p. 902.

（36） 『レトリック事典』佐藤信夫企画・構成、佐々木健一監修、大修館書店、二〇〇六年、二一六頁。

（37） Claudel, *Art poétique*, *op. cit.*, p. 143.

（38） *Ibid.*

（39） *Ibid.*

（40）*Ibid*., pp. 143-144.

（41）*Ibid*., p. 144.

（42）*Ibid*.

（43）*Ibid*., p. 145.

（44）David Hume, *Treatise of Human Nature, The Philosophical Works*, 4 volumes, Edinburgh, Adam and Charles Black, 1865 (Reprint, Thoemmes Press, 1996), pp. 110-111. 訳文は、ヒューム『人間本性論』第一巻、木曾好能訳、法政大学出版局、一九九五年、一〇三頁を参照した。

（45）戸田山和久『科学的実在論を擁護する』名古屋大学出版会、二〇一五年、一三頁。

（46）同書。

（47）Claudel, *Art poétique, op. cit*., p. 143.

第三章　神とカミのあいだで——神道と形而上

（1）井戸桂子「ポール・クローデル大使と中禅寺別荘」、『駒沢女子大学　研究紀要』一四号、二〇〇七年、二九—三四頁、及び内田宗治『外国人が見た日本——「誤解」と「再発見」の観光150年史』中央公論新社（中公新書）、二〇一八年、七七頁。

（2）髙田教子が二〇一三年度に首都大学東京（現東京都立大学）に提出した博士論文『中禅寺湖畔別荘地の形成過程と近代日本における外国人建築家と施主の関係性に関する研究』では、各国大使館の別荘の構造について詳細に分析されている。

（3）内田、前掲書、八六頁。

（4）金谷真一『ホテルと共に七拾五年』金谷ホテル、一九五四年。

（5）F・S・G・ピゴット『断たれたきずな——日英外交六十年』長谷川才次訳、時事通信社、一九五一年、一〇一—一〇二頁。

（6）山内義雄は、クローデルに招かれて一週間ほど、日光の別荘で、生活を共にしたことを記憶している。その時のクローデルの日課は次のようなものだった。「朝食のあとでは、シトロエンを走らせて、菖蒲ヶ浜から戦場ヶ原、そこから湯元にかけての散歩をした。帰ると昼食。小やすみのあとではふたたび散歩。あるひは彼だけ、近所の外交団に招かれて出かけることもあつた。そして、帰れば晩食。晩食のあとではサロンで閑談。九時になれば、彼ははやくも床についた」（山内義雄「クローデルのその日ごろ」、『世界文学』一八号、一九四七年二月号、世界文学社、四八頁）。

（7）*Correspondance Paul Claudel-Darius Milhaud*, préface de Henri Micciollo, introduction et notes de Jacques Petit, Paris, Gallimard,

1961, coll. « Cahiers Paul Claudel 3 », p. 71.

（8） Claudel, « La Maison d'Antonin Raymond à Tokyo », *Pr.*, pp. 1201-1203.

（9） *J. I.*, p. 554.

（10） エリアノーラ・メアリー・ダヌタンの日記の一八九四年八月二十七日の記述には、「アルベールと一緒に中禅寺に向けて九時に出発する。［……］一時少し前にカークウッドの日本式の家に着いた。この家は中禅寺で西洋人が建てた最初の家で、湖の岸に建っている。明るい静かな湖の周りを、木が鬱蒼と繁った高い山々が取り囲んでいる景色は、実に美しく平和そのものであった。この日は静かな夏の日で、湖は明るく晴れ渡り、水の色も一層青く見えた。この景色を見ていると、似かよった点が多い［イタリアの］コモ湖の風景が私の心のなかに浮かんできた」（エリアノーラ・メアリー・ダヌタン『ベルギー公使夫人の明治日記』長岡祥三訳、中央公論社、一九九二年、六四—六五頁）とある。

（11） 鈴木正崇『山岳信仰——日本文化の根底を探る』中央公論新社（中公新書）、二〇一五年、一九頁。

（12） 日光修験は、一八七一年に完全に廃絶された訳ではなさそうである。日光では「冬峰、華供峰、補陀洛夏峰、惣禅定（五番禅頂）と呼ばれる峰入りを行っていた。このうち両峰修行と通称される華供峰と冬の峰は明治十一年（一八七八年）迄行われた」との調査がある（『「神社と民俗宗教・修験道」研究報告Ⅲ　近現代の霊山と社寺・修験』、國學院大學21世紀COEプログラム「神道と日本文化の国学的研究発信の拠点形成」第Ⅱグループ、二〇〇七年、一一八頁）。一方で、行政側、あるいは神社側は「民間にひろまっていた山岳信仰を、姿態を改めさせることを通して神社信仰に改宗させよう」（『栃木県史通史編六近現代一』栃木県史編さん委員会編、一九八二年、七七—七八頁）とし、登拝に際し、数珠の携帯の禁止を実施し、禊や唱えを神式に変えていった。なお、大正末頃の登拝祭は、例年、「毎夜献納する万燈数千を中禅寺湖水に流し煙火《はなび》をあげ奉祝の意を表するので山水相映じて不夜城の美観を呈する」と描写されているように、賑わっていた（「東京朝日新聞」一九二五年七月十二日付夕刊）。

（13） 宮本袈裟雄「男体山信仰」、宮田登・宮本袈裟雄編『日光山と関東の修験道』名著出版、一九七九年、一五八頁。

（14） 『氏家町史　民俗編』氏家町史作成委員会編、一九八九年、二六六頁及び『鹿沼市史　民俗編』鹿沼市史編さん委員会編、二〇〇一年、四四三頁。

（15） 『佐野市史　民俗編』佐野市史編さん委員会編、一九七五年、六七八—六七九頁。

（16） この男体山登山と中宮祠を訪れたことの日記の記述はやや混乱している。「中禅寺にて、八月十五日頃」として、中宮祠での儀式の記述がなされた後に、「日曜日、八月十三日、男体山登山」と記述されていて、日付が前後している。ただし、一九二二年八月十三日が日曜日であることは間違いない。

（17）『氏家町史』前掲書、二六六頁。『二荒山神社』（二荒山神社社務所編、二荒山神社社務所、一九一七年、二三一頁）には、「同月〔陰暦七月〕六日夕刻より信徒をして、中宮祠神殿の内陣に参進して拝礼せしむ。畢りて、七日の寅の刻より、上人、小聖、社家等信徒を率ゐて発足し、奥社に参詣す。奥社にて祭儀を行ふこと古例の如し」とあり、登拝に際し、中宮祠神殿で祭儀が行われていたことが記載されている。

（18）*J. I.*, p. 554.

（19）宮家準は、修験が祖霊などの外来魂を取り憑けるための一連の行為と考えている。「山岳修行は新しい外来魂を肉体にとり入れ、これによって威力を得、神聖な資格を得ることを目的とするものになる。そしてこの場合の外来魂は、死霊や祖霊のいる場所で修行することや、秋の峰で、村人が出峰の修験者を祖霊をむかえるのと同じ形式でむかえることから考えると、祖霊として把握されうるようなものと推測される。そうしてこの見方からすると、修験者は入峰修行によって祖霊の力を体得していると解しうるのである」（宮家準『修験道儀礼の研究〔増補版〕』春秋社、一九八五年、八五頁）。筆者の見聞した神道系の修験では、魂振りには「十種神宝《とくさのかむだから》」と「ひふみ祓詞」という祝詞が唱えられ、身体を揺らして魂を体内に取り込む所作を行っていた。また、滝行に先立ち、手を高く上げ、「魂魂」と叫び、次いで拳を鳩尾に当てて魂を取り込む所作をする。登拝祭自体は修験ではないので、クローデルの記述が魂振りであると断言することはできないが、登拝祭は、もともと日光修験の入峰が基本になっているため、修験の要素が見られることも十分考えられ、神道系の修験儀礼が何らかの形で取り入れられた可能性はある。

（20）André Blanchet, « Claudel lecteur de Bremond », *Études*, 1965 septembre, Des Pères de la Compagnie de Jésus, 1965, p. 162.

（21）Daniel Clarence Holtom, *The Political Philosophy of Modern Shintô : A study of the State Religion of Japan*, Tokyo, The Asiatic Society of Japan, Keio Gijuku, 1922. ダニエル・クラレンス・ホルトム（一八八四―一九六二）は、アメリカから来日し、一九一〇年から一九四一年まで日本でキリスト教の宣教、英語教育に従事していた。一九一四年から東京学院、日本バプテスト神学校、関東学院で教鞭を執り、一九三六年、関東学院の神学部が青山学院と合併すると青山学院に転籍し、初代神学部長を勤めた。短期間で日本語を習得したホルトムは、日本の神道に興味を示し、神道研究に打ち込み、アメリカでは神道研究の権威として認められることになる。一九六二年没（大島良雄「D・C・ホルトム」、『いんまぬえる』一〇号、関東学院大学、一九七七年を参照）。ホルトムについて論じた論文は少ないが、近年では、ホルトムが神道をどのように捉えていたのかということについて、菅浩二が論じた「D・C・ホルトムの日本研究とその時代――State Shinto 措定の目的を探る」（『近代の神道と社会』國學院大學研究開発推進センター編・坂本是丸責任編集、弘文堂、二〇二〇年）がある。

（22）Robert Henry Codrington, *The Melanesians : Studies in Their Anthropology and Folk-Lore*, Oxford, The Clarendon Press, 1891.

(23)　Holtom, *op. cit.*, p. 155.

(24)　Codrington, *op. cit.* p. 120.

(25)　Holtom, *op. cit.*, p. 155.

(26)　*Ibid.*, p. 154.

(27)　ホルトムが『近代神道の政治哲学』を刊行したのと同じ頃、日本に民俗学を打ち立てた柳田國男や折口信夫もこのマナ・タイプの神観念に着目し、日本人の魂観に当てはめていこうとしている。柳田は祖霊にマナを見出し、折口はマナの考えから、来訪神、外来魂、「天皇霊」「まれびと」といった独特の概念を作り上げた。二人のマナの解釈は異なるが、いずれも一箇所にとどまらない漂う性質があり、それが取り憑いたり、分離したりする、あるいは定期的に来訪したりする性質があり、それを日本の古代人の信仰に認めていたということでは一致している。たとえば、折口信夫は次のようにマナにつて語っている。「普通まなあと称せられる、外来魂の信仰のあつた事から話して見る。／人間のたましひは、いつでも、外からやつて来て肉体に宿ると考えて居た。そして、その宿つた瞬間から、そのたましひの持つだけの威力を、宿られた人が持つ事になる。又これが、その身体から遊離し去ると、それに伴ふ威力も落ちてしまふ事になる」（「原始信仰」『折口信夫全集［新訂版］』第二〇巻、中央公論社、一九六八年、一九九―二〇〇頁）。この「まなあ」から折口名彙のひとつである「天皇霊」が語られる。「恐れ多い事であるが、昔は、天子様の御身体は魂の容れ物である、と考えられて居た。天子様の御身体の事を、すめみまのみことと申し上げて居た。みまは本来、肉体を申し上げる名称で、御身体という事である。〔……〕此すめみまの命に、天皇霊が這入つて、そこで、天子様はえらい御方となられるのである。〔……〕／此すめみまの命である御身体即、肉体は、生死があるが、此肉体を充す処の魂は、終始一貫して不変である。故に譬ひ、肉体は変つても、此魂が這入ると、全く同一な天子様となるのである」（「大嘗祭の本義」『折口信夫全集［新訂版］』第三巻、中央公論社、一九六七年、一九三―一九四頁）。折口は、この天皇霊を取り憑ける儀礼が大嘗祭であるとしたが、現在は否定されている。

(28)　五来欣造（素川）（一八七五―一九四四）は、日本の政治学者で、読売新聞主筆、早稲田大学教授・明治大学図書館主事をつとめた。日本主義に共鳴し、戦前の保守系の論客として知られる。クローデルとどのような経緯で知り合ったかは不明であるが、一九二二年（大十一）三月にはすでに面識があり、彼は五来を日本におけるフランスの広報活動の担当者にすることを考えている。五来は、ドイツ、フランスへの留学経験を持ち、パリ大学在学中、国立東洋語学校で日本語の講師もしていた経験があり、クローデルは日仏に通暁している人物と考えていたようである。「私は［フランスの広報活動に］うってつけの人物を見つけたと思っています。五来氏という人物で、東洋語学校の日本語の元講師で、十二年間フランスに住んでいました。今は早稲田大学の教授で、政界や知識人階級では有名な人物で、わが国に対して、熱烈かつ強力な愛情に突き動かされています。その証はいくらも挙げることができます」（*Correspondance diplomatique Tokyo 1921-1927*, textes choisis. présentés et annotés par Lucile Garbagnati, préface de Michel Malicet,Paris, Gallimard, 1995, coll. « Cahiers Paul Claudel 14 », p. 128）。すでに五来は日仏二カ国で書かれたフランス広報誌『極東時報』（後に『仏蘭西時報』と誌名変更）を一九一六年（大五）から一九二〇年（大九）まで編集した実績があった。こうしたこともあってクローデルは再び五来に広報活動を依頼したものと推測される。五来はクローデルの推薦によってフランス政府から叙勲もされるが、その後、五来がフランスの広報活動の一端をどのように担ったかは不明である。

（29）　学谷亮「滞日期ポール・クローデルにおける批評と外交の接点――『日本の伝統とフランスの伝統』をめぐって」、『フランス語フランス文学研究』一一九巻、二〇二一年、二二七―二二九頁。

（30）　Claudel, « Un regard sur l'âme japonaise », *Pr.* p. 1121.

（31）　*Ibid.*, p. 1120.

（32）　*Ibid.*, p. 1121.

（33）　*Ibid.*

（34）　*Ibid.*, pp. 1123-1124.

（35）　クローデルは、事物に神性が宿っているから日本をカミの国としているが、「神国日本」というイメージを外国人に定着させたラフカディオ・ハーンの『日本』では人はカミの末裔であるがゆえに神国であると紹介されている。「彼〔＝平田篤胤〕は断言している。日本人はみな神が先祖である、それがために、他のすべての国の民よりも優っているのだと。彼は、自分たちが神の子孫であるということは、簡単に証明できるとさえいっている。〔……〕こうした意味で、日本人はすべて神であったのである。そして彼らの国土はまさに神々の国、すなわち『神国』あるいは『カミの国』と呼ばれていたのだ」（Lafcadio Hearn, *Japan : An Attempt at Interpretation*, New York, Macmillan, 1904, pp. 131-132.）。このハーンの著書は「長い間『神国』あるいは『神国日本』の別名で知られてきた。このことがまた、近代において神国の語を再び流布させる一つのきっかけとなったと思われる」（菅野覚明『神道の逆襲』講談社（講談社現代新書）、二〇〇一年、六六頁）。クローデルは、もちろんこのハーンの著書を知っていたと思われるが、彼はハーンの主張とはいささか異なり、森羅万象の事物に神性が宿っていることから神の国と呼ばれているとしている。

（36）　Claudel, « Un regard », *op. cit.*, p. 1123.

（37）　平田篤胤『古史伝』、『新修　平田篤胤全集』第一巻、名著出版、一九七七年、九〇頁。

（38）　同書、九五頁。

(39) 同書、九七頁。

(40) 同書。

(41) Claudel, « Un regard », *op. cit.*, pp. 1127-1128.

(42) Pseudo-Denys l'Aréopagite, *Les Noms divins (chapitres I-IV)*, texte grec B. R. Suchla, introduction, traduction et notes Ysabel de Andia, Paris, Les Editions du Cerf, 2016, p. 315. 同書はギリシア語とフランス語の対訳本。原文はギリシア語であるため、訳出にあたっては、右記の書物と熊田陽一郎訳の『神名論』、『キリスト教神秘主義著作集1』、教文館、一九九二年、一三九頁を参照した。

(43) *Ibid.*, pp. 318-319. 訳は前掲書、一四〇頁を参照。

(44) *S.T.*, I. q. 12, a. 1（山田『神学大全』Ⅱ、七頁）. なお、トマスは、神が「全然存在しないという意味で『非存在者』といわれるのではなくて」、「すべての存在者を超越するがゆえにそういわれるのである」としている（*S.T.*, I. q. 12, a. 1〔山田『神学大全』Ⅱ、一〇頁〕）。

(45) Claudel, « Un regard », *op. cit.*, pp. 1126-1127.

(46) *Ibid.*, p. 1129.

(47) *Ibid.*, p. 1130. 神性が個々人に内在するので、クローデルは、日本人は各人の内奥にある「犯すことのできないもの、聖なるもの」を傷つけられたり、侮辱されたりした場合には、その「侮辱を受けた人間は、その侮辱者を消すことができなければ、自分自身を消すしかなかったのです」（*Ibid.*）と、聖なる部分を守るために相手を殺害するか、自分が死ぬしかないと説明している。この時、クローデルの頭にあったのは、前年の一九二二年（第十一）五月に観た『仮名手本忠臣蔵』であったかもしれない。高師直に侮辱された塩冶判官が切腹したのは、「聖なる部分」を傷つけられたので、相手を殺そうとしたが果たせなかったので、自死したと解釈したとも考えられる。

(48) 中村元『日本人の思惟方法』、『中村元選集［決定版］』第三巻、春秋社、一九八九年、一三頁。

(49) 同書、一五頁。

(50) 同書、一六頁。

(51) 同書。

(52) 同書、一六頁。

(53) 伝最澄『天台法華牛頭法門要纂』浅井円道校注、『日本思想体系9　天台本覚論』岩波書店、一九七三年、三五頁。ここには、仏性、如来蔵という、後出する縁起論と対立しかねない仏教の大きな原理がある。仏性、縁起論を正確に捉えることは筆者の手に余るほど複雑な問題であるが、核心にあるものは、事物を構成する普遍的な実体を認めるか否かということに還元できると思われ、仏性・如来蔵は事物に普遍的な実体が内在するという実在論に発展していく考えであり、縁起論は普遍的な実体を一切、否定する一種の関係論である。仏性については、高崎直道『仏性とは何か』法蔵館（法蔵館文庫）、二〇一九年を、縁起論については三枝充悳『縁起の思想』法蔵館（法蔵館文庫）、二〇二四年を参照。また近代の縁起論解釈については宮崎哲弥『仏教論争――「縁起」から本質を問う』筑摩書房（ちくま新書）、二〇一八年を参照。

(54) 佐藤弘夫『ヒトガミ信仰の系譜』岩田書院、二〇一二年、一二三頁。

(55) 同書、一二二頁。

(56) 同書、一二七頁。

(57) 同書、一二八頁。この一節については、伝源信『真如観』の「一色《シキ》一香《カウ》ハ、草木瓦礫《サウモクグハラク》・山河大地《サンガダイチ》・大海《ダイカイ》虚空等《コクウトウ》ノ一切《サイ》非《ヒ》情《ジヤウノ》類《タグヒ》ナリ。是《コレ》ラノ万物《バンモツ》、皆是中道《ミナコレチウダウ》ニ非《アラ》ズトイフコト無《ナシ》」（『日本思想体系9　天台本覚論』岩波書店、一九七三年、一二〇頁）をも参照。キリスト教では霊魂などは人間以外の被造物にはないという考えが共有されているため、草木や岩など万物に仏性があるとする本覚思想に基づく日本的思考はおそらくクローデルにとっては衝撃的であったと考えられる。

(58) 鈴木大拙『日本的霊性』、『鈴木大拙全集［増補新版］』第八巻、岩波書店、一九九九年、四八頁。

(59) 同書、五〇頁。

(60) 西田幾多郎『善の研究』、『西田幾多郎全集』第一巻、岩波書店、二〇〇三年、一四二頁。

(61) Claudel, « Un regard », *op. cit.*, p. 1131.

(62) *Ibid.*, p. 1127. キリスト教の内在する神性に関しては、稲垣良典『カトリック入門――日本文化からのアプローチ』（筑摩書房（ちくま新書）、二〇一六年）及び上枝美典「盛期スコラとトマス」（『西洋哲学史Ⅱ　「知」の変貌・「信」の階梯』神崎繁・熊野純彦・鈴木泉責任編集、講談社（講談社選書メチエ）、二〇一一年）から着想を得た部分が大きい。

(63) *Ibid.*, p. 1124.

(64) *Ibid.*, p. 1125.

(65) Claudel, « L'Arrière-pays », *Pr.*, p. 1193.

(66) *Ibid.*

(67) *Ibid.*, p. 1194.

(68) Claudel, « Un regard », *op. cit.*, p. 1130.

（69） Claudel, « Propos sur un spectacle de ballets », *Œuvres complètes tome quatrième, Extrême Orient II*, Paris, Gallimard, 1952, p. 391, et *Th. II. (1967)*, p. 1466.

（70） Rudolf Otto, *Le Sacré : L'Elément non-rationnel dans l'idée du divin et sa relation avec le rationnel*, traduction française par André Jundt, revue par l'auteur, d'après la 18e édition allemande, Paris, Payot, 1929, p. 93. クローデルは一九二九年にJundtの訳したフランス語訳を読んだと考えられる。オットーは、何度か改訂をしているため、現在、定本とされる一九三六年とJundtが用いた版との間には字句の異同がある。なお、オットー『聖なるもの』（久松英二訳、岩波書店（岩波文庫）、二〇一〇年）を参照したが、久松は一九三六年版を使用している。

（71） *S.T.* I, q.8, a.1.（山田『神学大全』I、二九三頁）

（72） *S.T.* I, q.52, a.1.（『神学大全』四、一六六頁）

（73） *S.T.* I, q.8, a.1.（山田、前掲書、二九二頁）

（74） *S.T.* I, q.8, a.1.（同書、二九一頁）

（75） Claudel, « Un regard », *op. cit.*, p. 1131.

（76） 佐藤弘夫『日本人と神』講談社（講談社現代新書）、二〇二一年、一六頁。

（77） Claudel, « Un regard », *op. cit.*, p. 1126.

第四章　虚無の形而上学——頽廃としての仏教

（1） *AC*. p. 187.

（2） *Ibid.*, p. 309.

（3） 織田信長の記述が、大徳寺の直後にあることから、大徳寺の塔頭のひとつで信長の墓所でもある総見院も考えられるが、総見院は明治の廃仏毀釈で廃寺となってしまった。総見院の本尊は、羽柴秀吉が本能寺の変後に営んだ信長の葬儀の際に作らせた織田信長像であったが、廃仏毀釈で多くの建物や寺宝が失われるなか、信長像は大徳寺本坊に安置され、散逸を免れた。同寺は、大正時代になると復興され、現在に至っている。クローデルが大徳寺を訪れた時は総見院はなく、そのため、総見院の可能性はない。また、チェンバレンのガイドブックには「大徳寺近くの船岡山」の「織田信長の神道の神殿」（Basil Hall Chamberlain and W.B. Mason, *Handbook for travellers in Japan*, London, John Murray, 1899, p. 360）とあることから、「織田信長」は、建勲神社を指していると考えられる。

（4）　*AC*., p. 309.
（5）　*Ibid*., pp. 310-311.
（6）　『日本におけるポール・クローデル――クローデルの滞日年譜』中條忍監修、大出敦・篠永宣孝・根岸徹郎編、クレス出版、二〇一〇年、一五頁。
（7）　*AC*., pp. 310-311.
（8）　*Ibid*., p. 187.
（9）　*Ibid*., p. 312. なお、クローデルは孝明天皇に関して「Komio tenno」と記している。孝明天皇を「こうめい」ではなく「こうみょう」と読む例は明治期などの記録にあるが、例外的である。クローデルは携行していたチェンバレンのガイドブックの泉涌寺の項でも孝明天皇は「Kōmei Tennō」と記載されている（Chamberlain and Mason, *Handbook, op. cit*., p. 367）。
（10）　Claudel, « Çà et là », *Po*. p. 1046. 一八九九年（明三十二）六月に『メルキュール・ド・フランス』誌に発表された「仏陀」と「そここここに」の該当部分とには、大きな異同はない。
（11）　*Ibid*., p. 84.
（12）　*Ibid*.
（13）　*Ibid*.
（14）　*Ibid*.
（15）　『新訂 都名所図会2』市古夏生・鈴木健一校訂、筑摩書房（ちくま学芸文庫）、一九九九年、三一頁。
（16）　Chamberlain and Mason, *Handbook, op. cit*., p. 368.
（17）　Claudel, « Çà et là », *op. cit*., p. 89.
（18）　*Ibid*.
（19）　*Ibid*., p. 90.
（20）　*Ibid*.
（21）　*Ibid*.
（22）　*Correspondance 1897-1938,* Paul Claudel, Francis Jammes et Gabriel Frizeau, *avec des lettres de Jacques Rivière*, préface et notes par André Blanchet, Paris, Gallimard, 1952, p. 31.
（23）　*Ibid*., p. 36.

（24） ヨーロッパでの仏教の受容に関しては、花山信勝（一八九八―一九九五）の以下の書誌に詳しい。Shinsho Hanayama, *Bibliography on Buddhism* (reprint), edited by the Commemoration Committee for Prof. Shinho Hanayama's Sixty-first Birthday, New Delhi, Akshaya Prakashan, 2005.

（25） Roger-Pol Droit, *Le Culte du néant : Les Philosophes et le Bouddha*, Paris, Seuil, 1997, p. 16. 訳文に関しては、ロジェ＝ポル・ドロワ『虚無の信仰――西欧はなぜ仏教を怖れたか』島田裕巳・田桐正彦訳、トランスビュー、二〇〇二年を随時参照した。

（26） Louis Moreri, *Grand Dictionnaire historique ou Mélange curieux de l'histoire sacré et profane*, Paris, 1759 (Reprint, Genève, Slatkine Reprints, 1995).

（27） 同様のエピソードが見出せる書物の原題は以下の通りである。

• Joseph de Guignes, *Histoire générale des Huns, des Turcs, des Mongols et des autres Tartares occidentaux. avant et depuis Jésus-Christ jusqu'à présent ; précédée d'une introduction contenant des tables chronologiques et historiques des princes qui ont régné dans l'Asie*, Paris, chez Desaint et Saillant, 1756-1758.

• *L'Histoire générale de la Chine*, originairement, éditée par J. A. M. de Mogriac de Mailla, Paris, 1777-1785（なお本論では十九世紀に再刊された Abbé Jean Baptiste Gabriel Grosier, *De la Chine ou description générale de cet empire*, tome quatrième, troisième édition, Paris, Chez Pillet ainé, 1819, p. 448 を用いた）.

（28） Abbé Jean Baptiste Gabriel Grosier, *op. cit.*, p. 448.

（29） A. F. Ozanam, « Essai sur le Bouddhisme », *Œuvres complètes de A. F. Ozanam*, t. 8, avec une préface par M. Ampère (seconde édition), Paris, Librairie Jacques Lecoffre, 1859, p. 240. なお、この論は一八四二年（天保十三）に発表されたものである。

（30） *Ibid.*, p. 264.

（31） *Ibid.*, p. 262.

（32） L'Abbé Bigandet, « Principaux points du système boudhiste (*sic.*) », *Annales de philosophie chrétienne*, nº 44, août 1843, p. 87.

（33） *Ibid.*, p. 91. なお引用中の「魂の消滅」は anéantissement の訳であるが、これは島田・田桐訳『虚無の信仰』の趣旨に従ったものである。この点については同書「解説」（三四四―三四五頁）を参照。

（34） Félix Nève, *De l'état présent des études sur le Bouddhisme et de leur application*, Gand, P. Van Hifte, 1846, p. 45.

（35） Eugène Burnouf, *Introduction à l'histoire du Buddhisme indien*, tome premier, Paris, Imprimerie royale, 1844, p. 18.

（36） *Ibid.*, p. 110.

（37） Victor Cousin, *Histoire générale de la philosophie depuis les temps les plus anciens jusqu'au XIXe siècle*, huitième édition, revue et augmentée, Paris, Didier et Cie, 1863, pp. 93-94. コールリッジの研究により仏教をインド哲学＝ヒンドゥー教と同一視することができなくなったクザンは、インド哲学＝ヒンドゥー教から仏教を切り離し、同書の一八六三年版から、第三章「東洋思想」の後に「仏教に関する補遺」と題する補論を附すようになる。クザンは、ここで仏教は「虚無の信仰」であるという仏教批判を展開する。

（38） Jules Barthélemy Saint-Hilaire, *Le Bouddha et sa religion*, Paris, Didier et Cie, 1860, p. 133. このバルテルミー・サン＝チレールの著作は、クザンの影響下、最初『仏教論』として出版されたが、再版の際に題名が『仏陀とその宗教』に変えられた。

（39） *Ibid.*, p. 139.

（40） *Ibid.*

（41） Bertrand Marchal, *La Religion de Mallarmé : poésie, mythologie et religion*, Paris, Jose Corti, 1988, p. 22.

（42） カザリスのインド、とりわけ仏教への志向を指摘したのは竹内信夫である。竹内信夫「『イジチュール』試論（1）」（『外国語科研究紀要』第三二巻二号、東京大学教養学部外国語科、一九八四年）を参照のこと。

（43） S. Rocheblave, « Jean Lahor, notes et fragments biographiques », *Œuvres choisis de Jean Lahor*, Paris, Librairie des Annales, Politiques et Littéraire, [1909], p.XXXIX.

（44） Mallarmé, *O.C. I.*, p. 696.

（45） フランスでのヘーゲル受容は遅く、彼の主著である『精神現象学』が翻訳されるのは二十世紀に入ってからであるが、それでも十九世紀にはヴェラの翻訳活動を中心にして、彼の著作がフランスに紹介されていた。この点に関しては、拙論「虚無より生じる詩――マラルメによる仏教とヘーゲルの受容」（『教養論叢』一二八号、慶應義塾大学法学研究会、二〇〇八年）を参照のこと。

（46） *Logique de Hegel*, traduite par A. Véra, Paris, Ladrange, 1859. なお、初版（一八五九）はマラルメとその友人ルフェビュール、ヴィリエ・ド・リラダン等が読んだと推測されている。この翻訳は長く読み継がれ、第二版（一八七四）はアンドレ・ブルトンも読んだとされる。ヘーゲルの東洋思想、仏教等の受容については、Michel Hulin, *Hegel et l'Orient, suivi d'un texte de Hegel sur la Bhagavad-Gîtâ*, Paris, Vrin, 1979 を参照。フランスにおけるヘーゲル受容については Andrea Bellantone, *Hegel en France I et II*, Paris, Hermann, 2011 及び Bernard Bourgeois, « Hegel en France », *Lectures de Hegel*, ouvrage collectif sous la direction d'Olivier Tinland, Paris, Le Livre de poche, 2005 を参照。

（47） *Logique*, *op. cit.*, p. 9-10.

（48） *Ibid.*, p. 12.

（49）*Ibid.*
（50）*Ibid.*, p. 13-14.
（51）*Ibid.*, pp. 12-13.
（52）*Ibid.*, p.12.
（53）Claudel, *Mémoires improvisés : quarante et un entretiens avec Jean Amrouche*, texte établi par Louis Fournier et indexé par Anne Egger, Paris, Gallimard, 2000, coll. « Cahiers Claudel 15 », p. 165. クローデルはここで「阿弥陀信仰」を挙げているが、仏教諸派のなかから、例外的であるにしろ、阿弥陀信仰、すなわち浄土教を肯定的に扱っている。この背景には、阿弥陀如来が一切衆生の救済をするものということから、万物を超越した超越神と見なしうる可能性があったことが考えられよう。

　クローデルが仏教を肯定的に捉える契機となったと考えられるもうひとつの要素として、『ミリンダ王の問い』の読書体験が考えられる。フレデリック・ルフェーヴルとの対談で、クローデルは「『ミリンダ王の問い』の譬え話は、限りなく面白く、その楽しい懐疑主義は、キリスト教徒にとって危険なものではいささかなりともない」（Frédéric Lefèvre, *Une heure avec...*, 5e série, Paris, Gallimard, 1929, pp. 116-117）。と語っている。これとは別のルフェーヴルのインタビューでは、『ミリンダ王の問い』とは明言していないが「数世紀にわたり、ギリシアの思想とインドの思想は、緊密に意志の疎通をはかり、ギリシアとキリスト教はおそらく、仏教がわれわれの思想・宗教に影響を及ぼした以上に仏教思想に大きな影響を与えていたことを忘れてはならないでしょう。イエス・キリストに先立つ数世紀の仏教とその後の数世紀の仏教は根本的に違うのです」と語り、「中国と日本の『阿弥陀』はほとんどキリスト教的です」（Claudel, « Interview par Frédéric Lefèvre sur le Nô », *S.O.C. II.*, p. 131）とまで述べ、仏教とキリスト教を通底させている。なお、この発言では中国の仏教も肯定している。クローデルは『ミリンダ王の問い』を評価しているが、現在まで、クローデルが読んだ翻訳書は特定されておらず、この『ミリンダ王の問い』の影響については、別に論じる必要がある。

（54）Claudel, « Tao Teh King », *Po.*, p. 963. この作品は一八九八年に発表された。なお一九二六年（大十五）の六月から七月初旬、クローデルは日記に自分の作品を書き写し（*J. I.*, p. 724）、『詩人と香炉』のなかでも引用している（Claudel, « Le poëte et le vase d'encens », *Pr.*, pp. 844-845）。またクローデルと老荘思想については、Jacques Houriez, *Paul Claudel rencontre l'Asie du Tao*, Paris, Honoré Champion, 2016 及び Yvan Daniel, *Paul Claudel et l'Empire du Milieu*, Paris, Les Indes savantes, 2003 の第三部第二章を参照。
（55）*J. I.*, p. 620.
（56）Claudel, « Jules ou l'homme-aux-deux-cravates », *Pr.*, p. 848.
（57）『老子』蜂屋邦夫訳注、岩波書店（岩波文庫）、二〇〇八年、五〇頁。

(58) Claudel, « Le Poëte et le vase d'encens », *Pr.*, p. 845.
(59)『老子』前掲書、五〇頁。
(60) 神塚淑子『道教思想10講』岩波書店（岩波新書）、二〇二〇年、三三—三四頁。
(61) 同書、三四頁。蜂屋前掲書、六一—六二頁。
(62) 同書、八九—九〇頁。
(63) 神塚前掲書、三四頁。
(64)『老子』前掲書、二三三頁。
(65) 同書、二〇二頁。
(66) Claudel, « Le Poëte et le vase d'encens », *op. cit.*, p. 845.
(67) *Ibid.*, p. 847.
(68) Jacques Houriez, *Le Repos du septième jour de Paul Claudel*, Paris, Les Belles Lettres, 1987, p. 53.
(69) Léon de Rosny, *Le Taoïsme*, avec une introduction par Ad. Franck, Paris, Ernest Leroux, 1892, p. 3.
(70) 志野好伸「仏教・道教・儒教」、『世界哲学史3——中世I　超越と普遍に向けて』伊藤邦武・山内志朗・中島隆博・納富信留責任編集、筑摩書房（ちくま新書）、二〇二〇年、一九二頁。
(71) 斎藤明「仏教思想は甦るか——仏典、翻訳、そして現代」、『国際哲学研究』三号、東洋大学国際哲学研究センター、二〇一四年、五八頁。
(72) 立川武蔵『空の思想史——原始仏教から近代日本へ』講談社（講談社学術文庫）、二〇〇三年、二六二頁。
(73) 同書、二三五頁。

第五章　魂の在処——平田国学と『女と影』

(1) クローデルと杵屋佐吉との出会いははっきりしない。しかし、次のような杵屋佐吉自身の証言が残されている。「クロオデル氏の『女と影』を羽衣会で上演のため、その作曲を依頼されたのは、去暮師走〔＝一九二二年十二月〕の忙《せは》しい夜のことでした」（杵屋佐吉「『女と影』の作曲に就て」、『日本詩人』第三巻四号五月号、一九二三年、一一八頁）。実際には「佐吉とクローデルの出会いについての経緯は定かではありません。が、当時を知る佐吉の高弟の記憶によると、前年の邦楽によるオーケストラ編成『潯陽江』上演の風聞を伝え聞いたクローデルが、彼の秘書的な役目にあった外務省の山内義雄〔……〕という人を介して、佐吉に接触したというのが真相のようです」（杵屋佐久吉『四世杵屋佐吉研究』糸遊書院、一九八二年、二〇―二一頁）。

（2）「読売新聞」、一九二二年七月十六日付朝刊。

（3）「読売新聞」には「近来劇壇は総ての方向に新機運の熟し来れる傾向にあるが中に、殊に舞踊に於て新生面を開かんとするの運動盛となつたが中村福助は予て新舞踊を工夫演出せんとの希望あり専心研究を重ね来たりたる結果、大体の成案も熟し父歌右衛門とも協力し、従来の因習的旧型から脱化して新時代に相応はしき芸術たるべき斬新なる舞踊を案出助成する目的にて羽衣と称する機関団体を組織する事となつた」（一九二一年十二月十九日付朝刊）と経緯と目的を紹介している。この羽衣会の結成は、当時、注目を集めたようである。例えば、本居長世は「聴くところによると、今度中村福助を中心にした、若い俳優同士の舞踊研究会の『羽衣会』なるものが興されたさうである。それがわが日本舞踏界に一新機軸を出さんとする、すばらしい意気込みであればあるほど、わたくしは非常におもしろいことだと悦んでゐる」（「もつと自由に大胆であれ」、『演芸画報』第九年二号、一九二二年二月、二七頁）と書き、三島章道は「中村福助が、羽衣会とか云ふ、舞踊の研究会を興すと聞いて、私は非常な興味を以つて、その前途を属望してゐる」とし、「新しき日本舞踊の研究者は、若い天才で、研究出来る資力も力もある人がいゝ。今福助はそれにかなつてゐる」（「福助が舞踊研究会を始めるときいて――日本の舞踊の雑感」、同誌、二一―二四頁）と書いている。羽衣会の第一回の公演は、一九二二年二月に帝国劇場で行われた。演目は『演芸画報』第九年四号（一九二二年四月）、五号（同年五月）に掲載された「羽衣会第一回公演」によれば、以下の通り。「潯陽江」「移り行く時代」「月顔最中取種」「夢」「鉢かつぎ姫」であった。

（4）山内義雄「クローデル氏の舞踊劇『女と影』の第一作と第二作と（上）」、「読売新聞」、一九二三年二月二十二日付朝刊。山内義雄（一八九四―一九七三）は、一九二一年には京都帝国大学の学生であったが、上田敏からその名を教わったクローデルが来日することを知ると、東京帝国大学に転校する一方、東京外国語学校の講師を務めるようになる。クローデル着任後程なくして、クローデルからの信を得て、山内はクローデルと身近に接することになり、日本における最も有能な水先案内人になる。一方、日本でのクローデル作品のプロデューサー的役割も果たし、『女と影』（一九二二）の上演をはじめ、『聖女ジュヌヴィエーヴ』（一九二三）『四風帖』（一九二六）『雉橋集』（同）『百扇帖』（一九二七）の出版、『埴輪の国』（一九二六）の上演計画、クローデルの詩の朗読のSP版への吹き込みなどを主導した。

（5）『帝劇の五十年』帝劇史編纂委員会編集、東宝株式会社、一九六六年を参照のこと。

（6）クローデルは早くも来日一カ月後の一九二一年（大十）十二月に帝国劇場で岡本綺堂作『鳥辺山心中』、小山内薫作『第一の世界』、田島淳の『拾遺太閤記』を外務省書記官の笠間杲雄《あきお》に連れられて鑑賞している。またクローデルが強い関心を寄せることになる『仮名手本忠臣蔵』（一七四八）を初めて観たのは一九二二年（大十一）五月のことだった。

（7）　山内、前掲記事。

（8）　同記事。

（9）　同記事。

（10）　同記事。

（11）　十二月十九日の「読売新聞」には外務省の小村欣一、笠間杲雄《あきお》、山内義雄が中心になって話をすすめたことが記されている。また山内義雄も「この舞台の筋書は書き上げられるなり直ぐに私の手に託されたものであるが、外務省の笠間杲雄氏のご厚意により、且つはその間小村欣一氏の配慮をも煩はして漸くこの春上演されることまでに立至つたのはこの上なき悦びと云はねばならない」と証言している。これはポオル・クロオデル作『『女と影』の舞台装置について』（山内義雄訳、『女性』第三巻四号、一九二三年三月）の巻末の山内の註記に記されたものである。

（12）　*JI*, p. 565.

（13）　「読売新聞」、一九二二年十二月十九日付朝刊。

（14）　クローデルは松本幸四郎の『暫』を見て、感激し、起用を思い立ったという（ポオル・クロオデル『『女と影』の舞台装置について』、前掲誌、二三五頁）。

（15）　山内義雄「クローデル氏の舞踊劇『女と影』の第一作と第二作と（下）」、「読売新聞」、一九二三年二月二十三日付朝刊。

（16）　山内義雄は戦後になって別の証言を残している。「中へ入っておどろいたのは、〔……〕灯もつけず、入って行ったわたしを見向きもせず、デスクの前で一心に何か書きつづけているクローデルのすがただった。かれこれ10分もしたと思うころ、最後の一行を書きおわったらしく、いきおいよく椅子から立ち上がると、"Voilà !"と言ってわたしの前に2枚の原稿をつきだされた。『あれからちょっと考えたんだが、日本音楽には唄があったほうが作曲が楽だろうと思ってね。それで、唄の入ったやつを書いてみた。』」（山内義雄『『女と影』前後――記録風に』『日仏文化』二三号、一九六八年三月、一五―一六頁）。この証言では、第二稿はクローデル自身の発案によって作成されたことになっている。現在となっては、真偽は不明であるが、「読売新聞」の記事の方が、直後に書かれたものであり、記憶の変容が少ないと考え、ここでは「読売新聞」の記事の記述に従った。

（17）　山内、前掲記事。

（18）　同記事。

（19）　「女と影の舞台装置は大体、作者クローデル氏の指定の儘を具体化して、只登場人物の扮装と、舞台を一色に染たこと、物の総てを影と見て輪郭のみを以て現さうとしたこと位に私の意志が働いて居る。併し何よりも困難に感じたのは舞台監督の無いことで、小山内氏がそれに当られるやうに聞いて居たので素人の私は大に当にして居たところ、実際に当つて見るとさうではなく、作者とは語は通ぜず、幸ひに訳者山内氏が知人であつたので便宜を得たけれど、前に言つたク氏の指定も、正しく伝ふることを得なかつたのを作者に御気の毒に思つて居る、舞台監督の無い為めに方々から出る註文に統一がない、不徹底は当然の帰着であるにしても、作者の為めにも、亦私自身の為めにも遺憾なことであつた」(鏑木清方「『女と影』の舞台装置」、『日本詩人』第三巻四号五月号、一九二三年、一二〇頁)。またレーモンドの提案については、川尻清潭が「所が半《なかば》に至つて、ク大使の親しいお友達の、建築家のレーモンド氏が現はれて、清方氏とは又別な工夫の模型を作られたのです。それが帝劇の舞台に現はれた、上段と下段を囲ふ格子でした。ク大使はレーモンド氏との友誼上、此工夫を取入れる事になつたのです」(川尻清潭「『女と影』の上演前後」、『日本詩人』第三巻四号五月号、一九二三年、一一五頁)と事情を明かしている。

(20) ポオル・クロオデル「『女と影』の舞台装置について」、前掲誌、一二六頁。

(21) 同誌。

(22) 皇族関係では秩父宮夫妻、山階宮が来臨し、その他、各国大使が観劇したことが川尻清潭の証言から確認できる。「此作の上演の為に、畏くも秩父宮殿下、同妃殿下、山階宮殿下、其他各国大使御観覧の栄光を荷ひました」(川尻、前掲記事、一一七頁)。

(23) *J. I., p. 581.*

(24) ポオル・クロオデル『女と影(第二稿)』山内義雄訳、『改造』三月号、一九二三年三月、二頁。

(25) 同誌。

(26) 同誌、三―四頁。

(27) 同誌、五頁。

(28) 山口林児「踏影会と羽衣会の舞台装置を基調とした省察」『演芸画報』第九年五号、一九二二年五月、七〇頁。

(29) 三島章道・近藤経一「羽衣会合評」同誌、六一頁。

(30) 山口、前掲記事、七〇頁。演劇については、酷評された『女と影』であるが、杵屋佐吉の音楽については好意的に評価されたようである。音楽評論家の高原慶三は、「ポール・クローデル氏の詩による『女と影』の小批判――佐吉独創の邦楽オーケストラ」で「要するに結論として杵屋佐吉氏の『女と影』は、日本楽器によって組立てられた最上至高の音楽である」と絶賛している(杵屋佐久吉、前掲書、一二一頁)。クローデルに対する批判の一方で、演じる歌舞伎役者を批判した記事も見受けられる。小寺融吉は「今度の振附のどこにオリジナリチイがあるか。いづれも従来の浄るり所作事から取り出してきた振に過ぎない。見覚えのある物ばかり、而もそれがどう新しくも活用されてゐないのだ」と批判し、「今度の『女と影』の登場者は形骸の技芸家で真の芸術家ではない。之を近代的芸術家と買被つたのは、旅人〔＝クローデル〕の善良性の誤算である」（『読売新聞』一九二三年三月二十八日付朝刊）とクローデルに同情しつつも、歌舞伎役者には手厳しい。また、全体的に好意的な評価をしたものに以下のようなものがある。ルビエンスキイ「『女と影』の考察——帝劇の上演に際して」石川淳訳、『日本詩人』第三巻四号、一九二三年、一一一—一一三頁。

（31）芥川龍之介「『女と影』読後」、『芥川龍之介全集』第一〇巻、岩波書店、一九九六年、八一頁。

（32）正宗白鳥「『女と影』を評す」、『正宗白鳥全集』第二二巻、福武書店、一九八五年、九六頁。初出は「時事新報」紙の一九二三年三月三日号と三月四日号に掲載されたものである。

（33）同書、九七頁。

（34）同書。

（35）正宗白鳥「軽井沢にて」『正宗白鳥全集』第二七巻、福武書店、一九八五年、二一七—二一八頁。

（36）三遊亭円朝『真景累が淵』延広真治校注、『円朝全集』第五巻、岩波書店、二〇一三年、一八五頁。

（37）この点については佐藤弘夫『死者のゆくえ』岩田書院、二〇〇八年、及び同『死者の花嫁——葬送と追憶の列島史』幻戯書房、二〇一五年を参照。

（38）以上の日本論の書誌は、以下の通りである。

Ernest Mason Satow, « The Shintô Temple of Ise », *Transactions of the Asiatic Society of Japan*, vol. 2, October 1873-July 1874.

——, « The Revival of Pure Shintô », *Transactions of the Asiatic Society of Japan*, vol.3, pt. 1, October 1874-December 1874.

——, « The Use of the Fire-Drill in Japan », *Transactions of the Asiatic Society of Japan*, vol.6, pt. 2, February-April 1878.

——, « The Mythology and Religious Workshop of the Ancient Japanese », *The Westminster Review* 110 (ns 54), no 1 (July 1878).

——, « Ancient Japanese Rituals », *Transactions of the Asiatic Society of Japan*, vol. 7, pt. 2, March 1879, pt. 4, November 1879, vol. 9, pt. 2, August 1881.

W. G. Aston, *Shinto (The way of the Gods)*, London, Longmans Green and Co, 1905.

——, *Nihongi : chronicles of Japan from the Earliest Times to A. D. 697*, *I-II*, London, Kegan Paul, Trench, Trübner & Co. Limited, 1896.

Michel Revon, *Le Shintoïsme, tome premier*, Paris, Ernest Leroux, 1907.

Lafcadio Hearn, *Japan : An Attempt at Interpretation*, London, Macmillan, 1904.

——, *Kokoro : Hints and Echoes of Japanese Inner lift*, Boston and New York, Houghton, Mifflin Company, 1896.
Basil Hall Chamberlain, *Things Japanese*, third edition, London, John Murray, 1898.
——, *Ko-Ji-Ki or Records of Ancient Matters*, Yokohama Meiklejohn and Co. 1882.
Basil Hall Chamberlain and W.B. Mason, *Handbook for Travellers in Japan*, London, John Murray, 1899.
W.E. Griffis, *The Mikado's Empire*, New York, Harper &Brothers, 1876.
J. Reed, *Japan : Its History, Traditions, and Religions*, London, John Murray, 1880.

（39）　Lafcadio Hearn, « Some thoughts about ancestor-worship », *Kokoro : Hints and Echos of Japanese inner life*, Boston and New York, Houghton, Mifflin Company, 1896, p. 270.

（40）　Lafcadio Hearn, *Japan : An Attempt at Interpretation*, London, Macmillan, 1904, p. 37.

（41）　Michel Revon, *Le Shintoïsme, tome premier*, Paris, Ernest Leroux, 1907, pp. 54-55.

（42）　柳田國男『先祖の話』、『柳田國男全集』第一五巻、筑摩書房、一九九八年、四五頁。

（43）　Ernest Mason Satow, « The Revival of Pure Shintô », *Transactions of the Asiatic Society of Japan*, vol.3, pt. 1, October 1874-December 1874, p. 87 (Collected Papers, vol. 1, Ganesha Publishing Ltd. Edition Synapse).

（44）　前述のルヴォンの『神道』からの引用にも、平田篤胤『霊《たま》の真柱《みはしら》』に基づいていることが記されている。Revon, *op. cit.*, p. 54を参照。

（45）　和辻哲郎『日本倫理思想史』、『和辻哲郎全集』第一三巻、岩波書店、一九六二年、三六七頁。

（46）　吉田真樹『平田篤胤——霊魂のゆくえ』講談社（講談社学術文庫）、二〇一七年、二八三頁。

（47）　同書、二七二頁。

（48）　平田篤胤『霊の真柱』田原嗣郎校注、『日本思想体系50　平田篤胤　伴信友　大国隆正』岩波書店、一九七三年、一〇八—一〇九頁。

（49）　同書、一一二頁。

（50）　服部中庸「三大考」田原嗣郎校注、『日本思想体系50　平田篤胤　伴信友　大国隆正』、二六一頁。

（51）　本居宣長『古事記伝』、『本居宣長全集』第九巻、筑摩書房、一九六八年、二三九頁。

（52）　平田、前掲書、九六頁。

（53）　同書、九七頁。

(54) 同書、九八頁。
(55) 同書、一〇〇頁。
(56) 同書、七五―七六頁。
(57) 同書、七七頁。
(58) 同書、七四頁。
(59) 同書、一〇九頁。
(60) 同書、七六頁。
(61) 佐藤、前掲書、二〇九―二一〇頁。
(62) 同書、二一〇頁。
(63) 現在、平田篤胤はキリスト教関係の文献を読んできたことが確認されている。篤胤は、中国で活動していた宣教師たちの著作、ジュリオ・アレーニ（艾儒略）の『三山論学記』、マテオ・リッチ（利瑪竇）の『畸人十編』、ディエゴ・デ・パントーハ（龐迪我）の『七克』といった漢文テクストを通して、キリスト教神学に接していた。このことは、平田篤胤『本教外篇』に反映されている。『新修平田篤胤全集』第七巻、名著出版、一九七七年、及び周振鶴主編『明清之際西方傳教士漢籍叢刊［第一輯］③口鐸日抄　三山論學記（外三種）』鳳凰出版社、二〇一二年を参照。
(64) クロオデル『女と影（第二稿）』、前掲誌、五頁。
(65) 折口信夫は、物の怪について、次のように記述し、マナ・タイプの神性と通底させている。「元々『もの〻け』と言ふ語は、霊《モノ》の疾《ケ》の意味であつた。ものは霊であり、神に似て階級低い、庶物の精霊を指した語である。さうした低級な精霊が、人の身に這入つた為におこるわづらひが、霊《モノ》之疾《ケ》である。［……］宮廷その他の旧国の間に行はれた極めて古い信仰には、威霊の憑依することを強く信じてゐた。古代のことである。国々には、其国を領有する威力の源なる霊魂があつた。其が身に這入ると同時に、その国を治める力が身に憑つた訳である。さうしたまなの信仰に似たものが、古代宮廷には強く信じられてゐた。その威霊の来たり憑ることは、当人の意思を超えて行はれる神聖事であつた。人が欲すると欲しないとに関らず、力は持つべき人の身内に、霊として這入るのである。この畏敬すべき威霊の信仰が、時を経てあらたまつて、其を迎へ入れた身にすら悪い効果を及すという信仰の分化が行はれた。又其はそれで、次第に育つて行つた。迷惑なもの〻けが人身に出で入り、又その出で入る範囲も血筋に沿うて広まつて行くといふ考へ方も、要するに一つであつた」（折口信夫「もの〻け其他」『折口信夫全集［新訂版］』第八巻、中央公論社、一九六六年、三一九―三二一頁。

(66)『死霊解脱物語聞書』校訂代表高田衛、『近世奇談集成一』、国書刊行会、一九九二年。

(67) 上田秋成『雨月物語』、『新潮日本古典集成　雨月物語　癇癖談』浅野三平校注、新潮社、一九七九年。

(68)『女と影』と能の関係について論じたものには、中條忍「クローデルと日本——『女とその影』に落ちた日本の影」(『文学』、一九八九年五月号、五十七号）及び根岸徹郎「ポール・クローデルの『女と影』と日本」(『演劇のジャポニスム』神山彰編、森話社、二〇一七年）がある。

(69) *Lettres de Paul Claudel à Élisabeth Sainte-Marie Perrin et à Audrey Parr*, Paris, Gallimard, 1990, coll. « Cahiers Paul Claudel 13 », p. 95.

第六章　媒介する天使——能のスコラ学

(1) Claudel, « Interview par Yvan Lenain sur le thomisme et sur Nô », *S.O.C. III*, p. 102.

(2) クローデルと能との関係についての学術的な研究は、Moriaki Watanabe, « Claudel et le *nô* : À propos de notes inédites du *Journal* », Études de langue et littérature françaises, vol. 6 , 1965 が嚆矢であろう。これ以降、渡邊守章は、自身の作品の演出も含めて、クローデルと能との関係の考察を深めていった。一方、渡邊の後に能の影響について分析したのが、中條忍である。中條は、一九八〇年代後半から積極的にクローデルがどのように能を吸収していき、自分の作品に取り入れていたかを論じてきた。二〇一〇年代になると、西野絢子がフランスで、*Paul Claudel, le nô et la synthèse des arts*, Paris, Classiques Garnier, 2013 を刊行し、これまでの渡邊から始まり、中條を経て深めてきた日本でのクローデルの能からの影響についての研究をいわば集成した。

(3)「柱の陰から」、『謡曲界』第一七巻六号、一九二二年十二月、一〇〇—一〇一頁。

(4) *J. I.*, pp. 561-562.

(5)『道成寺』鑑賞の後、クローデルは、一九二三年一月初旬までの間に『土蜘蛛』を観ている可能性がある。彼は一九二三年一月四日付のオードリー・パール宛の書簡で、「あの人のよい男が、ある劇で土蜘蛛を演じている。私はそれを観た〔……〕(*Lettres de Paul Claudel à Élisabeth Sainte-Marie Perrin et à Audrey Parr*, Paris, Gallimard, 1990, coll. « Cahiers Paul Claudel 13 », p. 261) と書いているからだ。クローデルの書簡の「土蜘蛛」が能のことであるとするなら、一九二二年十一月十二日の宝生夜能での宝生重英（シテ）の『土蜘蛛』が可能性のあるものである。また歌舞伎の『土蜘蛛』の可能性も否定できない。

(6) *J. I.*, p. 574.

(7) *Ibid*.

(8) *Ibid*., p. 577.

(9) 芥川龍之介「金春会の『隅田川』」、『芥川龍之介全集』第一一巻、岩波書店、一九九六年、三―四頁。
(10) 芥川龍之介「『女と影』読後」、『芥川龍之介全集』第一〇巻、岩波書店、一九九六年、八三頁。
(11) 芥川、「金春会の『隅田川』」、前掲書、七頁。
(12) 「柱の陰から」、『謡曲界』第一八巻四号、一九二三年四月、一一七頁。
(13) *J. I.*, p. 578.
(14) *Ibid.*, p. 720.
(15) *Ibid.*, p. 721.
(16) Claudel, « Nô », *Pr.*, p. 1172.
(17) 渋沢栄一伝記資料には次のように記されている。「三月十四日　半晴半陰　軽寒／〇上略　午後一時幣原外務大臣ノ午飧会ニ出席ス、仏国大使及日仏会館ノ諸氏、特ニ仏国ヨリ来レルアシーヤル及フッセー〔ママ〕二氏ヲ饗宴セルナリ賓主二十名許リ、鄭寧ナル午飧アリ、午後三時散会」（デジタル版『渋沢栄一伝記資料』（公益財団法人渋沢栄一記念財団）、https://eiichi.shibusawa.or.jp/denkishiryo/digital/main/)。また高橋勝浩編『出淵勝次日記』（図書刊行会、二〇二二年、二〇九頁）には「昼、官邸に仏国大使及仏国学者二名を招く。三時帰宅」とある。出淵勝次は当時、外務次官だった。
(18) 『能楽大事典』小林責・西哲生・羽田昶著、筑摩書房、二〇一二年。
(19) Moriaki Watanabe, « Claudel et le Nô », *Europe*, 60e année No 635, mars 1982, p. 83.
(20) Nishino, *op. cit.*, p. 71.
(21) 田代慶一郎『夢幻能』朝日新聞社、一九九四年、六頁。Nishino, *op. cit.*, p. 136.
(22) 芳賀矢一は、一九〇七年（明四十）にこの語を初めて用い、その後一九一三年（大二）に刊行した『国文学史概論』（『芳賀矢一選集』第二巻、國學院大學、一九八三年、三七〇頁）で改めて提唱している。
(23) 観世銕之亟『ようこそ能の世界へ　観世銕之亟 能語り』暮しの手帖社、二〇〇八年、六五頁。
(24) クローデルは死者の魂の物語と考えているが、同じような観点を持っていた西洋人は少ない可能性がある。たとえば、チェンバレンも能を紹介しているが、能が死者の魂の物語とは考えていないようである (Basil Hall Chamberlain, *Things Japanese*, London, John Murray, 1898, p. 393)。
(25) 小山聡子『もののけの日本史――死霊、幽霊、妖怪の1000年』中央公論新社（中公新書）、二〇二〇年、一五〇―一五一頁。
(26) 本田安次『能及び狂言考』、『本田安次著作集　日本の傳統藝能』第一七巻、錦正社、一九九八年、五四頁。

(27) Claudel, « Nô », *op. cit.*, p. 1170.
(28) *Ibid.*
(29) *Ibid.*
(30) *Ibid.*
(31) *Ibid.*
(32) *Ibid.*
(33) Claudel, « Propos sur un spectacle de ballets », *Th. II.* (1965), p. 1466.
(34) Claudel, « Nô », *op. cit.*, p. 1167.
(35) *Ibid.*, p. 1169.
(36) 本田、前掲書、五二頁。
(37) 徳江元正『室町芸能史論攷』三弥井書房、一九八四年、二一六頁。
(38) 野上豊一郎「能の幽霊」、『能の再生』岩波書店、一九三五年、五四頁。夏目漱石の弟子であった野上豊一郎は、バーナード・ショーなどの研究の傍ら、能楽の研究と海外への紹介に努めたことで知られる。野上は法政大学の予科長を務めていた一九二二年（大十一）に野上は同大理事宮地佐之助とともにフランス大使館でクローデルと会っている。この時はおそらく皇太子訪欧の答礼使として来日することになっていたジョッフル元帥の歓迎会のための打ち合わせだったと考えられる。
(39) 田代、前掲書、一四二―一四三頁。
(40) Claudel, « Nô », *op. cit.*, p. 1169.
(41) 本田、前掲書、五三頁。
(42) 田代、前掲書、一七〇頁。
(43) Claudel, « Nô », *op. cit.*, p. 1170.
(44) 佐成謙太郎『謡曲大観　首巻』明治書院、一九三一年、五八頁。
(45) 野上、前掲書、六六頁。
(46) 田代、前掲書、一七一頁。
(47) *Correspondance Maritain, Mauriac, Claudel, Bernanos : Un catholique n'a pas d'alliés*, présentée par Henri Quantin et Michel Bressolette, Paris, Les Éditions du Cerf, 2018, p. 208.

（48）ディオニュシオス・アレオパギテス『天上位階論』今義博訳、『中世思想原典集成3　後期ギリシア教父・ビザンティン思想』平凡社、一九九四年、三七〇頁。

（49）Claudel, « Notes sur les Anges », *Le Poëte et la Bible I 1910-1946*, edition établie, présentée et annotée par Michel Malicet avec la collaboration de Dominique Millet et Xavier Tilliette, Paris, Gallimard, 1998, p. 3. なお、クローデルが、「階層化され、相互に依存しあっている九階梯」と表現しているのは、ディオニュシオス・アレオパギテスの『天上位階論』の天使には全体で九つの階梯があるとの記述を踏まえている。

（50）*S.T.*, I, q. 50, a. 1.（『神学大全』四、一二八頁）

（51）Claudel, « Notes sur les Anges », *op. cit.*, p. 3.

（52）この一節は、ディオニュシオス・アレオパギテスの一節を参考にすべきであろう。「この善から彼らに善の形相が与えられた。すなわち彼らは自らの内に秘められた善を開示するのであるが、このように神の沈黙を外に対して告知することによって、彼らは天使（＝告知者）なのである」（『神名論』熊田陽一郎訳、『キリスト教神秘主義著作集1』教文館、一九九二年、一七〇頁〔Psedo-Denys l'Aréopagite, *Les Noms divins (chapitres I-IV)*, texte grec B. R. Suchila, introduction, traduction et notes Ysabel de Andia, Paris, Les Editions du Cerf, 2016, p. 435〕）。これによると、天使は神の意志＝善を形相という形で受け取り、自らに内在させることで人間が理解できるものに変換し、それを人間に開示しているという。

（53）Claudel, « Notes sur les Anges », *op. cit.*, p. 3.

第七章　ものの「ああ性」を求めて——物のあはれの形而上学

（1）「東京朝日新聞」、一九二六年十一月三十日付朝刊。

（2）同紙。

（3）「演芸消息」、『演芸画報』第九年七号、一九二二年。

（4）「文楽座に着くや同座経営者白井氏の非常に懇切なる歓待を受け折柄開演中の彦山権現利生記の一幕を見物し、これに対して宮島、小泉両氏が交々詳細に説明する所があるた（ママ）ので感興殊に深きものあるやうに見受けられた。／尚ほ白井氏から特に記念として小靭（ママ）太夫演唱の蓄音機レコードの寄贈あり、人形を片手に撮影をなすなど興尽くる所なく見へた大使も、応て時間の都合上、／『余り面白かつたから今秋再び来て悠くり見物し度いと思ふ。』／との言葉を残して此所を去り仏蘭西会主催の晩餐会に臨まれた〔……〕」（「仏国大使来校」、『千里山学報』二号、大正十年七月十五日）。クローデルと関西大学との関係については、浜本隆志「ポール・クローデルと関大ゆかりの人びと――パリ・東京・千里山をつなぐ人脈相関図」（『関西大学年史紀要』二一巻、関西大学年史編纂委員会、二〇一二年）を参照。

（5） *J. I.*, p. 550.

（6） 「五日の午後神戸から飄然と大阪に来て大阪商業会議所会頭稲畑勝太郎氏の肝煎りで御霊の文楽座へ向つた〔……〕一段が済むと二階の休憩室に入つて松竹の白井社長の案内で切り狂言「千本桜」に使ふ忠信と静御前の人形を御目にかける。大使よりも令嬢の方が余程珍しいと見えて信忠と握手したり首をひねつたり」（「大阪毎日新聞」、一九二六年五月六日）。

（7） *Claudel, homme de théâtre correspondances avec Copeau, Dullin, Jouvet,* Paris, Gallimard, 1966, coll. « Cahiers Paul Claudel 6 », p. 141.

（8） クローデル「文楽の浄るりについて」（訳者不詳）「東京朝日新聞」一九二六年十一月三十日付朝刊。文楽が能に通底することは、一九二六年（大十五）十一月十七日付の宮島綱男宛の書簡にも見られる。「現実は実に巧みに分割され、物語は、不快な物質の支えなしに、完全に想像と夢のなかで起こります。手段は異なりますが、『浄瑠璃』は『能』と同じ結果に至るのです」（*Pr.* p. 1551）。なおこの書簡は、『朝日のなかの黒鳥』の初版に収録されている。cf. Tsunao Miyajima, *Théâtre japonais de Poupées*, Kyoto, Société de Rapprochement intellectuel franco-japonais / Institut franco-japonais du Kansai à Kyoto, 1927.

（9） Claudel, « Bounrakou », *Pr.*, p. 1181.

（10） *Ibid.* クローデルは三人の人形遣いがすべて黒子と表現しているが、多くの場合、三人のうち、「主遣い」は紋服を着て、顔を出しているのが一般的である。「左遣い」と「足遣い」の二人が黒子の衣装で人形を操る。ただし三人とも黒子の衣装の場合もあるので、ここでのクローデルの記述を誤りと断言することはできない。しかし、ここでの記述を誤りだと思ったクローデルは一九二六年（大十五）に「詩人と三味線」を執筆した時、自身の記述が誤りであったと「三味線」に語らせている（Claudel, « Le Poëte et le Shamisen », *Pr.* p. 821.）。

（11） *Ibid.*, p. 1182.

（12） *Ibid.*

（13） *Ibid.*

（14） Henri Focillon, *L'Art bouddhique*, Paris, Henri Laurens, 1921, pp. 128-129.

（15） Claudel, « Interview de Claudel par Marcel Pays », *S.O.C. II*, pp. 98-99.

（16） Focillon, *op. cit.*, p. 129.

(17)「武士は物の哀を知る」という俚諺が江戸時代には成立していたことは、中野吉平著『俚諺大辞典』(坪内逍遙監修、東方書院、一九三三年)から確認できる。ここで立項されている「武士は物の哀を知る」には、「武士はものの哀れを知るといふ。自か一つの願はこれ此双六盤」(『絵本増補玉藻前旭袂』)という江戸期の用例が挙げられている。これには江戸期における武士の倫理的な転換が行われたことが背景にあるが、その点については高橋昌明『武士の日本史』岩波書店(岩波新書)、二〇一八年を参照。

(18) 本居宣長『紫文要領』、『本居宣長全集』第四巻、筑摩書房、一九六九年、五七頁。

(19) 本居宣長『石上私淑言』、『本居宣長全集』第二巻、筑摩書房、一九六八年、一〇六頁。

(20) 本居宣長『源氏物語玉の小櫛』、『本居宣長全集』第四巻、筑摩書房、一九六九年、二〇一頁。

(21) 同書。宣長によれば、「あはれ」は、「あゝとはれとの重なりたる物にて、漢文に嗚呼などとあるもじを、あゝとよむも是也」(同書)から生まれた言葉であるという。この宣長の記述に従えば、フォションが「あはれ」の訳語として「ああ」という語をあてたのは、あながち間違いとはいえない。

(22) 高山大毅「江戸時代の『情』の思想」、『世界哲学史6 近代Ⅰ 啓蒙と人間感情論』伊藤邦武・山内志朗・中島隆博・納富信留責任編集、筑摩書房(ちくま新書)、二〇二〇年、二六六—二六七頁。

(23) 高山大毅「『物のあはれを知る』説と『通』談義—初期宣長の位置」、『国語国文』第八四巻一一号、京都大学文学部国語学国文学研究室、二〇一五年、一九頁。

(24) 和辻哲郎『日本精神史研究』、『和辻哲郎全集』第四巻、岩波書店、一九六二年、一五〇頁。

(25) 熊野純彦『本居宣長』、作品社、二〇一八年、六九頁。

(26) 津田左右吉『文学に現はれたる我が国民思想の研究——平民文学の時代 中』、『津田左右吉全集』別巻第五、岩波書店、一九六六年、四六一—四六二頁。

(27) 村岡典嗣『日本思想史研究』第四、岩波書店、一九四九年、八三頁。引用の箇所は、一九二八年(昭三)から一九二九年(昭四)にかけて、「岩波講座世界思潮」に断続的に掲載された「日本思潮」に含まれる一節。

(28) 日野龍夫「『物のあはれを知る』説の来歴」、『新潮日本古典集成〈新装版〉本居宣長集』日野龍夫校注、二〇一八年、五一九頁。日野は、「物のあはれ」という表現が、たとえば為永春水の人情本『春色梅児誉美』初編第一巻や大坂竹本座で初演された浄瑠璃『ひらかな盛衰記』第三段などに見られることを指摘し、『物のあわれを知る』の説が、宣長の思想として有名になり過ぎたあまり、宣長をつつんでいた江戸時代の普通の生活意識から切り離されてしまって、何か特別な思想のように扱われてきた傾向」を批判している(同書、五一五頁)。

(29) 折口信夫「国文学」、『折口信夫全集［新訂版］』第一四巻、中央公論社、一九六六年、二一六―二一七頁。
(30) Claudel, « Interview de Claudel par Marcel Pays », *op. cit.*, p. 98.
(31) Claudel, « Une promenade à travers la littérature japonaise », *Pr.*, p. 1156.
(32) 本居宣長『玉勝間』、『本居宣長全集』第一巻、筑摩書房、一九六八年、四七頁。
(33) 同書、四八頁。
(34) 同書、五三頁。

第八章　間奏曲――誤解された修辞

(1) Claudel, « Nô », *Pr.*, pp. 1172-1173.
(2) *Ibid.*, p. 1172.
(3) *Ibid.*p. 1173. なおチェンバレンの原文は、Basil Hall Chamberlain, *The Classical Poetry of the Japanese*, London, Trübner & Co., 1880, pp. 5-6 に見られる。クローデルは一部、改訳している。
(4) Renondeau, « L'Étoffe prosodique du Nô », *Pr.*, p. 1549.
(5) *Ibid.*, pp. 1549-1550.
(6) 安田登『異界を旅する能――ワキという存在』筑摩書房（ちくま文庫）、二〇一一年、一一七頁。
(7) 『伊勢物語』秋山虔校注、『新日本古典文学大系17　竹取物語　伊勢物語』岩波書店、一九九七年、八七頁。
(8) 時枝誠記『国語学原論――言語過程説の成立とその展開』岩波書店、一九四一年、五二七頁。
(9) 同書、五二九頁。
(10) 同書。
(11) 同書。
(12) 同書、五二九―五三〇頁。
(13) 同書、五三三頁。

第九章　虚無から射かけられる矢――水墨画の神学

(1) Claudel :« Un regard sur l'âme japonaise », *Pr.*, p. 1128.

(2) *Ibid.*
(3) *Ibid.*
(4) *Ibid.*
(5) 司馬江漢『西洋画談』、『日本随筆大成』第一二巻、吉川弘文館、一九七五年、四八六頁。
(6) 南明日香『国境を越えた日本美術史――ジャポニスムからジャポノロジーへの交流史 1880-1920』藤原書店、二〇一五年、二五〇頁。
(7) 島尾新『水墨画入門』岩波書店（岩波新書）、二〇一九年、八〇―八一頁。
(8) 南明日香の前掲書のうち、第三部「二十世紀初頭の日本美術・工芸論」、第四章「室町水墨画評価」を参照。
(9) Raphael Petrucci, *La Philosophie de la nature dans l'Art d'Extrême-Orient*, Paris, Librairie Renouard / Henri Laurens, s.d. pp. 106-107.
(10) Henri Focillon, *L'Art bouddhique*, Paris, Henri Laurens, 1921, p. 136.
(11) Claudel, « Un regard sur l'âme japonaise », *Pr.*, p. 1128.
(12) 竹内栖鳳「墨絵の叙景詩（クローデル大使との一夕話）」（『大毎美術』第七巻二号、一九二八年二月号）、『ポール・クローデル歿後50年記念　ポール・クローデルと京都画壇』クローデル歿後50年祈念企画委員会編、二〇〇五年、六頁。
(13) 藤木晶子『竹内栖鳳――水墨風景画にみる画境』思文閣出版、二〇二二年、一四頁。
(14) 同書、三一二頁。
(15) Claudel, « Une promenade à travers la littérature japonaise », *Pr*. p. 1162.
(16) *Ibid.*
(17) 狩野永納編『訳注本朝画史』笠井昌昭・佐々木進・竹居明男訳注、同朋舎出版、一九八五年、三五一頁。なお原文は漢文。
(18) 同書、三五三頁。
(19) 武田恒夫『狩野派絵画史』吉川弘文館、一九九五年、一八二頁。
(20) 小林忠『日本水墨画全史』講談社（講談社学術文庫）、二〇一八年、一九〇―一九一頁。
(21) 武田、前掲書、一八二頁。
(22) 小林、前掲書、一九一頁。
(23) 竹内、前掲書、六頁。
(24) 同書。

（25）同書。
（26）同書。
（27）Claudel, « Une promenade », *op cit.*, p. 1162.
（28）Claudel, *Correspondance diplomatique Tokyo 1921-1927*, textes choisis. présentés et annotés par Lucile Garbagnati, préface de Michel Malicet, Paris, Gallimard, 1995, coll. « Cahier Paul Claudel 14 », p. 382.
（29）Claudel, « Interview par Frédéric Lefèvre sur le Nô », *S.O.C. II*, p. 125.
（30）実際にはクローデルは次のように書いている。「そして何回かの茶会や、京都の香を商う店や友人の喜多氏が営む古美術店で幾度となく過ごした午後のこと、あるいは金色の光と雪の白さがはかなく織りなす楽園のなかにある年ふりた御所の音もなく開く襖のことが思い出される」（Claudel, « Adieu, Japon ! », *Pr.*, p. 1153）。
（31）喜多虎之助は、幕末に姫路で生まれ、やがて大阪の山中商会に勤めるようになる。山中商会は外国人向けに書画骨董を扱っていた貿易商で、後に英国王室御用達にもなっている。本店は大阪にあったが、京都には寺町通り御池下ルに支店を構えていた。この京都支店は、やがて山中商会が合資会社となって、支店をグループ会社化した際、青蓮院門跡前の粟田口三条に移転し、独立している。この京都の店（山中合資会社）の役割は、海外からの顧客のニーズに応えるためであった。虎之助はそこに数年間、勤務し、その間パリにも出張している。その後、虎之助は独立し、山中商会同様、外国人向けに古美術を扱う貿易商を京都で始める。これが蓬莱堂である。虎之助は、各国大使館、公使館、領事館との人々、在日外国人、外国人旅行者との取引から京都における外国人ネットワークの要になっていたようである。一方で、虎之助は、古美術商という商売柄、京都在住の芸術家との広いネットワークも持っていた。外国人のネットワークと京都の芸術家のネットワークの結節点に虎之助はいた。クローデルとの関係からすると洋画家の鹿子木《かのこぎ》孟郎《たけしろう》、日本画家の竹内栖鳳、そしておそらく冨田溪仙がこのネットワークのなかに含まれており、こうした画家たちとのクローデルの交流の鍵となる人物が虎之助であった。山中商会については、山本真紗子「美術商山中商会――海外進出以前の活動をめぐって」（『Core Ethics』四号、立命館大学、二〇〇八年）を、喜多虎之助とクローデルの関係については拙論「喜多虎之助という男がいた」（『L'Oiseau noir クローデル研究』二〇号、二〇二〇年）を参照。なお、虎之助の甥にあたり、蓬莱堂を取り仕切っていた喜多利一郎の残した日記の一九三一年（昭六）の一月五日の記述には「ヂヨツフル元帥死去にて巴里へ弔詞手紙差出す」とあり、同年一月三日に没したジョッフル元帥に弔文を送っていることからすると、虎之助とジョッフルは面識があったことがうかがわれ、一九二二年（大十一）二月十六日にジョッフル元帥はクローデルとともに蓬莱堂を訪れていた可能性があり、そうすると二月十七日は、クローデルの再訪であったと考えられる。

(32) *J. I.*, p. 538.
(33) *Ibid.*
(34) Claudel, *Le Soulier de satin*, *Th II*.(2011), p. 459.
(35) *J. I.*, p. 538.
(36) 内田宗治『外国人が見た日本――「誤解」と「再発見」の観光150年史』中央公論新社（中公新書）、二〇一八年、五一―五二頁。
(37) 「大雲山竜安寺《だいうんさんりようあんじ》は等持院《とうじいん》の北にあり。開基は義天《ぎてん》和尚〔義天玄詔、一三九三―一四六二〕。文明年中〔一四六九―八七〕に細川《ほそかわ》右京太夫勝元《かつもと》〔一四三〇―七三〕いとなみしなり。初めは左大臣実能《さねよし》公〔藤原実能、一〇九六―一一五七〕の山荘なり。徳大《とくだい》寺公有《じきんあり》公の代《よ》、細川勝元この地を乞ひ請《う》けられしなり。本尊は釈迦仏、大元・達磨《だるま》の像は東西の壇にあり。恵光《えこう》禅師〔義天〕の像、細川勝元の像を安ず。堂の内、天上の画《え》は東福寺《とうふくじ》兆殿司《ちようでんす》〔吉山明兆、一三五二―一四三一〕の筆なり（蟠竜《ばんりよう》・迦陵頻《かりようびん》）。方丈は勝元の館《やかた》書院をもつていとなみ、庭前の築山《つきやま》、池辺《ちへん》の風色は勝元の物数寄《ものずき》なり。この地北は衣笠《きぬがさ》の山を覆ひ、南は遥か闢《ひら》けて一陽来復より温気《うんき》めぐること早し。池の面《おもて》には水鳥むれあつまり、玄冬の眺めをなす。これを竜安寺の鴛鴦《おしどり》とて名に高し」（『新訂 都名所図会3』、市古夏生・鈴木健一校訂、筑摩書房、一九九九年、二七八―二七九頁）。ここで語られているのも方丈前の石庭ではなく、鏡容池のことであり、この鏡容池が「鴛鴦」で有名であることが記されている。
(38) Claudel, « La nature et la morale », *Pr.*, p. 1183.
(39) *J. I.*, p. 625. Claudel, *Le Soulier de satin*, *Th. II (2011)*, p. 457.
(40) Claudel, « La nature et la morale », *op. cit.*, p. 1184.
(41) *Ibid.*
(42) *Ibid.*
(43) この訪問のことは、日記に次のように記されている。「〔七月〕六日、アビラ。朝、大聖堂。赤と白の点々に彩られている。鎖で建物に繋がれた二頭の小さなライオン像。（あまり効果的とは思えない）銃眼が穿たれた城壁と登楼に囲まれている。聖女テレサの神的恩寵あるいは法悦の託身修道院。〔……〕午後、聖女テレサを求めて。遂に見つける。小さな金彩の礼拝堂。金色と光に満ちて暑いところ。木製の輝かんばかりの聖女の像、「エストファド」（金色を混ぜたような色）に塗られている。〔……〕教会のなかには非常に美しい別の像。ひとつは柱を抱いたキリスト像であり、もうひとつは神的恩寵を受ける聖女テレサの像。わが母テレサを見つめ、彼女に語りかけ、彼女に私が愛する人と私を支えてくれる人全員のための祈りを捧げて甘美な一時間を過ごす。

強い感動」（*J. I.*, pp. 679-680）。

（44）　Santa Teresa de Jesús, *Libro de la vida*, Madrid, Edición de Dámaso Chicharro, Cátedra, 1979, p. 353. 訳出に際しては、以下を参照した。Thérèse d'Avila, Jean de la Croix, *Œuvres*, édition publiée sous la direction de Jean Canavaggio, avec collaboration de Claude Allaigre, Jacques Ancet et Joseph Pérez, Paris, Gallimard, 2012, « Bibliothèque de la Pléiade », p. 195.

（45）　Claudel, « La nature et la morale », *op. cit.*, pp. 1184-1185.

第十章　アリストテレスと唐辛子――新たなクラテュロス主義

（1）　山内義雄の孫の山本泰朗氏によれば、山内は来日直後の一九二二年頃にはクローデルは俳諧を知っていて、自身で俳諧風の短詩を試みていたことをクローデルから聞いたとのことである。しかし、この短詩がどのようなものかは不明。

（2）　この作品の初出は、関東大震災後に詩話会が編んだ追悼詩集『災禍の上に』（詩話会編、新潮社、一九二三年）である。この初出では「俳諧」の題名はなく、詞書きから始まっている。何カ所かの点で『朝日のなかの黒鳥』（一九二七）との異同も見られる。また詞書き、本文いずれも大文字で書かれている。詩篇が書かれた裏の頁には山内義雄の解題が附されている。原文は以下の通り。

LA NUIT DU 1er SEPTEMBRE 1923
ENTRE TOKYO ET YOKOHAMA

—

PAUL CLAUDEL

A MA DROITE ET A MA GAUCHE IL Y A UNE VILLE QUI BRULE MAIS LA LUNE ENTRE LES NUAGES EST PAREILLE A SEPT FEMMES BLANCHES
LA TETE SUR UN RAIL LE CORPS MELE AU CORPS DE LA TERRE QUI FREMIT J'ECOUTE LA DERNIERE CIGALE
SUR LA MER SEPT SYLLABES DE LUMIERE UNE SEULE GOUTTE DE LAIT

葉山に在つた令嬢の身を気づかひ、炎の東京を脱出して自動車を飛ばしたクロオデル氏が、六郷の川原で車を捨て単身横浜近くまで進んだころには、そこもまたいまは火焔のつつむところとなつて、折柄迫る夕闇とともに行手は全く阻まれ了《をは》つてゐたのであつた。

＊

その夜鉄道線路の高きにのぼつた氏の右のかた、また左の方、大都会はなおも壮んに火焔をあげて燃えつゞけてゐたのであつたが、ふと見あげる天心には、白き七人の女人にも喩《たと》ふべく、雲のあひだには仄々と月さへのぼつてゐたではないか。頭は軌條に載せ、まだ打震ふ大地の胸にぴつたりとわが身を寄せてまどろめぬ一夜をすごすクロオデル氏の耳許に、そのときふと聞えて来たのは、すでに秋に入つたといふこの宵に、夏におくれて鳴きしきるいやはての蟬の声であつた。

海面《うなづら》には耀《かゞよ》ひながれる七つの詩句、あつまり凝つては一つになる乳一滴《てき》の月かげ。

＊

この夜の情景をうたつた日本風の短章を「罹災した日本の Confrères のために」といつてわざわざ寄せられたもの、すなはちこの La Nuit du 1er Septembre 1923 の一篇である。

（山内義雄）

この後、一九二七年（昭二）に刊行される『朝日のなかの黒鳥』で、「俳諧」という題名が付された。クローデルは、地震後、夕刻になってから、葉山のバッソンピエール（ベルギー大使）の別荘に遊びに行っていた長女マリの安否を確かめるために、テチュ駐在武官とともに葉山を目指した。山内の記述通り、六郷橋が落ちていたため、そこで車を捨て、小舟で多摩川を渡り、徒歩で横浜を目指した。クローデルは東海道線に沿って歩いて行ったが、その時の印象がこの作品である。クローデルの関東大震災での行動は、『朝日のなかの黒鳥』所収の「炎の街を横切って」（Claudel, « A travers les villes en flammes », *Pr*, pp. 1133-1148）、及び一九二三年（大十二）九月二十日付外交書簡（*Correspondance diplomatique Tokyo 1921-1927*, textes choisis, présentés et annotés par Lucile Garbagnati, préface de Michel Malicet, Paris, Gallimard, coll. « Cahiers de Paul Claudel 14 », 1995）で詳しく書かれている。また逗子のベルギー大使館別荘に滞在していた長女マリについては、アルベール・バッソンピエール『ベルギー大使の見た戦前日本――バッソンピエール回想録』（磯見辰典訳、講談社（講談社学術文庫）、二〇一六年）に詳しい。この「炎の街を横切って」についての論考は、根岸徹郎「『炎の街を横切って』試論」（『L'Oiseau noir クローデル研究』一四号、日本クローデル研究会、二〇〇七年）がある。

（3）　Michel Revon, *Anthologie de la Littérature japonaise des Origines au XXe siècle*, Paris, Delagrave, 1910. なお、チェンバレンの俳句論に関しては、Basil Hall Chamberlain, *Japanese Poetry*, London, John Murray, 1911 所収の « Bashô and the japanese poetical epigram » がある。この論考は、もともと、一九〇二年（明三十五）に日本アジア協会の会報に掲載したものであった。一方、クーシューの俳句論は以下の著作に含まれている。Paul-Louis Couchoud, *Sages et poètes d'Asie*, Paris, Calmann-Lévy, 1916. クローデルはこの

本を所蔵していたことは確認されている。ただしこのクローデル蔵の『アジアの賢人と詩人』は、クローデルの知人であったフィリップ・ベルトロの夫人への献辞が書かれ、一四六頁までは、頁が切られていないアンカットの状態である（Catalogue de la Bibliothèque de Paul Claudel, Paris, Les Belles Lettres, 1979）。

（4）　Claudel, *Cent phrases pour éventails*, *Po.*, p. 699.

（5）　Claudel, *Une promenade à travers la littérature japonaise*, *Pr.*, pp. 1153-1167.

（6）　クローデルは天の岩戸神話から着想を得た自分の散文詩「アマテラスの解放」を「日本文学散歩」に掲出している。この際クローデルは題名を「アマテラスの解放」から「太陽の解放」に改めている。この変更については井戸桂子「クローデルと二条城」（『クローデルとその時代』大出敦編、水声社、二〇二三年）で考察されている。すでに渡邊守章が指摘しているように、この作品は『古事記』に直接、題材を求めているのではなく、アーネスト・サトウの英訳を介して平田篤胤の『古史伝』から着想を得ている。しかしクローデルはさらにこの篤胤の語る岩戸神話を変容させ、アマテラスが岩戸に隠れる原因ともなったスサノオを登場させないという大胆な変更を加えている。ここにはクローデルが岩戸神話を『ホメーロス讃歌』の一篇「デーメーテール讃歌」と重ねあわせている可能性も考えられることが指摘されている（渡辺守章『ポール・クローデル　劇的想像力の世界』中央公論社、一九七五年、四八八―四九五頁）。なお「アマテラスの解放」は、一九〇二年（明三十五）に作られ、最終的には散文詩集『東方所観』に収録される。

（7）　大正期の日本の教育では『源氏物語』は、評価されていなかったのも事実である。「明治期の教科書で『源氏物語』はきわめて小さな役割しか持たされておらず、ごくまれに登場するだけであったが、それはおそらく道徳や政治、歴史の教育にとって直接には役に立たなかったためである。そして大正期になると、『源氏物語』は中学校の教科書からほとんど完全に姿を消している（一度しか現れていない）。これと対照的に、『平家物語』『義経記』『太平記』などの軍記物に与えられた場所は、明治中期以降ぐんと急激に伸び、これらのテクストは中学国語教育の最初のレベルから用いられるようになった」（ハルオ・シラネ「カリキュラムの歴史的変遷と競合するカノン」衣笠正晃訳、『創造された古典――カノン形成・国民国家・日本文学』ハルオ・シラネ／鈴木登美編、新曜社、一九九九年、四二九頁）。もっともクローデルは当時、人口に膾炙していたと考えられる『平家物語』や『太平記』にも言及していないので、この日本国内の評価と直接関係するとは考えられない。

（8）　Claudel, « Une promenade », *op. cit.*, p. 1165.

（9）　ルヴォンのフランス訳は以下のようになっている。

A un piment / Ajoutez les ailes / Une libellule rouge !
Ah ! le vieil étang ! / Et le bruit de l'eau / Où saute la grenouille !

(Michel Revon, *Anthologie, op. cit.*, p. 387)

(10)　ここに引用された二句以外のルヴォン『日本文学撰』記載の芭蕉の句は以下のものである。

夏草や兵《つはもの》どもが夢の跡
道の辺《べ》の木槿《むくげ》は馬に喰《く》はれけり
花の雲鐘は上野か浅草か
春の夜は桜に明けてしまひけり
花に遊ぶ虻《あぶ》な喰《くら》ひそ友雀《ともすずめ》
起きよ起きよ我友にせん寝《ぬ》る胡蝶《こてふ》
永き日も囀《さへづ》り足らぬひばり哉
麦飯にやつるる恋か猫の妻
安々《やすやす》と出《い》でていざよふ月の雲
名月の花かと見えて綿畠《わたばたけ》
水油なくて寝る夜や窓の月
九《ここの》たび起ても月の七ツ哉
雲をりをり人をやすめる月見かな
蛇《へび》食ふときけば恐ろし雉子《きじ》の声
おもしろうてやがて悲き鵜舟《うぶね》哉《かな》
やがて死ぬけしきは見えず蟬《せみ》の声
いざさらば雪見にころぶ所まで
家はみな杖に白髪《しらが》の墓参り
旅に病んで夢は枯野をかけ廻《めぐ》る

表記は基本的には『新潮日本古典集成〈新装版〉芭蕉句集』（今栄蔵校注、新潮社、二〇一九年）に依った。このうち「水油なくて寝る夜や窓の月」は、『芭蕉句集』には採られていない。この句は芭蕉の存疑句であり、現在、芭蕉の真作か疑問が持たれているものである（竹内千代子「芭蕉の存疑句――重厚蒐集の芭蕉発句をめぐって」『國文學』七一巻、関西大学国文学会、一九九四年）。

(11) Revon, *Anthologie*, *op. cit.*, p. 387.

(12) チェンバレンはこのエピソードを次のように紹介している。

> 日本の詩人はジョーク、駄洒落、突拍子もない発想を好む。前述の芭蕉がある日、田舎の小径に沿って馬に乗っていた時、弟子の其角が赤蜻蛉を見つけ、詩をものした。
> 赤とんぼ／はねをとつたら／唐辛子！
> しかし芭蕉は発想があまりに残酷だとして彼を非難し、その詩を訂正した。すなわち
> 唐辛子／はねをつけたら／赤とんぼ！

(B. H. Chamberlain, *A Handbook of Colloquial Japanese*, fourth edition, London, Crosby Lockwood & Son, Kelly & Walsh, Ld., 1907, p. 486)

一方、クーシューの文章は次のようなものだ。

> ある日、其角は師匠に次のような次の句を持って行った。
> 赤とんぼ／翼を取ってみよ、／それこそ唐辛子の実だ。
> 芭蕉は憤慨し、語を入れ替えて、すぐに次のように添削した。
> 赤い唐辛子の実／羽をつけてみよ、／それこそとんぼだ！

(Paul-Louis Couchoud, *Sages et Poètes d'Asie*, Paris, Calman-Lévy, s.d. p. 124 note 1)

なお、フランスにおける俳句の受容については、金子美都子『フランス二十世紀詩と俳句――ジャポニスムから前衛詩へ』平凡社、二〇一五年を参照。

（13）「赤とんぼ」の句が芭蕉・其角の作でないことを最初に論じたのは、乾昌幸「短詩形の比較文学論――日本の俳句とエズラ・パウンドの短詩」（『比較文學研究』第四一号、東大比較文學會、一九八二年、二一頁）。また、もともと芭蕉にまつわるエピソードではないので、たとえば一九〇二年（明三十五）に出版された吉木文（青蓮庵）の『俳諧百話』では、芭蕉ではなく千代女のエピソードとして伝えている。

（14）乾、前掲書。

（15）横井也有『鶉衣（下）』堀切実校注、岩波書店（岩波文庫）、二〇一一年、七三―七四頁。なおクローデルは、最後の「月花の袋や形は定まらず」は、ルヴォンの訳はあるものの、引用していない。

（16）Claudel, « Une promenade », *op. cit.*, p. 1164.

（17）*Aristotelis Opera*. IV., p. 470. 訳出にあたっては Aristote, *Métaphysique*, *Œuvres*, édition publiée sous la direction de Richard Bodéüs, Paris, Gallimard, 2014, coll. « Bibliothèque de la Pléiade » p. 1086 及びアリストテレス『形而上学（下）』出隆訳、岩波書店（岩波文庫）、一九六一年、三二頁）を参照した。

（18）アリストテレスが本来想定していたことについては中畑正志『アリストテレスの哲学』岩波書店（岩波新書）、二〇二三年、二〇八―二〇九頁を参照。

（19）Claudel, *Art poétique*, *Po.*, p. 195.

（20）Gérard Genette, *Mimologiques, Voyage en Cratylie*, Paris, Seuil, 1976. なお、ジュネット以降、クローデルと言語を扱った近年の論考に以下のものがある。Emmanuelle Kaës, *Paul Claudel et la langue*, Paris, Classique Garnier, 2011 及び *La Linguistique de Claudel : histoire, style, savoir*, sous la direction d'Emmanuelle Kaës et Didier Alexandre, Paris, Classique Garnier, 2014.

（21）ポオル・クロオデル「表意文字」山内義雄訳、『日仏文化』第三輯、白水社、一九二九年六月、七―八頁。現在、「表意文字」のクローデルのフランス語の原稿は確認されていないので、山内義雄が『日仏文化』に発表した訳文に従うしかない。しかし山内義雄訳も完結したものとなっておらず、後半部が欠落した状態である。これは日仏会館での講演の当日に通訳担当であった山内が要点を写し取ったものを訳して、その後、『日仏文化』に掲載することになったが、山内が当時住んでいた鎌倉から上京した折、「車中にでも置き忘れでもしたものか、その後半の覚え書を紛矢してしまった」（山内義雄「『表意文字』後記」、同誌、一六頁）ためである。

（22）クロオデル、前掲書、八頁。

（23）Claudel, « Idéogrammes occidentaux », *Pr*. p. 82.

(24) *Ibid.*, p. 83.
(25) クロオデル、前掲書、八—九頁。
(26) 筆者の所持している版は、Léon Wieger, *Caractères chinois*, septième édition, Taichung, Kunguchi Press, 1963 である。クローデルは、確かにヴィジェ神父の『中国の表意文字』を読んでいるが、彼の漢字に関する知識は、後述するようにこれのみではないと考えられる。しかし現時点ではヴィジェ神父の著書以外に特定できているものはない。
(27) 阿辻哲次『新装版漢字学——『説文解字』の世界』東海大学出版会、二〇一三年、一一五頁。
(28) Claudel, « Idéogrammes occidentaux », *op. cit.*, p. 81. ヴィジェ神父の『中国の表意文字』での記述では、「人」は「人間、脚によって明示される。立っているもの」であり、「木」は「樹木の姿、像。上部の線は枝を、下部は根を、中央は幹」、「東」は「地平線に現れた太陽。太陽が現れることだけを表すために、地平線のところにある木の梢の下にまだ太陽があるように表現している」、「子」は「生まれたばかりの産着にくるまれた子ども。そのため足が見えない」となっていて、クローデルの日記の記述と合致しない。このことからクローデルが、漢字に関してヴィジェ神父の『中国の表意文字』を含め、複数の情報源を有していたことが推測される。
(29) *J. I.*, p. 723. なお、クローデルは「王」の記述に続いて、「父という文字は、棒を持った手である」と記述している。
(30) Wieger, *op. cit.*, p. 29.
(31) ヴィジェ神父は、すべてを許慎に負っているわけではなく、複数の典拠があると考えられるが、未詳。
(32) 阿辻、前掲書、六頁。
(33) 同書、一七六頁。
(34) 落合淳思『漢字の字形——甲骨文字から篆書、楷書へ』中央公論新社（中公新書）、二〇一九年、一四二頁。
(35) 阿辻、前掲書、一五三頁。
(36) Claudel, « Idéogrammes occidentaux », *op. cit.*, p. 89.
(37) Claudel, « Religion du signe », *Po.*, p. 46.
(38) 『四風帖』（山濤書院、一九二六年十月）、『雉橋集』（日仏芸術社、一九二六年十二月）、『百扇帖』（コシバ社、一九二七年）。
(39) 山内義雄訳『私家版　百扇帖』、一九七四年。
(40) 筆者は残念ながら、長谷寺の日誌をまだ実際に確認はしていない。引用箇所は谷口薫氏の調査の成果によるものである（谷口薫「ポール・クローデルと奈良」『四国大学紀要』四六号、四国大学、二〇一六年、一六〇頁）。

（41） Claudel, « Réflexions et propositions sur le vers français », *Pr.* p. 6.

（42） なお、問題になっている長谷寺の観音像の短詩は『百扇帖』に収録された際には、紙型もまったく異なるため、『四風帖』『雉橋集』とは異なった分かち書きになっており、同様に分綴の仕方も異なっている。

« Un fût énorme et pur qui se d
érobe aussitôt au sein d'
un noir feuillage
Kwannon
au temple de Hasé dont
on ne voit que les pieds d'or »

(Paul Claudel, *Cent phrases*, *Pr.*, p. 728.)

（43） クロオデル、前掲書、一五頁。

（44） Claudel, « Idéogrammes occidentaux », *op. cit.*, p. 85.

（45） Claudel, « Cent phrases », *op. cit.*, p. 700.

（46） *Ibid.*

終章 「東洋という偉大な書物」

（1） *J. I.*, p. 501.

（2） ジョルジョ・アガンベン『事物のしるし――方法について』岡田温司・岡本源太訳、筑摩書房（ちくま学芸文庫）、二〇一九年、六三頁。なお、以下をも参照した。Giorgio Agamben, *Signatura rerum* : *Sur la méthode*, traduit de l'italien par Joël Gayraud, Paris, Vrin, 2014.

（3） 同書、五九頁。

（4） 同書、六三―六四頁。

（5） ペトルス・ロンバルドゥス『命題集』山内清海訳、『中世思想原典集成7 前期スコラ学』平凡社、一九九七年、七二六―七二七頁。

（6）*S.T.*, III, q. 60, a. 2.（『神学大全』四一、六頁）

（7）*S.T.*, III, q. 60, a. 5.（同書、一二—一三頁）

（8）Claudel, « Un regard sur âme japonaise », *Pr*. p. 1127.

（9）*Ibid.*, pp. 1127-1128.

（10）Claudel, « Adieu, Japon ! », *Pr*. pp. 1152-1153.

（11）護山真也『仏教哲学序説』未来哲学研究所／ぷねうま舎、二〇二一年、一二八頁。

（12）Claudel, *Art poétique*, *Po*., pp. 143-144.

（13）*Ibid.*, p. 144.

（14）Claudel, « Lettre-préface de Paul Claudel », François de Tessan, *Le Japon mort et vif*, Paris, Éditions Baudinière, 1928, p. 11.

参考文献一覧

クローデル主要テクスト

Sainte Geneviève, Tokyo, Chinchiocha, 1923.

Souffle des Quatre Souffles, Tokyo, Santo Sho-in, 1926.

Poëmes du Pont des faisans, Tokyo, Nichi-Futsu Geijutsu-sha, 1926.

Cent phrases pour éventails, Tokyo, Éditions Koshiba, 1927.

L'Oiseau noir dans le Soleil levant, eaux-fortes de Fujita, Paris, Éditions Excelsior, 1927.

« Lettre-préface de M. Paul Claudel », *Le Japon mort et vif* (François de Tessan), Paris, Éditions Baudinière, 1928.

Œuvres en prose, préface par Gaëtan Picon, édition établie et annotée par Jacques Petit et Charles Galpérine, Paris, Gallimard, 1965, coll. « Bibliothèque de la Pléiade ».

Œuvre poétique, introduction par Stanislas Fumet, textes établis et annotés par Jacques Petit, Paris, Gallimard, 1967, coll. « Bibliothèque de la Pléiade ».

Théâtre I-II, édition publiée sous la direction de Didier Alexandre et de Michel Autrand, Paris, Gallimard, 2011, coll. « Bibliothèque de la Pléiade ».

Théâtre I-II, édition revue et augmentée textes et notices établis par Jacques Madaule et Jacques Petit, Paris, Gallimard, 1965-1967, coll. « Bibliothèque de la Pléiade ».

Journal I-II, introduction par François Varillon, texte établi et annoté par François Varillon et Jacques Petit, Paris, Gallimard, 1968-1969, coll. « Bibliothèque de la Pléiade ».

Œuvres complètes I-XXIX, Paris, Gallimard, 1950-1986.

Supplément aux œuvres complètes, I-IV, Lausanne, L'Age d'homme, 1990-1997.

Les Agendas de Chine, texte établi, présenté et annoté par Jacques Houriez, Lausanne, L'Age d'homme, 1991.

Le Poëte et la Bible I-II, édition établie, présentée et annotée par Michel Malicet avec la collaboration de Dominique Millet et Xavier Tilliette, Paris, Gallimard, 1998 et 2004.

Correspondance Paul Claudel-Darius Milhaud, préface de Henri Hoppenot, introduction et notes de Jacques Petit, Paris, Gallimard, 1961, coll. « Cahiers Paul Claudel 3 ».

Claudel, homme de théâtre correspondances avec Copeau, Dullin, Jouvet, établies et annotées par Henri Micciollo et Jacques Petit, Paris, Gallimard, 1966, coll. « Cahiers Paul Claudel 6 ».

Lettres de Paul Claudel à Élisabeth Sainte-Marie Perrin et à Audrey Parr, texte établi par Michel Malicet, présenté par Marlène Sainte-Marie Perrin, annoté par Michel Malicet et Marlène Sainte-Marie Perrin, Paris, Gallimard, 1990, coll. « Cahiers Paul Claudel 13 ».

Correspondance diplomatique Tokyo 1921-1927, textes choisis, présentés et annotés par Lucile Garbagnati, préface de Michel Malicet, Paris, Gallimard, 1995, coll. « Cahiers de Paul Claudel 14 ».

Mémoires improvisés, quarante et un entretiens avec Jean Amrouche, texte établi par Louis Fournier et indexé par Anne Egger, Paris, Gallimard, 2001, coll. « Cahiers de Paul Claudel 16 ».

Correspondance 1897-1938 Paul Claudel, Francis Jammes et Gabriel Frizeau, avec des lettres de Jacques Rivière, préface et notes par André Blanchet, Paris, Gallimard, 1952.

Correspondance Maritain, Mauriac, Claudel, Bernanos : un catholique n'a pas d'alliés, présentée par Henri Quantin et Michel Bressolette, Paris, Les Éditions du Cerf, 2018.

クローデル主要翻訳作品

『女と影（第一稿）』山内義雄訳、『女性』第三巻三号三月号、プラトン社、一九二三年三月。

『女と影（第二稿）』山内義雄訳、『改造』三月号、改造社、一九二三年三月。

「『女と影』の舞台装置について」山内義雄訳、『女性』第三巻四号四月号、プラトン社、一九二三年四月。

「La Nuit du 1er septembre 1923 entre Tokyo et Yokohama」山内義雄訳・解説、『災禍の上に』詩話会編、新潮社、一九二三年。

「表意文字」山内義雄訳、『日仏文化』第三輯、白水社、一九二九年六月。

「能」渡辺守章訳、『今日のフランス演劇5』白水社、一九六七年。

「劇と音楽（抄）」渡辺守章訳、『今日のフランス演劇5』白水社、一九六七年。

『繻子の靴』中村真一郎訳、人文書院、一九六八年。

『私家版　百扇帖』山内義雄訳、一九七四年。

『詩法』斎藤磯雄訳、『筑摩世界文学大系56　クローデル　ヴァレリー』筑摩書房、一九七六年。

「東方所観（抄）」山内義雄訳、『筑摩世界文学大系56　クローデル　ヴァレリー』筑摩書房、一九七六年。

『書物の哲学』三嶋睦子訳、法政大学出版局（りぶらりあ選書）、一九八三年。

『朝日の中の黒い鳥』内藤高訳、講談社（講談社学術文庫）、一九八八年。

『天皇国見聞記』樋口裕一訳、新人物往来社、一九八九年。

『眼は聴く』山崎庸一郎訳、みすず書房、一九九五年。

『孤独な帝国　日本の一九二〇年代——ポール・クローデル外交書簡一九二一—二七』奈良道子訳、草思社、一九九九年。

『繻子の靴（上・下）』渡辺守章訳、岩波書店（岩波文庫）、二〇〇五年。

クローデル関係

André Blanchet, « Claudel lecteur de Bremond », *Études*, 1965 septembre, Des Pères de la Compagnie de Jésus, 1965.
Michel Butor, *Le Japon depuis la France : un rêve à l'ancre*, Paris, Hatier, 1995.
Shinobu Chujo, *Chronologie de Paul Claudel au Japon*, Paris, Honoré Champion, 2012.
Yvan Daniel, *Paul Claudel et l'Empire du Milieu*, Paris, Les Indes savantes, 2003.
Gérard Genette, *Mimologiques : Voyage en Cratylie*, Paris, Seuil, 1976.〔ジェラール・ジュネット『ミモロジック——言語的模倣論またはクラテュロスのもとへの旅』花輪光監訳、風の薔薇、一九九一年〕
Richard Griffiths, *Essais sur la littérature catholique (1870-1940) : Pèlerins de l'absolu*, Paris, Classiques Garnier, 2018.
Jacques Houriez, *Le Repos du septième jour de Paul Claudel*, Paris, Les Belles Lettres, 1987.

——, *Paul Claudel ou les tribulations d'un poète ambassadeur : Chine, Japon, Paris*, Paris, Honoré Champion, 2012.
——, *Paul Claudel rencontre l'Asie du Tao*, Paris, Honoré Champion, 2016.
Emmanuelle Kaës, *Paul Claudel et la langue*, Paris, Classiques Garnier, 2011.
Frédéric Lefèvre, *Une heure avec...* 5e série, Paris, Gallimard, 1929.
Dominique Millet-Gérard, *Anima et la Sagesse : pour une poétique comparée de l'exégèse claudélienne*, Paris, Éditions P. Lethielleux, 1990.
——, *Claudel thomiste ?*, Paris, Honoré Champion, 1999.
——, *Le Verbe et la Voix : vingt-cinq études en hommage à Paul Claudel*, Paris, Classiques Garnier, 2018.
Ayako Nishino, *Paul Claudel, le nô et la synthèse des arts*, Paris, Classiques Garnier, 2013.
Jean-François Poisson-Gueffier, *Paul Claudel et le Moyen Âge*, Paris, Honoré-Champion, 2022.
Bostjan Marko Turk, *Paul Claudel et l'actualité de l'être : l'inspiration thomiste dans l'œuvre claudélienne*, Paris, Pierre Téqui, 2011.
Anne Ubersfeld, *Paul Claudel*, Arles, Actes Sud-Papiers, 2005.〔アンヌ・ユベルスフェルト『ポール・クローデル』中條忍監訳、水声社、二〇二三年〕
Michel Wasserman, *D'Or et de Neige : Paul Claudel et le Japon*, Paris, Gallimard, « Cahiers Paul Claudel 18 », 2008.
——, *Claudel danse Japon*, Paris, Classiques Garnier, 2011.
——, *Paul Claudel dans les villes en flammes*, Paris, Honoré Champion, 2015.
——, *Paul Claudel et l'Indochine*, Paris, Honoré Champion, 2017.
——, *Les Arches d'or de Paul Claudel : l'action culturelle de l'Ambassadeur de France au Japon et sa postérité*, Paris, Honoré Champion, 2020.〔ミッシェル・ワッセルマン『ポール・クローデルの黄金の聖櫃——〈詩人大使〉の文化創造とその遺産』三浦信孝・立木康介訳、水声社、二〇二二年〕
Moriaki Watanabe, « Claudel et le nô : A propos de notes inédites du *Journal* », *Études de langue et littérature françaises*, Vol. 6, 1965.
——, « Claudel et le Nô », *Europe*, 60e année N° 635, mars 1982.
Catalogue de la bibliothèque de Paul Claudel, Paris, Les Belles Lettres, 1970.
La Linguistique de Claudel : histoire, style, savoir, sous la direction d'Emmanuelle Kaës et Didier Alexandre, Paris, Classique Garnier, 2014.
芥川龍之介「『女と影』読後」、『芥川龍之介全集』第一〇巻、岩波書店、一九九六年。
——「金春会の『隅田川』」、『芥川龍之介全集』第一一巻、岩波書店、一九九六年。

井戸桂子「ポール・クローデル大使と中禅寺別荘——日光中禅寺の発展と外交団別荘」、『駒沢女子大学研究紀要』一四号、二〇〇七年。

——『碧い眼に映った日光——外国人の日光発見』下野新聞社、二〇一五年。

——「ポール・クローデル　日本の旅人」、『ポール・クローデル日本への眼差し』大出敦・中條忍・三浦信孝編著、水声社、二〇二一年。

——「クローデルと二条城——『松の中の譲位』でのコンキスタドール」、『クローデルとその時代』大出敦編、水声社、二〇二三年。

大出敦「『クロオデルには桂を捧げよ』——大正期のポール・クローデル」、『三田文学』（第三期）第八四巻八三号、二〇〇五年。

——「虚無との対話——クローデルと東洋の思想」、『L'Oiseau Noir クローデル研究』一四号、日本クローデル研究会、二〇〇七年。

——「無に至る詩——クローデルと俳諧」、『L'Oiseau noir クローデル研究』一五号、日本クローデル研究会、二〇〇九年。

——「自然・カミ・〈闇〉——クローデルと日本のカミ観念」、『教養論叢』一三三号、慶應義塾大学法学研究会、二〇一二年。

——「ミカドとギリシア——クローデルと日本の神観念Ⅱ」、『L'Oiseau noir クローデル研究』一七号、日本クローデル研究会、二〇一三年。

——「魂と形相——クローデルの日本体験」、『近代日本とフランス象徴主義』坂巻康司編、水声社、二〇一六年。

——「神々のはざまで——クローデルと日本の神性」、『L'Oiseau noir クローデル研究』一九号、日本クローデル研究会、二〇一七年。

——「天使と幽霊——ポール・クローデル『女と影』を巡って」、『教養論叢』一三九号、慶應義塾大学法学研究会、二〇一八年。

——「クローデルからマラルメへ——象徴主義者たちの〈観念〉論争」、『三田文学』（第三期）第九八巻一三六号、二〇一九年。

——「喜多虎之助という男がいた」、『L'Oiseau noir クローデル研究』二〇号、日本クローデル研究会、二〇二〇年。

——「ものの『ああ性』を求めて——クローデルの日本理解」、『ポール・クローデル　日本への眼差し』大出敦・中條忍・三浦信孝編、水声社、二〇二一年。

——「アリストテレスと唐辛子——ポール・クローデルの俳諧受容」、『クローデルとその時代』大出敦編、水声社、二〇二三年。

——「比喩と論理学——ポール・クローデルの日光体験」、『教養論叢』一四四号、慶應義塾大学法学研究会、二〇二三年。

——「魂《たま》の行方——ポール・クローデルの平田篤胤」、『現代思想　十二月臨時増刊号平田篤胤』第五一巻一六号、青土社、二〇二三年。

——「響き合う〈魂〉——ポール・クローデルと平田国学」、『Stella』四二号、九州大学フランス語フランス文学研究会、二〇二三年。

学谷亮「滞日期ポール・クローデルにおける批評と外交の接点——『日本の伝統とフランスの伝統』をめぐって」、『フランス語フランス文学研究』第一一九巻、日本フランス語フランス文学会、二〇二一年。

鏑木清方「『女と影』の舞台装置」、『日本詩人』第三巻四号、新潮社、一九二三年五月。

川尻清潭「『女と影』の上演前後」、『日本詩人』第三巻四号、新潮社、一九二三年五月。

杵屋佐吉「『女と影』の作曲に就て」、『日本詩人』第三巻四号、新潮社、一九二三年五月。

竹内栖鳳「墨絵の叙景詩（クローデル大使との一夕話）」、『大毎美術』第七巻二号、大毎美術社、一九二八年二月。

谷口薫「ポール・クローデルと奈良」、『四国大学紀要』四六号、四国大学、二〇一六年。

中條忍「クローデルと日本――『女とその影』に落ちた日本の影」、『文学』第五七巻五号、岩波書店、一九八九年五月。

――「ギリシア悲劇、能、ミサ典礼――ポール・クローデルの劇作術」、『ギリシア劇と能の再生――声と身体の諸相』水声社、二〇〇九年。

――『ポール・クローデルの日本――〈詩人大使〉の見た大正』法政大学出版局、二〇一八年。

中村弓子『受肉の詩学――ベルグソン／クローデル／ジード』みすず書房、一九九五年。

根岸徹郎「『炎の街を横切って』試論」、『L'Oiseau noir　クローデル研究』一四号、日本クローデル研究会、二〇〇七年。

――「ポール・クローデルの『女と影』と日本」、『近代演劇の記憶と文化5　演劇のジャポニスム』神山彰編、森話社、二〇一七年。

芳賀徹『ひびきあう詩心――俳句とフランスの詩人たち』TBSブリタニカ、二〇〇二年。

浜本隆志「ポール・クローデルと関大ゆかりの人びと――パリ・東京・千里山をつなぐ人脈相関図」、『関西大学年史紀要』第二一巻、関西大学年史編纂委員会、二〇一二年。

正宗白鳥「『女と影』を評す」、『正宗白鳥全集』第二二巻、福武書店、一九八五年。

安川智子「クローデル／オネゲルの《火刑台上のジャンヌ・ダルク》――「イアンブ」から読み解くリズムとジャンルの多声性《ポリフォニー》」、『クローデルとその時代』大出敦編、水声社、二〇二三年。

山内義雄「クロオデル・溪仙の交遊」、『塔影――冨田溪仙追悼特輯』第一二巻八号、塔影社、一九三六年。

――「クローデルのその日ごろ」、『世界文学』一八号、一九四七年二月号、世界文学社、一九四七年二月。

――「『女と影』前後――記録風に」、『日仏文化』二三号、日仏会館、一九六八年。

――『遠くにありて――山内義雄随筆集』毎日新聞社、一九七五年。

山本泰朗「ポール・クローデルと山内義雄――詩人大使の来日前夜」、『流域』八三号、青山社、二〇一八年。

――「ポール・クローデルと山内義雄（承前）――詩人大使との邂逅」、『流域』八四号、青山社、二〇一九年。

――「ポール・クローデルと山内義雄（承前）――詩人大使との出会いがもたらしたもの」、『流域』八六号、青山社、二〇二〇年。

ルビエンスキイ「『女と影』の考察――帝劇の上演に際して」石川淳訳、『日本詩人』第三巻四号、新潮社、一九二三年五月。

渡辺守章『ポール・クローデル――劇的想像力の世界』中央公論社、一九七五年。

――『虚構の身体――演劇における神話と反神話』中央公論社、一九七八年。

――『越境する伝統――渡邊守章評論集』ダイヤモンド社、二〇〇九年。

『クローデルとその時代』大出敦編、水声社、二〇二三年。

『詩人大使ポール・クローデルと日本』アルバム・クローデル編集委員会編、水声社、二〇一八年。

『日本におけるポール・クローデル――クローデルの滞日年譜』中條忍監修、大出敦・篠永宣孝・根岸徹郎編、クレス出版、二〇一〇年。

『ポール・クローデル　日本への眼差し』大出敦・中條忍・三浦信孝編、水声社、二〇二一年。

『ポール・クローデル歿後50年記念　ポール・クローデルと京都画壇』クローデル歿後50年記念企画委員会編、京都国立近代美術館、二〇〇五年。

同時代文学・社会関係

Maurice Barrès, *Les Déracinés*, *L'Œuvre de Maurice Barrès* t. III, annotée par Philippe Barrès, préface de André Maurois, Paris, Au Club de l'Honnête Homme, 1965.
Edmond et Jules de Goncourt, *Journal, mémoires de la vie littéraire 1887-1896*, texte intégral établi et annoté par Robert Ricatte, Paris, Robert Lafont, 1956.
Pierre Lasserre, *Les Chapelles littéraires*, Paris, Librairie Garnier Frères, 1920.
Stéphane Mallarmé, *Œuvres complètes I-II*, édition présentée, établie et annotée par Bertrand Marchal, Paris, Gallimard, 1998 et 2003, coll. « Bibliothèque de la Pléiade ».
Bertrand Marchal, *La Religion de Mallarmé : poésie, mythologie et religion*, Paris, José Corti, 1988.
Philippe Muray, *Le 19e siècle à travers les âges*, Paris, Denoël, 1984.
Jules Renard, *Journal 1887-1910*, texte établi par Léon Guichard et Gilbert Sigaux, préface, chronologie, notes et index par Gilbert Sigaux, Paris, Gallimard, 1965, coll. « Bibliothèque de la Pléiade ».

Arthur Rimbaud, *Œuvres complètes*, édition établie par André Guyaux, avec la collaboration d'Aurélia Cervoni, Paris, Gallimard, 2009, coll. « Bibliothèque de la Pléiade ».
S. Rocheblave, « Jean Lahor, notes et fragments biographiques », *Œuvres choisies de Jean Lahor, précédées d'une biographie,* préface de S. Rocheblave, Paris, Librairie des Annales Politiques et Littéraires, [1909].
Romain Rolland, *Mémoires*, Paris, Albin Michel, 1956.

大出敦「虚無より生じる詩――マラルメによる仏教とヘーゲルの受容」、『教養論叢』一二八号、慶應義塾大学法学研究会、二〇〇八年。

大野英士『ユイスマンスとオカルティズム』新評論、二〇一〇年。

――『オカルティズム――非理性のヨーロッパ』講談社（講談社選書メチエ）、二〇一八年。

小倉孝誠『19世紀フランス　愛・恐怖・群衆――挿絵入新聞『イリュストラシオン』にたどる』人文書院、一九九七年。

竹内信夫「『イジチュール』試論（1）」、『外国語科研究紀要』第三二巻二号、東京大学教養学部外国語科、一九八四年。

中地義和『ランボー――精霊と道化のあいだ』青土社、一九九六年。

宮崎克己『ジャポニスム――流行としての「日本」』講談社（講談社現代新書）、二〇一八年。

『マラルメ全集』第I―V巻、松室三郎・菅野昭正・阿部良雄・渡辺守章ほか訳、筑摩書房、一九八九―二〇一〇年。

『ランボー全詩集』宇佐美斉訳、筑摩書房（ちくま文庫）、一九九六年。

スコラ学・近現代哲学・思想関係

Giorgio Agamben, *Signatura rerum : Sur la méthode*, traduit de l'italien par Joël Gayraud, Paris, Vrin, 2014.〔ジョルジョ・アガンベン『事物のしるし――方法について』岡田温司・岡本源太訳、筑摩書房（ちくま学芸文庫）、二〇一九年〕
Aristotelis, *Opera omnia quae extant I-IV*, illustrata A. Silvestro, Parisiis, P. Lethielleux, 1885-1886.
Aristote, *Œuvres*, édition publiée sous la direction de Richard Bodéüs, Paris, Gallimard, 2014, coll. « Bibliothèque de la Pléiade ».
Andrea Bellantone, *Hegel en France I - II*, traduit de l'italien par Virginie Gaugey, revu par Sofia Ragusa et Riccardo Parisi, Paris, Hermann, 2011.
Bernard Bourgeois, « Hegel en France », *Lectures de Hegel*, ouvrage collectif sous la direction d'Olivier Tinland, Paris, Le Livre de poche, 2005.
Robert Henry Codrington, *The Melanesians : Studies in Their Anthropology and Folk-Lore*, Oxford, The Clarendon Press, 1891.
Pseudo-Denys l'Aréopagite, *Les Noms divins (chapitres I–XIII)*, texte grec B. R. Suchla, introduction, traduction et notes Ysabel de Andia, Paris, Les Editions du Cerf, 2016.〔ディオニュシオス・アレオパギテース『神名論』熊田陽一郎訳、『キリスト教神秘主義著作集』第一

巻、教文館、一九九二年〕
Michel Foucault, *Les mots et les choses*, Paris, Gallimard, 1966.
Etienne Gilson, *Le Thomisme : Introduction à la philosophie de Saint Thomas d'Aquin*, Paris, Vrin, 1989.
Hegel, *Logique de Hegel I-II*, traduite pour la première fois et accompagnée d'une introduction et d'un commentaire perpétuel par A. Véra, Paris, Ladrange, 1859.
Michel Hulin, *Hegel et l'Orient, suivi d'un texte de Hegel sur la Bhagavad-Dîtâ*, Paris, Vrin, 1979.
David Hume, *Treatise of Human Nature : The Philosophical Works*, Edinburgh, Adam and Charles Black, 1865 (Reprint, Thoemmes Press, 1996). 〔デイヴィッド・ヒューム『人間本性論』木曾好能・石川徹・中釜浩一・伊勢俊彦訳、法政大学出版局、一九九五—二〇一二年〕
Rudolf Otto, *Le Sacrée : l'élément non-rationnel dans l'idée du divin et sa relation avec le rationnel,* traduction française par André Jundt, revue l'auteur, d'après la 18e édition allemande, Paris, Payot, 1929. 〔オットー『聖なるもの』久松英二訳、岩波書店（岩波文庫）、二〇一〇年〕
Santa Teresa de Jesús, *Libro de la vida*, Madrid, Edición de Dámaso Chicharro, Cátedra, 1979.
Thérèse d'Avila, Jean de la Croix, *Œuvres*, édition publiée sous la direction de Jean Canavaggio, avec la collaboration de Claude Allaigre, Jacques Ancet et Joseph Pérez, Paris, Gallimard, 2012, coll. « Bibliothèque de la Pléiade ».
Sancti Thomae Aquinatis Doctoris Angelici, *Summae theologiae*, *Opera Omnia Iussu Impensaque Leonis XIII P. M. Edita*, Romae : Et Typographia Polyglotta S. C. de Propaganda Fide, 1888.
——, *Summa theologica*, éd. X. Faucher, Paris, P. Lethielleux, 5 vol., 1887-1889.
Thomas d'Aquin, *Somme théologique*, t.1 - 4, Paris, Les Éditions du Cerf, 1984-1986.
Aristote au XXe siècle, édité par Denis Thouard, Villeneuve d'Ascq Presses Universitaires du Septentrion, 2004.
Le Démon de l'analogie : analogie, pensée et invention d'Aristote au XXe siècle, sous la direction de Christian Michel, Paris, Classiques Garnier, 2016.
アリストテレス『自然学』内山勝利訳、『アリストテレス全集４』岩波書店、二〇一七年。
——『詩学』朴一功訳、『アリストテレス全集18』岩波書店、二〇一七年。
——『形而上学』田中美知太郎訳、『世界の名著８　アリストテレス』中央公論社、一九七九年。
——『形而上学（上・下）』出隆訳、岩波書店（岩波文庫）、一九五九—一九六一年。
井筒俊彦『意識と本質』、『井筒俊彦全集』第六巻、慶應義塾大学出版会、二〇一四年。

稲垣良典『天使論序説』講談社（講談社学術文庫）、一九九六年。

――『トマス・アクィナス『神学大全』』講談社（講談社選書メチエ）、二〇〇九年。

――『トマス・アクィナス「存在《エッセ》」の形而上学』春秋社、二〇一三年。

――『カトリック入門――日本文化からのアプローチ』筑摩書房（ちくま新書）、二〇一六年。

上枝美典「盛期スコラとトマス」、『西洋哲学史Ⅱ「知」の変貌・「信」の階梯』神崎繁・熊野純彦・鈴木泉責任編集、講談社（講談社選書メチエ）、二〇一一年。

エティエンヌ・ジルソン『キリスト教哲学入門――聖トマス・アクィナスをめぐって』山内志朗監訳、松本鉄平訳、慶應義塾大学出版会、二〇一四年。

関沢和泉「自由学芸と文法学」、『世界哲学史3――中世Ⅰ　超越と普遍に向けて』伊藤邦武・山内志朗・中島隆博・納富信留責任編集、筑摩書房（ちくま新書）、二〇二〇年。

戸田山和久『科学的実在論を擁護する』名古屋大学出版会、二〇一五年。

アダム・タカハシ『哲学者たちの天球――スコラ自然哲学の形成と展開』名古屋大学出版会、二〇二二年。

土橋茂樹「東方教父の伝統」、『世界哲学史2――古代Ⅱ　世界哲学の成立と展開』伊藤邦武・山内志朗・中島隆博・納富信留責任編集、筑摩書房（ちくま新書）、二〇二〇年。

トマス・アクィナス『神学大全』第一―四五冊、高田三郎ほか訳、創文社、一九六〇―二〇一二年。

――『神学大全』第Ⅰ―Ⅱ巻、山田晶訳、中央公論新社（中公クラシックス）、二〇一四年。

ディオニュシオス・アレオパギテス『天上位階論』今義博訳、『中世思想原典集成3――後期ギリシア教父・ビザンティン思想』平凡社、一九九四年。

長倉久子『トマス・アクィナスのエッセ研究』知泉書館、二〇〇九年。

中畑正志『魂の変容――心的基礎概念の歴史的構成』岩波書店、二〇一一年。

――『アリストテレスの哲学』岩波書店（岩波新書）、二〇二三年。

長田蔵人「批判哲学の企て」、『世界哲学史6――近代Ⅰ　啓蒙と人間感情論』伊藤邦彦・山内志朗・中島隆博・納富信留責任編集、筑摩書房（ちくま新書）、二〇二〇年。

古舘恵介『トマス・アクィナスの形而上学――経験の根源』知泉書館、二〇二〇年。

山内志朗『普遍論争――近代の源流としての』平凡社（平凡社ライブラリー）、二〇〇八年。

——『天使の記号学』岩波書店、二〇〇一年。

——『存在の一義性を求めて——ドゥンス・スコトゥスと13世紀の〈知〉の革命』岩波書店、二〇一一年。

——『「誤読」の哲学——ドゥルーズ、フーコーから中世哲学へ』青土社、二〇一三年。

山田晶『トマス・アクィナスの《エッセ》研究』創文社、一九七八年。

——『トマス・アクィナスの《レス》研究』創文社、一九八六年。

——『中世哲学講義』第一—五巻、知泉書館、二〇二一—二〇二三年。

山本芳久『トマス・アクィナス　肯定の哲学』慶應義塾大学出版会、二〇一四年。

ペトルス・ロンバルドゥス『命題集』山内清海訳、『中世思想原典集成7　前期スコラ学』平凡社、一九九七年。

『キリスト教神秘主義著作集』第一—一七巻、教文館、一九八九—二〇一四年。

『聖書　新共同訳　旧約聖書続編つき』共同訳聖書実行委員会、日本聖書協会、一九八八年。

『イスラーム哲学とキリスト教中世』第Ⅰ—Ⅲ巻、竹下政孝・山内志朗編、岩波書店、二〇一一—二〇一二年。

『存在論の再検討』土橋茂樹編、月曜社、二〇二〇年。

『中世思想原典集成』第一—二〇巻＋別巻、平凡社、一九九二—二〇〇二年。

『中世思想原典集成』（第Ⅱ期）第一—三巻、平凡社、二〇一八—二〇二二年。

『中世思想原典集成精選』第1—7巻、平凡社（平凡社ライブラリー）、二〇一九年。

日本・東洋関係

W. G. Aston, *Shinto (The way of the Gods)*, London, Longmans Green and Co., 1905.〔アストン『神道［新版］』安田一郎訳、青土社、二〇〇一年〕
——, *Nihongi : Chronicles of Japan from the Earliest Times to A.D. 697, I-II*, London, Kegan Paul, Trench, Trübner & Co. Limited, 1896.
Jules Barthélemy Saint-Hilaire, *Le Bouddha et sa religion*, Paris, Didier et Cie, 1860.
L'abbé Bigandet, *Principaux points du système boudhiste (sic.)*, *Annales de philosophie chrétienne*, no. 44, août 1843.
Eugène Burnouf, *Introduction à l'histoire du Buddhisme (sic.) indien*, tome premier, Paris, Imprimerie royale, 1844.
Basil Hall Chamberlain, *The Classical Poetry of the Japanese*, London, Trübner & Co., 1880.
——, *Ko-Ji-Ki or Records of Ancient Matters*, Yokohama, Meiklejohn and Co., 1882.

——, *Things Japanese*, third edition, London, John Murray, 1898.〔チェンバレン『日本事物誌（1・2）』高梨健吉訳、平凡社（東洋文庫）、一九六九年〕

——, *A Handbook of Colloquial Japanese*, fourth edition, London, Crosby Lockwood & Son, Kelly & Walsh, Ld., 1907.

——, *Japanese Poetry*, London, John Murray, 1911.

Basil Hall Chamberlain and W.B. Mason, *Handbook for travellers in Japan*, London, John Murray, 1891.

——, *Handbook for travellers in Japan*, London, John Murray, 1899.

Paul-Louis Couchoud, *Sages et Poètes d'Asie*, Paris, Calmann-Lévy, [1916].〔ポール＝ルイ・クーシュー『明治日本の詩と戦争——アジアの賢人と詩人』金子美都子・柴田依子訳、みすず書房、一九九九年〕

Victor Cousin, *Histoire générale de la philosophie depuis les temps les plus anciens jusqu'au XIXe siècle*, huitième édition, revue et augmenté, Paris, Didier et Cie, 1867.

Roger-Pol Droit, *Le Culte du Néant : Les Philosophes et le Bouddha*, Paris, Seuil, 1997.〔ロジェ＝ポル・ドロワ『虚無の信仰——西欧はなぜ仏教を怖れたか』島田裕巳・田桐正彦訳、トランスビュー、二〇〇二年〕

Henri Focillon, *L'Art bouddhique*, Paris, Henri Laurens, 1921.

W.E. Griffis, *The Mikado's Empire*, New York, Harper & Brothers, 1876.

——, *Japan in history, folk lore and art*, Boston and New York, Houghtom, Mifflin and Company, 1892.

Abbé Jean Baptiste Gabriel Grosier, *De la Chine ou description générale de cet empire*, t. 4, troisième édition, Paris, Chez Pillet ainé, 1818-1820.

Joséph de Guignes, *Histoire générale des Huns, des Turcs, des Mongols et des autres Tartares occidentaux, etc. avant et depuis Jésus-Christ jusqu'à présent précédée d'une introduction contenant des tables chronologiques et historiques des princes qui ont régné dans l'Asie*, Paris, chez Desaint et Saillant, 1756-1758.

Shinsho Hanayama, *Bibliography on Buddhism* (reprint), edited by the Commemoration Committee for Prof. Shinho Hanayama's Sixty-first Birthday, New Delhi, Akshaya Prakashan, 2005.

Lafcadio Hearn, *Kokoro : Hints and Echoes of Japanese Inner life*, Boston and New York, Houghton, Mifflin and Company, 1896.

——, *Japan : An Attempt at Interpretation*, New York, Macmillan, 1904.〔ラフカディオ・ハーン『神国日本——解明への一試論』柏倉俊三訳注、平凡社（東洋文庫）、一九七六年〕

Daniel Clarence Holtom, *The Political Philosophy of Modern Shintô : A study of the State Religion of Japan*, Tokyo, Keiogijuku, 1922.

Joseph-Anne-Marie de Moyriac de Mailla, *Histoire genérale de la Chine, ou Annales de cet empire 13 vol*. traduites du Tong-Kien-Kang-mou, par le feu père Joseph-Anne-Marie de Moyriac de Mailla, publiée par M. l'abbé Grosier, et dirigée par M. Le Roux des Hautesrayes. Ouvrage enrichi de figures & de nouvelles cartes géographiques de la Chine ancienne & moderne, levées par ordre de feu empereur Kang-Hi, & gravée pour la premiére fois. Paris, P.D. Pierres [etc.] 1777-1785.

Tsunao Miyajima, *Théâtre japonais de poupées*, Kyoto, Société de rapprochement intellectuel franco-japonais / Institut franco-japonais du Kansaï à Kyoto, 1931.

Louis Moreri, Le *Grand Dictionnaire historique ou le mélange curieux de l'histoire sacré et profane*, Paris, J.-B. Coignard, 1718.

Félix Nève, *De l'état présent des études sur le Bouddhisme et de leur application*, Gand, P. Van Hifte, 1846.

A. F. Ozanam, « Essai sur le Bouddhisme », *Œuvres complètes de A. F. Ozanam,* t. 8, avec une préface par M. Ampère (seconde édition), Paris, Librairie Jacques Lecoffre, 1859.

Noël Peri, *Cinq Nô : drames lyriques japonais*, Paris, Éditions Bossard, 1921.

Raphaël Petrucci, *La Philosophie de la nature dans l'Art d'Extrême-Orient*, Paris, Librairie Renouard / Henri Laurens, [1911].

J. Reed, *Japan : its History, Traditions, and Religions I-II*, London, John Murray, 1880.

Michel Revon, *Le Shintoïsme, tome premier*, Paris, Ernest Leroux, 1905.

——, *Anthologie de la Littérature Japonaise des origines au XXe siècle*, Paris, Librairie de Delagrave, 1910.

Léon de Rosny, *Le Taöisme*, avec une introduction par Ad. Franck, Paris, Ernest Leroux, 1892.

Arthur Waley, *The Nô plays of Japan*, London, George Allen &Unwin LTD, 1921.

Léon Wieger, *Caractères chinois*, septième édition, Taichung, Kunguchi Press, 1963.

Collected Works of E. M. Satow, collected papers 1-5, London / Tokyo, Ganesha Publishing Ltd / Edition Synapse, 2001.

The Sacred Books of China : the texts of Taoism I-II, translated by James Legge, *Sacred Books of the East XXXIX-XL*, edited by Max Müller, Delhi, Motilal Banarsidass, 1966.

阿辻哲次『新装版漢字學――『説文解字』の世界』東海大学出版会、二〇一三年。

フィリップ・C・アーモンド『英国の仏教発見』奥山倫明訳、法藏館（法藏館文庫）、二〇二一年。

乾昌幸「短詩形の比較文学論――日本の俳句とエズラ・パウンドの短詩」、『比較文學研究』四一号、東大比較文學會、すずさわ書店、一九八二年。

上田秋成『新潮日本古典集成　雨月物語　癇癖談』浅野三平校注、新潮社、一九七九年。

内田宗治『外国人が見た日本――「誤解」と「再発見」の観光150年史』中央公論新社（中公新書）、二〇一八年。

大島良雄「D・C・ホルトム」、『いんまぬえる』一〇号、関東学院大学、一九七七年。

大西克礼『幽玄とあはれ』岩波書店、一九三九年。

落合淳思『漢字の字形――甲骨文字から篆書、楷書へ』中央公論新社（中公新書）、二〇一九年。

折口信夫「大嘗祭の本義」、『折口信夫全集［新訂版］』第三巻、中央公論社、一九六六年。

――「もの丶け其他」、『折口信夫全集［新訂版］』第八巻、中央公論社、一九六六年。

――「国文学」、『折口信夫全集［新訂版］』第一四巻、中央公論社、一九六六年。

――「原始信仰」、『折口信夫全集［新訂版］』第二〇巻、中央公論社、一九六七年。

金谷真一『ホテルと共に七拾五年』金谷ホテル、一九五四年。

狩野永納編『訳注本朝画史』笠井昌昭・佐々木進・竹居明男訳注、同朋者出版、一九八五年。

金子美都子『フランス二〇世紀詩と俳句――ジャポニスムから前衛へ』平凡社、二〇一五年。

神塚淑子『道教思想10講』岩波書店（岩波新書）、二〇二〇年。

観世銕之亟『ようこそ能の世界へ――観世銕之亟能がたり』暮しの手帖社、二〇〇〇年。

菅野覚明『神道の逆襲』講談社（講談社現代新書）、二〇〇一年。

杵屋佐久吉『四世杵屋佐吉研究』糸遊書院、一九八二年。

熊野純彦『本居宣長』作品社、二〇一八年。

源信（伝）『真如観』田村芳朗校注、『日本思想体系9　天台本覚論』岩波書店、一九七三年。

小林忠『日本水墨画全史』講談社（講談社学術文庫）、二〇一八年。

小山聡子『もののけの日本史――死霊、幽霊、妖怪の1000年』中央公論新社（中公新書）、二〇二〇年。

斉藤明「仏教思想は甦るか――仏典、翻訳、そして現代」、『国際哲学研究』三号、東洋大学国際哲学研究センター、二〇一四年。

三枝充悳『大乗とは何か』筑摩書房（ちくま学芸文庫）、二〇一六年。

――『縁起の思想』法藏館（法藏館文庫）、二〇二四年。

最澄（伝）『天台法華宗牛頭法門要纂』浅井円道校注、『日本思想体系9　天台本覚論』岩波書店、一九七三年。

佐藤弘夫『日本人と神』講談社（講談社現代新書）、二〇二一年。

――『死者のゆくえ』岩田書店、二〇〇八年。

――『ヒトガミ信仰の系譜』岩田書店、二〇一二年。

――『死者の花嫁――葬送と追憶の列島史』幻戯書房、二〇一五年。

佐成謙太郎『謡曲大観首巻』明治書院、一九三一年。

三遊亭円朝『真景累が淵』延広真治校注、『円朝全集』第五巻、二村文人・延広真治校注、岩波書店、二〇一三年。

志野好伸「仏教・道教・儒教」、『世界哲学史3――中世Ⅰ　超越と普遍に向けて』伊藤邦武・山内志朗・中島隆博・納富信留責任編集、筑摩書房（ちくま新書）、二〇二〇年。

司馬江漢『西洋画談』、『日本随筆大成〈第一期〉』第一二巻、吉川弘文館、一九七五年。

島尾新『水墨画入門』岩波書店（岩波新書）、二〇一九年。

ハルオ・シラネ「カリキュラムの歴史的変遷と競合するカノン」衣笠正晃訳、『創造された古典――カノン形成・国民国家・日本文学』ハルオ・シラネ／鈴木登美編、新曜社、一九九九年。

菅浩二「D・C・ホルトムの日本研究とその時代――State Shinto措定の目的を探る」、『近代の神道と社会』國學院大學研究開発推進センター編、坂本是丸責任編集、弘文堂、二〇二〇年。

鈴木大拙『日本的霊性』、『鈴木大拙全集〈増補新版〉』第八巻、岩波書店、一九九九年。

鈴木正崇『山岳信仰――日本文化の根底を探る』中央公論新社（中公新書）、二〇一五年。

高崎直道『仏性とは何か』法藏館（法蔵館文庫）、二〇一九年。

髙田教子『中禅寺湖畔別荘地の形成過程と近代日本における外国人建築家と施主の関係性に関する研究』（二〇一三年度首都大学東京提出博士論文）、二〇一三年。

高橋昌明『武士の日本史』岩波書店（岩波新書）、二〇一八年。

高山大毅「江戸時代の『情』の思想」、『世界哲学史6――近代Ⅰ　啓蒙と人間感情論』伊藤邦彦・山内志朗・中島隆博・納富信留責任編集、筑摩書房（ちくま新書）、二〇二〇年。

――「『物のあはれを知る』説と『通』談義――初期宣長の位置」、『国語国文』第八四巻一一号、臨川書店、二〇一五年。

竹内千代子「芭蕉の存疑句――重厚蒐集の芭蕉発句をめぐって」、『國文學』第七一巻、関西大学国文学会、一九九四年。

武田恒夫『狩野派絵画史』吉川弘文館、一九九五年。

田代慶一郎『夢幻能』朝日新聞社（朝日選書）、一九九四年。

立川武蔵『空の思想史——原始仏教から近代日本へ』講談社（講談社学術文庫）、二〇〇三年。

エリアノーラ・メアリー・ダヌタン『ベルギー公使夫人の明治日記』長岡祥三訳、中央公論社、一九九二年。

津田左右吉『文学に現はれたる我が国民思想の研究——平民文学の時代　中』、『津田左右吉全集』別巻第五、岩波書店、一九六六年。

筒井清忠『満州事変はなぜ起きたのか』中央公論新社（中公選書）、二〇一五年。

時枝誠記『国語学原論——言語過程説の成立とその展開』岩波書店、一九四一年。

徳江元正『室町芸能史論攷』三弥井書房、一九八四年。

中谷直司「ワシントン会議——海軍軍縮条約と日英同盟廃棄」、『大正史講義』筒井清忠編、筑摩書房（ちくま新書）、二〇二一年。

中村元『日本人の思惟方法』、『中村元選集［決定版］』第三巻、春秋社、一九八九年。

西田幾多郎『善の研究』、『西田幾多郎全集』第一巻、岩波書店、二〇〇三年。

野上豊一郎『能の再生』岩波書店、一九三五年。

芳賀矢一『国文学史概論』、『芳賀矢一選集』第二巻、國學院大學、一九八三年。

アルベール・バッソンピエール『ベルギー大使の見た戦前日本——バッソンピエール回想録』磯見辰典訳、講談社（講談社学術文庫）、二〇一六年。

服部中庸「三大考」田原嗣郎校注、『日本思想体系50　平田篤胤　伴信友　大国隆正』岩波書店、一九七三年。

F・S・G・ピゴット『断たれたきずな——日英外交六十年』長谷川才次訳、時事通信社、一九五一年。

日野龍夫「『物のあはれを知る』の説の来歴」、『新潮日本古典集成〈新装版〉　本居宣長集』日野龍夫校注、二〇一八年。

平川祐弘『西洋人の神道観——日本人のアイデンティティを求めて』河出書房新社、二〇一三年。

平田篤胤『古史伝』、『新修平田篤胤全集』第一巻、名著出版、一九七七年。

——『霊の真柱』田原嗣郎校注、『日本思想体系50　平田篤胤　伴信友　大国隆正』岩波書店、一九七三年。

藤木晶子『竹内栖鳳——水墨風景画にみる画境』思文閣出版、二〇二二年。

船曳建夫『「日本人論」再考』講談社（講談社学術文庫）、二〇一〇年。

本田安次『能及狂言考』、『日本の伝統藝能　本田安次著作集』第一七巻、錦正社、一九九八年。

正宗白鳥「軽井沢にて」、『正宗白鳥全集』第二七巻、福武書店、一九八五年。

松尾芭蕉、『新潮日本古典集成〈新装版〉　芭蕉句集』今栄蔵校注、新潮社、二〇一九年。

南明日香『国境を越えた日本美術史——ジャポニスムからジャポノロジーへの交流史1880—1920』藤原書店、二〇一五年。

宮家準『修験道儀礼の研究〔増補版〕』春秋社、一九八五年。

――『修験道組織の研究』春秋社、一九九九年。

――『修験道――日本の諸宗教との習合』春秋社、二〇二一年。

――『神道と修験道――民俗宗教思想の展開』春秋社、二〇〇七年。

宮崎哲弥『仏教論争――「縁起」から本質を問う』筑摩書房（ちくま新書）、二〇一八年。

宮本袈裟雄「男体山信仰」、『日光山と関東の修験道』宮田登・宮本袈裟雄編、名著出版、一九七九年。

村岡典嗣『日本思想史研究第四』岩波書店、一九四九年。

本居宣長『玉勝間』、『本居宣長全集』第一巻、筑摩書房、一九六八年。

――『石上私淑言』、『本居宣長全集』第二巻、筑摩書房、一九六八年。

――『紫文要領』、『本居宣長全集』第四巻、筑摩書房、一九六九年。

――『源氏物語玉の小櫛』、『本居宣長全集』第四巻、筑摩書房、一九六九年。

――『古事記伝』、『本居宣長全集』第九巻、筑摩書房、一九六八年。

護山真也『仏教哲学序説』未来哲学研究所／ぷねうま舎、二〇二一年。

安田登『異界を旅する能――ワキという存在』筑摩書房（ちくま文庫）、二〇一一年。

柳田國男『先祖の話』、『柳田國男全集』第一五巻、筑摩書房、一九九八年。

山本真紗子「美術商山中商会――海外進出以前の活動をめぐって」、『Core Ethics』四号、立命館大学大学院先端総合学術研究科、二〇〇八年。

横井也有『鶉衣（上・下）』堀切実校注、岩波書店（岩波文庫）、二〇一一年。

吉江喬松「冨田溪仙氏のこと」、『塔影――冨田溪仙追悼特輯』第一二巻八号、塔影社、一九三六年。

吉田真樹『平田篤胤――霊魂のゆくえ』講談社（講談社学術文庫）、二〇一七年。

渡辺京二『逝きし世の面影』平凡社（平凡社ライブラリー）、二〇〇五年。

和辻哲郎『日本精神史研究』、『和辻哲郎全集』第四巻、岩波書店、一九六二年。

――『日本倫理思想史』、『和辻哲郎全集』第一三巻、岩波書店、一九六二年。

『氏家町史民俗編』氏家町史作成委員会編、氏家町、一九八九年。

『鹿沼市史民俗編』鹿沼市史編さん委員会編、鹿沼市、二〇〇一年。

『佐野市史民俗編』佐野市史編さん委員会編、佐野市、一九七五年。

『死霊解脱物語聞書』校訂代表高田衛、『近世奇談集成一』、国書刊行会、一九九二年。

『近現代の霊山と社寺・修験』（「神社と民俗宗教・修験道」研究報告Ⅲ）、國學院大學21世紀COEプログラム「神社と民俗宗教・修験道」研究会、二〇〇七年。

『新訂都名所図会1―5』、市古夏生・鈴木健一校訂、筑摩書房（ちくま学芸文庫）、一九九九年。

『荘子』第一―四冊、金谷治訳注、岩波書店（岩波文庫）、一九七一―一九八三年。

『大正史講義』筒井清忠編、筑摩書房（ちくま新書）、二〇二一年。

『伊勢物語』、『新古典文学大系17　竹取物語　伊勢物語』堀内秀晃・秋山虔校注、岩波書店、一九九七年。

『帝劇の五十年』帝劇史編纂委員会編、東宝、一九六六年。

『出淵勝次日記』高橋勝浩編、国書刊行会、二〇二二年。

『栃木県史　通史編六　近現代一』栃木県史編さん委員会編、栃木県、一九八二年。

『日本古典文学体系40・41　謡曲集上・下』横道萬里雄・表章校注、岩波書店、一九六〇年。

『二荒山神社』二荒山神社社務所編、二荒山社務所、一九一七年。

『明清之際西方傳教士漢籍叢刊　第一輯　③口鐸日抄　三山論學記（外三種）』周振鶴主編、鳳凰出版社、二〇一二年。

『老子』蜂屋邦夫訳注、岩波書店（岩波文庫）、二〇〇八年。

デジタル文献

『渋沢栄一伝記資料』公益財団法人渋沢栄一記念財団。https://eiichi.shibusawa.or.jp/denkishiryo/digital/main/

新聞・雑誌

「東京朝日新聞」、一九二五年七月十二日付夕刊。

「東京朝日新聞」、一九二六年十一月三十日付朝刊。

「読売新聞」、一九二一年十二月十九日付朝刊。

「読売新聞」、一九二三年七月十六日付朝刊。

「読売新聞」、一九二三年二月二十二日付朝刊。

「読売新聞」、一九二三年二月二十三日付朝刊。

「読売新聞」、一九二三年三月二十八日付朝刊。

「大阪毎日新聞」、一九二六年五月六日付。

『謡曲界』第一七巻五号、謡曲界発行所、一九二二年十一月。

『謡曲界』第一七巻六号、謡曲界発行所、一九二二年十二月。

『謡曲界』第一八巻二号、謡曲界発行所、一九二三年二月。

『謡曲界』第一八巻三号、謡曲界発行所、一九二三年三月。

『謡曲界』第一八巻四号、謡曲界発行所、一九二三年四月。

『謡曲界』第二〇巻二号、謡曲界発行所、一九二四年二月。

『謡曲界』第二四巻四号、謡曲界発行所、一九二六年四月。

『謡曲界』第二四巻六号、謡曲界発行所、一九二六年六月。

『謡曲界』第二五巻一号、謡曲界発行所、一九二六年七月。

『演芸画報』第九年二号、演芸倶楽部、一九二二年二月。

『演芸画報』第九年四号、演芸倶楽部、一九二二年四月。

『演芸画報』第九年五号、演芸倶楽部、一九二二年五月。

『演芸画報』第九年七号、演芸倶楽部、一九二二年七月。

『演芸画報』第一〇年五号、演芸倶楽部、一九二三年五月。

『千里山学報』二号、関西大学、一九二二年七月十五日。

辞典・事典

Vocabulaire technique et critique de la philosophie, par André Lalande, Paris, Presses Universitaires de France, 1947.

『俚諺大辞典』坪内逍遙監修、中野吉平著、東方書院、一九三三年。

『レトリック事典』佐藤信夫企画・構成、佐々木健一監修、大修館書店、二〇〇六年。

『能楽大事典』小林責・西哲生・羽田昶編、筑摩書房、二〇一二年。

『岩波仏教辞典第三版』中村元ほか編、岩波書店、二〇二三年。

本書で引用されたクローデルの著作索引

＊　原題の記録が残されていない著作については、邦題のみを記している。

『朝日のなかの黒鳥』 *L'Oiseau noir dans le Soleil levant*　95, 228, 266, 341, 347, 348

「アマテラスの解放」 « La Délivrance d'Amaterasu »　268, 349

「アントニン・レーモンドの東京の家」 « La Maison d'Antonin Raymond à Tokyo »　88

「イヴァン・ルナンによるトミスムと能についてのインタビュー」 « Interview par Yvan Lenain sur le thomisme et sur le Nô »　312, 316, 337

「イギリスにおける茶税」 « L'impôt sur le thé an Angleterre »　54

「イジチュールの破局」 « La Catastrophe d'Igitur »　18, 309

『男とその欲望』 *L'Homme et son désir*　157, 158, 160, 166

『女と影』 *La Femme et son ombre*　156-161, 163, 164, 166, 167, 169, 177, 179-183, 185, 193, 194, 201, 297, 330-334, 336, 337

「『女と影』の舞台装置について」 332, 333

『火刑台上のジャンヌ・ダルク』 *Jeanne d'Arc au bûcher*　185

『彼方のミサ』 *La Messe là-bas*　265

『峨眉山上の老人』 *Le Vieillard sur le Mont Omi*　288

「記号の宗教」 « Religion du signe »　283, 353

『クリストファー・コロンブスの書物』 *Le Livre de Christophe Colomb*　185

「後背地」 « L'Arrière-pays »　107, 324

『五大讃歌』 *Cinq Grandes Odes*　265

「さらば、日本！」 « Adieu, Japon ! »　251, 297, 345, 355

「散策者」 « Le Promeneur »　62, 64, 69, 70, 315

「詩人と香炉」 « Le Poëte et le vase d'encens »　147-149, 329, 330

「詩人と三味線」 « Le Poëte et le Shamisen »

341
「自然と道徳」 « La Nature et la morale » 255, 256, 258, 299, 346, 347
『四風帖』 *Souffle des Quatre souffles* 285-287, 292, 331, 353
『詩法』 *Art poétique* 64, 65, 70, 85, 227, 273, 276, 280, 300, 302, 316-318, 352, 355
「宗教と芸術より見たる日仏の芸術」 « Tradition japonaise & tradition française » → 「日本人の魂への眼差し」
「ジュールあるいは二本のネクタイを締めた男」 « Jules, ou l'homme-aux-deux-cravates » 146, 329
『繻子の靴』 *Le Soulier de satin* 253, 256, 303, 346
「序文」(『アルチュール・ランボー著作集』) « Préface » aux *Œuvres d'Arthur Rimbaud* 38-40, 311
「序文」(「フランソワ・ド・テッサン『死せる日本、生ける日本』」) « Lettre-préface de Paul Claudel » au *Japon mort et vif* 305, 355
「『神学大全』について」 « Sur la Somme théologique : une lettre de Claudel » 312
『聖女ジュヌヴィエーヴ』 *Sainte Geneviève* 331
『聖女テレサ』 *Sainte Thérèse* 260
「西洋の表意文字」 « Idéogrammes occidentaux » 276, 278-281, 284, 290
「そこここに」 « Çà et là » 127, 130, 135, 144-146, 155, 250, 326
『即興的回想録』 *Mémoires improvisés* 313, 329
「太陽の解放」 « La Délivrance du soleil » → 「アマテラスの解放」
『知恵の司』 *La Sagesse ou la parabole du festin* 185
『雉橋集』 *Poèmes du Pont des faisans.* 285, 286, 331, 353, 354
『中国手帖』 *Les Agendas de Chine* 60, 62, 63, 119, 125, 314, 315, 325, 326
「天使に関するノート」 « Notes sur les Anges » 198, 340
『東方所観』 *Connaissance de l'Est* 64, 127, 349
日記 Journal 12, 43, 89, 91, 146, 147, 159, 160, 163, 166, 186-188, 190, 198, 204, 206, 207, 252, 253, 256, 281, 293, 308, 311, 319, 320, 329, 333, 337, 338, 341, 346, 353, 354
「日本人の魂への眼差し」 « Un regard sur l'âme japonaise » 83, 94, 95, 105-107, 113, 115, 145, 296, 322, 343, 344, 355
「日本のホテル暮らし」 « La Vie d'hôtel au Japon » 315
「日本文学散歩」 « Une promenade à travers la littérature japonaise » 219, 250, 267, 269, 343, 344, 349
「人間たちのミサのために/愛の最後の犠牲」 « Pour la Messe des hommes / Dernier sacrifice d'amour ! » 41, 311
「能」 « Nô » 189, 190, 192, 193, 224, 225, 338, 339, 343
「俳諧」 « Haï-Kaï » 266, 291, 347, 348
『埴輪の国』 *Le Peuple des Hommes cassés* 331
「バレエ上演について」 « Propos sur un spectacle de ballets » 325, 339
「人とその欲望」 *L'Homme et son désir* → 『男とその欲望』
備忘録 *Agenda* → 『中国手帖』
『百扇帖』 *Cent phrases pour éventails* 267, 285-287, 289, 291, 331, 349, 353
「表意文字」 276-278, 280, 284, 290, 352

「仏陀」 « Bouddha » →「そこここに」
「仏蘭西語の修得の効用に就て」 « Sur la langue française » 204
『フランス詩についての省察と提言』 *Réflexions et propositions sur le vers français* 288, 317, 353
「フレデリック・ルフェーヴルによる能についてのインタビュー」 « Interview par Frédéric Lefèvre sur le Nô » 308, 329, 345
「文楽」 « Bounrakou » 206-208, 217-219, 341
「文楽の浄るりについて」 206, 341
「炎の街を横切って」 « À travers les villes en flammes » 348
「マラルメについてのノート」 « Notes sur Mallarmé » 308
「マルセル・ペイによるクローデルのインタビュー」 « Interview de Claudel par Marcel Pays » 341, 343
「森のなかの黄金の櫃」 « L'Arche d'or dans la forêt » 59, 60, 64, 314, 315
『老子（道徳経）』 « Tao Teh King » 146, 329
「老子の出発」 « Le Départ de Lao-Tzeu » 146
「わが姉カミーユ」 « Ma Sœur Camille » 313
「わが回心」 « Ma conversion » 32, 43, 301, 308-312

人名索引

あ行

アウグスティヌス　Augustinus　295, 296
青木周蔵　86
アガンベン、ジョルジョ　Agamben, Giorgio　294-297, 354
秋山湘東　187
芥川龍之介　163, 164, 187, 188, 334, 338
アシャール、シャルル　Achard, Chareles　189
アストン　Aston, W.G.　170, 334
アベル＝レミュザ、ジャン＝ピエール　Abel-Rémusat, Jean-Pierre　151
アポロン　Apóllōn　127
アマテラス　175, 268, 349
荒木田守武　269
有島生馬　286
アリストテレス　Aristotélēs　27, 43-46, 64-66, 69, 70-72, 140, 273, 274, 312, 316, 317, 352
アレーニ、ジュリオ　Aleni, Giulio　336
アレクサンドル、ディディエ　Alexandre, Didier　352
アンブロシウス　Ambrosius　198
イエス　Jésus　30, 41-43, 82, 311
イザンバール、ジョルジュ　Izambard, Georges　12, 37
石川淳　334
泉鏡花　58
一休宗純　253
稲畑勝太郎　205, 254, 341
乾昌幸　271, 351, 352
今村新吉　58
ヴァーグナー、リヒャルト　Wagner, Richard　35, 36
ヴァレリー、ポール　Valéry, Paul　35
ヴァロットン、フェリックス　Vallotton, Félix　51
ヴィジェ、レオン　Wieger, Léon　281, 282, 353
ヴィスドルー神父　Visdelou　151
ヴィッツレーベン　Witzleben, Lætitia de　41, 311

か行

さ行

た行

な行

は行

ま行

宮崎克己　49, 312
宮島綱男　204, 340, 341
ミュラー、マックス　Müller, Max　146
ミヨー、ダリウス　Milhaud, Darius　88, 318
ムハンマド　37
メーソン、ウィリアム・ベンジャミン　Mason, William Benjamin　314, 325, 326, 335
メルラン、マルシアル・アンリ（総督）　Merlin , Martial Henri　188, 206
モーセ　37
牧谿　243, 252
本居長世　331
本居宣長　174, 175, 212, 213, 215-218, 220, 221, 223, 335, 342, 343
モネ、クロード　Monet, Claude　49, 51
森岡典嗣　216
モリゾ、ベルト　Morisot, Berthe　11
モルリ、ルイ　Moreri, Louis　136, 137, 327
モレアス、ジャン　Moréas, Jean　36
モロー、ギュスタヴ　Moreau, Gustave　35

や行

安原貞室　269
柳田國男　58, 172, 177, 321, 335
山口林児　163, 333
山崎宗鑑　269
山階宮武彦　160, 333
山田耕作　157
山内義雄　157-161, 163, 179, 251, 286, 304, 318, 330-333, 347, 348, 352, 353
山元春挙　251
ユイスマンス、ジョリス＝カルル　Huysmans, Joris-Karl　19, 35
祐天上人　180
ユゴー、ヴィクトル　Hugo, Victor　33-36, 310
ユント　Jundt　325
横井也有　272, 352
横道萬里雄　191
与謝蕪村　267, 269
吉木文（青蓮庵）　352

ら行

ラシャルム神父　Lacharme　151
ラセール、ピエール　Lasserre, Pierre　64, 316
ランボー、アルチュール　Rimbaud, Arthur　12, 35-40, 43, 46, 47, 52, 308, 310
ランボー、イザベル　Rimbaud, Isabelle　38
リード　Reed, J.　170, 335
リヴィエール、アンリ　Rivière, Henri　51
リヴィエール、ジャック　Rivière, Jacques　326
リッチ、マテオ　Ricci, Matteo　336
リュエラン、フランシス　Ruellan, Francis　251
リュッケルト、フリードリヒ　Rückert, Friedrich　141
ルイス、ピエール　Louÿs, Pierre　35
ルヴォン、ミシェル　Revon, Michel　170-173, 267, 268, 270-272, 334, 335, 348-352
ルコント・ド・リール、　Leconte de Lisle　141
ルター、マルティン　Luther, Martin　298
ルナール、ジュール　Renard, Jules　51, 312
ルナン、イヴァン　Lenain, Yvan　185, 186, 312, 316, 337
ルナン、エルネスト　Renan,Ernest　30,

31, 136
ルヌヴィエ、シャルル　Renouvier, Charles　136
ルノンドー、ガストン（大佐）　Renondeau, Gaston　228-230, 343
ルビエンスキイ、ステファン　Lubienski, Stefan　334
ルフェーヴル、フレデリック　Lefèvre, Frédéric　308, 329, 345
ルフェビュール、ウージェーヌ　Lefébure, Eugène　142, 328
レヴィ、シルヴァン　Lévi, Sylvain　125-127
レーモンド、アントニン　Raymond, Antonin　88, 160, 319, 333
レオ十三世　Leo XIII　45
レジェ、アレクシス　Léger, Alexis　313
レジ神父　Régis　151
レッグ、ジェイムズ　Legge, James　44, 146
レニエ、アンリ・ド　Régnier, Henri de　35
蓮華坊　129
蓮生→熊谷直実
老子　44, 146-148, 150, 151, 156, 329, 330
ロシュブラヴ、S　Rocheblave, S.　328
ロダン、オーギュスト　Rodin, Auguste　52
ロティ、ピエール　Loti, Pierre　19, 211
ロニー、レオン・ド　Rosny, Léon de　150, 151, 330
ロラン、ロマン　Rolland, Romain　32, 310
ロンバルドゥス、ペトルス　Lombardus, Petrus　295, 354

わ行

渡辺守章（渡邊守章）　189, 190, 309, 337, 349
和辻哲郎　173, 214-218, 335, 342

あとがき

ふと思った、ポール・クローデルという名前に出会ったのはいつだったろうか。ようやく「あとがき」まで辿り着いたので、ここでは読者に少し許してもらって、自分語りをしようかと思う。クローデルについての確かな記憶は大学三年の時の「仏文学史Ⅱ」の授業で、古屋健三先生がクローデルについて説明してくれたことだ。とはいっても概論的な説明で、キリスト教文学の詩人・劇作家で、『繻子の靴』を書き、駐日フランス大使をつとめ、日仏会館を建てたというくらいのことだったと思う。その頃、卒論のテーマをマラルメの『最新流行』にすることにし、辞書を片手にマラルメのテクストと悪戦苦闘していた私にとっては、宗教作家クローデルは何となく敬遠すべき対象で、その名前は定期試験が終わると忘却の淵に沈んでいった。クローデルの名前が忘却の淵から再び浮かび上がってきたのは、大学院の時だ。京都大学の宇佐美斉先生の下で、『中原中也全集』翻訳の巻の編集の手伝いを角川書店でしていた時、中原中也の一九二七年の日記に「クロオデルの呼吸律なんてつまらない」と書かれていたのを見つけた。私にとって、かなりインパクトのある表現だったので、クローデルとは中原にとって何だったのかと気になったことを覚えている。

あの頃、編集部には中原中也をランボーの翻訳者として再評価しようという機運があって、同時代のフランス文学の翻訳作品と比較するために、私は暇を見つけては明治・大正・昭和初期の翻訳を国会図書館や大学図書館でコピーをしたり、神保町を歩き回って買ってきたりして、とにかくかき集めていた。そのなかにはクローデルの翻訳もあったが、中也とクローデルの接点はほとんどなかったので、全集にはあまり役立たなかった。

翻訳の巻がもうすぐ刊行という頃、私も大学院を終了し、慶應義塾大学と青山学院大学でフランス語の非常勤講師をすることになった。その青山学院大学でクローデルの専門家の中條忍先生と巡り会った。その頃、中條先生はクローデルの滞日年譜を作る共同研究を主宰していて、ある時、私がクローデル関係の翻訳ならコピーでいくつか持っていますといったことがきっかけで、この研究メンバーに加わることになり、死蔵していた資料も陽の目を見ることになった。これがクローデルと深く関わるきっかけなのだが、その時は、こんなに深くクローデルと関わることになるとは思ってもいなかった。しかし、中條先生の共同研究に加わって（ここで盟友根岸徹郎さんと一緒に仕事ができたことも私の人生では大きな出来事だった）、日本に滞在したクローデルと付き合っていくうちに、もともとあった仏教や民俗学への興味とクローデルが面白いくらいに結びつくことが見えてきて、だんだんとクローデル研究にのめり込んでいった。

そうして書いたのが、本書の第四章のもとになった「虚無との対話」だった。仏教の空＝無を巡って、クローデルが仏教と老荘思想にどう対処したかということを論じたものだった。しかし、最後まで解けない問題だったのは、カトリシスムに回帰したクローデルの立場だった。異教徒の私はキリスト教徒クローデルにどう接してよいか分からないでいたが、同時にいずれキリスト教の問題と向き合わないとクローデルは理解できないだろうということも直観していた。どう関わるべきか分からないでいたとき、ヒントを与えてくれたのは、中世のキリスト教神学・宗教を信仰としてではなく、哲学の問題として扱ってスコラ学を読み解いていた山内志朗さんの本だった。ここからクローデルの信仰の問題をアリストテレスとトマス・アクィナスを用いつつ、存在を巡る問題、実在論にずらしこんで読み解く可能性を見出せた。これは私にとっては大きな発見であり、その後、面識を得ることとなった山内さんには本当に感謝するばかりである。

そうした発見があった頃、渡邊守章先生から「君はクローデルと平田篤胤のことを書いているけど、もうちょっとまとめてみてよ」といわれた。渡邊先生はクローデルと平田篤胤の関係に最初に言及した研究者の一人だ。しかし、その後、クローデルを平田篤胤と関係づける研究の系譜は途絶えてしまっていたので、渡邊先生は、それを私に託したのだろう。私は渡邊先生から宿題を出されたような形になったが、なかなかまとまらなかった。ところが、平田篤胤は長い間、戦前の国粋主義の元凶というイメージが強かったが、生者と死者の関係を追究していた魂の探求者という再評価が始まっていたことがある意味で幸いした。死者の世界と生者の世界という篤胤の二元論的なコスモロジーを見つけ出せたことで、知覚できない霊魂を媒介するものを通して認識するというスコラ学的な構図のなかに平田国学を落とし込むことができた。このことで知覚できないもの、これまで関係のなかったものは、何らかの媒介するものを通すと認識できるようになるというクローデル的世界観とリンクすることができそうになってきた。平田国学とクローデルが結びつけられる気がしてきた矢先の二〇二一年四月、渡邊先生は急逝されてしまった。宿題を提出する先生がいなくなってしまったが、本書は、ある意味で渡邊先生に提出すべきだった答案のようなものだ。

しかし、本書の各章はすべて書き下ろしというわけではなく、これまでに発表したものに手を入れたものである。マラルメの「詩の危機」ほどではないが、もとの論文を大幅に書き換え、分割し、組み替えてしまっているので、面影がまるで残っていないものもある。初出を挙げておけば、次のようになる。

・「クローデルからマラルメへ――象徴主義者たちの〈観念〉論争」、『三田文学』第九八巻一三六号、二〇一九年（序章）

・「比喩と論理学――ポール・クローデルの日光体験」、『教養論叢』一四四号、二〇二三年（第二章）
・「神々のはざまで――クローデルと日本の神性」、『L'Oiseau noir クローデル研究』一九号、二〇一七年（第三章）
・「虚無との対話――クローデルと東洋の思想」、『L'Oiseau Noir クローデル研究』一四号、二〇〇七年（第四章）
・「天使と幽霊――ポール・クローデル『女と影』を巡って」、『教養論叢』一三九号、二〇一八年（第五章、第六章）
・「ものの『ああ性』を求めて――クローデルの日本理解」、『ポール・クローデル　日本への眼差し』、水声社、二〇二一年（第七章、第九章）
・「アリストテレスと唐辛子――ポール・クローデルの俳諧受容」、『クローデルとその時代』水声社、二〇二三年（第十章）

本論を作成する上で、喜多俊文さんと山本泰朗さんからは、貴重な資料を提供していただいた。この場を借りて、お礼を申し上げたい。

本書がこうして形になったのは多くの人のおかげである。感謝の言葉を表す人は枚挙に暇がないが、まず、最初に名前を挙げておきたいのは、井戸亮さんだ。彼は現在、水声社を離れ、独立して出版社を経営しているが、私にクローデル論を書いてみないかと、本書を執筆するきっかけを作ってくれた。井戸さんがいなければこの本は生まれることはなかった。井戸さんが生みの親なら、私のわがままをいつも受け止めてくれた水声社の福井有人さんは育ての親だ。福井さんがいなければ、刊行にこぎつけることはなかったろう。そして学生の頃からその美しい装幀に憧れていた水声社の出版目録に私の著作を加えてくれることを許可してくれた鈴木宏社主にはただただ感謝のみである。

また、忙しいなか原稿に目を通してくれ、あまり哲学的な頭を持っていない私のアリストテレス理解の過ちを鋭く指摘してくれた磯忍さんにも、ぜひとも感謝の意を表さなくてはならない。それにもう一人、短い期間であったにもかかわらず、索引をまとめてくれた米満優希さんにも、お礼を述べなくてはならない。

最後に、ずっとマラルメやらクローデルやらを呪文のように唱えてきたが、それを受け止め、支えてくれた妻と二人の子どもたち、それにいつも無鉄砲なことばかりをして心配をかけてきた老齢の両親にこの本を捧げたい。

クローデル歿後七十年の年、二〇二五年二月、立春の候に

＊　本書は、ＪＳＰＳ科研費「滞日期のポール・クローデルの日本画の受容とその文学的影響に関する研究」の研究成果の一部である。

著者について——

大出敦（おおであつし）　一九六七年、栃木県に生まれる。筑波大学大学院後期博士課程単位取得退学。現在、慶應義塾大学教授。専攻、フランス文学。著書に、『クローデルとその時代』（編著、二〇二三年）、『ポール・クローデル　日本への眼差し』（共編著、いずれも水声社、二〇二一年）、『プレゼンテーション入門』（二〇二〇年）、『クリティカル・リーディング入門』（二〇一五年、いずれも慶應義塾大学出版会）、『マラルメの現在』（編著、水声社、二〇一三年）、訳書に、A・フィロネンコ『ヨーロッパ意識群島』（共訳、法政大学出版局、二〇〇七年）などがある。

装幀——宗利淳一

余白の形而上学——ポール・クローデルと日本思想

二〇二五年三月二〇日第一版第一刷印刷　二〇二五年三月三〇日第一版第一刷発行

著者——大出敦

発行者——鈴木宏

発行所——株式会社水声社

東京都文京区小石川二―七―五　郵便番号一一二―〇〇〇二

電話〇三―三八一八―六〇四〇　FAX〇三―三八一八―二四三七

［編集部］横浜市港北区新吉田東一―七七―一七　郵便番号二二三―〇〇五八

電話〇四五―七一七―五三五六　FAX〇四五―七一七―五三五七

郵便振替〇〇一八〇―四―六五四一〇〇

URL : http://www.suiseisha.net

印刷・製本——精興社

ISBN978-4-8010-0847-2